이노센트

THE INNOCENT
by Ian McEwan

이 도서의 국립중앙도서관 출판예정도서목록(CIP)은
서지정보유통지원시스템 홈페이지(http://seoji.nl.go.kr)와
국가자료공동목록시스템(http://www.nl.go.kr/kolisnet)에서 이용하실 수 있습니다.
(CIP제어번호: CIP2014025932)

이노센트

The Innocent

또는 특별한 관계

이언 매큐언 장편소설 | **김선형** 옮김

문학동네

일러두기

1. 본문 중의 주석은 모두 옮긴이주입니다.
2. 고딕체는 원서에서 이탤릭체로 표시된 부분입니다.
3. 저자가 영어로 번역하지 않은 독일어, 프랑스어의 경우 괄호 안에 그 의미를 밝혔습니다.

성채에서의 내 노동은 더욱더 힘들어졌거니와, 그런 수고로움은 불필요한 것이었다(그 노동을 통해 얻어낼 실질적인 이득이 없다는 점에서 불필요했다는 것이다). 내 계산으로는, 성이 있어야 할 바로 그 자리의 토양이 푸석푸석한 모래였으므로 아름다운 돔 천장을 갖춘 지하실의 벽체가 되려면 말 그대로 망치로 두들겨서 단단하게 다져야 했기 때문이다. 그러나 작업을 위해 내가 가진 연장은 이마뿐이었다. 그래서 나는 바닥에 이마를 찧었다. 수천수만 번, 밤이고 낮이고. 피가 나자 기뻤다. 벽이 굳기 시작하고 있다는 하나의 증거였기 때문이다. 그런 식으로 내가 성을 위해 값비싼 대가를 치렀음은 누구든지 인정하지 않을 수 없다.

프란츠 카프카, 「굴」

만찬 후에 우리는 재미있는 영화를 보았다. 밥 호프가 나오는 〈공주와 해적〉이었다. 그러고 나서는 대강당에 앉아 축음기에서 지나치다 싶게 느릿느릿 흘러나오는 〈미카도〉를 들었다. 수상은 이 오페라가 '빅토리아시대, 그러니까 영국 열도의 역사에서 안토니우스 피우스 시대에 필적할 팔십 년'의 기억을 불러일으킨다고 했다. 그러나 이제는 '승리의 그늘'이 우리를 덮고 있으므로…… 이 전쟁이 끝나면 우리는 쇠약해질 테고, 돈도 힘도 없이 미국과 소련이라는 두 강대국 사이에서 가만있어야만 할 거라고 수상은 덧붙였다.

얄타회담이 끝나고 열흘 후 수상 별장에서 벌어진 처칠과의 만찬에서,
존 콜빌, 『권력의 언저리: 다우닝 스트리트 일기, 1939~1955』

차례

이노센트

009

작가의 말

417

1

만남의 자리를 주도한 쪽은 로프팅 중위였다. “이것 봐요, 마넘 선생. 방금 도착했으니 상황을 알 리가 없지요. 이곳의 문제는 독일인도 러시아인도 아닙니다. 프랑스인도 아니에요. 미국인들이지. 그치들은 뭐 하나 아는 게 없어요. 설상가상 배우려고 하지도 않는다니까. 남의 말은 들으려고 하지도 않고요. 원래 그렇게 생겨먹은 위인들이에요.”

체신국 직원 레너드 마넘은 미국인을 만나 이야기를 나눠본 적이 단 한 번도 없지만, 동네 오디언 시네마에서 그들을 심도 있게 연구했었다. 그는 입을 다문 채 미소지으며 고개만 끄덕였다. 그리고 코트 안주머니에 손을 넣어 은장 담뱃갑을 찾았다. 로프팅은 인디언의 인사처럼 손바닥을 들어 보이며 지레 사양했다. 레너드는 다리를 꼬고 담배 한 개비를 꺼내 끄트머리를 담뱃갑에 몇 번 톡톡 쳤다.

로프팅이 책상 너머로 불쑥 팔을 쭉 뻗어 라이터를 대어주었다. 젊은 민간인이 라이터 쪽으로 고개를 숙이자 그는 하던 말을 이어갔다. "상상이 가겠지만, 공동 프로젝트며 공유하는 자원이며 노하우며, 아무튼 그런 것이 꽤 많았죠. 그런데 미국인들한테 팀워크의 개념이 조금이라도 있는 줄 아십니까? 합의를 해놓고 나서는 제멋대로 해버린단 말입니다. 뒤통수를 치고 정보를 숨기고 우리가 바보라도 되는 양 거들먹거린다니까요." 로프팅 중위는 양철 책상 위에 놓여 있던 유일한 물건인 압지를 손으로 반듯이 폈다. "뭐, 조만간 HMG*도 강경해질 수밖에 없을 겁니다." 레너드가 무슨 말을 하려는데 로프팅이 손짓으로 막았다. "예를 하나 들어봅시다. 나는 다음달 있을 점령구역 간 수영시합을 주관하는 영국 측 연락 담당입니다. 여기 스타디움에 있는 우리 수영장이 최고라는 건 누구도 토를 달 수 없는 사실이에요. 당연히 수영시합은 여기서 열려야죠. 미국인들도 몇 주 전에 동의한 사항이고요. 하지만 지금 와서 시합을 어디서 하는 줄 압니까? 저 남쪽 그들 구역에 있는 기름이 둥둥 뜬 작은 웅덩이 같은 데서

* Her Majesty's Government, 영국 정부를 가리킨다.

한답니다. 게다가 그 이유가 뭔지 압니까?"

로프팅의 열변은 그후로도 십 분쯤 더 이어졌다.

수영시합을 두고 벌어진 갖가지 배신행각에 대한 이야기가 본격적으로 시작되려는 조짐이 보이자 레너드가 물었다. "셸드레이크 소령님이 제가 쓸 장비와 봉인된 지령서를 갖고 계셨죠. 그에 대해 아시는 바가 있습니까?"

"안 그래도 그 얘길 하려던 참입니다." 중위가 날카롭게 대꾸했다. 그는 잠시 입을 다물고 기운을 모으려는 듯 보였다. 다시 입을 연 그는 치미는 짜증을 누를 수 없어 요들송을 부르듯 목소리가 파르르 떨렸다. "그러니까 제가 여기 파견된 유일한 이유는 선생을 기다리는 겁니다. 셸드레이크 소령님의 파견 명령이 떨어졌을 때는 모든 걸 제가 인수해서 넘겨드리게 돼 있었지요. 그런데 공교롭게도, 제 의지와는 상관없이 소령님이 떠난 시각과 제가 도착한 시각 사이에 사십팔 시간의 공백이 있었습니다."

그는 잠시 말을 멈췄다. 미리 세심하게 준비한 해명이라는 느낌이 들었다. "보아하니 양키들이 말도 못 하게 난리를 친 겁니다. 철도 수송품은 보초가 지키는 방에 보관돼 있고, 선생이 받을 봉인된 서류는 부대장 사무실 금고에 들어 있었는데도요. 그놈들은 누군가가 그 물건들을 한시도 빠짐없이 직접 관리 감독해야 한다고 주장했습니다. 참모본부 출신 여단장이 부대장 사무실로 전화를 몇 통 넣었죠. 누구도 손쓸 길이 없었습니다. 놈들이 트럭으로 밀고 들어와 죄다, 봉투며 수송품이며 몽땅 쓸어갔어요. 제가 도착한 건 그다음이었고요. 제가 받은 새 지령은 선생을 기다리라는 거였고, 그래서 닷새 동안 이렇게 기다렸습니다. 선생의 신원을 확인하고, 상황을 설명하고, 이 연락처를 전달하는 게 제 임무입니다."

로프팅은 주머니에서 마닐라 봉투를 꺼내 책상 너머로 건넸다. 그와 동시에 레너드가 자기 신원 증명을 넘겼다. 그러자 로프팅은 주저했다. 한 가지 나쁜 소식이 더 남아 있었던 것이다.

"문제는 이겁니다. 선생이 받을 물건이 뭔지는 모르지만, 그게 양키들한테로 양도된 터라 선생도 그쪽 소관이 되었다는 거죠. 선생도 인계 대상입니다. 당분간 그쪽 책임이라는 말씀입니다. 저쪽에서 지령을 받으셔야 됩니다."

"전 상관없습니다." 레너드가 대답했다.

"운이 아주 나빴습니다."

임무가 끝나자 로프팅은 일어나 악수를 청했다.

아까 오후에 템펠호프 공항에서 레너드를 데려온 육군 운전병이 올림픽 스타디움 주차장에 대기중이었다. 레너드의 숙소는 차로 몇 분 거리였다. 상병은 조그만 카키색 자동차의 트렁크를 열어주었지만, 슈트케이스들을 꺼내는 것까지는 제 할 일이 아니라고 생각하는 눈치였다.

플라타넨 길 26번지는 로비에 엘리베이터가 설치된 현대식 건물이었다. 레너드의 아파트는 4층이었고 침실 두 개, 널찍한 거실, 주방 겸 식당과 욕실이 구비되어 있었다. 토트넘에서는 아직도 부모님 집에 살면서 날마다 돌리스 힐*로 출퇴근하던 처지였다. 그는 이 방 저 방 성큼성큼 돌아다니며 불이란 불은 다 켜보았다. 온통 신식 물건들이었다. 커피테이블 세트 위에는 크림색 버튼이 달린 커다란 라디오와 전화기 한 대가 놓여 있었다. 그 옆에 베를린 시가 지도가 한 장 있었다. 가구들은 군수품이었다. 세 점짜리 색이 바랜 꽃무늬 소파 세트, 가죽 술 장식이 달린 쿠션, 약간 기울어진 플로어 스탠드, 그리고 거실 반대편 벽 쪽에 놓인 다리가 통통하니 휘어진 나무 책상. 그는 어느 방을 침실로 쓸지 고르는 호사를 누리고서 조심스레 짐을 풀었다. 자기만의 집이라니. 그로 인해 이렇게까지 기분이 좋을 줄은 상상도 하지 못했다. 손만 대면 스르륵 열리는 붙박이장에는 가장 좋은 양복, 두번째로 좋은 양복, 그리고 매일 입는 회색 양복을 걸었다. 티크로 테를 두른 은장 담뱃갑은 책상 위에 두었다. 이니셜이 새겨진 담뱃갑은 부모님의 작별선물이었다. 바로 옆에 신고전주의풍

* 체신국 연구소가 있었던 런던 북서부의 지명.

항아리 모양의 묵직한 실내용 라이터를 세워두었다. 손님을 맞을 일이 있기는 할까?

모든 걸 만족스럽게 배치하고 나서야 그는 비로소 플로어 스탠드 아래 안락의자에 앉아 봉투를 뜯었다. 실망이었다. 메모장에서 아무렇게나 뜯어낸 종잇조각뿐이었다. 주소도 없고 밥 글래스라는 이름 하나와 베를린 전화번호가 적힌 게 전부였다. 그가 원했던 것은 식탁 위에 시가 지도를 펼쳐놓고 주소를 정확히 짚어내 어떤 경로로 갈지 계획을 세우는 것이었다. 그런데 이제 낯선 사람, 그것도 낯선 미국인에게서 지시를 받아야 하는데다가 전화 통화를 해야 했다. 직업이 직업인데도 전화는 손쉽게 쓸 수 있는 기구가 아니었다.* 부모님 집에는 전화가 없었고, 친구들도 다 그랬고, 직장에서 전화를 걸 일도 드물었다. 그는 네모난 종잇조각을 무릎에 떨어지지 않도록 올려놓고 공들여 다이얼을 돌렸다. 써보고 싶은 말투가 있었다. 느긋하면서도 단호한 투. 레너드 마넘입니다. 제 전화를 기다리고 계셨을 거라 생각합니다만.

바로 목소리 하나가 쏘아붙였다. "글래스요!"

레너드는 기세가 풀썩 꺾였고, 미국인과 대화할 때만은 피하고 싶었던 버벅대는 영국식 말투가 튀어나왔다. "아, 네. 저, 정

* 영국 체신국은 우편뿐 아니라 전화와 방송 등의 업무까지 두루 관장했다.

말 죄송한데 저는……"

"마님인가?"

"그게, 그렇죠. 레너드 마님입니다. 아마 제 전화를……"

"이 주소를 받아 적게. 놀렌도르프 가 10번지. 놀렌도르프 광장에서 샛길로 빠져. 내일 아침 여덟시까지 오게."

레너드가 최대한 친절한 목소리로 불러준 주소를 다시 말하는데 전화가 뚝 끊겼다. 바보가 된 느낌이었다. 혼자인데도 얼굴이 붉어졌다. 그는 벽거울에 비친 자신을 보고 힘없이 다가갔다. 얼굴의 유분기가 날아가며 노르스름하게 변한—적어도 레너드 자신의 이론은 그랬다—안경이 콧등에 우스꽝스럽게 걸려 있었다. 안경을 벗자 얼굴이 어쩐지 허전해 보였다. 콧등 양옆으로는 빨갛게 눌린 자국이 나 있고 콧대까지 푹 들어가 있었다. 아무래도 안경을 벗고 다녀야 할 모양이다. 어차피 정말로 보고 싶은 것들은 바로 가까이 있으니까. 회로도, 밸브 필라멘트, 타인의 얼굴. 그중에서도 젊은 여자의 얼굴. 집안에서 누리던 평온감은 오간 데 없이 사라졌다. 그는 주체할 수 없는 갈망에 쫓겨 새로운 영토를 새삼스레 서성였다. 그러다 마침내 마음을 다잡고자 식탁에 앉아 부모님께 보낼 편지를 쓰기 시작했다. 이런 종류의 글을 쓸 때는 적잖이 애를 먹었다. 그는 문장을 시작할 때마다 숨을 참았다가 끝나면 단번에 몰아쉬었다. 사랑하는 엄마 아빠,

여기까지 오는 길은 지루했지만, 그래도 무사히 왔어요! 오늘 네시에 도착했습니다. 방 두 개에 전화까지 딸린 멋진 아파트를 받았어요. 같이 일할 사람들은 아직 못 만났지만 베를린 생활은 괜찮을 것 같아요. 여기는 비가 오고 있고 바람이 끔찍이도 많이 불어요. 어두운 데서 봐도 피해가 상당한 것 같고요. 독일어 실력을 발휘할 기회는 아직 없었습니다……

얼마 후, 그는 허기와 호기심에 집을 나섰다. 지도에서 길을 외워둔 대로 라이히스칸츨러 광장을 향해 동쪽으로 걷기 시작했다. 브이이데이* 당시 레너드는 열네 살, 온갖 전투기와 전함, 탱크, 대포의 이름과 능력치로 머릿속이 꽉 차 있을 때다. 노르망디상륙작전과 유럽을 가로지르는 연합군의 동진, 그보다 앞서 이탈리아를 관통해 북진하는 전세 추이도 주의깊게 지켜보았다. 주요 전투들의 이름이 가물거리기 시작한 것도 불과 최근 일이다. 독일에 처음 온 젊은 영국인인 그로서는 이 나라가 패전국이라는 생각이 제일 먼저 들었고 승리감에 우쭐할 수밖에 없었다. 전쟁 당시 할머니와 함께 살던 웨일스의 시골 마을 하늘에는 적군 비행기 한 대 뜬 적이 없었다. 총을 만져본 적도, 사격연습장 밖에서 총성을 들은 적도 없었다. 그럼에도, 심지어 베를린을 해

---

* 유럽 전승 기념일. 독일이 연합군에 항복한 1945년 5월 8일이다.

방시킨 건 러시아군인데도 그날 저녁 베를린의 쾌적한 주거지역을 활보할 때는—바람은 잦아들었고 아까보다 따뜻했다—이 땅의 주인인 양 뻐기며 처칠 수상의 연설에 박자라도 맞추듯 걷게 되는 것이었다.

보이는 곳 어디서나 복구 작업에 박차를 가하고 있었다. 포장도로가 새로 깔리고 가느다랗고 어린 플라타너스가 심겨 있었다. 깨끗이 철거된 구역도 많았다. 땅은 평평하게 다져놓았고 모르타르를 깔끔하게 깎아낸 낡은 벽돌들이 차곡차곡 쌓여 있었다. 그의 아파트 같은 새 건물들에는 19세기적인 견고한 풍모가 있었다. 길 끄트머리에서 그는 영국 아이들의 목소리를 들었다. 영국 공군장교와 그 가족이 집에 도착한 참이었다. 그 광경은 이곳이 점령도시임을 보여주는 흡족한 증거였다.

마침내 도착한 라이히스칸츨러 광장은 드넓고 휑뎅그렁했다. 새로 세운 콘크리트 가로등의 침침한 황토색 불빛 아래, 창문들이 난 1층 담 하나만 남기고 폭삭 주저앉은 웅장한 공공건물이 보였다. 중앙의 짧은 계단은 정교한 석조물과 여러 겹의 박공으로 장식한 웅장한 출입구로 이어졌다. 원래는 어마어마하게 큰 문이 달려 있었겠지만 감쪽같이 날아가버리는 바람에 이따금 옆길을 지나가는 자동차 전조등이 훤히 내다보였다. 지붕을 날리고 내부를 박살내 창문들이 빠끔히 뚫린 건물 전면만 남겨둔 천

파운드짜리 포탄들을 떠올리면 소년처럼 들뜨지 않기 힘든 법이다. 십이 년 전이었다면 자축의 의미로 두 팔을 벌리고 엔진 소리를 내면서 일이 분쯤 폭격기 흉내라도 냈을 텐데. 옆길로 접어드니 모퉁이에 선술집이 하나 있었다.

술집은 노인들의 목소리로 시끌벅적했다. 예순 살 아래의 손님은 하나도 없었지만, 자리잡고 앉는 그에게 아무도 신경쓰지 않았다. 노래진 양피지 등갓과 짙은 안개처럼 자욱한 시가 연기 덕분에 혼자만의 시간을 누릴 수 있었다. 그는 공들여 연습한 표현으로 맥주를 주문하고 바텐더가 준비하는 과정을 구경했다. 먼저 술잔을 채우고, 부풀어오르는 거품을 주걱으로 깔끔하게 걷어낸 다음 잔을 마저 채워 잠시 그대로 두는 것이었다. 그러고 나서 똑같은 과정을 반복했다. 술은 거의 십 분이 지나서야 손님에게 내가도 좋은 상태가 되었다. 그는 고딕체로 인쇄된 짧은 메뉴에서 Bratwurst mit Kartoffelsalat(감자샐러드를 곁들인 구운 소시지)를 알아보고 주문을 했다. 혀가 꼬여 말을 더듬고 말았다. 웨이터가 고개를 끄덕이곤 곧장 가버리는 것이, 꼭 제 나라 말이 고통받는 것을 더는 못 들어주겠다는 듯 보였다.

레너드는 적막한 아파트로 돌아갈 마음의 준비가 아직 되지 않았다. 저녁을 먹고 나서 두 잔째 맥주를 시키고 또 세 잔째를 주문했다. 술을 마시다보니 바로 뒤 테이블의 남자 셋이 나누는 대화가 들려왔다. 언성이 점점 높아지고 있었다. 그는 어쩔 수 없이 귀를 기울이게 되었는데, 우렁찬 목소리들은 서로 논점이 달라서라기보다 똑같은 주장을 남보다 더 강하게 내세우려다가 충돌하고 있는 듯했다. 처음에는 맺고 끊는 데 없이 겹치는 복잡한 모음과 음절, 도드라지게 끊어지는 리듬, 독일어 문장 특유의 지연된 완결 같은 것밖에 들리지 않았다. 그런데 세 잔째 들이켜는 사이 그의 독일어 실력이 좋아지더니 단어들이 하나씩 구별되기 시작하고, 잠시 생각하면 뜻도 확실히 떠오르는 것이었다. 네 잔째가 되자 띄엄띄엄 구절들이 들리기 시작하더니 바로 해석까지 가능해졌다. 준비하는 데 오래 걸릴 것을 감안하고 아예 맥주 반 리터를 더 주문했다. 바로 이 다섯 잔째를 비우던 중에 독일어 이해력은 가파르게 향상되었다. 토트, 즉 '죽음'이라는 말이 또렷이 들리더니 얼마 후에는 추크, 즉 '열차'라는 말이 들리고 브링겐이라는 동사도 들렸다. 대화가 뜸해지자 만히말, 즉 '가끔'이라는 말도 나른히 들려왔다. 가끔은 이런 일들이 필요하단 말이야.

대화는 다시 탄력이 붙었다. 그렇게 만든 건 경쟁적인 자기 자랑임이 틀림없었다. 머뭇거리기라도 하면 가차없이 묵살당했다. 다들 무자비하게 말허리를 끊었고, 목소리에 점점 더 격하게 고집을 실었고, 먼저 나온 말보다 더 훌륭한 예를 들어가며 허풍을 떨었다. 영국 에일보다 두 배는 독하면서 파인트 잔보다 그리 작지 않은 술잔에 담긴 맥주 덕분에 저들의 양심은 고삐가 풀렸고, 공포에 질려 움츠러들어야 할 시점에 폭로를 더하고 있었다. 그들은 자기들이 저지른 피비린내 나는 행각을 술집이 떠나가라 떠벌리는 중이었다. 미트 마이넨 블로센 헨덴! 맨손으로 말이지! 사내들은 제각기 일화를 기어이 자기 식대로 끌고 나갔고, 그러면 다른 누군가가 말허리를 끊고 끼어들었다. 윽박지르는 속삭임, 독기 어린 동의의 신음소리가 들려왔다. 술을 마시던 다른 손님들은 구부정하니 등을 구부리고 자기네 이야기를 하느라 대수롭지 않게 여기는 기색이었다. 바텐더만 가끔 그 세 사내 쪽을 흘끔거렸는데, 그야 물론 잔이 얼마나 비었는지 확인하기 위해서였다. 아이네스 타게스 베르덴 미어 알레 다퀴어 당크바르 자인. 언젠가 다들 나한테 고마워할 거라고. 레너드는 자리에서 일어났고, 바텐더가 다가와 잔받침에 연필로 해둔 표시를 헤아리는 사이, 도저히 참지 못하고 몸을 돌려 세 사내를 보았다. 상상했던 것보다 훨씬 나이가 많고 쇠약해 보이는 자들이었다. 그중 하나가 레너드를 보자 나머지 둘도 자리에서 돌아앉았다. 처음 그를 본 사내는 늙은 주정뱅이답게 과장되게 눈을 빛내며 술잔을 높이 치켜들었다. "나, 융어 만, 비스트 볼 니히트 아우스 디저 게겐트, 비(여어, 젊은이, 이 동네 사람이 아닌 모양이군, 안 그렇소)? 콤 히어 운트 트링크 아이넨 미트 운스. 오버!" 이리 와서 같이 한잔합시다. 바텐더, 여기! 하지만 레너드는 마르크화를 세어 바텐더 손에 쥐여주며 못 들은 체했다.

다음날 아침 그는 여섯시에 일어나 목욕을 했다. 그러고는 다양한 명도의 회색과 다양한 질감의 흰색을 두고 한참 고심하며 천천히 옷을 골랐다. 그는 두번째로 좋은 양복을 입었다가 다시 벗었다. 전화 통화를 할 때처럼 어수룩한 사람으로 보이고 싶지는 않았다. 팬티 한 장과 어머니가 챙겨준 매우 두꺼운 조끼만 걸친 채 옷장 앞에 서서 정장 세 벌과 트위드 재킷 한 벌을 뚫어져라 바라보고 있는 이 젊은이는 미국 스타일의 힘을 어렴풋하게나마 감지하고 있었다. 뻣뻣한 자신의 태도에 어딘가 우스꽝스러운 구석이 있다는 것도 알았다. 그에게 영국적이라는 것은 이전 세대가 느끼는 편안함과는 거리가 멀었다. 오히려 공격당하기 쉬운 약점이라는 느낌이었다. 반면 미국인들은 자기네 방식에 조금도 거리낌이 없었다. 그는 스포츠 재킷과 어차피 손뜨개 하이넥 스웨터에 가려 잘 보이지도 않을 선명한 빨간색 니트 넥타이를 골랐다.

놀렌도르프 가 10번지는 개축이 진행중인 늘씬하니 높은 건물이었다. 복도에서 실내장식을 하던 인부들은 레너드가 비좁은 계단을 오를 수 있게 사다리를 옮겨줘야 했다. 꼭대기층은 이미 작업이 끝나 카펫이 깔려 있었다. 층계참에 면한 문은 셋이었고, 그중 하나가 살짝 열려 있었다. 열린 문틈으로 잡음이 들려왔다. 그 소리를 압도하는 목소리로 누군가 외쳤다. "거기 마넘인가? 얼른 튀어들어오게."

들어가보니 그곳은 사무실 겸 침실이었다. 한쪽 벽에는 커다란 시가 지도가 붙어 있고 그 아래 흐트러진 침대가 있었다. 글래스는 엉망으로 어질러진 책상에 앉아 전기면도기로 수염을 다듬는 중이었다. 자유로운 손으로는 머그잔 두 개의 뜨거운 물에 인스턴트커피를 넣고 휘젓고 있었다. 전기주전자 하나가 바닥에 놓여 있었다.

"앉게." 글래스가 말했다. "그 셔츠는 침대에다 던져놓고. 설탕 넣겠나? 두 스푼?"

스푼으로 종이봉지에서 설탕을 떠서 잔에 넣고 단지에서 가루우유를 떠넣고는 어찌나 세게 젓던지 근처 서류에 커피가 지저분하게 튀었다. 마실 것이 준비되자마자 그는 면도기를 끄고 레너드에게 잔을 건넸다. 글래스가 셔츠 단추를 채우는 사이 레너드는 검고 빳빳한 가슴털이 어깨까지 돋은 그의 땅딸막한 몸을 흘끔 보았다. 그는 두꺼운 목이 꽉 조이도록 칼라 단추를 채웠다. 그리고 책상에서 이미 매듭이 지어진 넥타이를 집어들더니 일어나면서 넥타이에 달린 고무줄 고리를 목에 걸어 채웠다. 군

더더기라곤 없는 동작이었다. 의자 등받이에 걸쳐둔 재킷을 집어들고 벽에 붙은 지도 쪽으로 다가가면서 입는 식이었다. 감색 정장은 구겨지고 군데군데 천이 닳아서 반들거렸다. 레너드는 유심히 보았다. 저렇게나 제각각으로 어울리지 않게 옷을 입는 법도 있다. 그러고도 아무렇지 않은 것이다.

글래스는 손등으로 지도를 탁 쳤다. "좀 돌아다녀봤나?"

레너드는 이번에도 "저, 그게, 아니요" 하는 말이 자기도 모르게 튀어나올까봐 고개만 가로저었다.

"마침 이 보고서를 읽고 있던 참일세. 여기서 하는 얘기 중 하나가, 아무도 확실히 알 수는 없지만 오천에서 만 명 사이의 사람이 이 도시에서 첩보활동을 하고 있다는 거야. 뒤에서 지원하는 인력은 계산하지도 않았어. 그러니까 현장에서 뛰는 사람, 스파이만 그 정도란 말일세." 그는 고개를 모로 꼬고서 마음에 드는 반응이 나올 때까지 수염 난 턱을 레너드를 향해 치켜들고 있었다. "대부분 소속 없이 시간제로 일하는 애송이, 술집에나 죽치고 있는 훈데르트 마르크 융엔(백 마르크짜리 애들)이지. 맥주 몇 잔이면 정보를 팔걸. 자기네가 사기도 하고. 카페 프라하에 가본 적 있나?"

"아니요. 아직 못 가봤습니다."

글래스는 성큼성큼 다시 책상으로 돌아갔다. 어쨌든 지도가 진짜로 필요했던 건 아닌 모양이었다. "그쪽은 시카고 선물시장 같아. 한번 들여다보긴 해야 할 걸세."

그의 키는 165센티미터 정도로 레너드보다 18센티미터는 작았다. 양복은 꽉 끼어 보였다. 지금은 미소짓고 있지만 언제든 방을 뒤엎을 수 있을 듯했다. 그가 자리에 앉더니 무릎을 찰싹 내리치며 말했다. "자. 환영하네!" 그의 머리털 역시 빳빳하고 짙은 색이었다. 이마의 꽤 위쪽부터 난 머리카락은 뒤로 뻗치듯 넘어가서, 마치 강풍을 맞아 이마가 훤히 드러난 만화 속 과학자 같은 인상을 주었다. 반대로 턱수염은 어찌나 힘이 없는지 빛을 가둬 굳힌 것 같았다. 쐐기 모양으로 툭 튀어나와 나무로 조각한 노아의 턱수염과 비슷했다.

층계참 맞은편에서 열린 문틈으로 멀리서 풍겨오는 토스트 탄 내 같은 지린내가 스며들었다. 글래스는 벌떡 일어나 문을 발로 차서 닫고는 다시 의자로 돌아왔다. 그러고는 너무 뜨거워서 레너드는 홀짝이기도 힘든 커피를 단숨에 들이마셨다. 커피는 삶은 양배추맛이었다. 설탕맛에 집중하는 수밖에 없었다.

글래스가 의자에 앉은 채 몸을 앞으로 기울였다. "자네가 아는 걸 말해주게."

레너드는 로프팅과 만났던 이야기를 했다. 자신이 듣기에도 목소리가 꼭 새침데기 같았다. 글래스를 존중하는 뜻에서 그는 자신의 't' 발음을 순화하고 'a' 발음을 죽이려 애썼다.

"하지만 그 장비가 뭔지, 혹은 수행해야 하는 테스트가 뭔지는 전혀 모른단 말이군."

"그렇습니다."

글래스는 의자에 기대며 기지개를 쭉 펴더니 머리 뒤로 깍지를 꼈다. "멍청한 셸드레이크. 진급이 결정되자 도무지 엉덩짝을 붙이고 있질 못하더군. 자네 물건을 책임질 사람 하나 남겨두지 않았어." 글래스는 딱하다는 눈으로 레너드를 바라보았다. "영국인들이란. 스타디움에 들어앉은 친구들이 뭘 좀 진지하게 받아들이도록 만들기란 여간 힘든 일이 아닐세. 신사인 척하기 바빠 일들을 안 하신다니까."

레너드는 아무 말도 하지 않았다. 의리를 지켜야 한다는 생각이었다.

글래스는 그를 향해 커피잔을 들어 보이며 미소지었다. "하지만 자네 같은 기술 분야 사람들은 다르지, 안 그런가?"

"아마 그럴 겁니다."

바로 그때 전화벨이 울렸다. 글래스는 수화기를 낚아채 삼십초쯤 귀를 기울이더니 "아니. 지금 갑니다"라고 말했다. 그는 수화기를 놓고 일어섰다. 그리고 레너드에게 손짓으로 문 쪽을 가리켰다. "그러니까 창고에 대해선 아무것도 모른다고? 아무도 자네한테 알트글리니케 얘길 안 해줬단 건가?"

"그런 것 같습니다."

"지금 우리가 가는 데가 거기야."

그들은 층계참으로 나섰다. 글래스가 세 개의 열쇠로 문을 잠갔다. 고개를 설레설레 젓던 그는 혼자 웃으며 중얼거렸다. "영국놈들, 그 셸드레이크란 놈. 그 멍청한 새끼들."

2

자동차는 실망스러웠다. 아까 지하철을 내려 놀렌도르프 가로 오는 길에 레너드가 보았던 파스텔톤의 미국 차는 테일핀*과 크롬 테로 장식되어 있었다. 그런데 이 회갈색 비틀은 연식이 채 일 년도 되지 않았는데 산酸을 뒤집어쓴 꼬락서니였다. 페인트를 칠한 부분이 거칠게 일어났다. 내부 편의설비를 모조리 뜯어낸 통에 재떨이, 바닥 깔개, 문손잡이 둘레의 플라스틱 몰딩, 심지어 기어 손잡이도 없었다. 소음기는 불량이거나 중후한 군용차량처럼 보이기 위해 손을 댄 게 틀림없었다.

* 차량 후방에 설치하는 장식.

차 바닥에 뚫린 완벽한 원형의 구멍을 통해 휙휙 스치고 지나가는 아스팔트가 보였다. 윙윙 울리는 이 싸늘한 양철통은 그들을 태우고 안할터 기차역의 다리 밑을 포효하며 천천히 지나가고 있었다. 글래스는 기어를 4단에 넣고 오토매틱처럼 운전하는 식이었다. 시속 30킬로미터인데도 차체가 덜덜 떨렸다. 하지만 머뭇거림이 아니라 당당함에서 비롯된 속도였다. 글래스는 운전대 윗부분을 양손으로 움켜잡고 보행자들과 다른 운전자들을 날날이 뜯어보았다. 수염이 난 턱을 치켜든 채였다. 그는 미국인이고 이곳은 미국 구역이었다.

널찍한 그나이제나우 가에 들어서자 비로소 글래스는 시속 40킬로미터까지 속도를 올리고 운전대를 움켜잡고 있던 오른손으로 기어를 잡았다.

"자." 그가 제트기 조종사처럼 좌석에 푹 기대앉으며 외쳤다. "우리는 알트글리니케를 향해 남쪽으로 가고 있는 걸세. 러시아 구역 바로 건너편에 레이더기지를 하나 건설했거든. AN/APR9이라고 들어봤나? 금시초문인가? 그건 첨단 리시버라네. 쇠네펠트 가까이에 소비에트군의 공군기지가 있거든. 그쪽에서 발신되는 신호를 잡으려는 거지."

레너드는 마음이 불편했다. 레이더에 대해서는 아는 게 전혀 없었다. 그의 전문 분야는 전화였다.

"자네 기기는 그 건물 어느 방에 있네. 시험용 설비들을 쓰게 될 거야. 원하는 게 있으면 뭐든 나한테 말하게, 알았나. 다른 사람한테 부탁해선 안 돼. 확실히 알아들었지?"

레너드는 고개를 끄덕였다. 뭔가 엄청난 착오가 있었던 게 틀림없다는 느낌에 사로잡혀 앞만 바라보았다. 하지만 절대적으로 필요한 경우가 아니라면 절차에 이의를 제기하는 건 어리석은 짓이라는 걸 그는 경험으로 알고 있었다. 과묵한 사람은 실수가 훨씬 적다. 아니, 적어 보인다.

저 앞의 신호등은 빨간불이었다. 글래스는 속도를 25킬로미터까지 떨어뜨리고 클러치에 발을 올려놓은 채 달리다 차를 멈췄다. 그러고는 기어를 중립에 놓았다. 그는 오른쪽으로 몸을 돌려 말이 없는 동승자를 바라보았다. "이보게, 마넘. 레너드. 제발 부탁인데 긴장 풀어. 얘기 좀 해봐. 무슨 얘기든 해보라고." 레너드가 레이더에 대해서는 아무것도 모른다고 말하려는데, 글래스가 성난 질문 공세를 펴기 시작했다. "결혼은 했나? 학교는 어딜 다녔지? 좋아하는 건 뭐고? 지금 무슨 생각을 하고 있나?" 그때 신호가 바뀌었고 그는 1단 기어를 찾느라 말을 잇지 못했다.

뭐든 정리하기 좋아하는 사람답게 레너드는 질문들을 순서대로 처리했다. "아니요, 결혼 안 했습니다. 결혼 근처에도 가본 적 없어요. 아직 부모님 집에 삽니다. 버밍엄 대학에서 전자공학을 전공했고요. 어젯밤에 독일 맥주를 좋아한다는 사실을 알게 됐습니다. 그리고 레이더 장비를 살필 사람을 찾으신다면……"

글래스가 손을 번쩍 들었다. "말도 마. 이게 다 그 멍청한 셸드레이크 때문이라니까. 우리가 갈 데는 레이더기지가 아니야, 레너드. 자네도 알고 나도 알지. 하지만 자네는 아직 3급 허가를 받지 못했고 그래서 지금 레이더기지로 가는 거란 말이야. 출입문에서 일이 꼬이고 굴욕을 당하겠지. 자네는 통과가 안 될 테니까. 하지만 그건 내 문제지. 여자 좋아하나, 레너드?"

"뭐, 예, 그게, 솔직히 말해서 그렇습니다."

"좋아. 오늘밤에 같이 뭔가 해볼 수 있겠군."

이십 분도 되지 않아 그들은 교외를 벗어나 단조롭고 삭막한 시골로 들어섰다. 드넓은 갈색 벌판 사이사이 축축하게 젖어 뒤엉킨 풀들로 뒤덮인 배수로가 지나갔고, 헐벗은 나무와 전신주들이 드문드문 서 있었다. 농가들은 도로를 등지고 각자의 자리에 낮게 웅크리고 있었다. 질척거리는 비포장도로를 따라올라가면 반쯤 지어진 집들이 있는 개간지가 나왔다. 새 교외 택지였다. 벌판 한가운데 반쯤 지어진 아파트도 한 동 있었다. 계속 가면 도로 바로 옆으로 재활용 목재와 물결 모양의 양철판으로 지은 판잣집들이 있었는데, 글래스의 설명으로는 동독 난민들이 산다고 했다.

그들은 더 좁은 도로로 접어들었다. 길은 갈수록 좁아지다가 비포장도로로 변했다. 좌측으로 빠지자 새로 닦은 도로가 나왔다. 글래스가 수염이 난 턱을 치켜들고 어딘가를 가리켰다. 200미터 전방에, 처음에는 바로 뒤 과수원의 황량한 풍경에 묻혀 잘 보이지 않던 목적지가 나타났다. 차츰 형태가 또렷해지면서 두 채의 주건물이 보였다. 하나는 지붕물매가 완만한 2층 건물이었고 거기서 비스듬히 떨어져나온 또다른 건물은 교도소 독방동처럼 야트막하고 회색이었다. 일렬로 난 창문들은 벽돌을 쌓아 막아둔 듯 보였다. 둘째 건물 지붕 위에는 둘은 크고 둘은 작은 네 개의 구체가 모여 있어 살찐 두 손을 뻗은 살찐 남자를 연상시켰다. 근처의 무선안테나들이 구름 낀 흰색 하늘을 기하학적으로 섬세하게 장식했다. 가건물들, 순환 지선도로, 거친 땅 한 뙈기를 지나자 이중 경계 철책이 나타났다. 둘째 건물 앞에 군용트럭 세 대가 서 있었고 작업복 차림의 군인들이 그 주위를 맴돌았다. 아마 화물을 부리는 모양이었다.

글래스는 부지 끝까지 가서 차를 세웠다. 앞쪽 차단기 옆에 선 초병이 그들을 감시하고 있었다. "보안등급 1급에 대해 얘기해주지. 이 건물을 지은 공병이 창고를 지으라는 명령을 받는 거야. 평범한 군용창고 말이야. 자, 지시사항에는 천장높이 4미터 정도의 지하실을 만들라고 명시돼 있네. 꽤 깊지. 말인즉슨 엄청난 흙을 파고, 그 흙을 갖다 버릴 덤프트럭들이 필요하고, 부지를 찾는 것 등등을 의미하네. 게다가 군용창고는 원래 그런 식으로 짓지 않아. 그래서 그 지휘관은 워싱턴으로부터 직접 확인을 받기 전까지는 움직일 수 없다고 명령을 거부하지. 그는 따로 불려가 그 시점에 보안등급이라는 게 있고 자기 등급이 2급으로 상향조정된다는 사실을 알게 돼. 그리고 실은 자기가 짓는 게 창고가 아니라 레이더기지이고, 지하실을 깊이 파는 것은 특수장비 때문이라는 얘기를 듣게 되는 거야. 그렇게 해서 그는 작업에 착수하고 마음도 흡족하지. 자기가 이 부지에서 건물의 진짜 용도가 무엇인지 아는 유일한 인물이니까. 하지만 그 친구 생각은 틀렸어. 3급을 받았다면 그게 레이더기지가 아니라는 사실을 알았을 테니까. 셸드레이크에게 브리핑을 받았다면 자네도 알 테고. 나야 알지만, 자네 보안등급을 조정해줄 자격은 없거든. 그래도 요점은 이거야. 누구나 자기 보안등급이 최고인 줄 알고, 누구나 자기가 전모를 알고 있다고 생각해. 더 높은 등급이 있다는 건 누군가 알려줄 때야 알게 되는 거지. 이번 일에도 4급이 있을지 모르네. 가능할지는 모르겠지만, 내 등급이 조정되는 일이 생기면 그때 가서야 알게 되겠지. 하지만 자네는……"

글래스가 머뭇거렸다. 두번째 초병이 초소에서 나와 앞으로 오라고 손짓하고 있었다. 글래스가 재빨리 덧붙였다. "자넨 2급이지만, 3급이 있다는 걸 알지. 그건 사실 규정 위반이야. 변칙적 상황이라고. 그러니까 차라리 자네한테 내막을 알려주는 게 나을지도 모르겠어. 하지만 난 그러지 않을 거야. 내 살길 먼저 찾은 뒤라면 몰라도."

글래스는 앞쪽으로 차를 몰아가서 창문을 내렸다. 지갑에서 카드 한 장을 꺼내 초병에게 건넸다. 차 안의 두 남자는 군인의 군용코트 중간쯤 달린 단추들을 뚫어져라 보고 있었다.

잠시 후 친절해 보이는 골격 큰 얼굴이 차창을 가득 채우더니 밥 글래스 옆자리의 레너드에게 말을 걸었다. "저한테 주실 게 있을 텐데요."

레너드는 돌리스 힐의 연구소에서 써준 추천서를 꺼냈다. 하지만 글래스가 "빌어먹을, 그건 안 돼" 하고 중얼거리더니 초병의 손이 닿지 않는 곳으로 추천서를 밀어냈다. 그러고는 말했다. "얼굴 좀 치워봐, 하위. 내가 차에서 내릴게."

두 남자는 초소로 향했다. 차단기 앞에 진을 치고 있던 다른 초병이 마치 의례라도 치르듯 정중하게 총을 치켜들었다. 글래스가 지나갈 때는 목례를 했다. 글래스는 아까 그 초병과 함께 초소로 들어갔다. 활짝 열린 문을 통해 글래스가 통화하는 소리가 들렸다. 오 분 후 그는 차로 돌아와 창문 너머로 말했다.

"안에 들어가서 설명을 해야겠어." 그러고서 가려다가 마음을 바꿔 차에 탔다. "한 가지 알아둬. 문을 지키는 이 친구들은 아무 것도 몰라. 심지어 창고에 대해서도 모른다고. 그냥 중대 보안사항이라 철통같이 지켜야 한다는 것만 알 뿐이지. 자네가 누군지 알려주는 건 상관없지만 무슨 일을 하는지는 절대 알리지 마. 그러니까 추천서를 여기저기 보여주고 다니지 말란 말이야. 아니, 이리 내. 사무실 파쇄기에 넣어버리게."

글래스는 문을 쾅 닫고 성큼성큼 걸어가면서 레너드의 추천서를 접어 주머니에 넣었다. 그리고 차단기 밑으로 고개를 숙이고 들어가더니 2층 건물로 향했다.

그러고 나서 권태로운 일요일의 침묵이 알트글리니케에 깔렸다. 초병 하나는 내내 길 한가운데 서 있었다. 동료는 초소에 앉아 있었다. 철책 안쪽에서는 아무 움직임이 없었다. 트럭들은 야트막한 건물 뒤로 돌아가 보이지 않았다. 들리는 소리라고는 금속이 수축하며 불규칙하게 내는 탁탁 소리뿐이었다. 자동차의 양철판이 냉기를 빨아들이고 있었다. 레너드는 개버딘 재킷을 꼭 여몄다. 차에서 내려 좀 서성거리고 싶었지만 초병 때문에 마음이 편치 않았다. 그래서 두 손을 맞부딪치고는 금속 바닥에 발을 대지 않으려 애쓰면서 기다렸다.

이내 야트막한 건물의 옆문이 열리고 남자 둘이 걸어나왔다. 한 남자가 돌아서서 문을 잠갔다. 둘 다 180센티미터는 족히 넘을 것 같았다. 그들은 바짝 깎은 머리에 헐렁한 카키색 바지 밖으로 회색 티셔츠를 꺼내 입은 차림이었다. 추위에는 면역이 된 모양이었다. 그들은 점점 간격을 넓혀가면서 주황색 럭비공을 계속 주고받았다. 두 남자가 그렇게 멀어지는 사이, 공은 이윽고 길이가 긴 쪽의 축을 중심으로 부드럽게 회전해 말도 안 되게 긴 포물선을 그렸다. 두 손을 쓰는 럭비 스로인이 아니라 한 손으로 던지는 피치였다. 마치 채찍을 휘두르듯 어깨 위에서 곡선을 그리는 움직임. 레너드는 미식축구 경기를 한 번도 본 적이 없었고 더욱이 설명을 들어본 적도 없었다. 쇄골 바로 위쪽의 높은 지점에서 공을 받아내는 이 기계적인 반복은 진지한 연습이라고 보기에는 지나치게 과시적이고 자기애적으로 보였다. 육체적인 기량을 노골적으로 드러내는 꼴이었다. 다 큰 어른들이 으스대는 모습이라니. 유일한 관중, 즉 꽁꽁 얼어붙은 독일 차에 탄 영국인은 혐오감을 느끼면서도 매혹되어 그들을 지켜보았다. 정말이지 공을 던지기 직전 왼손을 그렇게 과장스레 쭉 뻗거나 상대의 피치를 보고 바보처럼 야유할 필요는 없었다. 그러나 주황색 공을 높이 띄우는 것은 솔직하게 발산되는 의기양양한 힘이었다. 하얀 하늘을 가로질러 날아가는 공의 정확성, 상승했다 낙하하는 포물선의 대칭, 캐치를 절대 놓칠 리 없다는 확신은 거의 아름다울 지경이었고, 그 배경—콘크리트, 이중 철책과 그것에 딸린 기능적인 Y자형 기둥들, 그리고 추위—을 자연스럽게 무너뜨리고 있었다.

다 큰 어른 둘이 그토록 공공연하게 유희를 즐긴다는 것, 바로 그것이 그가 눈길을 떼지 못하면서도 짜증스러웠던 이유였다. 크리켓을 좋아하는 영국 부사관들이었다면 정식으로 공지된 팀 연습시간을 기다리든가, 적어도 제대로 된 즉흥 경기를 준비했을 것이다. 그에 비하면 이것은 순 허세에다 유치한 수작이었다. 그들은 계속 공을 주고받았다. 십오 분 후 그중 한 명이 시계를 보았다. 그들은 어슬렁어슬렁 걸어가 옆문을 열고 들어갔다. 그들이 사라지고 일 분가량, 철책과 야트막한 건물 사이 해묵은 잡초가 무성한 땅에 그들의 부재가 도드라졌다가 차츰 희미해졌다.

초병이 줄무늬 차단기의 한쪽 끝에서 반대쪽 끝으로 가더니 초소 안의 동료를 흘낏 보고는 제 위치로 돌아가 콘크리트 바닥에 발을 굴렀다. 십 분 후 밥 글래스가 2층 건물에서 황급히 나왔다. 미 육군 지휘관도 함께였다. 그들은 고개를 숙여 차단기 밑으로 나와 초병의 양옆으로 지나왔다. 레너드가 차에서 내리려고 하는데 글래스가 차창을 내리라는 손짓을 했다. 그는 대동한 남자를 에인절 소령이라고 소개했다. 글래스가 한 발 물러서자 소령이 몸을 숙이더니 말했다. "환영하오, 젊은이!" 길고 푹 꺼진 얼굴이 바짝 깎은 수염 탓에 파리해 보였다. 그가 검은 가죽

장갑을 낀 손으로 레너드에게 서류를 건네주었다. "파쇄기에 들어가려는 걸 내가 구해왔다오." 그는 기밀사항이라도 되는 양 짐짓 목소리를 낮추었다. "밥의 열의가 좀 지나쳤던 것 같소. 앞으로는 소지하고 다니지 마시오. 집에 두도록. 우리가 통행증을 발급해주겠소." 소령의 애프터셰이브 냄새가 싸늘한 차 안으로 흘러들어왔다. 셔벗 레몬스* 향이었다. "당신과 함께 이곳을 둘러보도록 밥에게 허가해줬소. 전화상으로는 예외적인 인가를 내줄 권한이 없어서 직접 이 친구들하고 얘기를 좀 하러 나온 거요."

그는 초소로 갔다. 글래스는 운전석에 올라탔다. 차단기가 올라가고, 그들이 지나가자 소령이 한 손가락만 관자놀이에 대고 익살맞게 경례를 붙였다. 레너드는 손을 흔들다가 바보 같다는 느낌에 내리고 억지로 미소를 지었다.

그들은 2층 건물 옆 군용트럭과 나란히 차를 세웠다. 모퉁이 너머 어딘가에서 디젤 발전기 소리가 들렸다. 글래스는 레너드를 입구로 안내하는 대신 팔꿈치로 쿡쿡 찌르며 잔디밭을 가로질러 철책 쪽으로 몇 걸음 가더니 그 너머를 가리켰다. 벌판 너머 100미터 떨어진 지점에서 군인 두 명이 쌍안경으로 그들을 지켜보고 있었다. "러시아 점령구역이네. 포포스**가 밤낮으로 우리

* 영국에서 인기 있는 레몬맛 사탕.

를 감시하지. 우리 레이더기지에 대한 관심이 대단하거든. 여기를 드나드는 건 사람과 물건을 막론하고 전부 기록해. 자네는 지금 처음으로 저들 시야에 잡힌 거야. 정기적으로 드나드는 걸 보면 저들은 자네에게 암호명까지 붙일지 몰라." 그들은 다시 자동차 쪽으로 걸어갔다. "그러니까 제일 먼저 명심할 것은 항상 레이더기지를 방문하는 사람인 척 행동하라는 거지."

레너드는 공을 갖고 있던 군인들에 대해 물어보려 했지만, 글래스가 앞장서서 건물 옆쪽으로 가며 어깨 너머로 계속 외쳐댔다. "자네 장비가 있는 데로 데려가려고 했는데, 아무렴 어때. 차라리 현장을 보는 게 나을 것 같아." 그들은 모퉁이를 돌아 웅웅거리는 발전차 두 대 사이로 지나갔다. 글래스가 어느 문을 열고 들어가 잡아주어서 레너드도 들어가보니, 짧은 통로 끝에 '무단출입금지'라고 쓰인 문이 나왔다. 창고는 창고였다. 철제 대들보에 매달린 수십 개의 알전구가 어둠침침하게 불을 밝힌 거대한 콘크리트 공간. 볼트로 고정된 금속 프레임 파티션 사이사이 물품과 나무상자, 궤짝 들이 각각 들어가 있었다. 창고 한쪽 끝은 텅 비어 있었고 기름으로 얼룩진 바닥을 가로질러 움직이고 있는 지게차가 보였다. 레너드는 글래스를 따라 포장에 스텐실로

** Vopos, 동독 인민경찰을 가리키는 Volkspolizei의 줄임말.

'파손 주의'라고 찍힌 물품들 사이를 지나 지게차 쪽으로 갔다.

"자네 물품 중 일부는 아직 여기 있네." 글래스가 말했다. "하지만 대부분 벌써 자네 방에 옮겨놨지."

레너드는 아무것도 묻지 않았다. 글래스가 비밀의 베일을 천천히 벗기면서 즐거워하는 기색이 역력했던 것이다. 그들은 빈 공간 옆에 서서 지게차를 구경했다. 지게차가 서 있던 자리에는 휘어진 강철 부품들이 차곡차곡 쌓여 있었다. 대략 너비 30센티미터에 길이 1미터쯤 되는 크기였다. 수십 개, 아니 수백 개쯤 되어 보였다. 그중 몇 개는 지금 들려올라가는 중이었다.

"내벽에 대는 강철판이야. 뭔가 부딪혀도 쾅쾅거리지 말라고 고무용액을 뿌렸지. 우리는 이쪽 것들을 따라가면 돼." 그들은 콘크리트 경사로를 타고 지하로 내려가는 지게차를 뒤따라갔다. 운전석에서 육군 작업복 차림의 땅딸막하고 근육질인 남자가 몸을 돌려 글래스에게 목례를 했다. "저 친구는 프리츠야. 우린 저치들을 전부 프리츠라고 부르지. 겔렌*의 부하고. 누구 말하는 건지 자네 아나?" 레너드의 대답은 아래쪽에서 훅 끼쳐오는 냄새에 틀어막혔다. 글래스가 말을 이었다. "프리츠는 나치 당원이었

* 라인하르트 겔렌. 독일 군인이자 첩보활동 전문가. 2차 세계대전 때 독일 국방군 방첩부의 소련 관계 책임자로 히틀러의 신임을 받음. 대전 말기 미국에 투항한 후 대소련 스파이 조직을 이끌었다.

어. 겔렌의 부하들은 거의 다 그랬지. 하지만 이놈은 진짜 끔찍했어." 그러고는 악취를 맡은 레너드의 반응이 못마땅했지만 미소를 지어 보였다. 어쨌든 손님을 초대해놓고 더없이 흐뭇했으니. "그래, 그것도 다 사연이 있어. 나중에 말해주지."

나치는 지게차를 지하실 한 귀퉁이로 몰고 가서 시동을 껐다. 레너드는 경사로 끄트머리에 글래스와 함께 서 있었다. 악취는 지하실 바닥 3분의 2를 차지하고 천장까지 쌓여 있는 흙에서 나는 것이었다. 레너드는 할머니 생각을 했다. 정확하게는 할머니가 아니라 할머니 댁 정원 구석 빅토리아 자두나무 아래 있던 변소였지만. 그 안은 여기 지하처럼 어둑했다. 나무 변기는 테두리가 닳아 반들반들했고 하도 벅벅 닦아대서 거의 하얬었다. 이건 그 구멍에서 올라오던, 여름만 아니면 아주 불쾌하지는 않던 냄새였다. 흙과 끔찍한 습기, 그리고 화학물질로도 완벽하게 중화되지 못한 인분의 냄새.

글래스가 말했다. "예전엔 이 지경은 아니었어."

지게차 옆에 환하게 불을 밝힌 구멍이 있었다. 깊이가 6미터쯤 되고 지름도 그와 비슷했다. 철제 사다리가 그 수직갱도 바닥에 박힌 말뚝에 볼트로 고정되어 있었다. 갱도 벽의 제일 밑부분에는 시커먼 원형의 구멍이 뚫려 있었다. 터널 입구였다. 갖가지 도관이며 전선이 위쪽에서 내려와 그리로 들어갔다. 지하실 벽에 딱 붙어 설치한 시끄러운 펌프로 이어진 통풍관, 군용 전화선, 굵은 전선줄 한 다발, 그리고 예의 펌프 옆에 소리 없이 서 있는 작은 기계로 연결된, 시멘트가 길게 묻은 호스 한 줄까지.

구멍 언저리에 덩치 큰 남자 네댓 명이 모여 있었는데, 레너드는 그들이 터널 작업을 하는 부사관들이라는 걸 알게 되었다. 한 명은 구멍 가장자리에 자리잡은 윈치를 조작하고 있었고, 또 한 명은 군용 전화기에 대고 통화하는 중이었다. 그는 글래스를 향해 느릿느릿 손을 들어 보이더니 뒤돌아 통화를 계속했다. "그 친구 하는 얘기 들었잖나. 자네들은 바로 그들 발밑에 있는 거란 말이야. 천천히 해체하고, 제발 살살 하라고." 그는 잠시 듣고 있다가 상대방의 말허리를 잘랐다. "자네, 내 말 들어, 내 말 좀 들으라고, 아니, 들어봐, 화를 내고 싶으면 여기 와서 내란 말이야." 그는 전화기를 내려놓고 구멍 건너편의 글래스에게 말했다. "빌어먹을 잭*이 또 꼼짝달싹 안 해요. 오늘 아침만 두번째입니다."

글래스는 그들 중 누구에게도 레너드를 소개하지 않았고 그들도 레너드의 존재에 관심이 없었다. 좀더 잘 보이는 곳을 찾아 레너드가 갱도 주위를 도는데도 마치 투명인간인 양 아무도 눈여겨보지 않았다. 이후로도 늘 그런 식이었고, 그도 곧 그러는

* 자동차 등을 들어올리는 기계.

데 익숙해졌다. 자기 일과 상관없다면 다른 사람과 이야기를 나누지 않는다. 이런 조치는 한편으로는 보안에 대한 염려 때문이었지만, 레너드가 훗날 알게 된 바로는 남성 특유의 능력지상주의 때문이기도 했다. 능력만 있다면 낯선 사람을 치고 지나가거나 얼굴을 뻔히 보고도 무시한 채 대화해도 상관이 없었다.

구멍 가장자리를 따라 돌던 그는 또다른 언쟁을 목격했다. 작은 화차가 레일을 타고 터널에서 갱도로 나왔다. 화차에는 흙이 가득 든 직사각형 나무상자가 실려 있었다. 화차를 밀고 나온 웃통을 벗은 남자가 강철 케이블과 갈고리를 내려주지 못하겠다는 윈치 옆 남자를 올려다보며 소리쳤다. 그러자 그 남자는 아래를 향해 어차피 유압잭이 고장나서 벽판을 터널 막장으로 보내봤자 소용없다고, 그러니까 지하실의 지게차는 화물을 부릴 수 없고, 흙 상자를 올려봤자 옮길 수 없다고 소리를 질렀다. 그러니 차라리 그 자리에 그냥 두는 편이 낫다는 것이었다.

갱도의 남자는 자신을 향해 쏟아지는 불빛 아래서 인상을 찌푸렸다. 무슨 소리인지 똑똑히 듣지 못한 것이었다. 윈치 담당이 설명을 되풀이했다. 터널 담당은 고개를 가로젓고는 큼지막한 손을 허리에 얹었다. 그리고 상자를 윈치로 올린 다음 지게차가 준비를 마칠 때까지 옆에 두면 되지 않느냐고 호통을 쳤다.

윈치 담당에게는 준비된 대답이 있었다. 그럴 시간이 있으면 윈치의 기어장치를 살펴보겠다는 것이었다. 구멍 속 남자는 제기랄, 상자를 올리고 나서 하면 되잖아, 라고 했다. 퉤질, 절대 안 된다니까, 라고 윈치 옆의 남자가 응수했다.

남자는 자기가 올라가겠다고 했고, 윈치를 작동하는 남자는 얼마든지 상대해줄 테니 올라오라고 했다.

구멍 속 남자가 윈치 쪽을 노려보았다. 눈은 거의 감기다시피 했다. 잠시 후 그는 사다리를 후다닥 뛰어올라갔다. 싸움이 날지도 모른다고 생각하니 레너드는 속이 메슥거렸다. 글래스를 바라보았다. 그는 팔짱을 낀 채 고개를 갸웃했다. 사다리 꼭대기까지 올라온 남자는 어느새 장비 뒤쪽으로 갱도 주위를 빙 돌아 윈치로 다가갔다. 거기 있던 남자는 쳐다보지도 않고 고집스레 하던 일을 계속했다.

그러자 어쩐 일인지 다른 부사관들이 점점 가까워지던 두 사람 사이로 무심하게 어슬렁어슬렁 끼어들었다. 진정시키는 목소리들이 어지러이 오갔다. 터널 담당은 윈치 담당에게 욕설을 줄줄이 쏟아냈지만 상대는 기계에 드라이버를 대고 돌리면서 묵묵부답으로 일관했다. 말하자면 긴장 완화 절차인 셈이었다. 다른 사람들은 잭이 고장난 김에 핑계삼아 좀 쉬라며 분해하는 남자를 타일렀다. 마침내 그는 혼잣말을 중얼거리고 굴러다니는 돌멩이를 발로 차며 경사로 쪽으로 성큼성큼 걸어갔다. 그가 가버려도 아무 반응이 없었다. 윈치를 잡은 남자는 갱도에다 침을 뱉었다.

글래스가 레너드의 팔꿈치를 붙잡았다. "작년 8월부터 작업에 매달린 사람들이지. 하루종일 여덟 시간씩 교대로 근무하면서."

그들은 연결 통로를 통해 본부 건물로 향했다. 유리창 앞에서 글래스가 발길을 멈추고 철책선 너머 감시초소를 또다시 가리켰다. "우리가 얼마나 멀리 갔는지 알려주지. 저 포포스 너머 공동묘지 보이지? 바로 그 뒤에 군용차량들이 있고. 거기가 쇠네펠트 대로라는 간선도로야. 우리는 바로 그 밑에 있고, 곧 저 도로를 넘어갈 거네."

동독 트럭들과의 거리는 300미터쯤 되었다. 레너드는 대로를 오가는 차들을 알아볼 수 있었다. 글래스가 걸음을 옮겼고, 레너드는 처음으로 그의 일처리 방식이 짜증스러웠다.

"글래스 씨……"

"밥이라고 부르게."

"이게 다 무슨 일인지 저한테 말씀해주긴 하실 겁니까?"

"당연하지. 자네와 가장 관계가 깊은 대목이니까. 저 대로 너머 배수로에 모스크바 고위사령부와 연결되는 소련 육상통신선이 매설돼 있네. 동유럽 수도들과 주고받는 모든 통신은 베를린을 거쳐 다시 나가지. 옛날 제정 통치가 남긴 유산이랄까. 그쪽 일은 위로 파올라가서 도청장치를 설치하는 거야. 나머지는 우리가 처리할 거고." 글래스는 꿋꿋이 걸어 스윙도어를 지나 로비로 들어갔다. 형광등이 비추는 그곳에는 코카콜라 자판기 한 대가 있고 타이프라이터 소리가 들려왔다.

레너드는 글래스의 소매를 붙잡았다. "이것 봐요, 밥. 전 굴착에 대해서는 아무것도 아는 게 없는데다 사실 그…… 설치라든가 다른 것도……"

글래스가 신이 나서 소리를 질렀다. 그는 열쇠를 하나 꺼내들고 있었다. "진짜 재밌군. 내 말은 영국 쪽 일이라고, 이 바보 친구야. 자네 일은 여기 이 안에 있네." 그는 자물쇠를 열고 팔을 뻗어 불을 켜고는 레너드가 먼저 들어가도록 비켜주었다.

널찍하고 창이 없는 방이었다. 한쪽 벽에 가대식架臺式 탁자 두 개가 붙어 있고 그 위에 기본적인 회로시험 장비와 납땜인두가 놓여 있었다. 나머지 공간은 천장까지 열 단으로 쌓아올린 똑같은 판지상자들이 차지하고 있었다.

글래스는 제일 가까운 상자를 발로 툭 찼다. "앰펙스* 테이프리코더 백오십 대야. 자네가 처음 할 일은 기기를 꺼내고 상자는 폐기하는 거지. 건물 뒤쪽에 소각로가 하나 있네. 그 일만 해도

* 미국의 테이프리코더 제조사. 그 회사의 테이프리코더를 통칭하기도 한다.

이삼일은 걸릴걸. 그다음에는, 테이프리코더마다 일일이 플러그를 꽂고 시험을 해야 하네. 여분의 부품을 어떻게 주문하는지는 내가 알려주지. 신호가 감지되면 기기가 작동하게 하는 법은 아나? 잘됐네. 전부 그런 식으로 개조해주게. 그게 시간이 좀 걸릴 거야. 그다음에는 회로를 앰프에 연결하는 작업을 도와야 할 수도 있어. 그러고 나서 설치하는 거지. 아직 굴착중이니까 시간은 있네. 그래도 4월에는 이 기계들이 돌아가는 걸 봤으면 좋겠어."

레너드는 뭐라 설명하긴 어렵지만 기분이 좋아졌다. 그는 옴계를 하나 집어들었다. 갈색 베이클라이트 합성수지로 마감된 독일제였다. "저항이 낮은 물질에는 이보다 더 정밀한 기기가 필요합니다. 통풍장치도 필요해요. 이 안에서는 결로가 문제될 수 있으니까요."

글래스는 치하하듯 수염 난 턱을 치켜들더니 레너드의 등을 툭 쳤다. "바로 그런 정신이야. 무리하다 싶을 만큼 요구를 하게. 그런 건 전부 존중할 테니."

레너드는 글래스의 표정에 비꼬는 기색은 없는지 자세히 살펴보려 했지만, 그는 이미 불을 끄고 열린 문을 붙잡고 있었다.

"내일 시작하게. 공구시에. 자, 그럼 계속 둘러볼까."

레너드가 본 것이라고는 근처 막사에서 따뜻한 음식을 들여오는 구내식당, 글래스의 사무실, 마지막으로 샤워실과 화장실뿐이었다. 이런 편의시설을 하나씩 소개하는 일 역시 이 미국인은 더없이 즐거운 모양이었다. 그는 화장실이 걸핏하면 막힌다며 진지하게 주의를 주었다.

소변기 앞에 그대로 서서 글래스는 이야기를 들려주었다. 그러던 중 두 번 다른 사람이 들어왔는데 그때마다 그는 교묘하게 소소한 이야기로 화제를 슬쩍 돌렸다. 항공정찰로 드러난 바에 따르면 배수가 가장 잘된 땅, 즉 터널을 뚫기에 가장 적합한 땅은 동독 구역의 공동묘지를 관통하는 곳이었다. 오랜 토론 끝에 이곳에 터널을 뚫자는 안은 포기했다. 러시아가 그 터널을 발견하는 건 시간문제였다. 미국이 독일인의 무덤을 능욕했다는 소식으로 선전전의 승리를 그들에게 넘겨줄 이유는 없었다. 더구나 터널을 파는 부사관들도 머리 위에 썩어가는 관들이 있는 걸 반기지 않을 터였다. 그래서 터널은 묘지의 북쪽을 지나가는 것으로 확정되었다. 그러나 굴착에 착수한 첫 달에 물을 만나고 말았다. 공병들은 지하수가 고여 있는 거라고 했다. 부사관들은 그들에게 내려와서 직접 냄새를 맡아보라고 했다. 설계자들이 묘지를 피하려다가 이 시설의 정화조와 이어지는 배수지를 관통하도록 터널의 경로를 정했던 것이다. 노선을 변경하기에도 너무 늦어버렸다.

"우리가 뭘 뚫고 지나갔는지 말해줘도 못 믿을걸. 게다가 그게

다 우리가 싼 거라니까. 차라리 썩어가는 시체였으면 마음이 훨씬 편했을 거야. 그때 다들 얼마나 성질을 부렸는지 자네도 봤어야 해."

그들은 구내식당에서 점심을 먹었다. 포마이카 식탁이 줄지어 늘어서 있고 창가에는 관상식물들이 놓인 밝은 공간이었다. 글래스는 스테이크와 프렌치프라이를 2인분 주문했다. 스테이크 고기는 이제껏 레너드가 정육점 외에 다른 곳에서 본 것 중에서는 제일 큼지막했다. 접시 안에 다 담기지도 않았고, 다음날까지도 턱이 욱신거렸다. 그가 차를 주문하자 한바탕 난리가 났다. 요리사가 창고에 있을 거라고 믿어 의심치 않는 티백을 찾아 수색작전이 시작될 참이었다. 레너드는 마음이 바뀌었다고 둘러대고 글래스와 같은 걸 마셨다. 시리도록 차가운 레모네이드를, 자신을 데려온 사람과 똑같이 병째 마신 것이다.

얼마 후 다시 차를 타러 가는 길에 레너드는 앰펙스의 회로도를 가져가도 되느냐고 물었다. 저녁 어스름이 도시에 깔릴 무렵 군수품 소파에 웅크리고 앉아 스탠드 불빛 아래 회로도를 읽는 자신의 모습이 눈앞에 선했다. 건물을 막 나서는 참이었다.

글래스는 진심으로 짜증을 냈다. 우뚝 멈춰 서더니 힘주어 말했다. "미쳤나? 이 일하고 상관있는 건 절대로, 아무것도 집에 가져가면 안 돼. 알겠나? 회로도도, 메모도, 하다못해 뒤질 드라이버 하나도 안 돼. 알아들었어?"

험한 말에 레너드는 눈을 끔벅거렸다. 영국에서는 집에 일거리를 가져갔고, 심지어 그걸 무릎 위에 놓고 앉아서 부모님과 함께 라디오를 듣기도 했다. 그는 안경을 콧잔등 위로 밀어올렸다.
"그럼요. 알겠습니다. 죄송합니다."

건물 밖으로 나오며 글래스는 아무도 없다는 걸 확인하느라 주위를 두리번거렸다. "정부는, 그러니까 미국 정부는 이 작전에 수백만 달러를 들이고 있네. 자네들도 훌륭하게 공을 세워주고 있지. 특히 수직터널 굴착에서 말이야. 전구도 그쪽에서 공급했고. 하지만 이거 아나?"

그들은 비틀을 사이에 두고 서서 자동차 지붕 너머로 서로를 바라보고 있었다. 레너드는 어리둥절한 표정을 지어야 할 것만 같았다. 실제로 그는 아는 바가 없었다.

글래스는 아직 운전석 문을 열지 않았다. "내가 말해주지. 다 정치적인 문제야. 우리가 직접 도청장치를 설치 못 해서 안 하는 줄 알지? 우리라고 앰프가 없을 것 같나? 자네들을 끼워주는 건 다 정치적 이유 때문이야. 자네들하고 특별한 관계를 맺어야 하거든. 그래서야."

그들은 자동차에 올랐다. 레너드는 혼자 있고 싶은 마음이 간절했다. 예의를 지키려고 애쓰느라 숨이 막혔던데다 애초에 그는 공격적인 사람이 못 되었다.

그래서 그는 말했다. "정말 친절하시군요, 밥. 고맙습니다." 반어법은 전혀 먹히지 않았다.

"나한테 고마워할 거 없네." 글래스가 시동을 걸면서 대꾸했다. "그저 보안이나 망치지 말게. 입조심하고, 같이 있는 사람들도 조심하란 말이야. 자네 동포 버지스와 매클린*을 잊지 말라고."

레너드는 고개를 돌려 차창 밖을 바라보았다. 얼굴과 목덜미로 분노의 열기가 번졌다. 그들이 탄 차는 초소를 지나 덜덜거리며 도로로 들어섰다. 글래스는 맛있는 걸 먹을 만한 곳, 높은 자살률, 최근의 납치사건, 오컬트에 대한 이곳 사람들의 집착 등으로 화제를 옮겨갔다. 레너드는 뿌루퉁히 짧게만 대꾸했다. 그들은 난민 판자촌과 신축 건물들을 지나 금세 다시 폐허와 재건의 현장으로 돌아왔다. 글래스는 플라타넨 길까지 태워주겠다며 고집을 부렸다. 가는 길을 익히고 싶을뿐더러 "직업적이고 기술적 이유"에서 레너드의 아파트를 봐야겠다는 것이었다.

가는 길에 쿠르퓌어슈텐담**의 일부 구획을 지났다. 글래스는 폐허 옆의 눈부시게 우아한 신축 상점들, 수많은 쇼핑객, 그 유

---

* 케임브리지 대학 출신으로 소련을 위해 첩보활동을 한 '케임브리지 파이브'의 멤버 가이 버지스와 도널드 매클린.

** 소위 '쿠담'으로 불리는 베를린 최고의 번화가.

명한 호텔 암 추, 켜지기만 기다리고 있는 친차노*와 보슈의 네온 사인을 꽤나 자랑스레 조목조목 짚었다. 첨탑이 떨어져나간 카이저 빌헬름 기념교회 옆에서는 약간의 교통체증까지 빚어지고 있었다.

글래스는 레너드가 반쯤 예상한 것과 달리 숨겨진 도청장치를 찾는답시고 아파트를 뒤지지는 않았다. 대신 방마다 들어가 한가운데 떡하니 서서 한번 둘러보고 나왔다. 침대도 흐트러진 채이고 어제 신던 양말도 바닥에 뒹굴고 있는데 침실까지 들어가다니 옳지 않은 것 같았다. 하지만 레너드는 아무 말도 하지 않았다. 그저 거실에 앉아 기다렸고, 마침내 글래스가 돌아왔을 때도 보안 감정 평가를 들으리라고만 생각했다.

미국인은 두 손을 펼쳤다. "믿을 수가 없군. 도저히 믿기지가 않아. 자네도 내가 사는 꼴을 봤지. 어떻게 빌어먹을 체신국 전신기사 보조원이 이런 집을 얻었지?" 글래스는 정말로 대답을 기다리듯이 턱수염 너머로 레너드를 노려보았다. 레너드는 모욕에 대처할 마땅한 방법을 미처 준비해두지 못했다. 성인이 된 후로 모욕을 당해본 적이 없었다. 그는 사람들에게 친절했고 사람들도 대체로 친절하게 응해주었다. 심장이 세차게 뛰었고 머릿

* 이탈리아의 유명 주류회사.

속이 혼란스러웠다. 그가 말했다. "아마 착오가 있었겠죠."

그 말에는 이렇다 할 대꾸도 없이 글래스는 말했다. "그럼, 대충 일곱시 반쯤 들르겠네. 자네한테 몇 군데 보여줄 곳이 있어."

그는 방을 나서고 있었다. 어쨌든 주먹다짐은 면했다는 생각에 안도한 레너드는 현관까지 손님을 배웅하며 아침에 구경시켜 주셔서 고맙고 저녁때도 잘 부탁드린다면서 진심으로 정중하게 감사를 표했다.

글래스가 가고 나서 거실로 돌아온 그는 말로 표현할 수 없는 이율배반적인 감정에 속이 메슥거릴 지경이었다. 입에서는 개처럼 고기 냄새가 났다. 배는 아직도 가스가 차서 빵빵했다. 그는 털썩 주저앉아 넥타이를 풀었다.

3

이십 분 후 그는 식탁에 앉아 만년필에 잉크를 넣고 있었다. 그리고 이럴 때를 위해 챙겨둔 헝겊으로 만년필 촉을 닦았다. 앞에는 종이 한 장을 반듯이 놓았다. 이제 일이 생겨서 흡족했다. 글래스에 대해서는 마음이 복잡했지만, 불현듯 뭐든 정리해보고픈 충동이 일어, 난생처음으로 장 볼 목록을 작성할 참이었다.

필요한 게 뭘까 곰곰이 생각했다. 배가 고프지 않아서 음식 생각은 잘 떠오르지 않았다. 필요한 건 다 있었다. 일, 자신을 기다리는 곳. 그는 통행증을 발급받고, 팀의 일원이자 비밀을 공유하는 사람이 될 것이다. 글래스가 말했던 오천에서 만 명에 달하는, 비밀리에 활동중인 엘리트 중 하나, 이 도시에 진정한 목적을 부여하는 존재. 그는 'Salz'(소금)라고 썼다. 예전에 배질던 본드 사社의 종이에 목록을 쓱쓱 적어내려가는 어머니의 모습을 본 적이 있었다. mnce 1파운드, crts 2파운드, pots 5파운드.* 그런 어설픈 암호들은 '작전명 골드'에서 보안 3급을 받은 첩보 조직의 일원에게 어울리지 않았다. 게다가 그는 요리도 못했다. 글래스의 살림을 참고해 줄을 그어 'Salz'를 지우고 'Kaffee und Zucker'(커피와 설탕)라고 썼다. 가루우유는 사전을 찾아보고 'Milchpulver'라고 썼다. 그다음부터는 술술 써내려갔다. 목록이 길어질수록 자기 자신을 창조하고 정의하는 기분이었다. 집 안에는 음식을 아예 들이지 않을 생각이었다. 지저분한 것, 속세의 것은 사양이었다. 1파운드가 12마르크이니 저녁에는 선술집에서 식사를 하고 점심때는 알트글리니케의 구내식당에서 먹을

* 'mnce' 'crts' 'pots'는 각각 'mince'(다진 고기) 'carrots'(당근) 'potatoes'(감자)의 줄임말이다.

여유가 되었다. 그는 다시 사전을 찾아보고 'Tee, Zigaretten, Streichhölzer, Schokolade'(차, 담배, 성냥, 초콜릿)라고 썼다. 마지막 것은 밤늦게까지 일할 때 혈당치를 높이기 위해서였다. 그는 일어서서 목록을 처음부터 끝까지 읽어보았다. 목록이 풍기는 분위기가 정확히 자기 자신과 일치한다는 느낌이 들었다. 거칠 것이 없고, 남자답고, 진중했다.

라이히스칸츨러 광장까지 걸어간 그는 저녁을 먹은 선술집 근처 거리에 상점들이 쭉 늘어서 있는 것을 알게 되었다. 한때 인도에 곧바로 면해 있던 건물들은 폭격을 당해 20미터쯤 안쪽에 위치한 건물들이 드러났는데, 위층이 깎여나가 텅 빈 속이 훤히 들여다보였다. 삼면의 벽만 남은 채 허공에 떠 있는 방들은 전등 스위치며 벽난로, 벽지가 아직도 멀쩡했다. 어떤 방에는 녹슨 침대 프레임이 있었고 다른 방은 문을 열면 허공이었다. 거리를 좀 더 따라가보니 벽 하나만 남기고 다 무너진 방도 보였다. 비바람에 얼룩진 꽃무늬 벽지가 불룩하게 일어난 회반죽벽에 거대한 우표처럼 붙어 있었다. 회반죽을 칠한 벽돌이 젖어 있었다. 바로 옆에는 시커멓게 그을린 흰색 욕실 타일들 사이로 배수관들이 흉터처럼 얼기설기 뒤엉켜 있었다. 건물 외벽에는 층계가 톱니처럼 지그재그로 다섯 층을 올라갔다. 가장 온전한 것은 연통들로, 각 방을 관통해 한때는 유일무이함을 가장했을 벽난로들이 하나의 무리를 이루고 있었다.

사용되는 공간은 1층뿐이었다. 인도 가장자리의 기둥 두 개에 높이 걸어둔, 훌륭한 솜씨로 그린 간판이 어떤 가게들이 있는지 알리고 있었다. 사람의 발길로 잘 다져진 길들이 돌무더기와 차곡차곡 쌓인 벽돌 사이를 구불구불 지나 허공에 떠 있는 방들 아래서 비바람을 피할 수 있는 문들로 이어졌다. 가게들은 환하게 불을 밝히고 있었다. 꽤 장사가 잘되었고, 토트넘의 웬만한 모퉁이 가게에 맞먹을 만큼 상품도 훌륭했다. 가게마다 짤막한 줄이 있었다. 없는 건 인스턴트커피뿐이었다. 그는 원두커피 가루를 추천받았다. 식료품점의 여자는 200그램 이상은 못 사게 했다. 뭐라고 이유를 설명하는 그녀에게 레너드는 짐짓 알겠다는 듯 고개를 주억거렸다.

집으로 오는 길에 가판점에서 보크부어스트*와 코카콜라를 샀다. 플라타넨 길로 돌아와 엘리베이터를 기다리고 있는데 흰색 작업복을 입은 두 남자가 그를 지나 계단을 올랐다. 페인트통, 사다리, 페인트붓을 들고 있었다. 그들은 서로 눈길이 마주쳤고, 그가 살짝 비켜서서 길을 내줄 때 웅얼웅얼 '구텐 타크' 하는 인사가 오갔다. 아래 층계참에서 그 남자들의 말소리가 들려온 것

* 삶아서 먹는 길고 두툼한 독일 소시지의 일종.

은 그가 현관 앞에 이르러 열쇠를 찾고 있을 때였다. 그 소리는 콘크리트 계단과 계단통의 반들반들한 벽에 부딪혀 왜곡되게 들렸다. 정확히 무슨 말인지 알아들을 수 없었지만 그 리듬, 그 억양은 틀림없이 런던 영어였다.

레너드는 사들고 온 것을 문간에 두고 아래를 향해 외쳤다. "안녕하세요……" 자신의 목소리를 듣자 새삼 얼마나 외로운지 실감이 났다. 한 남자가 사다리를 놓고 올려다보았다. "아이고, 안녕하세요?"

"영국분이시군요." 레너드는 내려가면서 말했다.

나머지 한 남자도 레너드의 집 바로 아랫집에서 나와 있었다. "우리는 그쪽이 독일놈인 줄 알았지 뭡니까." 그가 설명했다.

"저도 그랬습니다." 막상 그들 앞에 서니 레너드는 자신이 뭘 바라는지 알 수가 없었다. 그들은 친절하지도 적대적이지도 않은 눈길로 그를 바라보았다.

첫번째 남자가 다시 사다리를 들더니 집안으로 들어갔다. "여기 사시는 겁니까?" 그가 어깨 너머로 물었다.

남자를 따라 들어가도 괜찮을 것 같았다. "온 지 얼마 안 돼요." 레너드가 말했다.

그의 집보다 훨씬 웅장했다. 천장은 더 높고 현관은 탁 트여 있었다. 그에 비하면 그의 집 현관은 통로에 지나지 않았다.

두번째 남자는 방진포 한 무더기를 옮기는 중이었다. "대체로 독일놈들한테 하청을 줍니다. 하지만 이번 건은 우리가 직접 해야 해요."

레너드는 남자들을 따라서 가구 한 점 없이 널찍한 거실로 들어갔다. 그러고는 그들이 방진포를 펼쳐 윤이 나는 마룻바닥에 까는 모습을 지켜보았다. 남자들은 자기네 이야기를 하게 되어 기분이 좋은 듯 보였다. 두 사람은 RASC* 소속으로, 특별히 귀향을 서두르지 않는 징집병이었다. 맥주와 소시지, 여자들이 마음에 든다는 것이었다. 작업을 시작한 그들은 고무 덩어리에 감은 사포로 나무 부분을 매끈하게 문질렀다.

월섬스토 출신이라는 첫번째 남자가 말했다. "여기 여자들은 말이에요, 그쪽이 러시아인만 아니면 절대 실패할 일이 없어요."

루이셤에서 온 그의 친구도 동의했다. "러시아인들이라면 끔찍이도 싫어하더라고요. 45년 5월에 이리 진군해 들어왔을 때 짐승처럼 굴었나봐요. 진짜 짐승이요. 이 여자들은 그러니까, 자기네 언니나 엄마나 심지어 망할 할멈까지 강간당하고 찔려 죽었으니까, 아니면 건너건너라도 그런 사람을 아니까 잊으려야 잊을 수가 없는 거죠."

---

* 영국 육군 병참단.

첫번째 남자는 굽도리널 앞에 무릎을 꿇고 앉아 있었다. "53년에 여기 있던 친구들 말이, 포츠담 광장 근처에서 근무를 서는데 놈들이 사람들에게 총을 쏘기 시작하더랍니다. 느닷없이, 어린애를 데리고 있는 여자들한테." 그는 레너드를 올려다보더니 유쾌하게 말했다. "진짜 인간쓰레기들이에요." 그리고 덧붙였다. "그럼 군대에 계시는 건 아니군요."

레너드는 육군 전화 내선을 개량하러 온 체신국 엔지니어라고 자신을 소개했다. 돌리스 힐과 말을 맞춰둔 그 내용을 처음으로 써먹을 기회가 온 것이었다. 남자들의 솔직함 앞에서 좀 치졸하게 느껴지긴 했다. 자기도 러시아군에 대항해 한몫하고 있다고 말할 수 있다면 좋으련만. 산만한 수다가 좀더 이어지는가 싶더니, 남자들은 그에게서 등을 돌리고 작업에 몰두하기 시작했다.

남자들과 인사를 나눈 레너드는 위층으로 돌아와 장 본 것들을 안으로 옮겼다. 찬장에서 적당한 자리를 찾아 물건들을 넣다보니 기운이 좀 났다. 제 손으로 차를 우려와 흡족한 마음으로 안락의자 깊숙이 몸을 묻고 우두커니 앉아 있었다. 잡지라도 있었다면 읽었을지 모른다. 책에는 늘 그다지 흥미를 느끼지 못했다. 그는 앉은 자리에서 잠이 들었고, 깨어보니 저녁 외출을 준비할 시간이 삼십 분밖에 남지 않았다.

4

레너드가 밥 글래스와 함께 길가로 내려가니 또 한 사람이 비틀의 조수석에 앉아 있었다. 이름은 러셀이었는데, 백미러로 두 사람이 다가오는 모습을 지켜보고 있었던지 그들이 뒤쪽에서 자동차로 다가가자 번개같이 내려 레너드의 손을 잡고 열렬하게 흔들었다. 러셀은 〈미국의 소리〉* 아나운서로 일하면서 서베를린 라디오국인 RIAS에서 단신 뉴스의 원고를 쓰고 있다고 했다. 금단추가 달린 블레이저를 뻔뻔스럽게도 체신국을 상징하는 빨간색으로 걸치고, 칼같이 주름잡은 크림색 바지에 신발끈 대신 술 장식이 달린 구두를 신고 있었다. 소개를 마친 러셀은 조수석의 레버를 당겨 의자를 접고 레너드에게 뒷자리에 타라는 손짓을 했다. 목까지 올라오는 흰색 속옷이 훤히 보이도록 셔츠를 풀어헤친 것은 그도 글래스와 마찬가지였다. 자동차가 출발하는 사이 레너드는 어둠 속에서 넥타이 매듭을 만지작거렸다. 풀어버릴까 하다가 혹시라도 두 미국인이 벌써 넥타이를 매고 있는 걸 눈여겨봤을까봐 그만두기로 했다.

---

* Voice of America, 약칭 VOA. 미국 정부에서 전 세계 청취자를 대상으로 송출하는 방송.

러셀은 레너드에게 최대한 많은 정보를 주는 일이 맡은 바 소임이라고 생각하는 눈치였다. 목소리는 전문가답게 여유가 있었고 음절 하나 더듬는 법이 없는데다 한 말을 또 하거나 문장 사이에 뜸을 들이지도 않았다. 그는 지나는 거리 이름을 알려주고 폭격 피해 정도라든가 새로 올라가는 사무실 건물들을 짚어주며 자기 일에 열심이었다. "우리는 지금 티어가르텐*을 가로지르고 있습니다. 낮에 한번 와보세요. 나무 한 그루 찾아볼 수 없습니다. 폭격을 당하지 않은 성한 나무들은 공수작전 동안 베를린 주민들이 난방용으로 다 태워버렸지요. 히틀러는 한때 이곳을 동서의 축이라고 불렀습니다. 지금은 재작년의 봉기**에서 이름을 따와 6월 17일가街라고 하죠. 저 위에 있는 건 도시를 점령했던 러시아군을 추모하는 비석이에요. 그리고 이 유명한 건물의 이름은 아시겠지만……"

자동차는 서베를린 경찰청과 관세청을 지나면서 속도를 줄였다. 건너편에 대여섯 명의 포포스가 있었다. 그중 한 사람이 번호판에 손전등을 비추더니 러시아 점령구역으로 들어가라고 팔을 흔들었다. 차는 브란덴부르크 문을 통과했다. 이제 어둠이 한

* 베를린 시내의 공원.

** 1953년 건축 노동자의 파업을 계기로 공산주의 정권에 반발해 일어난 동베를린의 대규모 봉기.

층 짙어졌다. 다른 통행 차량도 없었다. 하지만 쉽사리 흥분되지는 않았다. 러셀의 가이드가 강약과 높낮이의 변화도 없이, 심지어 도로가 움푹 패어 차가 덜컹거려도 아랑곳없이 이어졌다.

"이 삭막한 거리가 한때 도시의 신경중추였습니다. 유럽에서도 가장 유명한 간선도로 중 하나였지요. 운터 덴 린덴이라는…… 저기가 독일민주공화국*의 진정한 본부라 할 수 있는 소련 대사관입니다. 원래 그 자리에는 호텔 브리스틀이 있었어요. 한때 부유층이 자주 찾던……"

그동안 쭉 침묵을 지키던 글래스는 그제야 비로소 정중하게 끼어들었다. "잠시 실례하네, 러셀. 레너드, 동독 쪽부터 돌아보는 건 나중에 자네가 그 차이를 만끽했으면 해서야. 이제 네바 호텔로 갈 걸세……"

러셀의 가이드가 다시 시작되었다. "예전에는 호텔 노르틀란트였습니다. 이류였지요. 지금은 그때보다 더 퇴락했지만, 그래도 동베를린에서 가장 좋은 호텔입니다."

"러셀." 글래스가 말했다. "자네 정말이지 술 한잔 걸쳐야겠군."

사위가 어찌나 캄캄한지, 길 저쪽 끝에서 인도를 가로질러 비스듬히 비치는 네바 호텔 로비의 불빛이 보일 정도였다. 자동차

* 동독의 정식 국호.

에서 내려서는, 사실 또다른 불빛이 있다는 걸 깨달았다. 호텔 맞은편의 협력 레스토랑인 'H.O. 가스트로놈'의 파란 네온사인이었다. 안에 사람이 있다는 표시는 창문에 서린 김뿐이었다. 네바 호텔에 도착하자 프런트에서 갈색 제복을 입은 남자가 말없이 세 사람이 타면 꽉 차는 엘리베이터로 그들을 안내했다. 엘리베이터는 느릿하게 내려갔고, 하나뿐인 흐릿한 전구 불빛 아래 다들 얼굴이 너무 바짝 붙어 있어서 도저히 이야기를 나눌 계제가 아니었다.

바에는 서른에서 마흔 명쯤 되는 사람들이 잠자코 술을 마시고 있었다. 한구석의 단상에서는 클라리넷 주자와 아코디언 주자가 악보를 살펴보며 정리하는 중이었다. 실내에는 징이 박히고 술 장식이 달린, 손때가 많이 탄 핑크색 퀼트 커버가 걸려 있었는데, 카운터에는 아예 고정시켜놓았다. 화려한 샹들리에는 하나같이 불이 꺼져 있고 금테를 두른 거울도 이가 빠져 있었다. 첫잔은 자기가 사야겠다고 마음먹은 레너드가 바 쪽으로 가려는데, 글래스가 비좁은 쪽매널무늬 댄스플로어 가장자리의 테이블로 데려갔다.

글래스의 속삭임이 크게 들려왔다. "이 안에서 돈 있는 티를 내면 안 돼. 동독마르크만 쓰게."

마침내 웨이터가 오자 글래스는 러시아 샴페인 한 병을 주문했다. 잔을 드는데 악사들이 〈Red Sails in the Sunset〉을 연주하기 시작했다. 선뜻 플로어로 나서는 사람은 아무도 없었다. 컴컴한 구석자리들을 훑어보던 러셀이 벌떡 일어나 테이블 사이를 헤치고 나아갔다. 돌아올 때는 남의 옷을 빌려 입은 듯 헐렁한 흰 드레스 차림의 깡마른 여자와 함께였다. 그들은 여자를 리드해 능숙하게 폭스트롯을 추는 러셀을 구경했다.

글래스는 고개를 저었다. "어두워서 저 친구가 잘못 본 거야. 저런 여자가 성에 찰 리 없어." 예상은 적중했다. 마지막에 러셀이 정중하게 허리를 숙여 인사하고는 여자에게 팔을 내밀어 테이블까지 바래다주고 돌아왔던 것이다.

두 사람과 합류한 러셀은 어깨를 으쓱해 보였다. "여기 사람들 영양 상태가 그렇죠 뭐." 잠시 특유의 라디오 선전 목소리를 되찾은 그는 동베를린과 서베를린의 평균 칼로리 소비량에 대해 시시콜콜 늘어놓았다. 그러다 말을 뚝 멈추고는 "아무럼 뭐 어때요" 하더니 술을 한 병 더 시켰다.

샴페인은 레모네이드처럼 달고 탄산이 과했다. 술이라고 하기에는 무리가 있어 보였다. 글래스와 러셀은 독일 문제에 대해 이야기를 나누고 있었다. 이렇게 난민들이 베를린을 거쳐 서독으로 계속 밀려들면, 독일민주공화국이 인력 부족으로 완전히 경제 파탄을 맞기까지 과연 얼마나 걸릴까?

러셀은 대번에 수치를 댔다. 난민 수는 매년 수십만 명에 달한다고 했다. "게다가 최고의 인력이지요. 4분의 3이 마흔다섯 살 이하입니다. 저는 앞으로 삼 년이라고 봅니다. 그후로 동독은 국가 기능을 못 할 거예요."

글래스가 말했다. "정부가 존재하는 한 국가는 존재하는 법이고, 소련이 원하는 한 정부는 존재할 거야. 여기 사정이야 비참하기 이를 데 없지만, 그래도 당은 명맥을 유지할 걸세. 두고 봐." 레너드는 고개를 끄덕이며 동의한다는 뜻으로 콧소리를 냈지만 자기 의견을 피력하려 하지는 않았다. 손을 들자 새삼 놀랍게도 웨이터는 다른 손님들이 그럴 때와 마찬가지로 그에게도 다가왔다. 그는 술을 한 병 더 시켰다. 이토록 기분좋았던 적이 없었다. 공산당 진영 깊숙한 곳에서 공산주의자들의 샴페인을 마시는 그들은 책임감을 가지고 국사를 논하는 남자들이었다. 화제는 서독, 즉 연방공화국으로 옮겨가 있었다. 서독은 머지않아 NATO의 정식 회원 승인을 받을 예정이었다.

러셀은 그게 다 실수라고 말했다. "잿더미에서 날아오르는 불사조라지만 상태가 형편없잖아요."

글래스가 대꾸했다. "기왕에 자유 독일을 만들 거면 센 놈을 만들라 이거지."

"프랑스인들이 호락호락 받아들이지 않을걸요." 러셀은 그렇게 말하고는 지원을 요청하듯 레너드를 바라보았다. 바로 그때 샴페인이 왔다.

"이건 내가 계산하지." 그렇게 말한 글래스는 웨이터가 가고 나서 레너드에게 말했다. "자네 나한테 7서독마르크 빚진 거야."

레너드가 잔에 술을 채우고 있는데 아까 그 깡마른 여자와 그녀의 친구가 테이블을 지나갔고, 그 바람에 대화의 흐름이 또 바뀌었다. 러셀은 베를린 여자들이 세상에서 제일 생기발랄하고 심지가 굳다고 했다.

레너드는 러시아인만 아니면 실패할 일이 없다더라는 이야기를 했다. "다들 45년에 러시아군이 진군해 들어왔던 당시를 기억한답니다." 그는 차분하게 힘을 실어 말을 이어갔다. "다들 강간당하고 인간 대접을 못 받은 언니나 어머니, 할멈이 한 명씩은 있다고 하니까요."

두 미국인은 딱히 맞장구를 치진 않았지만 진지하게 들어주었다. 심지어 '할멈'이라는 표현에 웃음까지 터뜨렸다. 레너드는 러셀의 말에 귀기울이며 술을 한 모금 쭉 들이켰다.

"러시아 군인들은 이 지역 밖 자기네 부대에 주둔하지요. 시내에 있는 건 장교나 정치위원들이고, 여자들하고 잘 지냅니다."

글래스도 동의했다. "러시아놈하고 붙어먹는 멍청한 여자들은 늘 있기 마련이야."

밴드는 〈How You Gonna Keep Them Down on the Farm?〉을 연주하고 있었다. 샴페인의 달콤한 맛이 슬슬 질렸다. 웨이터가 새 술잔 세 개와 차갑게 해둔 보드카 한 병을 테이블에 내려놓으니 좀 안심이 되었다.

또다시 러시아인들에 대한 것이 화제에 올랐다. 러셀의 라디오 아나운서 목소리는 이제 자취를 감추었다. 땀에 젖은 얼굴은 블레이저의 빛을 반사해 벌겋게 번들거렸다. 러셀은 십 년 전 자신이 스물두 살의 젊은 중위였던 1945년 5월 미국 점령구역 접수를 위해 베를린으로 출발한 프랭크 하울리 대령의 선발대에 합류했다고 말했다.

"우리는 러시아인이 좋은 놈들인 줄 알았어요. 수백만 사상자를 감수했잖습니까. 투지가 넘치는데다 보드카를 들이켜는 덩치 크고 활달한 놈들인 줄 알았죠. 전쟁 기간 내내 우리가 그쪽으로 산더미 같은 장비들을 보내기도 했고요. 그러니 동맹이라고 철석같이 믿을 수밖에요. 하지만 그건 직접 만나기 전의 얘기입니다. 베를린 서쪽 90킬로미터 지점에서 그 친구들이 나오더니 길을 막더라고요. 트럭에서 내린 우리는 두 팔 벌려 그들을 맞았죠. 선물도 준비해놨고, 직접 만난다는 생각에 들떠 있었거든요." 러셀은 레너드의 팔뚝을 덥석 움켜쥐었다. "하지만 놈들은 냉랭했어요! 냉랭했다고요, 레너드! 우리는 샴페인도 준비해

놨어요. 프랑스 샴페인이었는데, 그들은 손도 대지 않더군요. 우리가 할 수 있는 건 기껏해야 악수를 하는 게 다였습니다. 그들은 차량을 오십 대로 줄이지 않으면 절대 통과시켜줄 수 없다고 했고, 결국 우리는 도심 밖 15킬로미터 지점에서 야영을 할 수밖에 없었습니다. 다음날 아침, 바짝 붙어 감시하면서 들여보내주더군요. 우리를 믿지도 않고, 좋아하지도 않았습니다. 처음부터 우리를 적이라고 점찍은 거지요. 우리 점령구역을 만드는 걸 막으려 했던 겁니다.

다음부터는 계속 그런 식이었어요. 그들은 절대 우리에게 웃음을 보이지 않았지요. 일이 원활하게 돌아가는 걸 바라지도 않았어요. 거짓말을 하고, 훼방을 놓고, 인정머리라고는 없었어요. 언사는 언제나 지나치게 강했고요. 무슨 협약에서 세부조항을 논할 때조차 그랬다니까요. 그러는 동안 내내 우리는 저런, 전쟁을 워낙 혹독하게 겪어서 그런가, 어쨌든 일하는 방식이 다른가 보지 뭐, 그랬어요. 양보를 했다고요. 순진했던 거지요. 우리가 UN이니 새로운 세계 질서 따위를 논하고 있을 때 그들은 온 시내를 돌아다니며 비공산주의 정치인들을 납치하고 폭행했습니다. 그들의 실체를 알게 되기까지는 거의 일 년이 걸렸어요. 그런데 이거 아십니까? 이놈의 러시아 장교들은 볼 때마다 되지게 불행한 얼굴을 하고 있단 말입니다. 등뒤에서 당장 누가 총이라도 쏠지 모른다는 표정이었어요. 악역을 해야 하는 상황을 즐기지도 못했던 거죠. 그래서 진심으로 놈들을 미워할 수는 없었습니다. 다 정책 때문이었으니까요. 이 터무니없는 짓거리는 상부에서 내려온 지령이었단 말입니다."

글래스는 보드카를 더 따랐다. "나는 놈들이 싫어. 울화통 터질 정도는 아니고, 어떤 친구들처럼 미치도록 싫어하는 것도 아니야. 싫어해야 할 건 그들의 체제라고 할 수도 있어. 하지만 굴리는 인간들이 있으니 그 체제도 있는 거겠지." 그가 잔을 내려놓을 때 술이 조금 흘렀다. 그는 흥건한 술에 검지를 밀어넣었다. "빨갱이들이 파는 시스템은 형편없어. 형편없고 비효율적이지. 그런 걸 이제는 강제로 수출하고 있다고. 내가 작년에는 부다페스트와 바르샤바에 있었거든. 와, 그 친구들 어떻게 하면 행복을 최소화할 수 있는지 그 방법을 찾아냈더라니까! 자기네들도 그걸 알지만, 그래도 그만두질 않는 거지. 내 말은, 여기 이곳 꼬락서니를 좀 보라고. 레너드, 자네를 데려온 이곳은 그들 구역에서 최고라는 술집이야. 그런데 한번 봐. 여기 이 인간들을 보라고. 보란 말일세!" 글래스는 이제 악을 쓰다시피 하고 있었다.

러셀이 손을 뻗었다. "진정해요, 밥."

글래스가 싱글거렸다. "괜찮아. 주접을 떨진 않을 거야."

레너드는 주위를 둘러보았다. 어둠 속에서 저마다 술잔 위로 고개를 처박고 있는 손님들의 모습이 보였다. 바에 나란히 선 바텐더와 웨이터는 서로 다른 방향을 보고 있었다. 두 악사는 쾌활한 행진곡을 연주했다. 이 광경이 그에게 마지막으로 남은 선명한 인상이었다. 다음날에는 네바를 어떻게 나왔는지 기억이 전혀 없었다.

일행은 틀림없이 테이블 사이를 헤치고 나아가 비좁은 엘리베이터를 타고 올라와서 갈색 제복 차림의 남자를 지나쳐 걸었을 것이다. 자동차 옆에는 협동조합 상점의 불 꺼진 진열창이 있었고, 안쪽에는 탑처럼 쌓인 정어리 통조림들 위로 빨간 크레이프 페이퍼로 테를 두른 스탈린의 초상이 걸려 있었다. 흰색으로 크게 적혀 있는 캡션은 글래스와 러셀이 번역해주었다. 동시에 떠들어대는 바람에 듣기 괴로웠다. 소비에트연방과 독일 국민 간의 확고부동한 우정이 평화와 자유를 보장한다.

다음 순간 그들은 점령구역 교차 지점에 있었다. 글래스가 시동을 껐으며, 서류 검사가 진행되는 동안 손전등 빛이 차 안을 비추었고, 앞코에 강철을 댄 군화 소리가 어둠 속에서 오갔다. 그리고 차는 4개 국어로 여러분은 베를린의 독일민주공화국 구역을 떠나고 있습니다라고 쓰인 표지판을 지나 똑같이 4개 국어로 이제 여러분은 영국 구역에 진입하고 있습니다라고 알리는 표지판을 향해 달렸다.

"여기는 비텐베르크 광장이에요." 러셀이 앞좌석에서 외쳤다.

차가 지나가는 옆으로 꼭대기에 진짜 불꽃이 타오르는 거대한 촛대 모형이 보이고 그 발치에 적십자 간호사가 앉아 있었다.

러셀은 다시 활기차게 가이드를 해보려 애쓰고 있었다. "슈페트하임케러, 즉 때늦은 귀향자들을 위해 모금을 하는 중이죠. 아직도 수십만 명의 독일 군인이 러시아에 억류되어서……"

글래스가 끼어들었다. "십 년째라고! 틀렸어. 이제 와서 돌아올 리가 없잖아."

그리고 다음 장면은 어마어마하게 넓고 시끌벅적한 공간 안 수십 개의 테이블 가운데 하나였다. 무대 위의 밴드는 재즈로 편곡한 〈Over There〉*를 연주하며 손님들의 말소리를 거의 삼켜버렸고 메뉴에 붙은, 이번에는 독일어와 영어뿐인 팸플릿에서 조악한 활자들이 흔들흔들 춤을 추었다. "엔터테인먼트의 지존, 경이로운 테크놀로지를 자랑하는 저희 무도장에 오신 여러분을 환영합니다. 십만 번의 만남이 보장하는……" 그 단어를 보니 뭔가 떠올랐지만 그게 무엇인지는 도저히 생각나지 않았다. "……보장하는 현대적 테이블 폰 시스템의 효과. 이백오십 대의 테이블 폰이 구비되어 있

* 2차 세계대전 때 널리 퍼진 미국의 군가.

습니다. 기송관을 이용한 테이블 발송 서비스를 통해 매일 밤 수천 건의 편지와 작은 선물도 오고갑니다. 누구에게나 즐거움을 선사하는 독창적인 시스템입니다. 레지 무도장의 유명한 워터쇼는 장엄한 아름다움을 뽐냅니다. 일 분에 팔천 리터의 물이 구천 개의 분출구를 통해 솟아오른다니, 생각만으로도 경이롭지 않습니까. 시시각각 변하는 조명효과를 위해 무려 십만 개의 착색전구가 투입되었습니다."

글래스는 수염을 매만지며 싱글벙글하고 있었다. 뭐라고 말했지만 결국 한번 더 목청껏 소리질러야 했다. "여기가 훨씬 낫군!"

하지만 서방 점령구역의 장점에 대해 대화를 하기에는 너무 시끄러웠다. 색색의 물줄기가 밴드 앞에서 뿜어져나와 허공으로 치솟았다 떨어졌다가 좌우로 흔들렸다. 레너드는 되도록 분수를 쳐다보지 않았다. 그들은 맥주를 마시며 정신을 차리는 중이었다. 웨이터가 사라지자마자 한 아가씨가 장미꽃 바구니를 들고 나타났다. 러셀이 한 송이를 사서 건네자 레너드는 줄기에서 꽃송이를 꺾어 귀 뒤에 꽂았다. 옆 테이블에 뭔가가 기송관을 타고 덜거덕거리며 도착했고, 바이에른 재킷*을 입은 독일인 둘은 몸을 한껏 기울여 통 속의 내용물을 살폈다. 스팽글로 장식한 인어 의상을 입은 여자가 밴드 리더와 키스하고 있었다. 짓궂은 휘

* 독일의 전통 재킷.

파람과 환호성이 터져나왔다. 밴드가 연주를 시작했고 여자가 마이크를 건네받았다. 여자는 안경을 벗고 도드라진 억양으로 〈Too Darn Hot〉을 부르기 시작했다. 독일인들은 실망한 눈치였다. 그들은 15미터쯤 떨어진 테이블을 노려보았고, 그곳에서는 젊은 여자 둘이 서로의 품에 쓰러져가며 낄낄거리고 있었다. 그 너머 댄스플로어에는 사람들이 빽빽하게 들어차 있었다. 여자는 〈Night and Day〉 〈Anything Goes〉 〈Just One of Those Things〉와 끝으로 〈Miss Otis Regrets〉를 불렀다. 그러자 모두가 일어나 발을 구르며 앙코르를 외쳤다.

밴드가 잠시 휴식을 취했고, 레너드는 또 한번 일행에게 맥주를 돌렸다. 러셀은 주위를 찬찬히 둘러보더니 여자들을 고르기에는 자기가 너무 취했다고 했다. 그들은 콜 포터* 이야기를 하며 각자 제일 좋아하는 노래를 댔다. 러셀은 1937년 포터가 승마 사고를 당했을 때 입원한 병원에 아는 사람의 아버지가 일하고 있었다고 했다. 그때 그 병원 의사들과 간호사들은 무슨 이유에선지 언론에 아무 말 말라는 요청을 받았다. 이를 계기로 이야기는 비밀 엄수에 대한 것으로 이어졌다. 러셀은 세상에 비밀이 너무 많다고 했다. 그는 큰 소리로 웃어댔다. 틀림없이 글래스가 하는

* 앞에서 여자 가수가 부른 재즈곡들을 만든 작곡가.

일에 대해 뭔가 아는 눈치였다.

글래스는 완전히 취해 있었지만 진지했다. 뒤로 고개를 젖힌 채 턱수염 너머 러셀에게 눈길을 주었다. "자네, 내가 대학 다닐 때 들은 강의 중에 최고가 뭔 줄 알아? 생물학이야. 진화를 공부했어. 그리고 중요한 사실을 배웠지." 이제 그의 시야에는 레너드도 들어와 있었다. "직업을 선택하는 데 큰 도움이 되었어. 수천 년, 아니 수백만 년 동안 우리에게는 이 거대한 두뇌, 신피질이 있었지, 안 그래? 그런데도 서로 말을 하지 않고 빌어먹을 돼지처럼 살았단 말이야. 아무것도 없었어. 언어고 문화고, 아무것도 없었다고. 그러다가 느닷없이 짠! 생겨난 거야. 하루아침에 꼭 필요한 게 되었고, 결코 예전으로 돌아갈 수 없어졌지. 그런데 어째서 느닷없이 그런 일이 생긴 걸까?"

러셀이 어깨를 으쓱했다. "신의 뜻?"

"신의 뜻 좋아하시네. 내가 이유를 말해주지. 옛날에 우리는 하루종일 똑같은 일을 하며 모두 함께 지냈어. 무리를 지어 살았다고. 그래서 언어가 필요 없었던 거야. 표범이 오면, 어이 친구, 저 길로 내려오는 게 뭐야? 표범이잖아! 이런 말을 할 필요가 없었단 말이야. 모두가 볼 수 있었고, 모두가 펄쩍펄쩍 뛰고 비명을 질러서 겁을 주어 쫓아버리려 했지. 하지만 누군가 잠시 혼자만의 시간을 가지려고 무리에서 떨어져나온다면? 그가 다가오는 표범을 본다면, 다른 사람들은 모르는 걸 알게 되는 셈이야. 그리고 다른 사람들이 모른다는 사실도 알고 있지. 다른 사람들에게 없는 무언가를, 즉 비밀을 갖게 된 거고, 이게 바로 그의 개성이, 자의식이 시작되는 지점이라고. 비밀을 공유하려고 길을 달려가 다른 이들에게 경고를 하고 싶다면 언어를 발명해야 할 필요성도 생기겠지. 바로 거기서 문화의 가능성이 자라나는 거야. 아니면 그 자리에 남아 표범이 자기를 괴롭히던 지도자를 없애 버리길 바랄 수도 있어. 비밀스러운 계획이란, 더 많은 개성, 더 많은 자의식을 의미해."

밴드가 빠르고 시끄러운 곡을 연주하기 시작했다. 글래스는 결론을 소리쳐야 했다. "비밀이 현재의 우리를 있게 한 거라고." 러셀은 맥주잔을 들어 그 이론에 경의를 표했다.

웨이터 하나가 그 몸짓을 오해했다. 마침 가까이 있던 그에게 다들 한 잔씩 새로 주문을 했고, 반짝거리며 밴드 앞에 나타난 예의 인어에게 환호성이 쏟아진 그때, 테이블에서 철거덕거리는 요란한 소리가 나더니 기송관을 타고 깡통 하나가 빠르게 떨어지다 황동 부분에 탁 부딪히며 멈추었다. 그들은 물끄러미 통을 바라보기만 할 뿐 아무도 움직이지 않았다.

마침내 글래스가 통을 집어들고 뚜껑을 돌려 열었다. 그러고는 접은 종이 한 장을 꺼내더니 테이블에 펼쳤다. "이런," 그가 외쳤다. "레너드, 자네한테 온 거군."

얼떨떨했던 레너드는 잠시 어머니한테서 온 편지인가 싶었다. 영국에서 올 편지가 한 통 있었던 것이다. 그러고 나서 생각하니, 늦은 시간인데다 어디 있을 거라고 말씀드리지도 않은 터였다.

세 사람은 몸을 기울여 쪽지를 들여다보았다. 머리들이 빛을 가로막았다. 러셀이 큰 소리로 쪽지를 읽었다. "안 덴 융엔 만 미트 데어 블라우메 인 하르." 머리에 꽃을 꽂은 청년에게. "마인 쇠너(미남 씨), 테이블에서 당신을 지켜보고 있었습니다. 제게 와서 춤을 청해주면 좋겠어요. 그럴 수 없다면, 저를 돌아보고 웃어주면 정말 기쁠 것 같아요. 방해해서 죄송합니다, 89번 테이블 드림."

미국인들이 벌떡 일어나 그 테이블을 찾느라 두리번거리는 사이, 레너드는 종이를 손에 든 채 그냥 앉아 있었다. 독일어 단어들을 찬찬히 다시 읽어보았다. 내용은 조금도 놀랍지 않았다. 막상 눈앞의 현실로 나타나자 오히려 그가 그것을 인정하느냐, 불가피한 일로 받아들이냐가 문제였다. 늘 이렇게 시작될 거라는 확신이 있었다. 스스로에게 솔직해지자면 사실 어느 정도는 오래전부터 알고 있었다고 인정해야만 했다.

일행이 그를 억지로 일으켜 세웠다. 그러고는 빙그르르 돌려 세워 무도장 건너편으로 떠밀었다. "봐, 저기 저 여자야." 그는 사람들 머리 너머, 역광으로 비치는 무대조명을 받으며 뭉게뭉게 피어오르는 자욱한 담배 연기 사이로 혼자 앉은 여자의 형체를 알아보았다. 글래스와 러셀은 레너드의 옷매무새를 야단스럽게 매만져주며 한 편의 무언극을 연출했다. 재킷의 먼지를 털어주고, 넥타이를 똑바로 고쳐 매어주고, 귀 뒤의 꽃송이도 더 야무지게 꽂아주었다. 그리고 부두에서 배를 내듯 그를 힘차게 밀었다. "어서 가!" 그들이 말했다. "힘을 내라고!"

그는 그녀를 향해 천천히 움직였고, 그녀는 그렇게 다가오는 그를 지켜보고 있었다. 팔꿈치를 테이블 위에 올려놓고 손으로 턱을 괸 채였다. 인어가 노래를 부르고 있었다. "나 말고 누구와도 저 사과나무 아래 앉지 말아요, 나 말고는 누구도 안 돼요." 그는 이제 막 삶이 달라지려는 참이라 생각했고, 훗날 그 예감은 옳았음이 밝혀졌다. 3미터쯤 남은 곳에서 그녀가 미소지었다. 그녀의 테이블에 이르렀을 때 마침 밴드가 노래를 끝냈다. 그는 의자 등받이에 손을 짚고 살짝 휘청휘청하면서 갈채가 잦아들기를 기다리며 서 있었고, 장내가 진정되자 마리아 에크도르프가 완벽한, 그러면서도 달콤한 억양이 섞인 영어로 물었다. "우리 춤출까요?" 레너드는 변명하듯 손끝을 가볍게 배에다 댔다. 그 안에 완전히 다른 세 종류의 술이 들어앉아 있었다.

그는 말했다. "그보다, 좀 앉아도 괜찮겠습니까?" 그러고는 테이블에 앉았다. 두 사람은 당장 손을 맞잡았고, 그가 다른 말을 할 수 있게 될 때까지는 몇 분이 더 흘렀다.

5

그녀의 이름은 마리아 루이제 에크도르프였고, 나이는 서른 살, 레너드의 아파트에서 차로 이십 분 거리에 있는 크로이츠베르크의 아달베르트 가에 살고 있었다. 슈판다우의 작은 영국 육군 차량정비소에서 타이피스트 겸 통역으로 일하는 그녀에게는 일 년에 두세 번 불시에 찾아와 돈을 요구하는 오토라는 전남편이 있었다. 가끔은 그에게 머리를 얻어맞기도 했다. 방 두 개에 커튼으로 칸막이를 한 작은 부엌이 딸린 그녀의 아파트는 어둑한 나무계단을 다섯 층이나 올라가야 했다. 층계참마다 문 너머로 사람들의 말소리가 들렸다. 온수는 나오지 않고 겨울에는 파이프 동파를 막기 위해 냉수 꼭지에서 물이 똑똑 떨어지게 해두었다. 영어는 1차 세계대전을 전후해 스위스에 있는 영국 여학교에서 독일어 교사로 근무했던 할머니에게 배웠다. 마리아의 가족은 1937년 그녀가 열두 살 때 뒤셀도르프에서 베를린으로 왔다. 아버지는 대형차 변속기를 제조하는 회사의 지부장이었다.

지금은 러시아 점령구역 내 팡코에 살면서 역무원으로 기차표를 회수하는 일을 했고, 그즈음은 어머니도 공장에 나가 전구를 포장하는 일을 하고 있었다. 두 분은 스무 살 때 반대를 무릅쓰고 결혼한 딸에게 아직도 화가 나 있었고, 당신들의 최악의 예상이 모두 현실이 되었다는 사실에서도 전혀 위안을 받지 못했다.

아이도 없이 여자 혼자 침실 하나짜리 아파트에서 안락하게 사는 경우는 흔치 않았다. 베를린에는 주택이 부족했다. 같은 층과 바로 아래층의 이웃들은 그녀와 거리를 두었지만, 더 아래층에 살아서 그녀를 잘 모르는 사람들은 적어도 예의만큼은 지켜주었다. 정비소의 젊은 여자들 중에는 좋은 친구들도 있었다. 레너드를 만난 날 밤은 프랑스 육군 부사관과 저녁 내내 춤을 추었던 친구 예니 슈나이더와 함께였다. 마리아는 또 자전거 동호회 회원이기도 했는데, 쉰 살이나 된 회계 담당이 처량하게도 그녀를 짝사랑했다. 아파트 건물 지하에 두었던 자전거는 지난 4월에 도둑맞았다. 그녀의 꿈은 영어를 완벽하게 습득해 언젠가 외교 통역사 자격을 따는 것이었다.

이런 사실 중 몇 가지는 레너드가 몸을 움직거려 글래스와 러셀이 보이지 않도록 의자를 옮기고 나서 마리아에게는 핌스 칵테일과 레모네이드를 시켜주고 자기가 마실 맥주를 주문한 다음에 알게 된 것이었다. 나머지는 향후 몇 주에 걸쳐 서서히, 힘들여 파악해나갔다.

레지에서 그 일이 있은 다음날, 그는 삼십 분 이른 시각인 여덟 시 반경 이미 알트글리니케의 정문 밖에 도착했다. 루도 마을에서부터 마지막 1.5킬로미터 남짓은 걸어왔다. 속이 메슥거리고 피곤하고 갈증이 나는데다 아직도 숙취가 약간 남아 있었다. 그날 아침 그는 침대 옆 탁자에서 담뱃갑에서 찢어낸 종잇조각을 발견했다. 마리아가 자기 주소를 적어준 그 쪽지는 지금은 주머니에 들어 있었다. 지하철에서 몇 번이나 쪽지를 꺼내보았다. 그녀는 예니의 친구 프랑스 부사관에게서 펜을 빌려 예니의 등에 대고 주소를 썼고, 그동안 글래스와 러셀은 차에서 기다렸다. 지금 레너드의 손에는 레이더기지 통행허가증이 들려 있었다. 초병은 그걸 받아들고는 그의 얼굴을 뚫어져라 들여다보았다.

이제는 자기 사무실로 느껴지는 곳에 도착하니 문이 열려 있고 안에서 남자 셋이 연장을 챙기는 중이었다. 보아하니 밤새도록 작업을 한 모양이었다. 한가운데 앰펙스 상자들이 쌓여 있었다. 사방 벽에는 상자에서 꺼낸 기기를 너끈히 수납할 만큼 깊은 선반이 볼트로 고정돼 있었다. 높은 단에는 서고용 사다리를 딛고 올라갈 수 있었다. 천장에 통풍관이 들어갈 둥근 구멍이 뚫려 있고, 방금 철창살이 제자리에 나사로 고정된 참이었다. 천장 위 어딘가에서 환기팬 소리가 났다. 설치기사가 사다리를 치울 수 있도록 옆으로 비켜서던 레너드는, 가대식 탁자 위에서 플러그가 든 상자 열두 개와 새 장비들을 발견했다. 그것들을 살펴보고 있는데 글래스가 초록색 캔버스 칼집에 든 사냥칼을 들고 옆에서 나타났다. 턱수염이 전깃불을 받아 빛났다.

글래스는 단도직입적으로 말을 꺼냈다. "이걸로 열어보게. 한 번에 열 개씩 풀어서 선반에 넣고, 상자 판지는 건물 뒤로 돌아가서 재가 되도록 태워버려. 무슨 일이 있더라도 저걸 들고 건물 앞쪽으로 돌아가지는 말게. 저들이 자네를 예의 주시하고 있을 테니까. 바람에 아무것도 날리지 않게 조심하고. 못 믿겠지만, 어느 머리가 비상한 놈이 상자에 스텐실로 일련번호를 찍어놨거든. 방을 비울 때는 반드시 문을 잠그게. 이건 자네 열쇠고, 자네 책임일세. 여기 서명하게."

작업자 하나가 돌아와 사무실 안을 샅샅이 훑기 시작했다. 레너드는 서명을 하고 말했다. "어제저녁은 즐거웠어요. 감사합니다." 그는 밥 글래스가 마리아에 대해 물어봐주기를, 자신의 승리를 인정해주기를 바랐다. 하지만 미국인은 등을 돌려 선반만 바라보고 있었다. "선반에 넣으면 방진포를 씌워야 할 거야. 이리 가져오라고 해두겠네." 설치기사는 무릎을 꿇고 양손으로 바닥을 짚은 채 마룻바닥을 들여다보고 있었다. 글래스가 가죽구두 앞코로 작은 송곳 하나를 가리켰다.

“거기, 정말 대단하던데요.” 레너드는 끈질기게 말을 이었다. “실은 전 오늘 아침까지도 좀 어질어질합니다.”

기사가 연장을 집어들더니 밖으로 나갔다. 글래스는 그의 등 뒤로 문을 차서 쾅 닫았다. 수염 난 턱을 젖히는 걸 보니 레너드에게 한바탕 핀잔을 늘어놓을 참인 것 같았다.

“내 말 잘 듣게. 자네는 이 일이 하찮다고 생각하지. 상자를 열고 포장을 태우고 하는 게. 건물 수위가 해야 할 일이라고 생각한다 이거야. 아니, 틀렸네. 모든 게, 이 프로젝트에서는 모든 게, 사소한 하나하나가 전부 중요해. 자네와 내가 어젯밤에 함께 술을 마셨다는 걸 기사한테 굳이 알려야 할 타당한 이유라도 있나? 잘 생각해, 레너드. 상급 연락장교가 영국 체신국에서 파견된 전신기사 보조원과 외출해서 뭘 하겠느냐고? 방금 그 기사는 군인이야. 친구와 술집에 가서 별다른 악의 없이 궁금해서 이야기를 꺼낼 수도 있어. 그런데 바로 옆자리에 남의 얘기를 엿듣는 데 도가 튼 똑똑한 독일 애가 앉아 있는 거지. 온 도시에 그런 놈이 수백 명은 되니까. 그러면 놈은 곧장 카페 프라하든 어디든 정보를 팔러 달려가는 거야. 50마르크는 될 테고, 운이 좋으면 두 배까지 받을 수도 있지. 우리는 놈들 바로 발밑을 파고 있고, 놈들의 구역에 들어와 있는 거야. 저들이 알게 되면 우리를 다 쏴 죽일 수도 있다고. 충분히 그럴 권리가 있단 말이야.”

글래스가 바짝 다가섰다. 레너드는 거북하기 짝이 없었다. 상대와 지나치게 가까워졌기 때문만은 아니었다. 글래스 때문에 당혹스러웠다. 방금 그 언행은 지나치게 과장된 것이라, 레너드는 자기가 유일한 관객이라는 사실이 부담스러웠다. 이번에도 대체 어떤 표정을 지어야 할지 알 수 없었다. 글래스의 숨결에 섞인 인스턴트커피 냄새까지 맡을 수 있었다.

"이 문제에 대해 자네가 마음가짐을 철저히 새롭게 했으면 하네. 무슨 일을 하더라도 잠시 시간을 갖고 결과를 생각해봐. 이건 전쟁이야, 레너드. 자네는 참전한 군인이고."

글래스가 가고 나서, 레너드는 기다렸다가 문을 열고 복도 양쪽을 살핀 후 음수대로 부리나케 달려갔다. 물은 차가웠고 금속 맛이 났다. 몇 분 동안 쉬지 않고 물을 마셨다. 사무실로 돌아와 보니 글래스가 있었다. 그는 고개를 휘휘 가로젓더니 레너드가 두고 간 열쇠를 치켜들었다. 그리고 열쇠를 영국인의 손바닥에 꾹 누르고 손가락을 오므려주더니 말없이 나갔다. 레너드는 숙취에도 불구하고 얼굴이 붉어졌다. 마음을 가라앉히려고 주머니 안에 든 주소를 더듬어 찾았다. 상자에 기대서서 천천히 주소를 읽었다. 에어스테스 힌터하우스, 6층 오른쪽, 아달베르트 가 84번지. 그는 상자 겉면을 쓸어보았다. 빛깔이 연한 마닐라지는 거의 살색에 가까웠다. 심장이 래칫처럼 쿵쿵거릴 때마다 그는 단단히, 더 세게 조여드는 느낌이었다. 이런 상태로 저 상자들을 어떻게 다 푼담? 그는 뺨을 판지에 꼭 갖다 대었다. 마리아. 기분 전환이 필요했다. 달리 무슨 수로 마음을 깨끗이 비울 수 있겠는가? 하지만 글래스가 불시에 다시 올 수 있다는 사실도 못 견디게 힘들기는 마찬가지였다. 부조리함, 수치심, 보안 관련 문제 중에 뭐가 더 나쁜지 가늠조차 되지 않았다.

그는 신음하며 쪽지를 치워놓고 상자 더미 맨 꼭대기에서 하나를 들어 바닥에 내려놓았다. 칼집에서 사냥칼을 꺼내 그 상자에 푹 꽂았다. 판지는 살점처럼 수월하게 베였고, 깨어지기 쉬운 뭔가가 칼끝에 박살나는 소리와 감촉이 전해졌다. 오싹한 공포가 밀려왔다. 뚜껑을 잘라내고 톱밥을 몇 주먹 덜어내고 압착된 골판지도 몇 장 치웠다. 테이프리코더를 싼 거즈 포장을 잘라내자, 릴이 덮일 부분에 길게 사선으로 긁힌 자국이 보였다. 컨트롤 다이얼 하나는 두 동강이 나 있었다. 그는 겨우겨우 판지를 마저 잘라냈다. 그리고 기계를 들어올려서 플러그를 꽂고 서고용 사다리를 올라가 제일 높은 선반에 두었다. 부서진 다이얼은 주머니에 넣었다. 대체품 신청 서류를 써내면 그만이었다.

레너드는 잠깐 재킷을 벗느라 일손을 놓았을 뿐, 곧장 다음 상자를 여는 데 착수했다. 한 시간 후 선반에는 기계 세 대가 더 수납되었다. 접착테이프는 쉽게 잘렸고 뚜껑도 마찬가지였다. 그러나 모서리는 판지를 겹겹이 덧대어 스테이플로 고정해둔 상태라 칼날이 잘 들어가지 않았다. 기계 열 대의 포장을 다 풀기 전까지는 쉬지 않고 작업하기로 마음먹은 터였다. 점심때가 되자 전부 다 선반에 올릴 수 있었다. 문간에는 판판하게 펼쳐 포개놓은 판지 더미가 150센티미터나 되었고 그 옆에 쌓인 톱밥 무더기는 조명 스위치에 닿을 지경이었다.

구내식당은 한산했고, 터널 작업을 하는 흑인 부사관들이 그에게 눈길도 주지 않은 채 테이블 하나에 둘러앉아 있었다. 그는 이번에도 스테이크와 감자튀김과 레모네이드를 시켰다. 부사관들은 낮은 목소리로 중얼거리며 킬킬거리고 있었다. 레너드는 대화를 엿들으려 귀를 기울였다. '갱도'라는 단어가 몇 번이나 나오는 걸 알아듣고서 그들이 조심성 없이 작업 이야기를 하고 있다고 짐작했다. 막 식사를 마쳤을 때 글래스가 들어와 그의 테이블에 앉더니 일이 어떻게 돼가고 있느냐고 물었다. 레너드는 진척상황을 알려주고는 이런 말로 끝맺었다. "생각하신 것보다는 오래 걸릴 것 같습니다."

그러자 글래스가 말했다. "나는 적당하다고 보는데. 오전에 열 개, 오후에 열 개, 저녁때 열 개 하면 하루에 삼십 개. 닷새면 되겠군. 뭐가 문제인가?"

솔직히 털어놓아야겠다고 마음먹자 심장이 두방망이질했다.

레너드는 레모네이드를 벌컥벌컥 들이켰다. "그게, 사실은, 알고 계시겠지만, 제 분야는 회로지, 상자를 푸는 게 아닙니다. 중요한 일이라는 걸 잘 알기 때문에 사리를 벗어나지 않는 일이라면 뭐든 할 각오가 돼 있습니다. 그래도 저녁에는 자유시간을 좀 갖고 싶어요."

처음에 글래스는 무표정한 얼굴로 아무 대꾸도 하지 않았다. 그저 레너드를 지켜보며 이어질 말을 기다릴 뿐이었다. 마침내 그가 입을 열었다. "근무시간에 대해 할말이 있다 이건가? 어디까지가 자네 일인가 하는 것도? 이게 그 유명한 영국 공산당 노조의 말투인가? 보안등급을 부여받은 순간부터, 여기서 자네가 맡은 일은 명령을 수행하는 걸세. 그게 싫다면 돌리스 힐에 전보를 보내서 자네를 다시 데려가라고 하지." 벌떡 일어난 그는 한결 누그러진 표정으로 레너드의 어깨를 툭 치며 이렇게 말하고는 가버렸다. "잘 버텨보라고, 친구."

그래서 일주일 남짓 레너드는 판지상자를 칼로 찢어 연 다음 상자는 불태우고 기계는 각각 플러그를 꽂아 라벨을 붙이고 선반에 넣는 것 말고는 아무 일도 하지 않았다. 하루에 꼬박 열다섯 시간씩이었다. 출퇴근에도 몇 시간이 걸렸다. 플라타넨 길에서 지하철로 그렌츠 길까지, 그곳에서 46번 버스를 타고 루도까지 갔다. 거기서부터는 삭막한 시골길을 따라 이십 분을 걸어야 했다. 끼니는 구내식당과 라이히스칸츨러 광장에 있는 간이식당에서 해결했다. 이동중에, 혹은 불타는 판지상자들을 긴 꼬챙이로 쑤시면서, 아니면 늘 먹는 브라트부어스트를 기다리며 서 있을 때면 그녀를 생각할 수 있었다. 지금보다 조금만 더 여유가 있었다면, 그리고 조금만 덜 피곤했다면 자기도 사랑에 사로잡힌, 사랑에 빠진 남자가 될 수 있다는 걸 알고 있었다. 꾸벅꾸벅 졸지 않고 좀 제대로 앉아서 그 문제에 정신을 쏟을 필요가 있었다. 환상이 피어날 수 있도록 권태와 닿아 있는 시간이 필요했다. 하지만 실제로 그를 사로잡고 있는 것은 일이었다. 굴욕적으로 수준 낮은 작업의 반복일지라도 그처럼 원래 정리를 좋아하는 사람에게는 최면 효과를 발휘해 완전히 정신을 돌려놓았다.

빌린 부시해트*에 발목까지 내려오는 육군 망토를 두르고 덧신까지 신어 학예회에 등장하는 시간 할아버지** 같은 꼴을 하고서 그는 기다란 나무 꼬챙이로 불을 쑤시고 돌보며 몇 시간씩 보냈다. 소각로라는 게 알고 보니 야트막한 벽돌담으로 삼면을 둘러싸 어설프게 비바람을 막은, 꺼질 듯 말 듯 계속해서 비실비실 타오르는 모닥불이었던 것이다. 근처에 쓰레기통이 스무 개 남

* 챙이 넓은 호주군의 군모.

** 시간을 의인화한 가상의 존재로, 큰 낫과 모래시계를 든 노인의 모습이다.

짓 있고 그 뒤는 작업장이었다. 진창길 건너편의 하역장에서는 육군 트럭들이 기어를 낮은 단으로 놓고 털털거리며 온종일 후진해 들어왔다 나갔다. 그는 매번 상자가 다 탈 때까지 불길 옆을 떠나지 말라는 엄명에 따랐다. 휘발유까지 동원해도 연기만 자욱하게 일 뿐 잘 타지 않는 상자들도 있었다.

사무실에서는 오로지 마룻바닥에 쌓인 상자 더미를 줄이고 선반 위의 기기 숫자를 늘리는 데만 집중했다. 마리아를 위해 상자를 비우고 있는 거라고 스스로를 타일렀다. 이 노동은 인내심의 시험이자 그녀에게 걸맞은 사람이 되기 위해 반드시 치러야 하는 과업이었다. 그녀에게 헌정하는 작업이었다. 사냥칼로 판지를 찢어 파기하는 것은 그녀를 위해서였다. 작업이 끝나면 사무실이 얼마나 더 넓어질까, 그러면 업무 공간을 어떻게 다시 정리할까, 그런 생각들을 하기도 했다. 교묘하게 무심한 어투로 마리아의 아파트 근처 술집에서 만나자고 가볍게 제안하는 쪽지의 내용을 구상해보기도 했다. 그렇지만 자정이 가까운 시각에 플라타넨 길의 집으로 돌아올 쯤이면 너무 피곤해서 쪽지에 쓰려고 했던 단어들의 순서도 정확히 기억나지 않았고 처음부터 다시 생각하기에도 너무 피곤하긴 마찬가지였다.

여러 해가 지난 후에도 레너드는 전혀 어렵지 않게 마리아의 얼굴을 기억해낼 수 있었다. 그 얼굴은 그를 위해 빛났다. 간혹 오래된 그림 속 얼굴들이 그렇게 빛나 보이듯이. 그러고 보면 왠지 평면적으로 느껴지는 데가 있는 얼굴이었다. 이마 위로 머리선이 높이 자리잡고 있었고, 길고 완벽한 계란형의 아래쪽 턱은 우아하면서도 강인해서, 특유의 사랑스러운 몸짓으로 고개를 기울일 때면 꼭 거장 화가가 영감을 받아 단숨에 그린 듯, 구체라기보다는 둥글납작한 판에 가까워 보였다. 머리카락은 아기처럼 유난히 가늘어서 당시 여자들이 꽂던 유치한 머리핀에서 삐어져 나오는 일이 잦았다. 진중하지만 음울한 기색은 없는 눈은 빛에 따라 녹색이나 회색으로 보였다. 귀엽고 생기 있는 얼굴은 아니었다. 습관처럼 백일몽에 빠져들어 굳이 털어놓고 싶지 않은 한 줄기 생각에 종종 정신을 팔았기 때문에, 가장 그녀다운 표정이라 할 만한 것은 꿈꾸듯 눈을 반짝거리는 것이었다. 그럴 때면 고개는 살짝 치켜들어 2, 3센티미터쯤 모로 꼬고 왼손 검지로 아랫입술을 만지작거렸다. 한동안 잠자코 있다가 말을 걸면 그녀는 소스라치게 놀랄지도 모른다. 남자들이 각자 원하는 것을 투사하기 좋은 유형의 얼굴, 그런 유형의 태도였다. 말없이 넋을 놓고 있는 그 모습에서 여성적인 힘을 읽어낼 수도 있고, 조용히 경청하는 모습에서 아이 같은 의존성을 발견할 수도 있었다. 다른 한편으로는 그녀에게 실제로 이런 모순적인 면이 있었던 것일 수도 있다. 예를 들면 손이 작은 그녀는 손톱을 아이처럼 짧게 깎았고 매니큐어는 절대 하지 않았다. 그러나 발톱은 잊지 않고 현란한 빨간색이나 주황색으로 칠했다. 가냘픈 팔은 놀랍게도 가벼운 짐도 들지 못하고 빡빡하지 않은 창문도 열지 못했다. 그런데 다리는 가늘어도 근육이 붙어 힘이 있었다. 아마 음침한 회계에게 겁을 먹고 동호회를 나오기 전까지, 그리고 공동 지하실에 둔 자전거를 도둑맞기 전까지 꽤나 열심이었던 사이클링 덕분인지도 모른다.

하지만 그녀를 닷새나 보지 못한 채 하루종일 판지며 톱밥과 씨름하는 와중에 유일한 증표라곤 주소가 적힌 작은 종잇조각뿐이었던 스물다섯 살의 레너드에게는 그 얼굴이 잘 떠오르지 않았다. 눈앞에 그려보려고 애를 쓸수록 더욱 약을 올리듯 흩어져버렸다. 환상 속에서는 오로지 윤곽선을 만지작거릴 뿐, 그마저도 한창 음미하고 있을 때 흔들리곤 했다. 연출해보고 싶은 장면들이 있었고 그녀에게 다가갈 몇 가지 방법도 시험해봐야 했으나, 그의 기억이 허락하는 것은 고작해야 달콤하고 매혹적이지만 눈에 보이지 않는 존재일 뿐이었다. 게다가 아무리 떠올려보려 해도 그녀의 영어 억양이 생각나지 않았다. 길에서 마주쳐도 알아볼 수나 있을지 의구심이 들기 시작했다. 확실히 아는 것이라곤 댄스홀의 테이블에서 그녀와 함께한 구십 분 동안 그 자신에게 남은 인상이 전부였다. 그는 그 얼굴을 사랑했다. 이제 그 얼굴은 사라지고 남은 것은 자양분이 턱없이 부족한 애정뿐이었다. 그녀를 다시 만나야만 했다.

여드레인지 아흐레째 되는 날 글래스가 휴가를 주었다. 기계는 모두 포장을 뜯었고 그중 스물여섯 대는 시험작동을 거쳐 신호 감지 작동장치의 설치도 마쳤다. 레너드는 침대의 에로틱하고 텁텁한 온기 속에서 졸며 평소보다 두 시간을 더 누워 있었다. 그리고 면도와 목욕을 하고 허리에 수건만 두른 채 아파트 안을 서성거리며 얼마나 좋은 곳인지 다시금 깨닫고 그 집이 자신의 소유라는 멋진 기분을 만끽했다. 아래층에서 인테리어 업자들의 사다리가 바닥에 긁히는 소리가 들렸다. 다른 사람들은 다 일하는 평일, 아마도 월요일일 것이다. 드디어 사다둔 원두커피맛을 볼 시간이 났다. 커피 가루와 채 녹지 않은 가루우유가 대류작용으로 잔 속에서 빙글빙글 도는 것이 완벽한 성공이라고 말하기는 힘들었지만, 델 듯이 뜨거운 라디에이터 방열판 틈새에 맨발을 쑤셔넣고 벨기에 초콜릿으로 혼자만의 아침식사를 하며 작전 계획을 짜고 있자니 더없이 만족스러웠다. 고향에서 편지 한 통이 와 있었다. 그는 매일 아침식사 때마다 편지를 받는 사람처럼 무심하게 칼로 봉투를 뜯었다. "편지 보내준 것 고마워서 한 줄 적는다. 잘 적응하고 있다니 기쁘고……"

마리아에게 보낼 부담 없는 쪽지 생각을 떨칠 수 없었지만, 옷을 다 갖춰 입지도 않고 쓰는 건 좋은 생각이 아닌 듯했다. 그래서 제대로 갖춰 입고 편지를 다 쓰고 나니(지난주 레지에서 만났을 때 친절하게도 제게 주소를 주었지요. 그러니 제가 이렇게 연락을 드려도 기분 나빠하거나 답을 꼭 해야겠다는 부담은 갖지 않길 바랍니다……) 답장이 오려면 적어도 사흘은 기다려야 한다는 사실을 도저히 견딜 수가 없었다. 그때는 창문도 없는 사무실에서 하루 열다섯 시간씩 일하며 공상에 젖는 세계로 돌아가 있을 테니까.

그는 두 잔째 커피를 따랐다. 이제 커피 가루는 바닥에 가라앉았다. 계획이 한 가지 더 있었다. 퇴근한 그녀가 집에 들어가며 볼 수 있도록 쪽지를 두고 올 작정이었다. 지나가다 우연히 들렀으며 여섯시에 근처 모 거리의 모 선술집에 있겠다고 쓸 것이다. 빈칸은 나중에 채우면 된다. 그는 즉시 착수했다. 예닐곱 장을 다시 썼는데도 여전히 만족스럽지 않았다. 달변이면서도 무심한 인상을 주고 싶었다. 그녀로 하여금 집 문 앞에 서서 끼적거린 쪽지라고 생각하게 만드는 게 중요했다. 집에 있길 바라고 들렀다가 그제야 그녀가 출근했다는 사실을 깨달은 것처럼. 부담을 주기는 싫었지만, 진심으로 그녀에게 빠진 바보처럼 보이기는 더더욱 싫었다.

점심때쯤 되자 망친 쪽지들이 사방에 널려 있고 손에는 최종본이 들려 있었다. 우연히 근처에 오게 되어서 인사나 하려고 잠시 들렀습니다. 쪽지를 접어 봉투에 넣고는 그만 실수로 봉해버렸다. 칼로 봉투를 뜯으면서, 방금 퇴근해 테이블에 혼자 앉아 있는 그녀라고 상상해보았다. 그녀가 이렇게 할 거라고 생각하며 편지를 펼쳐 두 번 읽었다. 완벽하다 싶었다. 다른 봉투를 찾아낸 다음 자리에서 일어났다. 그의 앞에는 아직 오후 시간이 온전히 남아 있었지만, 지금 집 밖으로 나서지 않고는 배길 도리가 없었다. 침실에서 가장 좋은 양복으로 갈아입던 중이었다. 주소는 벌써 다 외웠으면서도 어제 입었던 바지에서 너덜너덜해진 종잇조각을 꺼냈다. 흐트러진 침대 위에 시가 지도를 펼쳐놓았다. 밝은 빨간색 니트 넥타이를 맬 생각이었다. 여행용 구두닦이 세트를 풀어 가장 좋은 검정 구두를 닦으면서 가는 길을 익혔다.

시간도 때우고 멀리까지 외출하는 김에 즐기려고 그는 에른스트 로이터 광장 역까지 걸어가서 지하철을 타고 크로이츠베르크의 코트부서 토르 역으로 향했다. 너무 이르다 싶은 시간에 아달베르트 가에 도착했다. 84번지까지는 걸어서 오 분 거리도 되지 않을 터였다. 이곳의 폭격 피해는 그동안 본 것 중에서도 최악이었다. 그렇잖아도 충분히 음산한 거리였을 것이다. 전면에 소형 총기로 쏜 자국이 숭숭 난 아파트들이 즐비했다. 총알구멍은 특히 문과 창문 주위에 집중되어 있었다. 두세 채 건너 하나씩 내부가 철저히 파괴되고 아예 지붕도 없는 건물이 보였다. 골조가

붕괴하는 바람에 그 자리에는 지붕이 내려앉은 잔해만 남았고, 그 더미 여기저기서 지붕보와 녹슨 홈통이 튀어나와 있었다. 이곳에서 장을 보고 식사를 하고 출퇴근을 하고 일을 하며 지낸 지 이 주가 다 되어가는 지금, 파괴된 도시를 보며 느꼈던 처음의 우쭐함은 돌이켜 생각하니 유치하고 혐오스럽기만 했다.

오라니엔 가에서 길을 건너다가 말끔하게 정리한 부지에서 건축 공사가 진행되는 걸 보자 내심 반가웠다. 술집도 한군데 보여서 그리로 향했다. '바이 탄테 엘제'(엘제 아주머니의 집)라는 이름이었는데, 적당할 것 같았다. 쪽지를 꺼내 빈칸에 술집과 거리 이름을 채워넣었다. 한번 둘러봐야겠다는 생각이 뒤늦게 나서 술집 안으로 들어섰다. 가죽 포렴을 젖히고 들어간 그는 어둠이 눈에 익을 때까지 잠시 서 있었다. 술집은 거의 터널 수준으로 비좁고 갑갑했다. 바 너머에 한 무리의 여자들이 테이블 하나를 차지하고 술을 마시고 있었다. 그중 한 명이 레너드의 넥타이 좀 보라는 듯 목 아래쪽을 만지작거리더니 그를 가리켰다. "카이네 코무니슈텐 히어(여기는 공산당 출입금지라고)!" 여자의 친구들이 웃음을 터뜨렸다. 그 행동거지나 싸구려 행색에 잠시 직장에서 시끌벅적한 회식을 끝내고 온 일행인가 하는 생각이 들었다. 하지만 바로 창녀들이라는 걸 깨달았다. 다른 쪽을 보니 테이블에 머리를 처박고 잠든 남자들이 있었다. 뒷걸음질로 가게를 나서는

데 다른 여자가 그를 불렀고 다시금 왁자지껄 웃음이 터졌다.

다시 인도로 나온 그는 망설였다. 여기는 마리아를 만날 만한 데가 못 되었다. 저 안에 혼자 앉아 마리아를 기다리고 싶지도 않았다. 하지만 쪽지를 고치자니, 무심을 가장한 효과가 엉망이 돼버릴 수밖에 없었다. 그래서 술집 밖 길에서 기다리다가 마리아가 오면 사과를 하고 이 부근에 대해 전혀 몰랐다고 털어놓기로 결심했다. 그러면 이 일을 얘깃거리로 삼을 수 있으리라. 그녀가 재밌어할 수도 있었다.

84번지는 다른 건물들과 비슷한 아파트였다. 1층 창문들 위로 곡선을 그리는 총알 자국들은 기관총이 낸 것이리라. 활짝 열린 현관으로 들어가니 어두운 가운데뜰이 나왔다. 바닥에 깔린 조약돌 틈새로 잡초가 자라고 있었다. 비운 지 얼마 되지 않은 쓰레기통들도 쓰러져 나뒹굴고 있었다. 조용했다. 아이들은 아직 학교에 있을 시간이었다. 집안에서는 늦은 점심이나 저녁 준비가 한창이었다. 식용유와 양파로 요리하는 냄새가 났다. 불현듯 날마다 먹는 스테이크와 감자튀김이 그리워졌다.

뜰 건너편에 뒤채로 보이는 건물이 있었다. 그리로 다가가 비좁은 문간을 지나쳤다. 바로 가파른 나무계단이 나타났다. 층계참마다 문이 두 개씩 있었다. 그는 아기 울음소리, 라디오 음악소리, 웃음소리를 헤치며 계단을 올랐고, 더 올라가니 한 남자가 두번째 음절에 애처롭게 강세를 실어 부르는 소리가 들려왔다. “파파? 파파? 파파?(아빠? 아빠? 아빠?)” 그는 침입자였다. 이 임무를 위해 공을 들이긴 했지만 떳떳지 못하다는 생각에 마음이 무거워졌다. 주머니에서 봉투를 꺼내 언제라도 문틈으로 밀어넣고 최대한 빨리 내려올 수 있도록 채비를 했다. 그녀의 아파트는 제일 꼭대기층이었다. 천장이 다른 층보다 낮아서 불안한 마음에 더더욱 간절히 빨리 자리를 뜨고 싶었다. 그녀의 아파트 현관문은 다른 집과는 달리 새로 칠한 녹색이었다. 봉투를 문틈으로 밀어넣고 나서 그가 한 행동은 설명할 수도 없고 전혀 그답지도 않은 것이었다. 문손잡이를 잡고 밀어보았던 것이다. 어쩌면 잠겨 있을 거라고 생각했는지도 모른다. 어쩌면 그것은 우리 일상을 채우는 무의미하고 사소한 행동에 불과했는지도 모른다. 문은 저항 없이 활짝 열렸고, 거기 그녀가, 그의 눈앞에 서 있었다.

6

베를린의 오래된 건물들 뒤편에 위치한 그 아파트는 전통적으로 가장 집값이 싸고 가장 비좁게 붙어 있다. 옛날에는 도로에 면한 더 고급스러운 앞쪽 구역의 주인을 모시는 하인들이 살던 곳이었다. 뒤편의 그 아파트들은 창문이 가운데뜰이나 비좁은 공간 너머의 옆 건물을 향해 나 있었다. 그런 까닭에, 레너드는 성가시게 깊이 따져보지 않았지만, 그때 어떻게 열린 욕실 문에서 늦은 오후의 겨울 햇살이 두 사람 사이의 마룻바닥으로 비쳐들 수 있었는지, 어떻게 허공에 떠돌던 먼지가 붉은 기 도는 황금색의 비스듬한 빛기둥 속에서 반짝였는지 하나같이 수수께끼였다. 이웃 창문에 반사된 빛이었는지도 모르지만, 어차피 아무 상관 없었다. 당시에는 좋은 징조로 느껴졌으니까. 쐐기처럼 꽂힌 그 햇살 바로 앞에 봉투가 놓여 있었다. 그 너머에 미동도 없이, 마리아가 서 있었다. 두꺼운 타탄체크 스커트와 빨간 미제 캐시미어 스웨터 차림이었다. 헌신적인 회계의 선물이었지만, 그녀는 굳이 돌려줄 만큼 욕심이 없지도 무정하지도 않았다.

두 사람은 빛을 사이에 두고 말 한 마디 없이 서로 뚫어져라 바라보았다. 레너드는 사과의 형태로 인사말을 만들어보려 애썼다. 그러나 문을 열어젖히는 것처럼 명백히 자발적인 행위를 어떻게 해명할 수 있단 말인가. 어떻게 반응해야 좋을지 그가 혼란스러웠던 이유는 그녀가 얼마나 아름다운지 확인하고서 너무도 기뻤기 때문이었다. 이제껏 그토록 심란했던 것도 당연한 일이었다. 마리아로서는, 그가 누군지 알아보기 전 몇 초 동안은 공포심에 몸이 굳었다. 이 느닷없는 출현은 보통 둘씩 짝을 지어

예고 없이 문을 밀어젖히던 군인들에 대한 십 년 묵은 기억을 들쑤셔놓았다. 레너드는 그녀의 표정에 드러난 것이 침입자에 대해 집주인이 당연히 품을 만한 적개심이라고 잘못 생각했다. 상대의 얼굴을 알아보고 안심한 그녀가 잠시 희미한 미소를 머금었을 때는 용서의 뜻으로 잘못 해석했다.

운을 시험하듯 그는 두어 걸음 다가서서 손을 내밀었다. "레너드 마념입니다." 그가 말했다. "레지, 기억하시죠?"

더는 신변의 위협을 느끼지는 않았지만 마리아는 한 발 뒤로 물러나 팔짱을 끼었다. "원하는 게 뭐죠?"

그런 직설적인 질문에 레너드는 당황하고 말았는데 오히려 그것이 그를 도왔다. 그는 얼굴을 붉히고 더듬거리다가 대답 대신 봉투를 주워서 건넸다. 그녀는 봉투를 뜯고 한 장짜리 쪽지를 꺼내 펼쳐서 읽기 전에 슬쩍 눈길을 들어 그가 더 가까이 오지 않는지 확인했다. 저 진지한 눈의 번득이는 흰자위! 레너드는 무기력하게 서 있었다. 자기를 앞에 세워놓고 그저 그런 학기말 성적표를 읽던 아버지가 떠올랐다. 꼭 그가 상상했던 그대로 그녀는 쪽지를 두 번 반복해 읽었다.

"무슨 뜻이죠, 이 '들렀다'는 게? 다짜고짜 우리집 문을 열어젖히는 게, 그게 들른 건가요?" 그가 막 해명하려는데 그녀가 웃음을 터뜨렸다. "게다가 바이 탄테 엘제로 왔으면 좋겠다고요?

탄테 엘제, 그러니까 그 창녀들이 나오는 술집으로?" 그녀가 노래를 부르기 시작하는 바람에 그는 깜짝 놀랐다. 〈미국의 소리〉에서 항상 틀어주는 노래였다. "어째서 당신은 나를 그렇고 그런 여자라고 생각한 거죠?"* 브루클린 억양을 흉내내려는 독일 여자에게 이런 말도 안 되게 달콤한 조롱을 당하다니. 레너드는 이대로 기절할지도 모른다는 생각이 들었다. 비참했고 또 짜릿했다. 평정을 찾으려고 필사적으로 애쓰면서 새끼손가락으로 콧등 위의 안경을 밀어올렸다. "사실," 하고 그가 말을 꺼냈지만 그녀는 그를 지나쳐 문간으로 가더니 짐짓 엄한 목소리로 말했다. "그리고 어째서 절 만나러 오면서 머리에 꽃도 꽂지 않았죠?" 그녀는 문을 닫고 잠갔다. 그러고는 활짝 웃으며 두 손을 맞잡았다. 사실은 그를 만나게 되어 기쁜 모양이었다. "자," 그녀가 말했다. "이제 차 마실 시간 아니에요?"

그들이 있는 방은 대략 3평방미터쯤 돼 보였다. 발돋움을 하지 않아도 레너드는 손바닥으로 천장을 밀어볼 수 있었다. 창밖에는 가운데뜰 건너편으로 고만고만한 창문들이 난 벽이 보였다. 가까이 가서 아래를 내려다보면 쓰러진 쓰레기통들이 눈에 들어왔다. 마리아는 하나밖에 없는 편한 의자에서 고급 영문법 책을

* 뮤지컬 〈아가씨와 건달들〉 중 〈Take Back Your Mink〉라는 곡의 가사.

치워 그에게 앉을 자리를 마련해주고, 커튼으로 가려놓은 구석으로 들어가 분주하게 움직였다. 입김이 나오는 걸 보고 레너드는 코트를 벗지 않았다. 그 창고에 있다보니 난방이 과한 미국식 실내에 익숙해진데다, 그의 아파트도 지하실 어딘가에서 제어하는 기세 좋은 라디에이터가 방마다 설치되어 있었다. 온몸이 덜덜 떨렸지만 여기서는 추위마저 어떤 가능성으로 충만했다. 마리아와 함께 나누고 있었으니까.

창가에는 식탁이 있고, 그 위에는 작은 사발에 심은 선인장이 놓여 있었다. 그 옆 와인 병에는 초 하나를 꽂아두었다. 부엌 의자 두 개, 책장 하나. 휑한 마룻바닥에는 얼룩진 페르시아 융단이 깔려 있었다. 침실인 듯싶은 문 바로 옆에는 잡지에서 오린 반 고흐의 〈해바라기〉 흑백 복제 사진이 핀으로 고정되어 있었다. 한쪽 구석의 철제 구두골 주위로 수북이 쌓인 구두 말고는 볼 게 없었다. 온갖 것이 다 있는데도 세련되고 질서정연한 토트넘 소재 마넘가의 거실과는, 마호가니 라디오그램*과 특별 케이스에 든 『브리태니커 백과사전』이 있는 그곳과는 달라도 너무 달랐다. 마리아의 방은 어떤 권리 주장도 하지 않았다. 짐은 그냥 다 두고 내일이라도 미련 없이 훌훌 떠날 수 있을 것 같았다.

* 라디오 겸용 전축.

희한하게 빈 공간이 많은데도 어질러진 방이었다. 지저분하지만 친밀감이 들었다. 여기서라면 누구든 감정을 느끼는 그대로 털어놓을 수 있을 것 같았다. 온전한 자기 자신으로 다시 시작할 수 있을 것도 같았다. 어머니의 도자기 인형들을 살금살금 피해 다니고 심지어 어머니의 벽에 손자국을 낼까봐 조심하면서 자란 사람에게 까탈 부리지 않고 단출한 이 공간이 여자의 방이라는 사실은 낯설고도 근사했다.

그녀는 더러운 접시 더미 위에 소스팬 두 개가 아슬아슬하게 얹혀 있는 작은 주방 싱크대에서 찻주전자를 비웠다. 그는 식탁에 앉아 그런 그녀를 눈여겨보고 있었다. 두꺼운 소재 탓에 둔하게 움직이는 치마, 치마 주름 윗부분을 살짝 덮은 포근한 캐시미어, 그리고 모직 슬리퍼 속에 신고 있는 축구 양말까지. 이런 온갖 겨울 모직물은 도발적인 옷차림의 여자에게서 쉽사리 위협을 느끼는 레너드를 안심시켜주었다. 모직물은 조건 없는 친밀감과 따뜻한 체온, 겹겹의 옷 속에 아늑하게, 얌전히 숨어 있는 육체를 암시했다. 그녀는 영국식으로 차를 끓이고 있었다. 차통은 여왕의 대관식 기념으로 제작된 것이었고 찻주전자도 미리 따뜻하게 데워두었다. 이것도 레너드를 편안하게 해주었다.

그의 질문에 대한 답으로 그녀는 영국 육군 전기기계기술부대 제12장갑정비소에서 일하기 시작했을 때 소장과 부소장을 위해 하루 세 번 차를 끓이는 게 담당업무였다고 말했다. 그녀가 테이블에 내려놓은 흰색 군수품 머그잔 두 개는 그의 아파트에 있는 것과 똑같았다. 젊은 여자들이 대접해준 차는 전에도 여러 번 마셔봤지만, 우유를 밀크저그에 따로 담아내는 수고를 하지 않는 여자는 처음이었다.

그녀가 그와 마주앉았고, 두 사람은 커다란 머그잔을 감싸쥐고 손을 따뜻하게 데웠다. 엄청나게 노력하지 않으면 틀에 박힌 패턴대로 흘러갈 수밖에 없음을 그는 경험으로 알고 있었다. 그러니까 공손한 질문을 하면 공손한 답이 돌아오고 또다시 질문이 이어지는 패턴. 여기 오래 살았어요? 직장은 멀어요? 오늘 오후는 휴가를 냈나봐요? 교리문답이 시작되고, 질문과 대답의 끈질긴 행보를 가로막는 것은 오로지 침묵뿐일 것이다. 두 사람은 각자 인접한 두 산봉우리에 서 있는 것처럼 아득히 멀리 있는 서로에게 외치게 될 것이다. 결국은 어색하게 작별인사를 하고, 자신만의 생각에 빠져서 마음 편히 그곳을 떠나기를 간절히 바라게 될 테지. 심지어 지금도 둘은 첫인사를 나눈 순간의 강렬함으로부터 이미 멀어져 있었다. 그가 한 질문은 차 끓이기에 대한 것이었다. 한 번만 더 그런 식으로 했다간 도저히 구제할 수 없는 지경에 이를 것이다.

그녀는 머그잔을 내려놓고 치마 주머니 속 깊숙이 손을 찔러

넣고서 슬리퍼를 신은 발로 바닥의 깔개를 톡톡 두드리는 중이었다. 고개를 모로 꼬고 있는 것은 기대감 때문일까, 아니면 머릿속의 곡조에 박자를 맞추고 있는 걸까. 아직도 그 노래를 생각하고 있을까. "밍크를 도로 가져가요, 그 오래돼 낡아버린 모피……" 발로 바닥을 톡톡 두드리는 여자는 한 번도 본 적이 없었지만, 절대 당황해서는 안 된다는 사실만은 알고 있었다.

이 순간 책임은 온전히 그의 몫이라는 느낌은, 깊숙한 곳에 뿌리박혀서 검토해볼 수도 없고 심지어 인식조차 초월한 전제였다. 두 사람 사이를 좁힐 편안한 말을 찾아내지 못하면 패배는 온전히 그만의 것이 될 터였다. 시시하지도 무례하지도 않은 말, 어떤 말이 있을까? 다시 머그잔을 든 그녀는 이제 입술을 살짝만 벌리고 희미한 미소를 띤 채 그를 바라보고 있었다. '혼자 여기 살면 외롭지 않아요?'는 지나치게 도발적인 꼬드김 같았다. 당장 짐을 싸들고 들어오겠다는 얘기로 알아들을 수도 있다.

더이상의 침묵을 견디느니 차라리 시시한 얘기라도 하자고 마음먹은 그는 "여기서 오래 살았어요?"라는 질문으로 말문을 열었다.

그러나 그의 말이 끝나기도 전에 그녀가 불쑥 말했다. "안경 벗으면 어떻게 생겼어요? 한번 보여줘요, 부탁이에요." 이 마지막 단어를 영어를 모국어로 쓰는 사람이라면 누구나 지나치다고 여길 만큼 길게 끄는 바람에 레너드의 뱃속에 종잇장이 파르르 떨리는 듯한 섬세한 전율이 퍼져나갔다. 그는 낚아채듯이 안경을 벗고 그녀를 보며 눈을 끔벅거렸다. 1미터가 좀 안 되는 거리까지는 상당히 잘 보였기 때문에 그녀의 얼굴도 부분적으로만 흐릿해졌을 뿐이었다. "그러니까," 그녀가 조용히 말했다. "생각했던 대로네요. 눈이 이렇게 예쁜데 그동안 내내 가리고 다녔던 거예요. 눈이 예쁘다는 얘기 아무도 안 해주던가요?"

처음 안경을 꼈던 열다섯 살 때 레너드의 어머니가 비슷한 이야기를 했지만 아무래도 상관없었다. 몸이 방에서 부드럽게 떠오르는 기분이었다.

그녀는 안경을 가져가 다리를 접어 선인장 화분 옆에 놓았다.

목이 멘 듯한 자신의 목소리가 귓가에 울렸다. "아니요, 아무도 안 해줬어요."

"다른 여자들도요?"

그는 고개를 가로저었다.

"그렇다면 당신을 발견한 여자는 내가 처음이에요?" 유머를 담은 말이었지만 표정을 보니 놀리는 것 같지는 않았다.

그녀의 칭찬에 그만 활짝 웃어버린 자신이 바보 같고 유치하다는 느낌이 들었지만, 그로서는 어쩔 도리가 없는 일이었다.

그녀가 말했다. "당신의 웃음도요."

그녀는 눈가의 머리카락을 손으로 쓸어넘겼다. 달걀형으로 훤히 드러난 그녀의 이마를 보니 셰익스피어의 얼굴이라고들 하는 초상이 떠올랐다. 이런 생각을 그녀에게 어떤 말로 전할지 그는 알 수 없었다. 대신 방금 머리를 쓸어넘긴 그녀의 손을 잡았고, 그렇게 두 사람은 처음 만났을 때처럼 일이 분쯤 말없이 앉아 있었다. 그녀의 손가락이 그의 손가락 사이를 파고들어 깍지를 끼었는데, 자신의 운명이 돌이킬 수 없이 그녀와 맺어지게 되었다는 걸 레너드가 직감한 건 한참 뒤 침실에서도, 더 한참 뒤 훨씬 솔직하게 터놓고 서로에 대해 이야기를 나누게 되었을 때도 아닌, 바로 이 순간이었다. 두 사람의 손은 꼭 맞았다. 움켜잡은 두 손은 떼어낼 수 없이 얽혀 많은 부분이 서로 맞닿아 있었다. 침침한 조명 아래 안경도 없다보니 어느 손가락이 자기 것인지 분간이 되지 않을 지경이었다. 점점 어두워지는 싸늘한 방에 레인코트 차림으로 앉아 그녀의 손을 꼭 잡고 있자니, 인생을 내던지는 기분이었다. 자포자기는 감미로웠다. 무언가가 그의 안에서 손바닥을 통해 그녀에게로 물밀듯이 흘러들어가고 있었다. 무언가는 다시 그의 팔을 따라 퍼져 올라와, 가슴을 지나 목구멍을 꽉 죄었다. 머릿속에서는 오로지 한 가지 생각만이 되풀이되었다. 그러니까 이거군, 이런 거였어, 이거야……

마침내 그녀는 손을 빼더니 팔짱을 끼고 기대에 찬 눈빛으로 그를 바라보았다. 그녀의 얼굴이 진지해 보여서 그는 공연히 변명을 늘어놓기 시작했다. "더 빨리 찾아왔어야 했는데." 그가 말했다. "하지만 밤낮으로 쉬지도 못하고 일했습니다. 그리고 사실, 당신이 나를 만나고 싶어할지, 내 얼굴을 알아보기나 할지도 몰랐고."

"베를린에 다른 친구 있어요?"

"아, 아니요, 그런 건 아닙니다." 그녀가 이런 질문을 할 자격이 있는지 한 치의 의심도 들지 않았다.

"그러면 영국에서는 여자친구들이 있었어요?"

"많진 않았어요."

"얼마나 있었는데요?"

그는 주저하다가 진실을 향해 돌진했다. "그게, 사실, 한 명도 없었어요."

"한 번도 사귄 적이 없다고요?"

"그래요."

마리아가 상체를 앞으로 내밀었다. "그러니까 그 말은, 당신 한 번도……"

그녀가 어떤 표현을 쓸지는 몰라도 그는 차마 들을 수가 없었다. "네, 한 번도 없습니다."

그녀는 손으로 입을 가리고 쿡쿡 터져나오는 웃음을 억눌렀다. 1955년에 레너드 같은 배경과 품성의 남자가 스물여섯이 다 되어가도록 성 경험이 없다는 건 그리 이상한 일이 아니었다. 하지만 그 사실을 남자가 제 입으로 털어놓는 건 엄청난 일이었다. 그는 대번에 후회했다. 그녀는 웃음을 잘 참고 있었지만 그러느라 얼굴이 붉게 물들었다. 단단히 깍지 낀 손 때문에 그만 가식 없이 말해도 좋을 거라 믿어버린 것이었다. 각양각색의 구두가 쌓인 이 작고 휑한 방에서라면, 밀크저그나 찻쟁반 위의 장식 받침 같은 걸로 까탈 부리지 않는 여자가 혼자 사는 방에서라면 꾸밈없는 진실을 나눌 수 있을 것 같았는데.

그리고 그것은 사실이었다. 마리아가 얼굴을 붉힌 것은 자기 웃음을 레너드가 오해할 줄 알고 부끄러워서였다. 왜냐하면 그것은 초조한 안도감의 웃음이었으니까. 그녀는 유혹해야 한다는 압박감과 그 의식을 갑자기 면제받은 것이었다. 진부하기 짝이 없는 역할을 떠맡아 그것으로 평가받을 일도, 다른 여자들과 비교당할 일도 없었다. 육체적으로 학대당할지 모른다는 두려움도 사라졌다. 원하지 않으면 그 무엇도 억지로 할 필요가 없었다. 그녀는 자유로웠고, 두 사람 모두 자유로웠다. 자유롭게 두 사람만의 관계를 창조할 수 있었다. 대등한 파트너로 창조에 관여할 수 있었다. 그녀 자신은 정말이지 이 차분한 눈빛과 긴 속눈썹을 가진 수줍은 영국인을 혼자 힘으로 발견해낸 사람이었다. 그를 처음으로 소유한 사람, 그를 온전히 독차지할 사람이었다. 이런 생각들도 나중에 혼자 있을 때 차근차근 정리한 것이고, 당시에는 안도감과 즐거움으로 한꺼번에 터져나오는 바람에 외마디소리로 억눌렀을 뿐이다.

레너드는 차를 한 모금 쭈욱 들이켜고 머그잔을 내려놓은 다음 다정하면서도 애매하게 "아" 하고 말했다. 그리고 다시 안경을 끼고 일어섰다. 악수를 하고 나니, 이곳을 떠나 다시 아달베르트 가를 지나서 지하철역을 내려가 어스름이 내린 이른 저녁 아파트에 당도해 아침에 마신 커피잔과 바닥에 온통 흩어진 멍청한 편지의 초안들을 보는 것보다 더 처량한 일은 없을 것 같았다. 개버딘 코트 허리띠를 고쳐 매는 사이 이 모든 광경이 생생하게 눈앞을 스쳐갔지만, 자기가 그런 고백을 하는 바람에 전술상의 굴욕적인 실수를 저질렀고, 따라서 이제 가야 한다는 걸 알았다. 자기 때문에 얼굴을 붉힌 마리아는 더욱 사랑스러워 보였지만, 오히려 그 때문에 자신이 얼마나 큰 실수를 저질렀는지 알 것 같았다.

그녀도 자리에서 일어나더니 문으로 향하는 그를 막아섰다.

"이제 정말로 돌아가봐야 합니다." 레너드가 설명했다. "일도 많고 해서요." 기분이 상할수록 말투는 더 경박해졌다. "차를 끝내주게 끓이시네요." 그 말과 함께 그는 앞을 막아선 그녀를 돌아서 지나쳤다.

마리아가 말했다. "좀더 계시면 좋겠어요."

정말로 듣고 싶었던 말이었지만, 이제 와서 마음이 바뀐 척하기에는 너무 의기소침했고 패배로 인해 너무 지친 느낌이었다. 그는 문으로 향했다. "여섯시에 만날 사람이 있어요." 그 거짓말은 절망에 온전히 자신을 내맡기고자 하는 헛된 노력이었다. 그런 일이 벌어지는 와중에도 스스로가 놀라웠다. 그곳에 있고 싶고, 그녀도 그가 있었으면 하는데 막상 지금은 기어이 가겠다고 우기고 있으니. 이 사태와 무관한 사람의 태도였지만, 그로서도 어쩔 도리가 없었다. 자신이 원하는 방향으로 키를 돌릴 수가 없었다. 자기 연민이 그의 몸에 밴 세심한 분별력을 지워버렸고, 그가 선 터널의 끝에는 매혹적인 자기 파멸만이 존재할 뿐이었다.

낯선 자물쇠를 만지작거리는 그의 바로 뒤에 마리아가 서 있었다. 여전히 놀랍긴 했지만 그녀도 남자의 자존심이 얼마나 여린지 어느 정도 알고 있었다. 겉으로는 자신만만해 보여도 남자들은 쉽게 상처받았다. 감정의 기복도 심했다. 알 수 없는 감정의 소용돌이에 휘말린 남자들은 불안을 공격성으로 감추려 드는 경향이 있었다. 서른 살인 그녀는 경험이 많지도 않아서 남편이나 알고 지내던 한두 명의 폭력적인 군인을 주로 떠올렸다. 현관에서 나가려고 허둥거리는 저 남자는 그간 알았던 남자들보다는 그녀 자신과 더 비슷했다. 어떤 기분인지 그녀는 정확히 알고 있었다. 자기 연민에 빠지면 상황을 더 악화시켜버리고 싶은 마음이 들기 마련이다. 그녀가 가볍게 그의 등을 어루만졌지만 그는 코트 때문에 느끼지 못했다. 그럴싸한 변명도 했으니 이제는 참담한 심정을 안고 가도 좋겠다고 생각하던 참이었다. 베를린 해방과 오토 에크도르프와의 결혼을 겪은 마리아에게, 종류를 막론하고 여린 마음을 드러내는 남자는 가까이 다가갈 만한 인성의 소유자였다.

결국 그는 문을 열고 작별인사를 하러 돌아섰다. 정중한 태도와 거짓으로 둘러댄 약속에 그녀가 정말 속았다고 믿었을까? 자신의 절박함이 드러나지 않았을 거라 생각했을까? 서둘러 가서 미안하다는 사과와 함께 차 잘 마셨다고 다시 한번 인사하고 악수를—세상에 악수라니!—청할 생각이었는데, 그녀가 손을 뻗어 그의 얼굴에서 안경을 휙 벗겨 들고 성큼성큼 거실로 가버렸다. 그러고는 그가 뒤따라 걸음을 떼기도 전에 어느새 안경을 의자 쿠션 밑에 슬쩍 밀어넣었다.

"이봐요," 그가 말했다. 그리고 등뒤로 문이 닫히도록 내버려두고 아파트 안으로 한 발 또 한 발 떼어놓았다. 그것으로 끝이었고, 그는 다시 들어와 있었다. 머무르고 싶었던 그곳에 이제는 머무르지 않을 수 없게 되었다. "저 정말로 가봐야 합니다." 그는 비좁은 방 한가운데 엉거주춤 서서, 아직까지도 영국인 특유의 분노를 속시원히 터뜨리지 않고 머뭇거리는 태도를 가장하고 있었다.

그녀는 그가 또렷하게 볼 수 있을 만큼 가까이 다가와 섰다. 얼마나 멋진 일인가, 남자가 두렵지 않다니. 그 사실은 그녀로 하여금 그를 좋아할 기회를, 단순히 그의 욕망에 반응하는 것이 아니라 그녀 자신의 욕망을 품을 기회를 주었다. 그녀는 그의 손을 감싸쥐었다. "하지만 전 아직 당신 눈을 다 들여다보지 못했는걸요." 그러더니 러셀이 찬양하던 베를린 여자 특유의 솔직한 태도로 덧붙였다. "두 두머(바보)! 벤 에스 퓌어 디히 다스 에어스테 말 이스트, 빈 이히 제어 글뤼클리히. 이것이 당신 처음이라면, 난 정말 운이 좋은 여자군요."

레너드를 붙잡은 건 '이것'이라는 말이었다. '이것'으로 인해 그는 다시 돌아왔다. 여기서 그들이 하고 있던 건 모두 '이것'의 일환이었다. 그의 처음. 그녀의 얼굴을 내려다보았다. 20센티미터가 조금 안 되는 키 차이 때문에 뒤로 젖혀진 동글납작한 얼굴. 보기 좋은 계란형 얼굴의 위쪽 3분의 1 지점에서 흘러내린 아기 같은 머리카락이 곱슬곱슬 흐트러져 있었다. 젊은 여자에게 키스하는 것이 처음은 아니었지만 그의 키스를 좋아하는 듯한 여자는 처음이었다. 고무된 그는 그녀의 입속으로 혀를 밀어

넣었다. 그런 식으로 하는 법이라고 짐작해왔던 대로.

그녀가 얼굴을 5센티미터 정도 뒤로 뺐다. “랑잠(천천히 해요). 시간은 충분하니까.” 그래서 그들은 간질거리는 가벼운 키스를 했다. 혀끝이 살짝 닿기만 했는데 쾌감은 훨씬 더 컸다. 마리아는 그의 등뒤로 돌아가 구두 더미 속에서 전열기를 꺼냈다. “시간 있어요.” 그녀가 거듭 말했다. “이렇게 껴안고 일주일을 보낼 수도 있다고요.” 그러고서 그에게 보여주려고 자기 몸을 꽉 껴안았다. “맞아요.” 그가 말했다. “그럴 수 있겠어요.” 그의 목소리가 카랑카랑했다. 그는 그녀를 따라 침실로 들어갔다.

방금까지 있던 방보다 넓었다. 더블 매트리스를 바닥에 깔아놓은 것이 신기했다. 보기만 해도 우울해지는 광택 나는 목제 옷장이 한쪽 벽을 차지하고 있었다. 창가에는 페인트로 칠한 서랍장과 리넨 수납함이 놓여 있었다. 그는 그 수납함에 앉아 전열기의 플러그를 꽂는 그녀를 바라보았다.

“옷을 벗기엔 너무 추워요. 우리 이렇게 들어가요.” 사실이었다. 입김이 눈에 보일 정도였다. 그녀는 슬리퍼를 차서 벗어던졌고, 그는 구두끈을 풀고 코트를 벗었다. 그들은 깃이불 속으로 기어들어가 꼭 그녀가 정해둔 대로 서로를 껴안고 또다시 키스했다.

일주일이 아니라 몇 시간 후, 자정을 막 지났을 무렵 마침내 레너드는 스스로를 가장 엄격한 의미에서 입문자, 즉 진실로 성숙한 성인이라고 정의할 수 있게 되었다. 그러나 순수함과 앎을 가르는 경계선은 모호했다. 황홀하도록 모호했다. 침대가, 그리고 그보다는 훨씬 덜해도 방이 차츰 따뜻해지자 두 사람은 서로 도와가며 옷을 벗었다. 바닥에 옷가지가 쌓일수록—스웨터, 두꺼운 셔츠, 모직 내복과 축구 양말—침대도 시간도 점점 여유로워졌다. 마리아는 자신이 원하는 대로 이 일을 주도해나갈 수 있다는 사실을 만끽하며 바로 지금이 발끝에서부터 시작해 온몸을 핥고 키스하기 좋은 때라고 말했다. 이렇게 해서 특유의 섬세한 태도로 주어진 일을 하고 있던 레너드가 처음 혀로 그녀의 안에 들어가게 되었다. 그것은 분명 인생을 획기적으로 가르는 전기였다. 하지만 반시간 후, 그녀가 그를 물고 빨고 핥으며 이로 뭔가를 했을 때도 마찬가지였다. 육체적 감각으로만 한정해서 말하자면 바로 그 순간이 그 여섯 시간 동안의, 어쩌면 그의 인생의 정점이었다. 긴 막간이 찾아들어 두 사람이 가만히 누워 있는 동안 그는 그녀의 질문에 대한 답으로 학교, 부모님, 버밍엄 대학에서의 외로운 삼 년에 대해 이야기했다. 그보다는 말을 아꼈지만 그녀도 직장이며 자전거 동호회, 색을 밝히는 회계, 전직 육군 부사관으로 지금은 술주정뱅이인 전남편 오토에 대해 이야기했다. 그는 두 달 전에도 일 년 만에 나타나 그녀의 머리를 손바닥으로 두 번이나 철썩철썩 때리고 돈을 요구했다. 이처럼 협박을 당한 게 처음은 아니었지만 지방경찰은 아무 조치도 취하지 않았다. 가끔은 오토에게 술까지 사주는 지경이었다. 오토의 말에 넘어가 다들 그가 전쟁영웅인 줄 알고 있었다.

이 이야기가 일시적으로 욕망을 지우고 말았다. 레너드는 기사도 정신을 발휘해 옷을 걸치고 와인 한 병을 사러 오라니엔 가로 내려갔다. 사람들도 자동차들도 그에게 일어난 그 엄청난 변화는 눈치채지 못한 채로 제 갈 길만 오고갔다. 그가 돌아왔을 때 그녀는 남성용 가운을 걸치고 축구 양말을 신은 차림으로 가스레인지 앞에 서서 감자와 버섯 오믈렛을 요리하고 있었다. 그들은 오믈렛을 침대에서 흑빵과 함께 먹었다. 모젤 와인은 너무 달아 조잡한 맛이 났다. 그들은 와인을 머그잔에 따라 마시면서 맛있다고 우겼다. 그가 빵조각을 입에 넣을 때마다 손가락에 남은 그녀의 체취가 풍겼다. 그녀는 병에 꽂은 초를 미리 방에 들여놓았다가 이제 불을 붙였다. 옷가지와 기름 묻은 접시들이 풍기는 친밀하면서도 누추한 느낌은 점차 그림자 속으로 물러났다. 성냥의 유황 냄새가 허공에 머물다가 손가락에 남은 체취와 뒤섞였다. 그는 학창 시절에 들었던 악마의 유혹과 여자의 몸을 주제로 한 설교 내용을 기억해내 재미 삼아 이야기해주려 했다. 그러나 마리아는 오해를 했든지 아니면 뭐하러 그런 이야기를 하는지, 뭐가 재미있다는 건지 전혀 이해하지 못해 뿌루퉁하니 입을 다물어버렸다. 그들은 어둠 속에 엎드려 팔꿈치로 버티고서 머그잔의 와인을 홀짝였다. 잠시 후 그가 그녀의 손등을 만지며 말했다. "미안해요. 바보 같은 얘기였죠." 그녀는 손을 뒤집어 그의 손가락을 꼭 쥐는 것으로 그를 용서했다.

그녀는 그의 품안에서 몸을 동그랗게 말고 반시간 동안 잠을 잤다. 그동안 그는 뿌듯한 마음으로 누워 있었다. 그녀의 얼굴을 찬찬히 뜯어보고—눈썹이 얼마나 성긴지, 잘 때는 아랫입술을 어떻게 부풀리는지—아이를 가진다면 어떨까, 이렇게 품안에서 잠을 자는 딸이 있다면 어떨까 상상했다. 자고 일어난 그녀는 기운이 넘쳤다. 그가 자기 위로 올라왔으면 했다. 그는 꼭 달라붙어 그녀의 젖꼭지를 빨았다. 그리고 키스를 했는데, 이번에는 마음대로 혀를 써도 괜찮았다. 남은 와인을 마저 따랐고 그녀가 그의 머그잔에 쨍그랑 잔을 부딪쳤다.

이어진 일들 중 기억나는 것은 두 가지뿐이었다. 첫번째는 그것이 마치 모든 사람의 입에 오르내리는 영화를 보러 가는 것과 같다는 생각이었다. 처음에는 상상하기 어려워도 일단 가서 보면 이거였구나, 하는 인정과 함께 이거였어? 하는 놀라움이 찾아온다. 예를 들어 자신을 감싼 미끈거리는 부드러움은 그가 바랐던 만큼, 아니 사실 기대보다 훨씬 더 좋았지만, 이런저런 책을 많이 읽었는데도 타인의 음모가 자기 것을 눌러 비비는 그 사각사각한 느낌은 완전히 생경했다. 두번째는 난처함이었다. 조루에 대한 글을 숱하게 읽고 자기도 그것 때문에 고생하게 되지 않을까 궁금했는데, 이제 보니 그럴 수도 있겠다는 생각이 들었다. 사정할 위기로 몰아넣는 것은 움직임이 아니었다. 그녀의 얼굴이 보일 때가 문제였다. 그녀는 위를 보고 똑바로 누워 있었다. 두 사람이 '아우프 알트도이치'(중세 독일식)라고 그녀가 가르쳐준 체위를 하고 있었기 때문이었다. 땀에 젖은 곱슬머리는 이제 뱀처럼 똬리를 틀었고, 만화책 속 항복한 사람처럼 두 손을 활짝 편 채 팔을 머리 위로 치켜들고 있었다. 동시에 그를 올려다보는 눈길은 의미심장하고 다정했다. 자기를 내던진 채 연인을 빤히 보는 이 모습이 그저 바라보기에 너무 좋아서, 그에겐 너무나 완벽해서, 차라리 눈을 돌리거나 꽉 감아버리거나, 아니면 생각을…… 생각을, 그렇다, 회로도 생각을 해야 했다. 그것도 앰펙스 기기에 신호 감지 작동장치를 설치할 때 기억해둔, 특별히 복잡하고 사랑스러운 회로도로 골라서.

7

테이프리코더를 모두 테스트하고 신호 감지 작동장치를 설치하는 데는 사 주가 걸렸다. 창문이 없는 사무실에서 일해도 레너드는 불만이 없었다. 반복되는 작업에 온통 정신을 빼앗겼기 때문이었다. 또다른 기기 열 대를 쓸 수 있게 준비해두자 젊은 병사가 들어와 고무바퀴 달린 손수레에 싣고 복도를 지나 녹음실로 옮겼다. 그새 영내에서 일하는 사람들이 늘었고 일부는 영국 출신이었다. 그러나 레너드는 소개를 받지도 못했거니와 되도록 그들을 피했다. 한가로운 시간에는 잠깐 눈을 붙이는 게 좋았고 구내식당에서는 늘 빈 테이블에 앉았다. 일주일에 한두 번 글래스가 들렀는데 늘 조급해 보였다. 다른 미국인이 그렇듯이 글래스도 껌을 씹었지만 특유의 맹렬한 기세는 따를 자가 없었다. 그런 버릇과 더불어 반원형으로 거무튀튀하게 물든 눈 밑 때문에 글래스는 초조한 야행성 설치류 같아 보였다. 턱수염은 허옇게 새지도 않았지만 그렇다고 그리 새까맣지도 않았다. 메마르고 볼품없었다.

그래도 태도만은 변함이 없었다. "예정대로 진행되고 있어, 레너드." 워낙 바빠서 들어올 여유도 없다는 듯 그는 늘 문간에 서서 말했다. "쇠네펠트 대로 건너편에 거의 도달했다네. 인력도 매일 새로 충원되지. 이곳은 신나게 돌아가고 있다고!" 그러고는 레너드가 미처 납땜인두를 내려놓기도 전에 사라지는 것이었다.

실제로 2월 중순 이후로는 구내식당에서 빈 테이블을 찾기가 어려워졌다. 웅성거리는 주위의 목소리들 가운데 영국 억양도 들렸다. 이제는 스테이크를 주문하면 자동으로 설탕 서너 스푼을 넣고 휘휘 저은 차 한 잔이 나왔다. 쌍안경으로 관찰중인 포포스들 때문에 많은 영국인이 미 육군 통신대 마크가 달린 군복을 입고 다녔다. 이미 도착해 있던 수직굴착기사들로, 천장이 머리 위로 붕괴하는 일 없이 부드러운 지층을 파올라가 전화 케이블이 있는 곳까지 터널을 뚫어줄 전문가들이었다. 터널 입구 부근에는 앰프를 설치할 영국 통신대 출신 전문가들도 와 있었다. 레너드가 돌리스 힐에서 본 얼굴들도 있었다. 그중 두어 명은 레너드 쪽으로 고개를 까딱해 보이기도 했지만 다가오지는 않았다. 보안에 극도로 신경쓰고 있는지도 모르지만, 그보다는 전신기사 보조원을 깔보기 때문일 가능성이 더 컸다. 그런 이들은 런던에서도 그에게 말을 거는 법이 없었다.

게다가 구내식당에서는 보안개념이 그다지 빡빡하지 않았다. 식사하는 사람 수가 많아질수록 이야기 소리도 커졌다. 글래스가 봤다면 분통을 터뜨렸을 것이다. 건물 여기저기서 삼삼오오 나온 사람들이 붙어앉아 저마다 작업 이야기를 했다. 혼자 식사를 하는 레너드는 마리아 생각에 푹 젖어 인생에 찾아온 변화에 새삼 경이로워하다가도 가끔은 본의 아니게 근처 테이블의 이야기에 이끌리기도 했다. 그의 세계는 진작 창문 없는 사무실과 마리아와 함께 쓰는 침대로 축소되었다. 침대를 빼면 그녀의 아파트는 그야말로 너무 추웠다. 여기서 아웃사이더를 자처했던 그가 지금은 제 뜻과는 상관없이 남의 말을 엿듣는 스파이가 돼가고 있었다.

한번은 옆자리의 수직굴착기사 둘이 미국인 동료들 앞에서 웃음을 애써 참아가며 옛날 얘기를 하는 걸 들었다. 빈에서 이런 터널을 팠던 전례가 있는 모양이었다. 1949년 MI6가 굴착한 그 터널은 슈베하트 교외의 사유주택에서 시작해 도로 밑으로 20미터가량 뻗어가 임페리얼 호텔 주재 소련 점령군 본부와 모스크바 사령부 사이의 통신을 도청하는 용도로 쓰였다. "위장을 해야 했거든." 기사 하나가 말했다. 동료가 그의 팔에 손을 얹자 목소리를 낮추었고, 덕분에 레너드는 귀를 쫑긋 세워야 했다. "도청장치를 설치하는 동안 드나드는 것들을 위장할 뭔가가 필요했던 거야. 그래서 해리스 트위드* 수입 상점을 열었지. 빈 사람 중 누가 그런 데 관심을 가질까 하는 생각으로 말이야. 그런데 어떻게

* 스코틀랜드의 해리스 섬에서 생산되는 최고급 트위드.

된 줄 아나? 거기 사람들이 해리스 트위드를 너무 좋아했던 거야. 줄을 서서 사가는 바람에 처음 들여온 물량이 며칠 만에 동났어. 그래서 그 불쌍한 치들은 해야 할 일은 하지도 못하고 하루종일 주문서를 쓰고 전화나 받아야 했지. 결국 손님들을 돌려보내고 가게를 닫아야 했어."

"그리고 그때," 웃음이 가까스로 잦아들자 미국인이 말했다. "우리가 곧장 자네들 계획에 끼어든 거군."

"맞았어." 영국인이 말했다. "그게 넬슨이었지, 넬슨……" 그 이름, 레너드가 다시 듣게 될 바로 그 이름이 나오자 남자들은 도를 넘었다는 걸 확실히 깨달았다. 화제는 스포츠로 옮겨갔다.

또 한번은 수직갱도와 터널 굴착에 관여하는 각각의 담당자들이 정보를 나누고 있었다. 레너드가 들은 이야기 대부분이 웃고 즐기기 위한 것이었다. 미국인들은 어쩌다가 정화조에서 흘러나온 본인들의 배설물을 삽질해서 파들어가게 되었는지 사연을 늘어놓았다. 역시나 시끌벅적한 폭소가 터졌고 한 영국인의 말에 또 왁자하게 웃음소리가 번졌다. "자기가 싼 똥을 헤치고 파들어가다니, 그게 이 일을 한마디로 요약하는 셈이지." 그러자 미국인 부사관 중 하나가 자신을 비롯해 그 작업을 위해 엄격한 기준으로 선발된 열여섯 명의 인력이 어떻게 해서 베를린 착공 전 연습 삼아 뉴멕시코에서 터널을 파게 됐었는지 말하기 시작했다. "토양이 똑같다는 거야. 상부에서는 최적의 심도를 알아내고 지표가 꺼지지는 않는지 확인해보라고 했지. 그래서 우리는 팠어……" "파고, 또 팠지……" 그의 친구들도 말을 보탰다. "15미터쯤 파들어갔을 때 상부는 최적의 심도에 대해 원하는 정보를 다 얻었고, 땅도 안 꺼졌어. 그래서 작업을 중단했느냐? 천만에, 헛수고라는 게 뭔지 보고 싶어? 그건 바로 사막에 뚫은 터널이야. 아무데서나 시작해서 아무데로 뚫은 140미터짜리 터널 말이야. 140미터라니까!"

식사하는 사람들의 입에 자주 오르내리는 화제 중 하나는 러시아인이나 동독인들이 도청실로 밀어닥칠 때까지 시간이 얼마나 걸릴지, 그런 사태가 벌어지면 어떻게 되는지 하는 것이었다. 통신기사들이 도망칠 여유가 있을지, 포포스가 발포할지, 철문을 폐쇄할 시간은 있을지. 한때는 극비장비들을 파괴할 폭파장치를 설치하려는 계획도 있었지만, 화재의 위험이 너무 높다고 판단되었다. 단 하나 모두의 의견이 일치하는 지점이 있었다. 글래스도 확인해준 사실이었고, 심지어 CIA도 검토를 마쳤다고 했다. 만에 하나 러시아인이 밀어닥치더라도 일절 함구할 거라는 관측이었다. 군 최고위층의 통신이 도청되었다는 건 너무 엄청난 수치일 테니까. 글래스가 레너드에게 들려준 얘기는 이런 것이었다. "세상에 많은 침묵이 있지만, 위대한 러시아의 침묵만한 건 없다네."

레너드가 여러 번 들은 이야기가 하나 더 있었다. 할 때마다 조금씩 형태가 달라지는 이 이야기는 특히 새로 온 신참들, 아직 조지를 모르는 사람들에게 제일 잘 먹혔다. 그래서 2월 중순경 구내식당에서 자주 오갔다. 레너드는 줄을 서서 기다리던 중에 처음 들었다. 레너드로서는 스쳐가며 본 적도 없는 까마득한 거물, 베를린 CIA 지부장 빌 하비는 가끔 한 번씩 방문해 터널의 진척상황을 확인했다. 베를린 일대에 얼굴이 워낙 알려진 터라 늘 밤을 틈타서 왔다. 그런데 한번은 자동차 뒷좌석에 앉아 있다가 운전기사와 그 옆의 다른 군인이 사교생활에 대해 불평하는 걸 듣게 되었다. "난 건수가 하나도 없는데 하고 싶어 미치겠다니까." 둘 중 하나가 말했다.

"나도 그래." 그의 친구가 말했다. "최근에 엉덩이맛을 본 건 조지뿐이지."

"운좋은 놈 같으니."

창고의 인력은 상대적으로 외부와의 접촉을 피하도록 되어 있었다. 한순간 마음이 약해지면 젊은 여자에게 어떤 기밀을 발설할지 아무도 모를 일이었다. 그날 밤 창고에 온 하비의 분노가 어느 정도였는지는 이야기하는 사람에 따라 달랐다. 어떤 이야기에서는 그저 당직사령을 좀 보자고 했고, 다른 이야기에서는 술기운에 격분해서 들이닥치는 바람에 당직사령이 부들부들 떨었다. "그 조지라는 개자식을 찾아내 여기서 쫓아내버려!" 탐문 수사가 벌어졌다. 조지는 사실 개였다. 창고의 마스코트로 들인 동네 잡종견. 이야기에 좀더 공을 들인 경우에는 하비가 체면을 생각해 차분하게 반응한 것으로 되어 있었다. "놈이 자기를 뭐라고 생각하든 난 관심 없네. 녀석 때문에 내 부하들이 불행해하지 않나. 없애버려."

사 주가 끝날 무렵 레너드의 대장정은 끝이 났다. 아직 신호 감지 작동장치를 장착하지 않은 마지막 테이프리코더 네 대는 스프링 자물쇠와 캔버스 띠로 보안을 강화한 특별 고안 케이스 두 개에 챙겨넣었다. 터널 입구에서 모니터용으로 쓰일 것들이었다. 케이스는 손수레에 실어 지하로 내려보냈다. 레너드는 사무실 문을 잠그고 복도를 따라 천천히 녹음실로 향했다. 갓을 씌운 형광등을 밝힌 녹음실은 널찍했지만, 백오십 대의 기기와 그 주위에서 일하는 직원 모두를 여유 있게 수용할 정도는 아니었다. 테이프리코더들은 앞뒤로 나란히 선 3단짜리 철제 선반 다섯 개에 수납되어 있었다. 선반 사이로 무릎을 짚고 엎드려 동력 전선과 다른 회로 들을 따라가는 사람들이 보였고, 테이프가 감긴 릴, 결재 서류함, 번호 표지판, 접착용 메모지를 가진 사람들이 그들을 넘거나 옆으로 피해 돌아다녔다. 설치기사 둘이 너비

6미터의 서류 정리함을 장착할 수 있도록 전동드릴로 벽에 구멍을 뚫는 중이었다. 다른 작업자는 벌써 코드번호가 적힌 카드를 각 칸 아래 하나씩 붙이고 있었다. 문간에는 문구류와 여분의 녹음테이프가 든 흰색 상자가 사람 키만큼 쌓여 있었다. 문 반대쪽 구석에는 바닥에 구멍이 뚫려 있어 그곳을 통해 지하로 내려간 케이블들이 머지않아 앰프가 설치될 자리까지 갱도 아래 터널을 따라 이어졌다.

레너드는 창고에서 일 년 가까이 지낸 후에야 녹음실의 작동 시스템을 이해하게 되었다. 수직굴착기사들은 쇠네펠트 대로 너머 케이블 세 다발이 매설된 배수로를 향해 위쪽으로 굴을 뚫었다. 케이블 하나마다 백일흔두 개의 회로가 내장되어 있어 적어도 열여덟 개 채널을 송수신했다. 이십사 시간 주절주절 이어지는 소련 사령부의 통신은 전화 통화와 암호화된 전보로 이루어져 있었다. 녹음실에서는 두세 회로만 모니터했다. 포포스와 동독군 전화 수리반의 동향이 목전의 관심사였다. 만에 하나 터널이 당장 발각될 위험에 처하기라도 한다면, 글래스가 가끔 터널 저쪽을 부르는 말인 '짐승'이 쳐들어와 아군의 목숨을 위협할 태세라면, 최초 경보는 이 회선들을 통해 들어올 것이다. 나머지 회로 중 테이프로 녹음된 통화는 런던으로, 전보는 암호해독을 위해 군용기에 실려 무장 경호를 받으며 워싱턴으로 날아갔다.

화이트홀의 작은 방들에서, 워싱턴 기념탑과 링컨 기념관 사이에 흩어진 임시막사들에서는 망명 러시아인을 중심으로 한 수십 명의 통번역자가 구슬땀을 흘렸다.

일을 모두 마친 날, 녹음실 문간에 서 있던 레너드는 오로지 새 일거리를 찾을 생각뿐이었다. 그는 나이 지긋한 독일인과 한 팀을 이루어 일했다. 첫날 지게차를 운전했던, 겔렌의 부하 중 한 사람이었다. 독일인은 이제 전前 나치 당원이 아니라 마리아의 동포였다. 한때 전기공이었으며 본명이 루디인 프리츠와 그는 그렇게 전선에서 피복을 벗겨 배선함에 연결하고, 동력선에 보호 커버를 씌우고 발이 걸려 넘어지는 사람이 없도록 바닥에 단단히 고정시키는 일을 했다. 일단 통성명을 하고 나서는 동지적 침묵 속에서 작업이 이루어졌다. 서로 와이어스트리퍼를 건네주고 받기도 하고, 작은 일이 하나 끝날 때마다 불평 섞인 격려도 했다. 레너드는 글래스가 진짜 끔찍한 인간이라고 했던 사람 옆에서 만족스럽게 일할 수 있다는 사실을 자신이 최근 성숙해지고 있다는 하나의 증거로 받아들였다. 루디의 커다랗고 활짝 벌어지는 손가락은 신속하고 정확했다. 오후의 햇살이 비쳐 들자 커피를 나누어주었다. 영국인이 바닥에 앉아 벽에 등을 기대고 담배를 피우는 사이, 루디는 휴식도 마다하고 작업을 이어갔다.

늦은 오후가 되자 사람들이 하나둘 가버렸다. 여섯시 무렵, 녹음실 안에는 레너드와 루디만 남아서 작업 속도를 올려 마지막 세트의 연결을 마무리하는 중이었다. 마침내 레너드가 일어나 기지개를 켰다. 이제는 마음놓고 다시 크로이츠베르크와 마리아를 생각해도 괜찮았다. 한 시간 내에 도착할 수 있을 것이다. 의자 등받이에 걸쳐둔 재킷을 집어드는데, 문간에서 누가 그의 이름을 불렀다. 입고 있는 더블브레스트 정장에 비해 너무 마른 한 남자가 손을 내민 채 그에게 다가오고 있었다. 밖으로 나가려던 루디가 옆으로 비켜서면서 낯선 사람의 어깨 너머로 구테 나흐트(편히 쉬십시오)라고 소리쳤다. 레너드는 재킷을 걸치다 말고 루디에게 안녕히 가시라고 인사하며 남자가 내민 손을 맞잡았다.

이 작은 소동의 와중에도 레너드는 반사적으로, 거의 무의식 중에 또다른 영국인의 지위를 읽어내는 영국인의 특기를 발휘해 남자의 몸가짐과 외모, 목소리를 평가하고 있었다.

"존 맥나미요. 우리 측에 환자가 생겨서 다음주 터널 입구 쪽에 사람이 한 명 더 필요해서. 글래스한테 허가는 받았지. 원한다면 한 삼십 분 현장을 안내해줄 수 있소만." 맥나미는 앞니가 툭 튀어나온데다 몇 개 남지도 않았고 크기가 작아서 잇새가 벌어졌을 뿐만 아니라 싯누렜다. 그래서 완전히 흔적을 지우지 못한 코크니* 말투로 얘기하는 사이 발음이 약간 샜다. 목소리만

들으면 막역한 사이라도 되는 듯했다. 거절할 분위기는 아니었다. 맥나미는 벌써부터 앞장서서 녹음실 밖으로 나갈 기세였지만 권위적인 태도는 아니었다. 레너드는 정부에 고용된 선임과학자인가보다고 짐작했다. 버밍엄에서 그를 가르친 교수 두엇도 그런 사람이었고, 돌리스 힐의 체신국 연구소 주변에서도 한두 명 찾아볼 수 있었다. 소탈하고 재능 있는 인물들로 이루어진 이 특별한 세대는 현대 과학전의 필요에 따라 1940년대에 정부 요직에 기용된 사람들이었다. 레너드가 그간 만나본 정부 과학자들은 존경스러웠다. 그에게 자신이 매사 어설픈데다 올바른 단어도 구사하지 못한다는 자괴감을 불러일으키는 퍼블릭스쿨** 출신들과는 달랐다. 그런 녀석들은 구내식당에서 절대 그에게 말을 걸지 않았고 적당한 라틴어와 고대 그리스어 실력에 기대어 사령부의 고위직으로 출세할 생각뿐이었다.

지하로 내려간 두 사람은 수직갱도 옆에 서서 대기해야 했다. 앞쪽에서 누군가 보초에게 보여줄 통행증을 찾지 못해 애를 먹고 있었다. 천장까지 쌓인 근처 흙더미에서 싸늘한 악취가 풍겼다. 맥나미는 질척거리는 콘크리트에 발자국을 꾹 찍더니 희고

* 런던의 노동자 계층이 주로 쓰는 사투리.

** 주로 상류층 자제를 위한 대학 진학 예비교육이나 공무원 양성을 목적으로 하는 영국의 사립학교.

앙상한 두 손을 꼭 맞잡았다. 오는 길에 레너드는 사무실에서 글래스가 조달해준 군용코트를 챙겼지만 맥나미는 회색 정장만 입고 있었다.

"앰프를 돌릴 때쯤이면 저 밑은 충분히 따뜻할 거요. 심지어 더워서 문제일 수도 있어." 그가 말했다. "일은 재밌소?"

"아주 흥미로운 프로젝트입니다."

"테이프리코더를 전부 쓸 수 있게 해뒀다던데. 틀림없이 지루했겠어." 레너드는 상급자에게 불만을 털어놓는 건 설령 부추김을 당하는 경우라 해도 현명하지 못하다는 걸 잘 알고 있었다. 맥나미는 통행증을 보여주고 자기 손님 대신 서명하는 중이었다. "사실 그렇게 나쁘진 않았습니다."

레너드는 연장자를 따라 사다리를 내려가 갱도 안으로 들어갔다. 터널 입구에서 맥나미는 레일에 발을 얹고 허리를 굽혀 구두끈을 다시 묶었다. 그의 목소리가 잘 들리지 않아 레너드는 몸을 숙이고 귀를 기울였다. "자네는 보안 몇 등급이지, 마넘?" 갱도 언저리에서 보초가 그들을 내려다보고 있었다. 설마 자기가 정문의 초병들처럼 창고를, 아니 심지어 레이더기지를 지키고 있다고 믿는 건가?

레너드는 맥나미가 몸을 쭉 펼 때까지 기다렸다가 함께 터널로 들어섰다. 기다란 형광등 불빛은 암흑을 거의 쫓아내지 못했다. 소리는 전혀 울리지 않았다. 레너드의 목소리는 그 자신이 듣기에도 밋밋했다. "사실, 3등급입니다."

맥나미는 온기를 찾아 바지 주머니에 손을 깊숙이 찔러넣은 채 앞서 걷고 있었다. "음, 4등급까지는 올려야 할 것 같군. 내일 조치하지."

그들은 레일 사이로 얕은 내리막을 걸어내려갔다. 발밑에는 물웅덩이들이 있었고, 서로 볼트로 연결되어 벽을 빈틈없이 덮은 강철판은 수증기가 맺혀 번들거렸다. 윙윙 지하수 펌프 돌아가는 소리가 끊이지 않고 이어졌다. 터널 양편에는 어깨높이까지 쌓인 모래주머니가 케이블과 파이프를 떠받치고 있었다. 터져서 내용물이 흘러나오는 주머니가 꽤 많았다. 사방에서 흙과 물이 계속 밀려들어 공간을 되찾으려 하고 있었다.

그들은 모래주머니 더미 옆으로 단단하게 말아둔 철조망 몇 타래가 쌓인 곳에 다다랐다. 맥나미는 레너드가 자기가 있는 곳으로 내려올 때까지 기다렸다. "이제 러시아 구역에 진입하네. 그들이 우리 쪽으로 쳐들어오게 되면, 뭐 언젠가는 일어날 일인데 말이지, 후퇴하면서 이 철조망을 쳐야 해. 경계를 지키라는 뜻에서." 그가 이 소소한 아이러니에 미소지어 보이자 딱한 치아가 드러났다. 그의 치아는 낡은 묘석처럼 이리저리 흔들렸다. 그는 레너드의 시선을 눈치챘다. 그리고 집게손가락으로 자기 입을 톡톡 두드리더니 젊은이가 당황할 만큼 거침없이 말했다. "유치야. 영구치는 아예 나지도 않았어. 어쩌면 난 어른이 되기 싫었나봐."

한동안 평지가 이어졌다. 100미터 정도 앞에서 한 무리의 사람들이 강철문을 열고 나와 그들 쪽으로 다가왔다. 한창 대화에 열중한 모습이었다. 하지만 더 가까워지자 그들은 아무 소리도 내지 않았다. 그들은 일렬로 서서 오다가 밀치락달치락 줄을 흩뜨리기도 했다. 10미터쯤까지 가까워지자 그들이 속삭이며 내는 치찰음이 들렸다. 두 무리가 경계를 늦추지 않고 고개를 까딱하며 서로서로 간신히 비집고 지나가는 동안은 그마저도 그쳤다.

"원칙적으로 큰 소리를 내면 안 돼. 특히 점령구역의 경계를 넘었을 때는." 맥나미는 속삭이는 정도에서 아주 조금 목소리를 높였다. "알다시피 저주파, 즉 남자 목소리는 아주 쉽게 멀리까지 퍼지니까." 레너드가 "그렇군요"라고 속삭였지만 그 대답은 펌프 소리에 묻혀 들리지 않았다.

양쪽 벽에 쌓인 모래주머니 위로 동력선, 냉난방용 도관, 녹음실에서 나온 납 피복선이 지나갔다. 걷다보니 벽에 전화기, 소화기, 두꺼비집, 비상 전원 스위치 들이 설치돼 있었다. 미니어처 신호등 같은 초록색과 빨간색의 경보등도 띄엄띄엄 보였다. 그곳은 소년들을 위한 발명품으로 가득찬 장난감 마을과도 같았다. 레너드는 집 근처 숲 한편에서 친구들과 함께 만들던 비밀 캠프며 덤불 사이의 터널을 떠올렸다. 그리고 햄리스*의 거대한 기차 세트, 순전히 터널을 뚫기 위해 뜬금없이 놓인 초록색 언덕에서 양과 소 들이 꼼짝 않고 풀을 뜯는 안전한 세계도 떠올렸다. 터널은 은밀과 안전을 뜻했다. 소년과 기차 들은 터널 안으로 기어들어가 사람들의 시선과 관심에서 벗어났다가 다시 무사히 나타나곤 했다.

맥나미가 다시 그의 귓전에서 중얼거렸다. "이 프로젝트에서 마음에 드는 게 뭔지 말해줄까. 바로 태도라네. 미국인들은 일단 일을 하겠다고 마음먹으면 제대로 해내고 비용은 신경도 안 쓰지. 나도 원하는 건 전부 얻어냈는데 군말 한 번 들어본 적이 없다니까. '예산을 절반으로 줄여서 해볼 순 없겠나' 따위의 헛소리는 절대 하지 않아."

레너드는 누군가 자신에게 속내를 털어놓는다는 생각에 우쭐해서는, 재치 있게 받아쳐보려고 했다. "음식 준비에 얼마나 갖은 애를 쓰나 보세요. 전 미국인들이 감자튀김을 요리하는 방식이 정말 좋아요……"

맥나미는 고개를 돌렸다. 두 사람이 강철문에 다다를 때까지

* 전 세계에서 가장 규모가 크고 오래된 런던의 장난감 백화점.

터널을 따라 걷는 내내 레너드의 유치한 의견이 그들 사이에 떠다니는 느낌이었다.

철문을 열자 양편으로 쌓인 냉난방설비 사이로 레일이 깔린 좁은 통로가 나타났다. 그들은 거기서 일하는 미국인 기사 옆을 지나쳐 두번째 문을 열었다.

"자." 맥나미가 등뒤로 문을 닫으며 말했다. "어떤가?"

그들은 환하게 불을 밝힌, 깨끗하고 잘 정리된 터널의 한 구역에 들어와 있었다. 벽은 하얗게 칠한 합판으로 마감했다. 레일은 리놀륨을 깐 콘크리트 바닥 아래로 자취를 감추었다. 머리 위에서는 쇠네펠트 대로를 달리는 자동차들의 우르릉거리는 소음이 들려왔다. 전자기기를 올려둔 선반 사이사이로, 합판을 댄 작업대 위에 헤드셋과 모니터용 테이프리코더가 깔끔하게 정돈된 작업 공간이 보였다. 바닥에 얌전히 부려놓은 것은 레너드가 그날 내려보낸 케이스들이었다. 앰프를 보고 감탄하라는 분위기는 아니었다. 그로서는 돌리스 힐 때부터 익히 아는 모델이었다. 뛰어난 성능에 비해 소형인데다 무게는 20킬로그램도 나가지 않았다. 그가 일했던 연구소에서는 사실상 가장 비싼 물품이었다. 중요한 건 기계 자체가 아니라 어마어마한 수량이었고, 터널 한 면을 다 차지한 채 대략 30미터에 걸쳐 키 높이로 쌓여 있는, 전화교환국 내부를 방불케 하는 전류 개폐장치였다. 맥나미는 그 막

대한 수량을 자랑스러워하고 있었다. 그 처리 능력과 증폭 능력, 그리고 내재된 회로망의 성능을. 문가에서는 납 피복 케이블에서 나온 색색의 전선이 부채꼴로 펼쳐지더니 배선함으로 이어졌다가 몇 가닥씩 고무 집게에 묶여 다시 나왔다. 영국 통신대 소속 장병 세 사람이 작업중이었다. 모두 맥나미를 보고는 고개를 까딱했지만 레너드는 무시했다. 두 사람은 의장대를 사열하듯 당당한 걸음으로 대열 앞을 지났다. 맥나미가 말했다. "거의 25만 파운드 가치에 달한다고. 극도로 미세한 러시아 신호들을 빼내야 하니까, 최고가 필요해."

감자튀김 발언 이후 레너드는 감탄의 표현을 고갯짓과 한숨으로 국한했다. 그리고 자기가 이쯤에서 던질 만한 지적인 질문이 뭐가 있을까 궁리하며 맥나미가 설명해주는 회로망의 기술적인 세부사항은 듣는 둥 마는 둥 하고 있었다. 굳이 귀를 기울일 필요가 없었다. 새하얗게 밝은 앰프실에 대한 맥나미의 자긍심은 개인적인 감정과는 전혀 무관했으니까. 신참의 눈으로 위대한 과업을 새삼 다시 바라보는 게 좋았을 뿐이니 어차피 그게 누구든 상관없었다. 두번째 철문으로 가는 길에도 레너드는 여전히 질문을 궁리중이었다. 맥나미가 철문 옆에서 멈춰 섰다. "이건 이중문이야. 질소 유출을 막기 위해 도청실은 압력을 높여두고 있거든." 레너드는 다시 고개를 끄덕였다. 러시아 케이블은 수분 침투를 막고 빈틈이 생기지 않는지 모니터를 용이하게 하기 위해 내부에 질소를 넣고 봉해두었을 터였다. 케이블 주위 공기의 압력을 높여두면 들키지 않고 선을 끊고 들어갈 수 있었다. 맥나미가 문을 밀어 열었고 레너드는 뒤따라 들어갔다. 흡사 난폭한 사람이 두드리는 북 안으로 들어간 느낌이었다. 도로를 달리는 차량 소음이 수직터널을 가득 메우고 도청실 안을 울렸다. 맥나미는 방음재가 들어 있던 텅 빈 포대 더미를 넘어가 테이블에서 손전등을 집어들었다. 그들이 서 있는 곳은 진입 터널의 맨 아래쪽이었다. 바로 머리 위 천장에 좁은 불빛을 비추니 진흙이 덕지덕지 말라붙은 10센티미터 남짓 되는 굵기의 케이블이 세 개 보였다. 맥나미는 무슨 말을 하려고 했지만, 쿵쿵거리는 소리가 미친듯이 심해져 기다릴 수밖에 없었다. 소음이 잦아들자 그가 말했다. "말수레가 지나가는 거야. 저 소리가 최악이지. 준비가 다 되면 유압잭을 사용해 케이블을 아래로 끌어내릴 걸세. 그러고 나선 하루하고도 반나절은 천장이 내려앉지 않도록 시멘트를 발라야 하지. 절단 작업에 들어가는 건 만약의 사태에 대비한 조치를 철저히 취해둔 다음이네. 먼저 회로들을 연결하고 침투해서 작전을 시작할 거야. 케이블마다 백오십 개 이상의 회로가 있을 가능성이 높아. 실제로 도청장치를 설치하는 건 MI6 기사 하나지만, 일이 잘못될 경우를 대비해 세 사람이 대기하게 되지. 그런데 한 사람이 아파서 빠졌으니 자네가 대신 지원팀에 들어가줘야겠네."

이렇게 말하는 동안 맥나미는 레너드의 어깨에 손을 올리고 있었다. 그 갱도를 벗어나자 최악의 소음은 멀어져갔다.

"그런데 질문이 하나 있습니다." 레너드가 말했다. "대답하기 꺼려지실지도 모르겠습니다만."

정부 과학자는 어깨를 으쓱했다. 레너드는 자신이 그에게 인정받고 싶어한다는 걸 깨달았다. "중요한 군용통신은 분명 모두 암호화해서 전송할 텐데요. 어떻게 우리가 판독할 수 있습니까? 그런 현대식 암호들은 사실상 해독 불가라 해도 과언이 아니잖습니까."

맥나미는 재킷 주머니에서 파이프를 꺼내 물었다. 흡연은 물론 절대 불가였다.

"그게 내가 얘기하고 싶었던 문제네. 아무한테도 말하지 않았겠지?"

"네."

"넬슨, 칼 넬슨이라는 사람 얘기 들어본 적 있나? CIA 통신부에 있었는데."

"아니요."

맥나미는 앞장서서 다시 이중문 밖으로 나갔다. 그는 문에 빗장을 지르고 나서 레너드와 함께 걸음을 옮겼다. "지금부터는 4등급 이야기일세. 우린 자네를 들이기로 했으니까. 내 생각은 그래. 자네는 이제 배타적인 특권 집단에 입성하게 되는 거야." 그들은 다시 멈춰 섰다. 이번에는 첫번째 앰프 선반 앞에서였다. 저 끝에서 세 사람이 조용히 작업중이었지만 이 거리라면 말소리가 들리지 않을 터였다. 맥나미는 말하면서 손가락으로 앰프 전면을 훑었는데 아마도 앰프에 대해 이야기하고 있다는 인상을 주려는 듯했다. "간단히 설명해주지. 발견된 사실에 따르면 말이지, 메시지를 전기신호로 암호화해서 송신하면 희미한 전기 반향, 그러니까 원본의 암호화되지 않은 평문의 자취가 함께 전송돼. 그런데 그게 너무 희미해서 30킬로미터 이상 가면 사라져버리지. 하지만 적절한 장비만 있다면, 그리고 30킬로미터 이내에서 회선을 도청할 수만 있다면 아무리 암호화를 잘해놔도 판독 가능한 메시지가 텔레프린터로 곧장 들어온다고. 이것이 여기서 벌어지는 전체 작전의 근거야. 별 시답잖은 전화 수다나 듣자고 이런 규모의 설비를 건설한 게 아니라고. 그 사실은 넬슨이 발견한 거야. 장비도 그가 고안했고. 빈에서 그 장비를 러시아 회선에 시험해볼 좋은 장소를 찾아 돌아다니던 차에 마찬가지로 러시아 회선을 도청하려고 우리가 만든 바로 이 터널로 들어온 거지. 그래서 우리는 아주 너그러운 마음으로 미국인들을 터널에 들이고 설비를 내주고 도청장치도 쓰게 해줬다고. 그런데 저들이 어땠는지 아나? 우리한테 넬슨의 발명품은 언급조차 안 했어. 우리가 암호를 풀려고 골머리를 썩이는 동안 그 물건을 워싱턴으로 가져가 평문을 읽고 있었던 거지. 이런 게 우리 동맹이란 말이야. 황당해서 기가 막힐 노릇이지, 안 그런가?" 그는 잠시 말을 멈추고 레너드가 수긍하기를 기다렸다. "이 프로젝트는 우리도 공조하게 되었으니 기밀을 공유하는 거고. 하지만 이건 알아두게. 개략적인 윤곽뿐이지 상세한 내용은 말해주지 않아. 그래서 자네한테도 극히 간단하게밖에 설명해줄 수 없는 거야."

영국 통신대원 두 명이 그들을 향해 다가오고 있었다. 맥나미는 레너드를 다시 도청실 쪽으로 데려갔다. "그때그때 필요한 정보만 제공해야 한다는 원칙을 고려하면, 사실 이런 얘기도 절대 하면 안 되지. 아마도 자넨 내가 이러는 의도가 뭘까 고민하고 있겠지. 자, 저쪽에선 뭐든지 발견하는 대로 우리한테도 알려주기로 약속을 했어. 우리는 그걸 무조건 믿을 수밖에 없고. 그렇지만 저쪽 식탁에서 흘려주는 부스러기에 의지해 살 생각은 전혀 없어. 그건 우리가 생각하는 양측 관계가 아니란 말이지. 우리는 넬슨의 테크닉을 우리 식으로 개발중이고, 훌륭한 잠재적 작전지역도 몇 군데 찾아냈어. 미국인들에게는 함구하고 있지. 조만간 러시아인들도 같은 발견을 할 것이고 그러면 기기를 손볼 테니까 속도가 중요해. 돌리스 힐 팀이 매달려 있지만 누구 한 사람이 여기서 눈과 귀를 열어놓고 있다면 도움이 되겠지. 여기도 넬슨의 장비에 대해 아는 미국인이 한둘은 있을 거라 생각돼. 기술 분야의 경험이 있으면서 지위는 너무 높지 않은 인물이 필요해. 그들이 나를 보면 1킬로미터는 도망갈 테니까. 우리가 찾는 건 세부사항일세. 전자기기에 관련된 자질구레한 뒷소문이라든가, 뭐든 상황을 진척시킬 수 있는 정보. 양키들이 얼마나 경솔한지는 자네도 알지. 말도 많고, 뭔가 그렇게 흘리고들 다니거든."

그들은 이중 철문 옆에 섰다. "자. 어떤가?" 그 말은 마치 '어선가?'처럼 들렸다.*

"구내식당에서 보니 다들 나불나불 잘도 떠들어대더군요." 레너드가 말했다. "심지어 우리 쪽 사람들도 마찬가지입니다."

"그렇다면 이 일을 하겠다는 거지? 잘됐군. 나머지 얘기는 나중에 하지. 올라가서 차나 한잔 하자고. 이러다 얼어죽겠군."

두 사람은 다시 터널을 따라 미국 구역으로 돌아와 경사로를 올랐다. 터널을 보고 자긍심을 느끼지 않기란 어려웠다. 레너드는 전쟁 전 아버지가 벽돌로 주방을 약간 증축했던 일을 떠올렸

* 원문은 fink로, 맥나미가 구강구조상 think를 제대로 발음하지 못한다는 것을 드러내기도 하지만 본래 '스파이, 밀고자'라는 의미가 있다.

다. 그는 흙손을 가져온다든가 필요한 물건 목록을 철물점에 가져가는 등 아이답게 고만고만한 잔심부름을 도맡았다. 일이 다 끝나고 아침을 먹는 식탁과 의자들을 들이기 전, 그는 새로운 공간에 서서 회칠한 벽이며 전기설비며 수공으로 낸 창문을 바라보면서 성취감으로 희열에 들떴다.

다시 창고로 돌아온 레너드는 간이식당에서 차를 마시자는 제안을 사양했다. 맥나미의 인정을, 심지어 감사를 받고 나니 자신감도 생기고 자유로워진 기분이었다. 건물을 나오던 길에 자기 사무실을 들여다보았다. 선반에 쌓인 테이프리코더가 없다는 것 자체가 작은 승리였다. 그는 문을 잠그고 열쇠를 당직사령의 사무실에 갖다주었다. 영내를 가로질러 정문의 초병을 지나 루도로 출발했다. 거리는 어두웠으나 가는 길은 이제 속속들이 알고 있었다. 추위에는 코트도 별 소용이 없었다. 코털이 빳빳해지는 느낌이 들었다. 입으로 숨을 쉬니 찬 공기에 가슴이 아렸다. 얼어붙은 평평한 들판에 들어섰음을 감지했다. 동독 난민들이 정착한 판자촌도 지나쳤다. 어둠 속에서 어린아이들이 뛰놀다가 차가운 길에 그의 발소리가 울려퍼지면 서로 쉿쉿 하며 그가 지나갈 때까지 조용히 기다렸다. 창고에서 1미터씩 멀어질 때마다 마리아와 1미터씩 가까워졌다. 일터에서는 누구에게도 그녀의 이야기를 하지 않았고, 그녀에게는 자기가 하는 일을 발설할 수 없었다. 그는 확실히 알 수가 없었다. 비밀스러운 두 세계를 오가는 길 위의 이 시간이 진정 자기 자신이 되는 시간, 두 세계 사이에서 균형을 잡고 스스로를 별개의 존재로 생각할 수 있는 시간인지, 아니면 그 자신은 아무것도 아닌, 두 지점을 오가는 무無에 지나지 않는 시간인지. 이쪽 끝이든 저쪽 끝이든 도착하고 나서야 비로소 목표를 정하거나 부여받았고, 그때 다시금 자기 자신이, 아니 자신들 중 하나가 되곤 했다. 한 가지 확실한 것은, 내려야 할 크로이츠베르크 역에 열차가 가까워지면 이런 상념들이 희미해질 테고 황급히 가운데뜰을 지나 다섯 층의 계단을 한 걸음에 두 단, 심지어 세 단씩 뛰어오르다보면 완전히 자취를 감추리라는 것이었다.

8

레너드의 입문은 우연히도 그 겨울 가장 추웠던 한 주와 시기가 일치했다. 고참들 말로는 베를린의 혹독한 기준으로 봐도 그렇게 영하 32도까지 내려가는 것은 이례적이라고 했다. 구름 한 점 없었거니와 낮에는 폭격 피해지역마저도 풍성한 주황색 빛을 받아 반짝거려서 아름다워 보일 정도였다. 밤이면 마리아의 집 유리창 안쪽에 성에가 끼어 환상적인 무늬를 수놓았다. 아침이면 침대 위를 층층이 덮은 맨 위의 한 겹, 보통 레너드의 코트는 얼어서 빳빳했다. 이즈음 레너드는 마리아의 나체를, 그러니까 몸 전체를 한눈에 보는 일이 거의 없었다. 눅눅한 어둠 속으로 파고들면 희미하게 빛나는 그녀의 피부가 보일 뿐이었다. 얇은 담요, 코트, 목욕수건, 안락의자 커버와 유아용 누비이불이 묵직하게 쌓인 그들의 겨울 침대는 아슬아슬하게 각각의 무게로만 그 모양을 유지하고 있었다. 전체를 감쌀 만큼 큰 무언가가 없었던 것이다. 자칫 조심성 없이 움직이다 하나씩 미끄러져 떨어지기 시작하면 순식간에 전체 조합이 엉망진창이 되기 일쑤였다. 그러면 그들은 매트리스를 사이에 두고 마주서서 덜덜 떨며 하나씩 다시 쌓아올려야 했다.

그래서 레너드는 침대 속으로 살금살금 파고드는 법을 터득해야 했다. 날씨 때문에 세세한 부분을 신경쓰지 않을 수 없었다. 그는 사이클링으로 탄탄하게 다져진 그녀의 배에 뺨을 대거나, 오목한 귓바퀴처럼 복잡한 무늬를 그리며 말려들어간 그녀의 배꼽을 혀끝으로 누르는 걸 좋아했다. 이렇게 어둑어둑한 가운데—이불 끄트머리를 매트리스 밑으로 단단히 밀어넣지 않은 탓에 늘 사방에서 빛이 새어들어왔다—무르게 웅어리진 밀폐공간 속에 있다보니 냄새를 사랑하는 법을 배우게 되었다. 갓 깎은 잔디 같은 땀냄새, 날카로우면서도 모난 데 없고 톡 쏘는 동시에 둔탁한 두 요소가 혼재된 그녀의 흥분이 풍기는 촉촉한 냄새—과일과 치즈의 냄새, 바로 욕망 그 자체의 맛. 이 공감각은 일종의 황홀한 착란이었다. 그녀의 새끼발가락에는 칼날 모양의 작은 굳은살이 길게 박여 있었다. 무릎관절에서는 연골이 오도독거리는 소리가 났다. 등허리에는 두 가닥의 긴 털이 난 사마귀가 하나 있었다. 3월 중순이 되어 방이 좀더 따뜻해지고 나서야 그는 그 털들이 은빛이라는 걸 알았다. 그녀의 젖꼭지는 숨결을 불면 꼿꼿하게 일어섰다. 귓불에는 귀걸이 클립 자국이 남아 있었다. 그가 손가락으로 아기 같은 머리카락을 쓸면 정수리 근처에서 세 갈래로 돌아나가는 머리 뿌리들이 보였고, 두피는 너무나도 하얗고 너무나도 연약했다.

마리아는 이런 에어쿤둥엔(탐색), 이런 발굴 작업에 빠져들었다. 그녀는 백일몽에 빠진 채로 누워 보통은 말이 없었고, 가끔 그때그때 떠오르는 생각을 내뱉고는 자기 입김이 천장으로 올라가는 걸 바라보았다. "애슈다운 소령은 희한한 사람이야…… 그거 좋네요, 당신 손가락을 발가락 사이사이에 끼우는 거, 아, 좋아…… 사무실에서 네시만 되면 뜨거운 우유 한 잔이랑 삶은 달걀을 먹거든. 빵은 하나, 둘, 셋, 넷, 다섯, 그렇게 잘라달라고 하는데, 그 빵조각을 뭐라고 부르는 줄 알아? 이 군인이 말이야."

레너드의 목소리는 잘 들리지 않았다. "병사들?"*

"바로 그거야. 병사들! 자기네들은 그래서 전쟁에 이겼나봐? 그런 병사들이 있어서?" 레너드가 한숨 돌리려고 올라오자 그녀는 그의 목에 팔을 둘렀다. "마인 둠머헨, 요 순진한 사람, 오늘은 그 아래서 뭘 배웠어?"

"당신 배에서 나는 소리를 들었지. 틀림없이 저녁 먹을 시간인 거야."

그녀는 그를 끌어당겨 얼굴에 키스했다. 마리아는 거리낌없이 원하는 바를 요구했고 레너드의 호기심을 사랑스러워하며 허락해주었다. 가끔 그의 질문은 희롱, 유혹의 형태를 띠었다. "어째서 반만 넣는 게 좋은지 말해줘." 그가 속삭이자 그녀가 반박했다. "그게 아니라 난 깊숙이, 진짜 깊숙이 들어오는 게 좋은데."

"당신은 들어가다 마는 걸 좋아해, 바로 여기까지. 왜 그런지 말해봐."

레너드는 천성적으로 정돈되고 위생적인 생활에 이끌리는 사람이었다. 그런 그가 태어나 첫 정사를 치른 후 나흘 동안은 속옷이나 양말을 갈아입거나 갈아신지 않았다. 깨끗한 셔츠도 없었고 거의 씻지도 않았다. 그들은 첫날밤을 마리아의 침대에서

* 반숙 달걀에 찍어 먹는 얇고 긴 빵조각을 영국에서는 'soldier'라고 부른다.

이야기하다 졸다 하면서 보냈다. 새벽 다섯시경 그들이 치즈와 흑빵을 먹고 커피를 마시는 그사이, 벽 하나 건너 옆집 사람은 출근 준비를 하면서 지저분하게 칵칵대고 있었다. 그들은 다시 사랑을 나누었고 레너드는 자신의 회복력이 뿌듯했다. 이제 다 괜찮아질 거라고, 자신도 다른 사람들과 똑같아진 거라고 생각했다. 그러고는 꿈도 없는 잠에 빠졌다가 한 시간 후 알람 소리에 깼다.

이불 속에서 나오자 두개골을 옥죄는 추위가 덮쳤다. 허리를 끌어안은 마리아의 팔을 떼어내고 어둠 속에서 발가벗은 채 덜덜 떨면서 엉금엉금 기어 재떨이 밑에서, 오믈렛 그릇 아래서, 다 탄 초를 받쳐둔 접시 밑에서 옷가지를 주섬주섬 챙겼다. 셔츠 소매 속에는 얼음처럼 차가운 포크가 들어 있었다. 안경은 구두 속에 넣어둬야겠다고 생각했었다. 와인 병이 쓰러져 남은 술이 팬티 허리밴드를 적신 채였다. 코트는 침대 위에 펼쳐져 있었다. 코트를 치우고 마리아에게 이불을 다시 잘 덮어주었다. 손으로 머리를 더듬어 찾아 키스해도 그녀는 꿈쩍하지 않았다.

코트를 걸친 그는 부엌 싱크 앞에 서서 프라이팬을 바닥으로 옮기고 얼얼하도록 차가운 물을 얼굴에 끼얹었다. 그러다 마침 내 욕실이 있다는 기억이 났다. 불을 켜고 안으로 들어갔다. 난생처음으로 남의 칫솔을 썼다. 여자 머리빗으로 빗질하는 것도 전에 없는 일이었다. 그는 거울에 비친 자기 모습을 살폈다. 새로 태어난 남자가 있었다. 하루 동안 자란 수염은 볼품없어서 방탕한 남자의 텁수룩한 수염이라 하기에는 한참 모자랐고, 코 옆에 딱딱한 뾰루지가 빨갛게 돋으려 하고 있었다. 하지만 그는 기진맥진한 상태인데도 자신의 눈빛이 전보다 더 단단해 보인다고 생각했다.

하루종일 그는 피로를 잘 견뎌냈다. 피로도 행복의 일부일 뿐이었다. 가볍고도 아득하게, 그의 하루를 구성하는 요소들이 눈앞에서 흘러갔다. 지하철과 버스를 타고, 얼어붙은 연못을 지나 울퉁불퉁 흰 벌판 사이를 걷고, 테이프리코더와 혼자 보내는 시간들, 간이식당에서 홀로 먹는 스테이크와 감자튀김, 익숙한 회로들 사이에서 몇 시간 더, 어둠 속에서 다시 역으로 걸어가 열차를 타고, 다시 크로이츠베르크. 그녀가 사는 곳을 지나쳐 자기 집까지 가느라 소중한 근무 외 시간을 허비하는 건 쓸데없는 짓이었다. 그날 저녁, 그녀 집 문간에 도착했을 때 그녀도 방금 돌아온 참이었다. 아파트는 여전히 엉망이었다. 이번에도 그들은 몸을 따뜻하게 하려고 침대로 들어갔다. 밤이 이런저런 변주와 함께 반복되었고, 아침은 변주 없이 반복되었다. 그것이 화요일 아침이었다. 수요일과 목요일도 똑같이 지나갔다. 글래스가 혹시 턱수염을 기르는 중이냐며 상당히 무심하게 물었다. 열정에 온몸을 내던진 증거가 레너드에게 필요하다면 그것은 켜켜이 때가 앉은 회색 양말이었고, 셔츠 첫 단추를 풀 때 가슴에서 올라오는 버터 냄새, 질액과 감자의 냄새였다. 난방을 과하게 한 창고 안에 있으니 옷 주름마다 오래 묵은 시트 냄새가 풀풀 풍겼고, 그 때문에 그는 창문 없는 사무실에서 폐인이 될 지경으로 몽상에 빠져들었다.

금요일 밤이 되어서야 그는 자기 아파트로 돌아왔다. 수년 동안 집을 비운 기분이었다. 돌아다니면서 불을 켜니 과거 자신의 흔적들이 눈길을 끌었다. 자리에 앉아 초조하게 음흉한 쪽지의 초안을 쓰다 몇 장이고 바닥에 던져버린 젊은이, 깔끔을 떨며 몸을 박박 씻고 욕조 주위에 찌끼와 털을 남겨둔 채 수건과 옷가지는 침실 바닥에 던져둔 순진한 청년. 이곳에는 엉성한 커피메이커가 있었다. 그는 마리아가 하는 걸 지켜보고 이제는 사용법을 알았다. 이곳에는 유치한 초콜릿 바가, 그 옆으로 어머니의 편지가 있었다. 그는 재빨리 편지를 훑었고, 편지에 드러난 어머니의 소소한 염려가 신경에 거슬린다고, 정말 꽤 짜증난다고 생각했다. 욕조에 목욕물이 차오르는 동안 팬티만 걸치고 돌아다니면서 그는 널찍한 공간과 따뜻한 기운을 다시 한번 느긋하게 즐겼다. 휘파람을 불며 이 노래 저 노래를 조금씩 흥얼거렸다. 처음에는 자신의 감정을 표현할 야성적인 노래를 찾을 수가 없었다. 그가 아는 감미로운 사랑 노래들은 지나치게 점잖고 차분했다. 사실, 지금 그에게 딱 어울리는 노래는 그가 경멸한다고 생각해온 요란한 미국식 허튼소리들이었다. 부분부분 기억이 나긴 했는데 긴가민가했다. "그리고 냄비와 팬으로 뭔가를 만들어 봐. 흔들고, 두드리고, 굴리는 거야! 흔들고, 두드리고, 굴리는 거야!"* 노랫소리가 더 그럴싸하게 들리는 욕실에서 그는 이 후렴구를 우렁차게 몇 번이고 되풀이했다. 영국인의 목소리로 힘차게 부르니 바보처럼 들렸지만 딱 맞는 곡이었다. 흥겹고, 섹시하고, 거의 무의미하다. 살면서 이토록 단순한 행복을 느낀 적은 없었다. 그는 잠시 혼자만의 시간을 가졌지만, 혼자가 아니었다. 기다려주는 사람이 있었다. 몸을 씻고 아파트를 정리하고는 곧 다시 떠나야 했다. "흔들고, 두드리고, 굴리는 거야!" 두 시간 후 그는 현관문을 열었다. 이번에는 작은 여행 가방을 챙겼고, 일주일 동안 돌아가지 않았다.

그 처음 나날 동안 마리아는 레너드의 아파트를 찾으려 하지 않았다. 얼마나 호사스러운 곳인지 과장 섞인 그의 설명을 듣고도 아랑곳하지 않았다. 외박을 하기 시작하면 금세 이웃들 사이

* 1950년대에 대히트한 로큰롤 〈Shake, Rattle and Roll〉. 앞부분의 정확한 가사는 '냄비와 팬으로 시끄럽게 해봐'이다.

에 그녀에게 남자가 생겨서 더 살기 좋은 데를 찾았다는 얘기가 퍼질까봐 염려한 것이었다. 당국의 귀에 그런 이야기가 들어갔다간 쫓겨날 터였다. 베를린에서는 비록 더운물이 나오지 않는 단칸집이라도 수요가 어마어마했다. 레너드도 근거지를 지키고 싶어하는 그녀의 마음이 이해가 갔다. 그들은 침대에서 끌어안고 있다가 부엌으로 황급히 달려가 서둘러 볶고 튀겨 끼니를 준비하곤 했다. 몸을 씻으려면 소스팬에 물을 채워 끓을 때까지 침대에서 기다리다 재빨리 욕실로 가서 김이 펄펄 오르는 물을 얼어붙은 세면기에 부어야 했다. 세면기 마개는 물이 샜고 하나뿐인 수도꼭지에서 찬물을 틀 때는 수압을 예상할 수가 없었다. 레너드와 마리아에게 직장은 몸을 따뜻하게 녹이고 제대로 식사를 하는 곳이었다. 집에서는 침대밖에 있을 데가 없었다.

마리아는 레너드가 정열적이면서도 사려 깊은 연인이 되도록, 그녀가 먼저 오르가슴에 달한 다음에 그가 즐기도록 가르쳤다. 문을 열고 숙녀에게 먼저 길을 양보하는 것처럼 당연히 그게 예의바른 일이라 생각되었다. 그는 데어 훈데슈텔룽, 그러니까 개처럼 사랑을 나누는 법을 배웠다. 그 방식으로 하면 침대 위에 덮은 것들이 제일 빨리 무너졌다. 그에게 등을 돌리고 모로 누워 잠이 들락 말락 하는 그녀의 뒤에서 시도해보기도 했다. 또 서로 마주보고 모로 누워 몸을 꼭 붙인 채 덮은 것들을 거의 흩뜨리지 않고 하기도 했다. 그녀의 몸이 준비되는 데는 정해진 규칙이 없다는 것도 알게 되었다. 가끔은 그저 눈길만 던졌을 뿐인데 만반의 준비가 끝날 때도 있었다. 다른 때는, 모형을 조립하는 소년처럼 참을성 있게 차근차근 해나가던 중이라도 치즈 바른 빵에 차나 한잔 더 하자는 그녀의 말에 모든 것이 중단되었다. 또 그녀는 귓가에 사랑의 말을 속삭여주는 걸 좋아하지만, 어느 시점이 지나 일단 눈꺼풀 속에서 눈을 굴리기 시작하면 사정이 달라진다는 것도 알게 되었다. 그때부터는 주의가 산만해지는 걸 원치 않았던 것이다. 약국에서 콘돔을 주문하는 법도 배웠다. 글래스의 말이, 그도 미군을 통해 공짜로 보급받을 자격이 있다고 했다. 그는 네 그로스*가 든 하늘색 판지상자를 들고 집에 오는 버스를 탔다. 무릎 위에 상자를 놓고 앉아 있었는데, 승객들의 시선으로 보아 어쩐지 상자 색깔 때문에 내용물이 뭔지 다들 아는 눈치였다. 한번은 마리아가 자기가 끼워주겠다고 다정하게 말했을 때 너무 거칠게 거절한 적이 있었다. 나중에 그는 어째서 그렇게 마음이 불편했는지 생각해보았다. 이것이 그를 괴롭힐 새로운 문제에 대한 최초의 암시였다. 제대로 설명하기는 쉽지 않았다. 어떤 심리적인 요소가, 자아의 편린, 정말로 좋아하지는 않는 편

* 열두 다스를 묶은 단위.

린이 스멀스멀 스며들고 있었다. 처음이라 모든 게 새롭던 단계가 지나고, 자신도 다른 사람들처럼 할 수 있다는 믿음이 생기고, 너무 빨리 사정하지 않을 자신이 생기고, 이런 문제들이 말끔히 해결되자, 그리고 마리아가 진심으로 그를 좋아하고 원하고 앞으로도 그럴 거라는 확신이 생기자, 사랑을 나눌 때마다 도저히 쫓아낼 수 없는 생각들이 떠오르기 시작했다. 머지않아 이 생각들은 욕망과 떼어놓을 수 없게 되었다. 이 판타지들은 매번 조금씩 더 가까이 다가왔고, 매번 증식을 거듭해 새로운 형태를 띠었다. 생각의 가장자리에 모여든 형상들은 이제 한가운데로, 그에게로 성큼성큼 다가서고 있었다. 그들은 모두 그의 다른 모습이었고, 그래서 그도 알고 있었다. 저항이 불가능하다는 것을.

그것은 세번째 혹은 네번째쯤 단순한 깨달음과 함께 시작되었다. 마리아를 내려다보는데, 그녀는 눈을 감고 있었고, 그때 그녀가 독일인이라는 사실이 새삼 떠올랐다. 독일인이라는 단어에서 과거 자연스럽게 연상되던 것들이 모두 훌훌 뜯겨나간 것은 아니었다. 베를린에서의 첫날이 다시 떠올랐다. 독일인. 적. 불구대천의 적. 패퇴한 적. 이 마지막 생각은 소름 끼치는 전율도 함께 안겨주었다. 그는 순간 특정 회로의 전체 임피던스*를 구하

* 교류회로에서 전압과 전류의 비율.

는 계산으로 생각을 돌렸다. 그리고, 그녀는 패했다, 당연히 그의 소유였다, 정복자의 전리품, 상상을 뛰어넘는 폭력과 영웅적인 행위와 희생을 통해 얻어낸 그의 것이었다. 얼마나 굉장한 희열인가! 옳다는 것, 승리한다는 것, 보상받는다는 것은. 눈앞에서 매트리스를 꽉 누르고 있는 자기 팔을 훑어보던 그의 시선이 연한 적갈색 털이 가장 무성한 곳, 팔꿈치 바로 밑에서 멈췄다. 그는 강력하고 장대했다. 더 빨리, 더 힘차게 움직였고 그녀의 몸 위에서 펄떡거리며 뛰다시피 했다. 그는 승리자였고 선하고 강하고 자유로웠다. 돌이켜 생각하면 창피스러운 논리라 한구석으로 제쳐두었다. 온순하고 친절한 천성에도 어울리지 않았고 그의 합리적인 분별력에도 어긋나는 생각들이었다. 마리아는 한 번 보기만 해도 패배라곤 모르는 여자라는 걸 알 수 있었다. 연합국의 유럽 진공과 함께 해방되었을지언정 짓밟히지는 않았다. 그리고 적어도 두 사람의 게임에서는 그녀가 안내자 역할을 맡지 않았던가?

하지만 다음번에도 그 생각들은 다시 돌아왔다. 그것은 불가항력의 흥분을 불러일으키는 생각들이었고, 그 정교함 앞에서 그는 속수무책이었다. 이번에 그녀는 정복자인 그의 전리품이었는데, 그녀로서도 어쩔 도리가 없었다. 그녀는 사랑을 나누길 원치 않았지만 선택의 여지가 없었다. 그는 머릿속에 회로도를 불러들였다. 그래봤자 이제 더는 소용없었다. 그녀는 벗어나려고 안간힘을 쓰고 있었다. 그에게 깔린 채 몸부림쳤고 "싫어!" 하는 그녀의 울부짖음이 들린 것 같기도 했다. 그녀는 고개를 가로저으면서 도망칠 수 없는 현실에 눈을 감고 있었다. 그는 그녀를 매트리스에 찍어눌렀고 그녀를 소유했고, 그녀로서는 어쩔 도리가 없었고 절대 도망칠 수도 없었다. 그리고 그 순간, 그는 절정에 이르렀고, 사정을 했고, 끝이 났다. 정신이 맑아진 그는 똑바로 누웠다. 맑아진 정신으로 음식을, 소시지를 생각했다. 브라트부어스트나 보크부어스트나 크나크부어스트*가 아니라 영국 소시지, 기름기가 많고 부드러운, 진갈색으로 골고루 튀겨 매시트 포테이토와 으깬 완두콩을 곁들인 영국 소시지를.

며칠이 지나면서 창피스러운 마음도 희미해졌다. 그는 자기 머릿속에서 무슨 일이 일어나는지 마리아가 눈치채지 못한다는 명백한 사실을 받아들였다. 불과 몇 센티미터밖에 떨어져 있지 않더라도 말이다. 그 생각들은 오로지 그만의 것이었고 그녀와는 아무 상관이 없었다.

결국 더욱 극적인 판타지가 형태를 갖추었다. 이전의 요소들을 전부 포괄한 판타지였다. 그렇다, 그녀는 패배했고, 정복당했

* 데워서 먹는 작고 길쭉한 소시지.

고, 그의 정당한 전리품이었으며, 도망칠 수 없었다. 그리고 이제 그는 군인이었다. 지치고, 전쟁의 상흔과 피로 얼룩진, 하지만 무력해지기보다는 영웅이 된 군인. 그는 이 여자를 취해 강제로 범하고 있었다. 반쯤 공포에 질리고, 반쯤 경외심에 압도당한 여자는 감히 거역할 엄두를 내지 못했다. 군용코트를 침대 위쪽으로 바짝 끌어당겨 고개를 좌우로 돌리면 진녹색이 보이게 해놓은 것도 도움이 되었다. 그녀는 내키지 않아하고 그는 거스를 수 없는 존재라는 사실을 전제로 판타지는 더욱 정교해졌다. 군인들이 득실거리는 도시에서 일하는 그가 군인 판타지를 갖다니 터무니없었지만, 그런 것쯤 덮어두기란 그리 어렵지 않았다.

그러나 이런 상상을 그녀와 나누고 싶다는 유혹에 휩싸인 스스로를 발견할 때면 더욱 힘들어졌다. 처음에는 그저 그녀를 더 세게 쥐고 상당한 자제력을 발휘하며 깨물고 쭉 뻗은 그녀의 팔을 아래로 찍어누르며 벗어나려는 그녀를 붙들고 있다고 상상했다. 언젠가 그녀의 엉덩이를 철썩 때린 적도 있었다. 이러나저러나 마리아에게는 매한가지인 듯 보였다. 그녀는 알아채지 못했거나 모르는 척했다. 그 자신의 쾌감만 강렬해질 뿐이었다. 이제는 그 생각이 훨씬 절박해져가고 있었다. 실제로 아무리 어리석은 것인들 그의 마음속에 자리잡은 그 생각을 그녀가 알아주기를 바랐다. 그녀도 흥분하지 않을 거라고는 믿을 수 없었다. 또

다시 그녀를 때리고 깨물고 더 세게 쥐었다. 그녀는 그의 것을 마땅히 내주어야 했다.

이제 그만의 비밀스러운 연극으로는 부족했다. 그는 두 사람 사이에 뭔가 다른 것을 원했다. 판타지가 아닌 리얼리티를. 어쨌든 그녀에게 말하는 건 불가피한 다음 수순이었다. 자신의 힘을 인정받고 그 힘 때문에 마리아가 아주 조금만 괴로워하길, 그래서 최고의 쾌감을 느끼길 바랐다. 다 끝나면 입을 다물고 있는 것이 전혀 어렵지 않았다. 그때는 수치스러웠으니까. 인정받고 싶었던 그 힘이란 대체 무엇이었을까? 그저 머릿속에 존재하는 역겨운 이야기 이상도 이하도 아니었다. 그러다 나중에, 그녀도 흥분되지는 않을까 생각해보았다. 물론 그녀와 상의할 만한 것은 아니었다. 말로 표현할 수 없는, 감히 그럴 용기가 없는 이야기였다. 허락을 구한다는 건 거의 불가능했다. 그녀가 예기치 못할 때 보여주고 쾌감이 이성적인 반발을 압도하게 해야 했다. 그는 이 모든 걸 생각해두었고 언젠가 일어날 수밖에 없는 일임을 알고 있었다.

3월 중순에 가까워지자 특색 없는 흰 구름이 하늘을 뒤덮었고 기온이 급격히 올라갔다. 몇 센티미터는 쌓인 더러운 눈도 사흘 만에 녹아버렸다. 루도 마을에서 창고까지 걷는 진창길 사이로 초록색 새싹이 보이고, 길가 나무들은 통통하고 끈적끈적한 씨눈을 틔웠다. 레너드와 마리아도 겨울잠에서 깨어났다. 침대와 침실을 떠나 전열기를 거실로 옮겼다. 간이식당에서 함께 식사를 하고 동네 선술집에 가서 맥주를 한잔 했다. 쿠르퓌어슈텐담에서 타잔 영화도 한 편 보았다. 어느 토요일 저녁에는 레지에 가서 독일 빅밴드가 번갈아 연주하는 낭만적인 미국 사랑 노래와 붐빠붐빠 정확한 리듬의 신나는 바이에른 음악에 맞춰 춤을 추었다. 그들은 첫 만남을 자축하기 위해 샴페인을 주문했다. 마리아는 따로 앉아서 서로에게 기송관으로 메시지를 보내자고 했지만 빈 테이블이 하나도 없었다. 그들은 샴페인을 한 병 더 마셨고 그러자 남은 돈으로는 집까지 버스를 타고 가지 못하고 중간에 내려야 했다. 아달베르트 가를 향해 걸으면서 마리아는 요란하게 하품을 하며 레너드와 팔짱을 끼고 몸을 기댔다. 사무실 여직원 하나가 독감에 걸리는 바람에 지난 사흘 동안 열 시간이나 초과근무를 한 터였다. 그리고 전날 밤에는 레너드와 함께 새벽까지 깨어 있던 것도 모자라 잠자리에 들기 전 다시 침대 정리를 해야 했다.

"이히 빈 뮈데, 뮈데, 뮈데(피곤해, 피곤해, 피곤해)." 아파트 계단을 오르기 시작할 때 그녀가 나직이 말했다. 집안으로 들어온 그녀는 곧장 욕실로 가서 잘 준비를 했다. 레너드는 거실에서 기다리면서 화이트 와인 한 병을 비웠다. 그녀가 나오자 두서너 걸음 다가가서 침실로 가려는 그녀의 앞을 막아섰다. 당당하게 행동하고 감정에 충실하기만 한다면 실패할 리 없음을 그는 잘 알고 있었다.

그녀가 다가와 그의 손을 잡으려 했다. "이제 자자. 아침 내내 시간이 있으니까."

그는 손을 돌려 허리를 짚었다. 그녀에게서 어린아이 같은 치약 냄새며 비누 냄새가 났다. 손에는 아까 꽂고 있던 머리핀이 들려 있었다.

레너드는 좀 전과 다름없는 목소리로 무표정하게 말했다. 그렇다고 생각했다. "옷 벗어."

"그래, 침실에 가서." 그녀는 그를 비켜 돌아가려 했다.

그는 그녀의 팔꿈치를 붙잡고 뒤로 밀었다. "여기서 벗어."

그녀는 짜증스러워했다. 예상했던 일이었고, 이 과정을 거쳐야 한다는 걸 그는 알고 있었다. "오늘밤은 너무 피곤해. 보면 알잖아." 마지막 말이 좋게 달래는 투여서 레너드로서는 팔을 뻗어 엄지손가락과 집게손가락으로 그녀의 턱을 붙잡는 데 상당한 노력이 필요했다.

그는 목소리를 높였다. "하라는 대로 해. 여기서. 지금."

그녀는 그의 손을 밀쳐냈다. 정말로 놀랐고 이제 조금은 재미있어하는 듯도 싶었다. "취했구나. 레지에서 너무 많이 마시는 바람에 이제 타잔이 됐네."

그녀의 웃음소리가 거슬렸다. 그는 그녀를 벽으로 밀어붙였다. 의도했던 것보다 더 세게. 그녀의 폐에서 숨이 턱 밀려나왔다. 눈이 휘둥그레졌다. 그녀는 숨을 고르고 말했다. "레너드……"

두려움이 끼어들지도 모른다는 것, 그 두려움을 최대한 빨리 넘어서야 한다는 것을 그는 알았다. "내가 하라는 대로만 하면 괜찮을 거야." 안심시키는 목소리였다. "전부 벗어, 아니면 내가 해주지."

벽에 바싹 붙어선 그녀는 고개를 저었다. 무겁고 어두워 보이는 눈이었다. 그는 이것이 성공의 첫 징표일지도 모른다고 생각했다. 시키는 대로 하기 시작하면 그녀도 이 무언극이 모두 쾌락을 위한 것임을, 그만이 아니라 그녀의 쾌락을 위해서이기도 하다는 것을 이해하겠지. 그러면 두려움도 완전히 사라질 것이다. "내 말대로 하게 될 거야." 그는 그래주겠느냐 묻고 싶은 걸 간신히 억눌렀다.

그녀는 머리핀을 떨어뜨리고 손가락으로 등뒤의 벽을 단단히 짚었다. 고개는 미동 없이 살짝 숙인 채였다. 그녀가 깊이 숨을 들이쉬더니 말했다. "이제 나 침실로 갈 거야." 여느 때보다 억양이 강했다. 그러나 벽에서 몇 센티미터 떨어지지도 못하고 다시 그에게 떠밀렸다.

"안 돼." 그가 말했다.

그녀는 그를 올려다보고 있었다. 턱이 툭 떨어지고 입술은 벌어져 있었다. 마치 처음 보는 사람처럼 그를 바라보고 있었다. 그 얼굴에 떠오른 것은 경이, 아니 심지어 감탄 섞인 존경이었을지도 모른다. 곧 모든 게 달라져 즐거운 순응과 변신이 이어지겠지. 그는 그녀의 치마 고리에 손가락을 걸고 세게 잡아당겼다. 이제는 돌이킬 수 없었다. 그녀는 날카로운 비명을 지르더니 재빨리 그의 이름을 두 번 불렀다. 한 손으로는 치마를 추켜올리고 다른 손은 반쯤 들어 손바닥을 내보이며 보호 자세를 취했다. 바닥에 까만 단추 두 개가 떨어져 있었다. 그는 치맛자락을 움켜쥐고 확 끌어내렸다. 그 순간 그녀는 방 저편으로 내달렸다. 치마가 솔기를 따라 찢어졌고 고꾸라져 넘어진 그녀는 바닥을 짚고 허우적거리다가 다시 쓰러졌다. 그는 그녀의 몸을 굴려 반듯이 눕히고 어깨를 바닥 널장에 닿도록 눌렀다. 이제 같이 깔깔 웃고 있어야 하는데, 그는 생각했다. 이건 게임이었다, 짜릿한 게임. 이런 식으로 지나치게 극적인 반응을 보이는 그녀가 잘못이었다. 옆에 무릎을 꿇고 앉아 양손으로 그녀를 붙잡았다. 그러다 그녀를 놓아주었다. 그러고는 어색하게 그녀의 옆에 누워 한쪽 팔꿈치로 바닥을 짚었다. 자유로운 손으로 그녀 속옷을 끌어내리고 제 바지 단추를 끌렀다.

그녀는 가만히 누워 천장을 보고 있었다. 눈도 거의 깜박이지 않았다. 이것이 전환점이었다. 이제 제대로 진행되고 있었다. 그녀에게 웃어 보이고 싶었지만 그랬다가는 자기가 제압하고 있다는 인상을 망칠 수도 있었다. 자세를 잡으면서도 계속 엄한 표정을 지었다. 게임이라고는 해도, 어쨌든 심각한 게임이었다. 그는 거의 제자리를 잡았다. 그녀는 뻣뻣하게 굳어 있었다. 그래서 그녀가 그토록 차분하게 말했을 때는 충격이었다. 천장을 응시하는 그 눈길은 흔들리지 않았고, 목소리는 냉랭했다.

"이 집에서 나가. 당신 집으로 가."

"여기 있을 거야." 레너드가 말했다. "이러쿵저러쿵하지 마." 원하는 만큼의 노골적인 말투는 아니었다.

"제발……" 그녀는 눈물을 글썽거렸다. 여전히 뚫어져라 천장을 응시한 채였다. 마침내 눈을 깜박이자 눈물 한줄기가 떨어졌다. 곧장 관자놀이를 타고 흘러내린 눈물은 귀 위의 머리카락 속으로 사라졌다. 레너드는 팔꿈치가 뻐근했다. 그녀는 아랫입술을 빨고는 다시 눈을 깜박였다. 더는 눈물이 나지 않았고, 그녀는 자신을 믿고 다시 한번 말했다. "그냥 가."

그가 그녀의 얼굴을 어루만졌다. 광대뼈의 선을 따라 머리카락이 젖은 곳까지. 그녀는 숨을 꼭 참고 그의 손길이 멈추기만을 기다렸다.

그는 무릎을 짚고 일어나 앉아 팔을 주무르고 바지춤을 추슬렀다. 정적이 그들을 에워싸고 야유를 보냈다. 부당했다, 이 말 없는 비난이란. 그는 가상의 법정에 항소했다. 장난이 아니었다면, 정말로 그녀를 해치려 했다면, 그녀가 얼마나 화가 났는지 깨달은 바로 그때 멈추지 않았을 것이다. 그런 걸 그녀는 곧이곧대로 받아들여 그에게 무기로 디밀고 있는데, 정말이지 부당하기 이를 데 없었다. 이런 얘기를 어떻게 시작해야 할지 그는 알 수가 없었다. 그녀는 바닥에서 꼼짝도 하지 않았다. 그런 그녀에게 화가 나면서도 그녀가 용서해주길 간절히 바랐다. 말을 한다는 것은 불가능했다. 그가 그녀의 손을 꼭 잡자, 그녀는 손에 힘을 빼고 축 늘어뜨렸다. 반시간 전만 해도 두 사람은 팔짱을 끼고 나란히 오라니엔 가를 걸었는데. 그때로 돌아갈 수는 없을까? 여덟 살인가 아홉 살 때 생일선물로 받았던 파란색 태엽 기차의 모습이 떠올랐다. 석탄차들을 끌고 8자형 궤도를 돌던 기차는 어느 날 오후 경건한 실험에 몰두한 그가 태엽을 너무 많이 감는 바람에 고장나버렸다.

마침내 레너드는 일어서서 두세 걸음 뒤로 물러났다. 마리아는 일어나 앉아 무릎 위로 치마를 정돈했다. 그녀 역시 한 가지 기억을 떠올렸다. 하지만 그 일은 겨우 십 년밖에 되지 않았고, 고장난 장난감 기차보다 훨씬 견디기 힘든 기억이었다. 베를린 동쪽 교외, 오버바움 다리 근처에 있는 공습대피소의 기억. 4월 말, 도시가 함락되기 일주일 전이었다. 그녀는 머지않아 스무 살이었다. 진군중이던 러시아의 붉은 군대가 근처에 중화기를 설치하고 도시 중심부를 포격했다. 대피소에는 여자들, 아이들, 노인들을 포함해 서른 명가량이 포화 소리를 들으며 겁에 질려 웅크리고 있었다. 마리아는 발터 삼촌과 함께였다. 포성이 조금 잦아들자 군인 다섯 명이 벙커로 유유히 걸어들어왔다. 난생처음 보는 러시아인이었다. 그중 한 명이 모여 있는 독일인들에게 총을 겨누었고 다른 한 명은 시계며 보석류를 내놓으라는 몸짓을 했다. 수거는 신속하고 조용하게 이루어졌다. 발터 삼촌은 마리아를 더 깊숙이 어둠 속 응급처치 구역 쪽으로 밀었다. 그녀는 텅 빈 보급품 선반과 벽 사이를 비집고 들어가 구석에 숨었다. 바닥의 매트리스에는 양쪽 다리에 총을 맞은 쉰 살 정도의 여자가 누워 있었다. 눈을 감고 앓는 소리를 내고 있었다. 높낮이의 변화 없이 이어지는 새된 신음소리였다. 그 소리가 한 군인의 주의를 끌었다. 그는 여자 옆에 무릎을 꿇고 앉더니 손잡이가 짧은 칼을 꺼내들었다. 여자는 여전히 눈을 감고 있었다. 군인은 여자의 치마를 걷고 속옷을 칼로 잘랐다. 삼촌의 어깨 너머로 지켜보던 마리아는 그 러시아 군인이 무슨 조잡한 야전 수술이라도 하려나 보다고, 그래서 소독도 하지 않은 칼로 총알을 빼내려는 거라고 생각했다. 그러나 그는 부상당한 여자 위에 엎어져 경련하듯 부들부들 몸을 떨며 그녀의 안에 제 몸을 밀어넣고 있었다.

여자의 목소리가 낮아졌다. 그녀 뒤쪽 대피소 안의 사람들은 고개를 돌리고 있었다. 누구 하나 찍소리도 내지 않았다. 그러다 시끌벅적한 소리가 나고 덩치 큰 사복 차림 러시아인 하나가 사람들을 헤치고 응급처치 구역으로 들어왔다. 그가 공산당 정치위원이라는 사실을 마리아는 나중에 알게 되었다. 그의 얼굴은 분노에 차 울그락불그락했고 양옆으로 바짝 당겨진 입술 새로 이가 보였다. 외마디소리와 함께 그는 군인의 재킷 덜미를 잡고 끌어냈다. 어둠 속에서도 생생하게 보이는 성기는 마리아의 예상보다 작았다. 정치위원은 러시아어로 고래고래 소리를 지르며 군인의 귀를 잡고 끌고 나갔다. 그러고 나서 다시 정적이 깔렸다. 누군가 다친 여자에게 마실 물을 가져다주었다. 세 시간 후, 포병부대가 지나간 게 확실해지자 대피소 안에 있던 사람들은 비가 내리는 바깥으로 나왔다. 길가 땅바닥에 얼굴을 처박고 엎드려 있는 그 군인이 보였다. 목덜미에 총구멍이 나 있었다.

마리아는 일어섰다. 한 손으로 치맛자락을 모아 잡았다. 레너드의 코트를 테이블에서 끌어내려 그의 발치에 떨어지게 두었다. 그는 가야 한다는 걸 알았다. 무슨 말을 해야 할지 아무 생각도 나지 않았으니까. 마음이 복잡했다. 옆을 지나가면서 그녀의 팔뚝에 손을 얹었다. 그녀는 그 손을 물끄러미 내려다보다 눈길을 돌렸다. 돈이 없어서 플라타넨 길까지는 걸어가는 수밖에 없었다. 다음날, 퇴근 후 꽃을 사서 집에 들렀지만 그녀는 없었다. 이틀날 이웃에게서 그녀가 러시아 구역의 부모님과 함께 있다는 소식을 들었다.

9

우울한 상념에 젖어 있을 시간이 없었다. 마리아가 떠나고 이틀 후 케이블을 끌어내릴 유압잭이 터널 입구로 들어왔다. 유압잭은 수직갱도 밑에 자리를 잡은 뒤 볼트로 고정되었다. 이중문이 봉쇄되고 실내에 압력이 가해졌다. 존 맥나미가 나와 있었고 레너드와 다른 기사 다섯 명도 현장에 있었다. 말이 없는 정장 차림의 미국인도 한 사람 동석했다. 높아지는 기압에 귀를 적응시키기 위해 모두 침을 열심히 삼켜야 했다. 맥나미가 사탕을 몇 개 돌렸다. 미국인은 찻잔에 물을 따라 홀짝거렸다. 통행하는 차량들의 소음이 방안에 울렸다. 가끔 대형 트럭이 으르렁거리며 지나가면 천장이 진동했다.

군용전화의 불빛이 깜박이자 맥나미가 수화기를 들고 귀를 기울였다. 녹음실, 앰프를 작동시키는 사람들, 발전기와 공기 공급을 책임지는 엔지니어들의 확인은 이미 떨어진 상태였다. 마지막 전화는 쌍안경으로 쇠네펠트 대로를 지켜보는 창고 지붕의 감시병들에게서 온 것이었다. 굴착 작업이 진행되는 내내 그들은 위에서 망을 보고 있다 포포스가 터널 바로 위로 오면 작업을 중단시켰다. 맥나미는 수화기를 내려놓고 잭 옆에 서 있던 두 사람에게 고개를 끄덕였다. 한 사람이 넓은 가죽띠를 어깨에 걸고 사다리를 올라 케이블에 접근했다. 케이블 뒤로 통과한 가죽띠는 짤랑거리는 소리가 나지 않도록 고무를 도포해둔 사슬에 연결되었다. 사다리 밑에 있던 남자가 사슬을 잭에 고정시키고 맥나미를 보았다. 처음에 올라갔던 남자가 내려오고 사다리를 옆으로 치우자 맥나미는 다시 수화기를 들었다. 그가 수화기를 내려놓고 고개를 끄덕이자 남자가 유압잭을 작동시켰다.

레너드는 갱도 바로 밑으로 가서 케이블을 끌어내리는 현장을 지켜보고 싶어졌다. 케이블 상태가 얼마나 느슨한지, 어디까지 끌어내리는 게 안전한지는 이미 계산해본 터였다. 확실한 답이 있는 사람은 아무도 없었다. 하지만 지나친 호기심을 드러내는 건 프로답지 못했다. 잭을 돌리는 사람에게도 여유 공간이 필요했다. 그들은 소리 없이 기다리며 사탕을 빨았다. 기압은 아직도 상승중이었고 공기는 땀이 날 만큼 후덥지근했다. 미국인은 멀찍이 떨어져 서 있었다. 손목시계를 흘끔 보더니 공책에 뭐라고 적었다. 맥나미는 수화기에 계속 손을 올리고 있었다. 작업중이던 남자가 몸을 펴고 그를 바라보았다. 맥나미는 갱도로 가서 위를 올려다보았다. 그리고 까치발을 하고 손을 뻗었다. 다시 내린 손은 진흙 범벅이었다. "15센티미터." 그가 말했다. "더는 안 돼." 그러고는 다시 전화기 옆으로 갔다.

사다리에 올라갔던 남자가 물 한 양동이와 걸레를 가져왔다. 동료는 바닥에 고정돼 있던 잭의 볼트를 풀었다. 그 자리에 나지막한 나무 받침대가 세워졌다. 양동이를 가져온 남자가 물을 가져다주자 맥나미는 손을 씻었다. 남자는 다시 양동이를 갱도 쪽으로 가져가 받침대 위에 올려놓고 케이블을 씻었는데, 레너드가 짐작하건대 케이블은 바닥에서 180센티미터가량밖에 떨어져 있지 않았다. 케이블의 물기를 닦을 목욕수건이 남자에게 전달되었다. 그러고 나서는 레너드 옆에 서 있던 다른 기사 중 한 사람이 받침대 근처에 자리를 잡았다. 손에는 전기공들이 쓰는 나이프와 와이어스트리퍼 한 자루를 들고 있었다. 맥나미가 다시 전화 통화를 했다. "기압은 좋다." 그는 방안의 사람들을 향해 속삭이고는 다시 수화기에 대고 나지막이 몇 가지 지시를 내렸다.

첫 절단을 행하기 전에, 그들은 잠시 그들만의 시간을 가졌다. 받침대 위에는 딱 세 사람이 설 만한 공간이 있었다. 그들은 케이블에 손을 댔다. 각각의 케이블은 사람 팔뚝만한 굵기에 칙칙한 검은색이었고 차가웠으며 물기가 채 가시지 않아 쩍쩍 들러붙었다. 레너드는 손가락 밑으로 이곳과 모스크바 사이를 번개처럼 오가는 수백 건의 전화 통화와 암호화된 메시지들이 느껴지는 것만 같았다. 미국인도 다가와서 들여다봤지만 맥나미는 제자리를 지켰다. 마침내 나이프를 든 기사만 받침대 위에 남아 작업에 착수했다. 서서 지켜보는 다른 사람들에게는 남자의 하반신만 보였다. 회색 플란넬 바지에 광을 낸 갈색 구두를 신은 차림이었다. 그는 곧 검은색의 네모난 고무 조각을 건네주었다. 첫번째 케이블이 노출된 것이다. 나머지 두 개도 절단되어 이제 도청기를 장착할 순서였다. 맥나미는 다시 통화를 시작했고, 그가 신호를 내리기 전까지는 아무 일도 진행되지 않았다. 알려진 바에 따르면 동독군은 중요도가 높은 회로의 경우 안전성을 주기적으로 점검할 목적으로 틈이 생긴 부분에 맞닥뜨리면 반사되어 돌아가는 파동을 흘려보낸다고 한다. 도청실 위의 얄팍한 콘크리트 표층을 깨뜨려 뚫는 작업은 수월하게 진행되었다. 레너드를 비롯한 모두는 철수 절차를 숙지하고 있었다. 마지막으로 나가는 사람이 문을 모두 닫고 빗장을 지르게 돼 있었다. 터널이 점령구역 간 경계를 넘는 지점에는 정해진 자리에 모래주머니와 철조망을 끌어다놓고, 여기서부터 미국 구역임을 독일어와 러시아어로 엄준하게 경고하는, 손으로 칠한 나무 표지판도 세워야 했다.

합판을 댄 벽을 따라 나란히 달린 브래킷 위로 회로 수백 개가 색색의 여러 다발로 깔끔하게 묶여 육상통신선에 연결되기를 기다리고 있었다. 레너드와 다른 남자 하나가 그 밑에 서서 요청받는 대로 전선을 전달했다. 작업 패턴은 맥나미가 대강 알려준 것과는 달랐다. 아까부터 내내 받침대 위에 있던 남자는 레너드와는 비교도 안 되는 속도로 작업을 진행했다. 매시간마다 십 분씩 휴식이 있었다. 햄치즈 샌드위치와 커피가 구내식당에서 날라져 왔다. 기사 한 사람이 테이프리코더와 헤드폰이 놓인 테이블에 앉았다. 서너 시간 후 그 기사가 손을 들고 저편의 맥나미를 돌아보자 그가 다가와 헤드폰에 한쪽 귀를 대보았다. 그러고는 옆에 서 있던 미국인에게 헤드폰을 건넸다. 동독 전신 엔지니어들이 사용하는 회로에 침투한 것이었다. 이제 어떤 경보가 내려져도 사전에 경고를 받을 수 있었다.

한 시간 후 그들은 도청실에서 철수했다. 공기가 너무 습해져 벽에 물방울이 맺힐 정도였고, 맥나미는 이 때문에 접속에 지장이 생길까봐 우려했다. 엔지니어들의 회로를 모니터할 한 사람만 남겨두고 습도가 떨어질 때까지 모두 이중문 밖에서 대기했다. 그들은 앰프 앞 짧은 터널 공간에 우두커니 서서 주머니에 손을 넣은 채 발을 동동거리지 않으려고 조심했다. 바깥으로 나오니 훨씬 추웠다. 다들 지상으로 올라가 담배를 한 대 피우고 싶은 생각이 간절했다. 그러나 맥나미가 텅 빈 파이프만 잘근잘근 씹을 뿐 먼저 제안하지 않았기 때문에 아무도 물어볼 엄두를 내지 못했다. 그후 여섯 시간 동안 그들은 도청실을 다섯 번 나왔다. 미국인은 한마디 말도 없이 떠났다. 마침내 맥나미가 기사 한 사람을 보내주었다. 반시간 후 레너드도 퇴근 허락을 받았다.

레너드는 슬그머니 고요한 흥분을 헤치고 층층이 쌓인 앰프를 돌아서 천천히 통로를 따라 창고로 돌아갔다. 그 긴 구역을 혼자 걷던 그는 자신이 터널을 떠나는 시간을, 그 극적인 현장을 떠나 사적인 굴욕으로 돌아가는 시간을 늦춰보려 하고 있음을 알았다. 이틀 전 밤에는 꽃다발을 들고 서서 마리아의 아파트 앞을 도저히 떠날 수가 없었다. 그녀가 쇼핑을 하러 간 거라고 자신을 타일렀다. 아래서 계단을 올라오는 발소리가 들릴 때마다 난간 너머를 흘끔거리며 그녀와 만날 준비를 했다. 한 시간 후 값비싼 온실 카네이션꽃들을 한 송이씩 문틈에 꽂고 계단을 달려내려 갔다. 다음날 밤에도 다시 찾아갔다. 이번에는 고리버들 바구니에 든 강아지들이 뚜껑에 그려진 마지팬* 초콜릿 상자를 들고. 초

* 아몬드, 달걀, 설탕으로 만든 과자의 일종.

콜릿과 꽃을 사는 데 일주일 치 봉급을 거의 다 써버렸다. 마리아의 이웃을 만난 건 그녀의 집 바로 아래 층계참에서였다. 비쩍 마르고 퉁명스러운 여자였는데, 여자의 집은 등뒤로 활짝 열린 문을 통해 페놀 냄새가 섞인 숨결을 내뿜고 있었다. 여자는 레너드를 보고 고개를 가로저으며 손을 흔들었다. 그가 외국인이라는 걸 아는 것이었다. "포르트! 니흐트 다! 바이 이렌 엘터른!(갔어요! 거긴 없어요! 부모님과 같이 있다고요!)" 그는 감사를 표했다. 그러고서 계속 층계를 오르자 여자는 큰 소리로 같은 말을 반복하면서 그가 다시 내려올 때까지 기다렸다. 상자는 문틈으로 들어가지 않아 초콜릿을 하나씩 꺼내 밀어넣었다. 내려오는 길에 그 이웃 여자를 지나치면서 그녀에게도 상자를 내밀었다. 여자는 팔짱을 끼고 입술을 깨물었다. 사양하느라 꽤 애쓰는 눈치였다.

마리아를 덮치고 나서 시간이 흐를수록 점점 더 그것이 믿기 어려울 정도로 나쁜 행동이고 그런 만큼 용서가 되지 않는 행동으로 느껴졌다. 뭔가 논리가 있었는데, 합리화의 과정을 한 단계 한 단계 밟아나갔는데, 더는 기억나지 않았다. 그때는 정말이지 이치에 맞아 보였지만 이제 와서 기억나는 건 당시 자신이 품었던 확신, 결국은 그녀도 좋아하리라는 굳은 믿음뿐이었다. 그 결론에 이르기까지의 단계들은 하나도 떠오르지 않았다. 마치 다른 사람이 저지른 짓을, 아니면 자기가 꿈속에서 다른 존재가 되어 저지른 짓을 회상하는 듯했다. 이제 현실세계로 돌아와—지하의 국경을 지나 경사로를 오르기 시작한 참이었다—그 세계의 기준을 적용해보니 모욕적일 뿐 아니라 어마어마하게 어리석은 행동이었다. 마리아를 쫓아버린 사람은 다름아닌 그였다. 그녀를 만난 것만큼 좋은 일이 그에게 있었던가—마음속으로 어린 시절의 온갖 선물, 생일, 휴일, 크리스마스, 대학 입학, 돌리스힐로의 전근을 하나씩 떠올려보았다. 엇비슷하게 좋은 일도 없었다. 그녀의 모습들과 다정했던 마음, 그녀가 그를 얼마나 아꼈는지가 불쑥 떠올라 고개를 홱 돌리고 헛기침을 해서 괴로운 신음소리를 감추지 않을 수 없었다. 다시는 그녀를 되찾지 못할 것만 같았다. 그는 반드시 그녀를 되찾아야만 했다.

사다리로 갱도에서 올라와 보초에게 고개를 끄덕였다. 위층 녹음실까지 내처 올라갔다. 술잔을 든 사람도 없고 웃고 있는 사람조차 없었지만 의심의 여지 없이 자축의 분위기였다. 시험용으로 우선 연결된 열두 대의 테이프리코더는 벌써 신호를 수신중이었다. 레너드는 기기들을 지켜보는 무리에 합류했다. 네 대가 돌아가고 있었고, 다섯번째, 여섯번째 기기도 뒤를 이었다. 처음 네 대 중 한 대가 정지하자마자 또다른 기기가 멈췄다. 손수 장착했던 신호 감지 작동장치가 제대로 작동되고 있었다. 시험 가동은 해본 적이 있지만 러시아인의 목소리나 러시아 암호로는 처음이었다. 레너드는 한숨을 내쉬었고 잠시 마리아 생각도 뒷전으로 물러났다.

가까이 서 있던 독일인이 레너드의 어깨에 손을 얹더니 꽉 잡았다. 역시나 겔렌의 부하인 또다른 프리츠가 돌아서서 그들을 보며 활짝 웃었다. 그들의 숨결에서 점심때 마신 맥주 냄새가 풍겼다. 녹음실 안 다른 곳에서는 막바지 연결과 수정 작업이 한창이었다. 클립보드를 든 몇몇 사람들이 한껏 거드름을 피우며 모여 서 있었다. 돌리스 힐 직원 둘은 전화기에 귀를 기울이는 또다른 직원 옆에 바짝 붙어앉아 있었다. 십중팔구 통화 상대는 맥나미일 것이었다.

그때 글래스가 들어와 레너드를 보고 손을 들어 인사하더니 성큼성큼 다가왔다. 몇 주 만에 보는 멀끔한 모습이었다. 이제껏 보지 못한 양복에 넥타이도 새것으로 매었다. 최근 레너드는 그와 마주치는 걸 웬만하면 피하고 있었다. 맥나미에게 부탁받은 일 때문에 친구라고 할 수 있는 유일한 미국인과 함께 시간을 보내는 것이 떳떳지 못하게 느껴졌다. 동시에 글래스가 훌륭한 정보원이 되리라는 사실도 알고 있었다. 글래스가 그의 옷깃을 잡더니 비교적 한산한 녹음실 한구석으로 끌고 갔다. 턱수염이 다시 전처럼 빛을 받아 반짝이며 밖으로 뻗쳐 있었다.

"꿈이 현실이 된 거야." 글래스가 말했다. "시험 가동은 완벽해. 네 시간 후면 전부 다 굴러갈 거라고." 레너드가 뭐라고 말을 꺼냈지만 글래스는 모른 척하고 제 할말만 이어갔다. "이봐, 레너드. 자네 나한테 뭐 숨기는 게 있지. 비밀로 한다고 내가 모를 줄 알았나?" 글래스는 싱글거리고 있었다.

문득 터널 전체에 도청장치가 돼 있을지 모른다는 생각이 레너드의 뇌리를 스쳤다. 하지만 그렇다면 맥나미가 모를 리 없다. "무슨 말씀이세요?"

"이 사람아. 여긴 작은 동네라고. 둘이 같이 있는 걸 본 사람이 있어. 러셀이 토요일에 레지에 갔다가 보고 말해주더군. 그 친구가 고심 끝에 내린 결론은, 두 사람이 여러 번 끝까지 간 분위기였다던데. 사실이야?"

레너드는 미소지었다. 터무니없는 자긍심을 주체할 수가 없었다. 글래스는 짐짓 근엄한 표정을 지어 보였다. "그때 그 여자, 쪽지를 보냈던 여자야? 전혀 진전이 없다던 그 여자."

"뭐, 처음엔 그랬죠."

"대단한데." 글래스가 레너드의 어깨를 붙잡고 팔을 쭉 폈다. 그가 어찌나 감탄하고 기뻐하는지 레너드는 하마터면 최근의 사건들을 잊을 뻔했다. "이런 과묵한 영국인 좀 보게. 역시 소리소문 없이 진도는 빨리 나가는군."

레너드는 크게 웃고 싶었다. 그것은 놀라운 승리였다. 아니, 승리였었다.

글래스가 그를 놓아주었다. "이봐, 지난주에 내가 밤마다 자네 아파트로 전화를 했다고. 그 여자네 집으로 들어가 사는 거야 뭐야?"

"비슷해요."

"같이 한잔할까 했는데, 이제 자네가 털어놨으니 더블데이트라도 하지. 나도 괜찮은 여자가 있거든. 미국 대사관에 있는 진이라고. 나랑 동향이야. 시더래피즈라는 곳인데, 어딘지 알아?"

레너드는 구두를 내려다보았다. "그게, 실은 말다툼 비슷한 걸 했어요. 좀 크게 싸워서. 그녀는 부모님 집으로 가버렸습니다."

"거기가 어딘데?"

"아, 팡코 어디래요."

"그럼 그렇게 가버린 건 언제인가?"

"그저께요."

레너드는 마지막 질문에 대답하다가 글래스가 처음부터 업무 중이었다는 걸 깨달았다. 서로 알게 된 후 처음 있는 일은 아니지만 미국인이 레너드의 팔꿈치를 잡고 어딘가 다른 데로 데려가고 있었다. 마리아와 어머니를 제외하면 이제껏 살면서 글래스보다 그의 몸에 더 많이 손을 댄 사람은 없었다. 두 사람은 조용한 복도로 나왔다. 글래스가 주머니에서 공책을 꺼냈다. "그 여자한테 뭐든지 다 말해?"

"그럴 리가 있습니까."

"그 여자 이름하고 주소를 대는 게 좋을 거야."

잘못해서 첫음절에 강세를 준 마지막 단어를 들으며 레너드는 왈칵 짜증이 치밀었다. "이름은 마리아예요. 주소는 상관 마시고요."

영국인이 약간이나마 감정을 드러내는 것이 글래스는 신선한 모양이었다. 그는 눈을 감고 향수 냄새라도 맡듯 숨을 깊이 몰아쉬었다. 그러고는 조리 있게 말했다. "사실관계를 다시 정리해 보지. 그러고 나서 이게 내 자리를 걸고 그냥 넘겨도 좋은 일인지 자네가 판단하게. 생판 모르는 여자가 댄스홀에서 자네에게 몹시 파격적으로 접근했어. 결국 자네는 그 여자와 잤고. 그녀가 자네를 택한 거지, 자네가 그녀를 택한 게 아닐세. 맞지? 자네는 극비 임무를 수행중인 사람인데 그런 자네가 그 여자 집에 들어가 동거를 해. 그런데 우리가 도청장치를 달기 전날, 그 여자는 러시아 구역으로 종적을 감춘 거지. 상부에는 뭐라고 하면 좋을까, 레너드? 자네가 아주 많이 좋아하는 여자라서 그녀에 대해 조사하지 않기로 했다고? 어디 한번 말해보게."

글래스에게 마리아와 단둘이 취조실에 있을 정당한 근거가 있다는 생각만으로도 레너드는 육체적인 고통을 느꼈다. 고통은 명치에서 시작해 아래로, 창자로 퍼져갔다. 그가 말했다. “마리아 에크도르프, 아달베르트 가 84번지, 크로이츠베르크. 에어스테스 힌터하우스, 6층, 오른쪽 집.”

“찬물만 나오고 엘리베이터도 없는 건물 꼭대기층? 플라타넨길만큼 고상한 데는 아니군. 그 여자가 자네 집에서 지내기 싫다고 했나?”

“제가 별로 데려오고 싶지 않았어요.”

“거봐.” 글래스는 마치 레너드가 대답을 하지 않았다는 듯이 말했다. “도청이 되고 있으면 당연히 자네가 자기 집으로 오길 바랐겠지.”

순수한 증오가 울컥 치받쳐올라온 한순간, 레너드는 글래스의 턱수염을 양손으로 붙잡고 뜯어내는 상상을 했다. 수염과 함께 얼굴 살까지 뜯어내 검붉은 곤죽 덩어리를 바닥에 내팽개치고 발로 쿵쿵 밟아 짓이기는 상상. 그러는 대신 돌아서서 방향도 정하지 않고 걷기 시작했다. 그는 다시 녹음실로 들어갔다. 이제 더 많은 기기가 가동중이었다. 여기저기서 기기들이 멈췄다 돌아가다를 반복했다. 전부 그가 손수 확인하고 쓸 수 있도록 해둔, 외롭고 충성스러운 작업의 결과물이었다. 글래스가 옆에 와 있었다. 레너드는 기기 선반 사이 통로 중 한군데로 들어가려 했지만 기사 두 명이 길을 막고 있는 바람에 돌아섰다.

글래스가 가까이 다가와 말했다. "힘들다는 건 아네. 전에도 이런 일이 있었어. 그리고 아마 별거 없을 거야. 그냥 거쳐야 할 절차일 뿐이라고. 한 가지 질문만 더 하고 보내주지. 그 여자, 낮에 나가는 직장이 있나?"

어떤 생각을 하기도 전에 몸이 먼저 움직였다. 레너드는 허파 가득 숨을 들이쉬고 고함을 질렀다. 거의 절규에 가까웠다. 녹음실 안의 공기가 딱딱하게 굳었다. 모두 일손을 멈추고 그쪽을 바라보았다. 기기들만 계속 돌아갈 뿐이었다.

"낮에 나가는 직장?" 레너드는 악을 썼다. "낮에 나가는 직장이요? 그 말은, 그러니까 밤에 나가는 직장이 따로 있다는 얘깁니까? 대체 무슨 말이 하고 싶은 거예요?"

글래스가 목소리를 낮추라는 뜻으로 양 손바닥을 아래로 내렸다. 그가 입을 열자 속삭임보다 겨우 큰 소리가 들려왔다. 입술은 거의 움직이지도 않았다. "다들 듣고 있어, 레너드. 자네 측 거물들도 전화로 듣고 있다고. 미친놈으로 보이지는 말아야지. 일터에서 쫓겨나고 싶지는 않잖아." 사실이었다. 돌리스 힐의 상급자 두 명이 싸늘하게 그를 쳐다보고 있었다. 글래스는 복화술사처럼 계속 말했다. "내 말대로만 하면 그런 꼴은 면할 수 있어. 내 어깨를 탁 치고 사이좋은 친구들처럼 여기서 같이 나가자고."

다들 무슨 일이 벌어지기를 기다리고 있었다. 달리 빠져나갈 방법이 없었다. 글래스가 유일한 자기편이었다. 레너드는 그의 어깨를 거칠게 쳤고, 미국인은 당장에 그럴싸한 너털웃음을 터뜨리며 레너드의 어깨에 팔을 두르더니 다시 그를 데리고 문간으로 향했다. 웃음 사이사이로 그가 뇌까렸다. "이제 네 차례야, 이 개새끼야, 떨려나기 싫으면 웃어."

"헤헤," 영국인은 쉰 목소리를 내다가 더 크게 웃었다. "하하하. 밤에 나가는 직장이라, 그거 좋네요. 밤일!"

글래스도 웃음소리를 보탰고, 그들 뒤로 나지막이 웅얼거리는 대화 소리가 친근한 파도처럼 일어나 두 사람을 문간으로 떠밀었다.

그들은 복도로 다시 나갔지만 이번에는 계속 걸었다. 글래스는 공책과 연필을 다시 꺼내들고 있었다. "어디서 일하는지만 말해줘, 레너드. 그러고 나서 내 사무실에서 술이나 한잔 같이 하자고."

레너드는 차마 한꺼번에 모든 것을 알려줄 수는 없었다. 배신감이 너무 컸다. "육군 차량정비소요. 영국군 말입니다." 그들은 계속 걸었다. 글래스는 다음 말을 기다리고 있었다. "전기기계기술부대인 것 같아요. 슈판다우에 있어요." 그러더니, 글래스의 사무실 밖에 도착하자 말했다. "소장은 애슈다운 소령이에요." "그 정도면 되겠군." 글래스가 말하더니 열쇠로 문을 열고 그를 안으로 안내했다. "맥주 마시겠나? 아니면 스카치위스키는 어때?"

레너드는 스카치를 선택했다. 이곳에는 딱 한 번 들어와봤을 뿐이다. 책상이 서류들로 뒤덮여 있었다. 너무 유심히 보지 않으려고 조심했지만 몇 가지가 기술 관련 자료라는 건 알아볼 수 있었다.

글래스가 술을 따르고 말했다. "구내식당에 가서 얼음 좀 갖다줄까?" 레너드는 고개를 끄덕였고 글래스는 자리를 비웠다. 레너드는 책상으로 다가갔다. 추정컨대, 그에게 주어진 시간은 일분이 채 못 되었다.

10

저녁마다 레너드는 집에 가는 길에 크로이츠베르크에 들렀다. 마리아네 층계참에 발을 올려놓기만 해도 그녀가 집에 없다는 걸 알 수 있었지만, 그래도 꼭 문간까지 가서 노크를 했다. 초콜릿 이후로 더이상 선물은 넣어두지 않았다. 세 통을 끝으로 편지도 쓰지 않았다. 페놀 냄새가 나는 아래층 아파트의 여자가 이따금 문을 열고 그가 내려오는 모습을 지켜보았다. 첫 일주일이 다

되어갈 무렵 그녀의 표정에는 적대감보다도 안쓰러운 기색이 떠올랐다. 저녁은 라이히스칸츨러 광장의 간이식당에서 선 채로 해결했고, 매일같이 플라타넨 길로 돌아가는 시간을 조금이라도 늦추려고 좁은 골목길의 술집을 찾았다. 이제 독일어도 좀 늘어서 테이블에 구부정하니 앉은 동네 사람들이 대량 학살을 논하고 있지 않다는 것쯤은 알았다. 술집에서 늘어놓는 별다를 것 없는 불평일 뿐이었다. 봄이 늦게 온다느니, 정부가 어쩌고, 커피 맛이 어쩌고 하는.

집에 돌아오면 안락의자에 늘어져 우울한 상념에 빠져들고픈 유혹을 떨쳐야 했다. 정신을 놓아버릴 수는 없었다. 억지로라도 몸을 움직였다. 욕실에서 소맷동과 칼라까지 손톱솔로 박박 닦아가며 셔츠를 빨았다. 다리미질을 하고 구두를 닦고 방마다 먼지를 털고 끽끽거리는 카펫 청소기를 밀고 다녔다. 부모님께 편지도 썼다. 엄청난 변화들이 있었음에도 새로운 소식이나 느낌이 없는 지나치게 딱딱하고 단조로운 글투를 벗어나지는 못했다. 사랑하는 엄마 아빠, 편지 감사합니다. 건강하시고 감기는 다 나으셨으면 좋겠어요. 일이 굉장히 바빴는데, 그래도 아주 잘되고 있습니다. 날씨는…… 날씨. 부모님께 편지를 쓸 때 말고는 날씨를 돌이켜 생각해본 적이 없었다. 잠시 글쓰기를 멈추고 기억을 더듬었다. 날씨는 그간 비가 많이 오긴 했는데 지금은 좀 풀렸습니다.

그의 마음을 무겁게 짓누르기 시작한 것, 자질구레한 집안일을 아무리 해도 결코 잠잠해지지 않는 불안감의 원인은 바로 마리아가 그녀의 아파트로 다시는 돌아오지 않을 수도 있다는 사실이었다. 애슈다운 소령의 부대 주소를 알아내야 했다. 슈판다우로 가서 퇴근하는 그녀가 팡코행 열차를 타기 전에 붙잡아야 했다. 벌써 글래스에게 무슨 말을 들었을지도 모른다. 레너드 때문에 골치 아픈 일에 휘말릴 거라 생각할 것이 틀림없다. 불같이 화를 내리라. 길거리에서, 초병들이 다 보는 앞에서, 아니면 지하철 매표소의 귀가 인파 속에서 그녀의 마음이 돌아설 가망은 거의 없었다. 그를 지나쳐 성큼성큼 가버리거나, 그를 제외한 모두가 알아듣는 독일어로 외설적인 욕설을 퍼부을지도 모른다. 그녀와 마주하려면 둘만의 내밀한 몇 시간이 필요했다. 그러면 그녀는 불같이 화를 내다가, 비난을 쏟아내다가, 슬퍼하면서 결국 용서해줄 터였다. 그녀에게 감정의 회로도를 그려줄 수도 있었다. 그 자신의 감정을 말하자면, 사랑이라는 당위를 근거로 단순해지고 있었다. 그가 얼마나 사랑하는지 알면 그녀도 용서해줄 수밖에 없으리라. 그 밖의 것들, 자기가 저지른 짓과 그 원인들, 죄책감, 회피 등은 되도록 깊이 생각하지 않으려고 애썼다. 생각해봤자 아무것도 해결되지 않을 테니까. 그는 자기 눈에 보이지 않는 존재가 되려고 했다. 솔로 욕조를 닦고 주방 바닥을 청소하고 막 자정이 지날 무렵 그럭저럭 편한 마음으로, 다 그녀의 오해라는 생각을 미약한 위로 삼아 잠이 들었다.

마리아가 자취를 감춘 지 이 주가 지난 어느 날 밤, 아래층의 빈집에서 말소리가 들려왔다. 레너드는 다리미를 내려놓고 층계참으로 나가 귀를 기울였다. 엘리베이터 통로를 타고 가구가 바닥에 긁히는 소리, 발소리, 또다른 목소리가 올라왔다. 다음날 아침 일찍 엘리베이터를 타니 내려가다 바로 아래층에서 멈췄다. 엘리베이터에 탄 남자는 고개를 까딱하고 얼굴을 돌렸다. 삼십대 초반에 서류가방을 들고 있었다. 턱수염은 해군 스타일로 깔끔하게 다듬었고 오드콜로뉴 냄새를 풍겼다. 감색 정장은 레너드 같은 사람이 봐도 잘 만들어진 것임을 알 수 있었다. 내려가는 내내 둘 다 말이 없었다. 낯선 사람은 손바닥을 펼쳐 간결한 동작으로 레너드가 먼저 엘리베이터에서 내리도록 양보했다.

그들은 이틀 후 1층 엘리베이터 옆에서 다시 마주쳤다. 아직 날이 완전히 어두워지기 전이었다. 레너드는 알트글리니케를 나와 크로이츠베르크에 들렀다가 보통 때처럼 라거 맥주 2리터를 걸친 상태였다. 로비의 등은 아직 켜지지 않았다. 레너드가 남자 옆에 섰을 때는 엘리베이터가 막 6층으로 올라간 참이었다. 다시 내려오기를 기다리는데 남자가 손을 내밀며 웃음기 없이, 적어도 레너드가 보기에는 표정 하나 변하지 않고 말했다. "조지 블레이크라고 합니다. 아내와 함께 선생님 댁 바로 아래층에 살고 있지요." 레너드도 이름을 밝히고 나서 물었다. "제가 많이 시끄러운가요?"

마침 엘리베이터가 와서 그들은 올라탔다. 블레이크가 네번째와 다섯번째 버튼을 눌렀고 엘리베이터가 움직이자 레너드의 얼굴부터 발끝까지 훑어보더니 무심하게 말했다. "모직 슬리퍼를 신어주시면 좀 낫겠죠."

"아, 죄송합니다." 레너드는 배짱을 부려 최대한 공격적으로 대답했다. "몇 켤레 장만해보죠." 그의 이웃은 고개를 끄덕이더니 그렇게 나와야지, 라는 듯이 입술을 꾹 다물었다. 문이 스르륵 열리자 그는 별말 없이 엘리베이터에서 내렸다.

아파트에 도착한 레너드는 전보다 훨씬 세게 쿵쿵거리고 다녀야겠다고 결심했다. 하지만 차마 그럴 수가 없었다. 그는 잘못된 행동을 하는 걸 싫어하는 사람이었다. 터덜터덜 현관을 지나 부엌에서 신발을 벗었다. 그후 몇 달 동안 가끔씩 블레이크 부인을 집 근처에서 보았다. 등이 꼿꼿한 미모의 그녀는 레너드를 보면 미소지으며 인사했지만 그는 그녀를 피했다. 그녀 앞에서는 스스로가 초라한 느낌이 들어 거북했다. 로비에서 어쩌다 그녀가 얘기하는 걸 들었을 때도 주눅들게 하는 목소리라는 생각이 들었다. 남편은 여름 몇 달이 지나면서 조금 상냥해졌다. 올림픽 스타디움에 있는 외무부에서 일한다고 했고, 체신국 소속으로 육군 전화 내선을 설치하는 중이라는 레너드의 말에는 정중하게 관심을 표했다. 그후 가끔 로비에서 마주치거나 엘리베이터를 함께 탈 때마다 미소를 띠며 "내선 작업은 잘되어갑니까?"라고 입버릇처럼 물어보는 통에 놀리는 건가 싶은 생각마저 들었다.

창고에서는 도청에 성공했다는 사실을 공포했다. 백오십 대의 테이프리코더가 밤낮을 가리지 않고 증폭된 러시아 신호에 반응해 멈췄다 돌아가기를 반복했다. 현장 철수는 신속하게 이루어졌다. 수평 굴착 인력, 즉 터널 담당 부사관들은 이미 떠난 지 오래였다. 영국인 수직굴착기사들도 흥분감이 고조되던 당시 이미 떠났지만, 아무도 알아채지 못했다. 다른 업무를 맡은 사람들, 전문 분야가 무엇인지는 아마 자기 자신밖에 모를 사람들도 떠나고 돌리스 힐의 상급자들도 철수했다. 맥나미는 일주일에 한두 번 들렀다. 남은 건 모니터를 하고 테이프를 배분하는 인력뿐이었는데 가장 분주하고 가장 말이 없는 부류이기도 했다. 그 밖에 시스템을 유지 관리하는 기사와 엔지니어 몇 명, 경비 요원들이 있었다. 레너드는 가끔 텅 빈 간이식당에서 혼자 식사를 할 때도 있었다. 그가 받은 지시는 무기한 대기하라는 것이었다. 그는 회로에 이상이 없는지 정기적으로 점검하고 테이프리코더의 밸브가 고장나면 갈아끼웠다.

글래스는 창고에 발길을 끊었고, 처음에는 그 덕분에 레너드도 마음이 좀 편했다. 마리아와 화해하기 전까지는 글래스를 통해 그녀의 소식을 듣고 싶지 않았다. 글래스가 중재한답시고 자신을 좌지우지하는 걸 원치 않았던 것이다. 그러다 언제부터인가 하루에도 몇 번씩 그 미국인의 사무실을 지나칠 핑계를 찾기 시작했다. 음수대도 자주 갔다. 마리아의 신원 증명은 문제없이 끝났으리라고 확신했지만 글래스에 대해서는 의심을 거둘 수가 없었다. 면접을 하면서 유혹할 기회를 포착했을 것이다, 틀림없이. 마리아는 여전히 화가 나 있고 글래스가 충분히 적극적으로 밀어붙인다면, 레너드가 잠긴 문 앞에 서 있던 그 시간에도 최악의 사태가 벌어질 수도 있었다. 집에 와서도 글래스에게 몇 번이나 전화를 걸 뻔했다. 하지만 대체 뭐라고 묻는단 말인가? 행여 그가 시인한다면 어떻게 견딜 것이며, 부인한다면 또 어떻게 믿을 것인가? 어쩌면 바로 그렇게 묻는 것이 글래스를 부추길 수도 있었다.

5월이 되어 날씨가 더 따뜻해지자 미국인들이 근무 외 시간을 이용해 창고 건물과 철책 사이의 거친 땅에서 소프트볼 경기를 하기 시작했다. 모두 레이더기지의 마크를 달라는 엄격한 지시를 받았다. 공동묘지 옆에서 포포스가 야전 쌍안경으로 경기를 지켜보다가 공이 점령구역 경계를 넘어가기라도 하면 흔쾌히 달려와 다시 던져주었다. 선수들은 환호성을 올렸고, 포포스는 사람 좋게 손을 흔들어 보였다. 레너드는 벽에 기대앉아 경기를 구경했다. 함께 하자는 제안을 거절한 이유는 소프트볼이 어른을 위한 라운더스*로밖에 보이지 않았기 때문이었다. 또다른 이유는 공을 가지고 하는 경기는 뭐든 젬병이었기 때문이다. 여기서는 스로가 강하고 낮고 인정사정없이 정확했으며, 캐치는 모두 의무적으로 오프핸드로 이루어져야 했다.

이제 매일 빈둥거릴 여유가 몇 시간씩 있었다. 그는 보통 창문을 열어놓고 그 아래 벽에 기대앉아 햇볕을 쬐었다. 행정병 하나가 창턱에 라디오를 놓고 소프트볼 경기를 하는 선수들 쪽으로 〈미국의 소리〉를 틀어두었다. 신나는 노래가 나오면 투수는 스로를 하기 전 리듬에 맞춰 무릎을 툭툭 쳤고 출루한 주자들은 손가락을 딱딱 튕기며 살짝 발을 끄는 춤동작을 연습했다. 레너드는 대중음악을 그렇게 진지하게 듣는 사람들을 처음 봤다. 그중에서도 딱 한 곡은 잠시 게임을 중단시킬 수도 있었다. 빌 헤일리 앤드 더 카머츠의 곡, 특히 〈Rock Around the Clock〉만 나오면 볼륨을 높이라는 아우성이 터지고, 선수들은 창가로 우르르 몰려드는 것이었다. 이 분 삼십 초 동안은 아무도 아웃당하지

* 야구와 유사한 경기. 영국에서는 주로 아이들이 즐긴다.

않았다. 몇 시간이나 끝도 없이 춤을 추라고 마구 권하는 그 노래가 레너드는 그저 유치할 뿐이었다. 놀이터에서 줄넘기를 하는 여자애들이 부를 법한 숫자 세기 노래였다.* '시계가 똑딱똑딱'이나 '감자 하나, 감자 둘, 감자 셋, 넷' 하는 노래들과 다르지 않았다. 그런데 자꾸 듣다보니 그 쿵쿵거리는 리듬과 한결같이 박력 있는 기타 소리에 흥분되기 시작했고, 그 노래를 싫어하는 쪽에서 싫어하는 척하는 쪽으로 넘어가게 되었다.

머지않아 그도 우편 업무를 담당하는 그 행정병이 아나운서의 큐 사인에 사무실을 가로질러와 볼륨을 높이면 반가워하게 되었다. 예닐곱 명의 선수가 와서 그가 앉은 자리를 에워싸고 섰다. 대개 십대 후반의 초병들로, 밤송이 같은 머리에 말쑥했고 덩치가 컸다. 다들 이제는 그의 이름을 알았으며 늘 친절하게 대해주었다. 그들에게 이 노래는 음악적 가치 이상의 의미가 있는 듯했다. 국가國歌이자 의례였고, 서로를 하나로 묶어주는 동시에 필드에 서서 우두커니 기다리는 연장자들과 그들을 구분하는 노래였다. 이런 상황이 삼 주 정도 지속되는가 했는데 어느새 노래는 힘을 잃었다. 여전히 시끄럽게 흘러나오긴 했지만 게임이 중단되는 일은 없었다. 그러다 마침내 아무도 신경쓰지 않게 되었다.

* 〈Rock Around the Clock〉의 가사에 시간을 헤아리는 내용이 등장한다.

대체할 다른 노래가 필요했지만 이듬해 4월까지는 나오지 않았다.

창고에서 빌 헤일리의 인기가 절정이었던 당시, 활짝 열린 창문가에 미국 청년들이 바글바글 모여 있던 어느 날 오후 존 맥나미가 자기가 심어둔 스파이를 찾아왔다. 레너드는 본부 사무실에서 소란스러운 이쪽으로 다가오는 그의 모습을 보았다. 그는 아직 맥나미의 눈에 띄기 전이라 이 정부 과학자가 경멸해 마땅한 상황에서 벗어날 짬이 있었다. 그러나 웬지 약간의 반항심과 모여 있는 사람들에 대한 얼마간의 의리가 마음속에서 꿈틀거렸다. 말하자면 그는 명예 회원이었다. 그래서 일어나 그들을 헤치고 나와 무리 가장자리에서 기다리는 정도로 타협했다. 맥나미는 그를 보자마자 다가왔고 두 사람은 함께 철책을 따라 걷기 시작했다.

맥나미는 유치 사이에 불붙인 파이프를 물고 있었다. 그가 자기 사람을 향해 허리를 굽혔다. "운이 없었던 모양이군."

"사실 그랬습니다." 레너드가 말했다. "다섯 개 사무실을 시간을 들여서 둘러봤는데, 아무것도 없었습니다. 기술 인력 쪽으로도 여러 명에게 접근했습니다만 다들 보안의식이 투철했습니다. 지나치게 밀어붙일 수가 없었어요."

사실을 말하자면 글래스의 사무실에서 아무 소득 없는 일 분을 보냈을 뿐이었다. 낯선 사람을 상대로 대화를 트기도 쉽지 않았다. 한두 번 잠긴 문을 열어보려고 했지만, 시도에 그쳤을 뿐이었다.

맥나미가 물었다. "그 와인버그라는 친구한테는 접근해봤나?"

레너드도 아는 자였다. 휘핏*처럼 생긴 미국인으로, 챙 없는 모자를 쓰고 구내식당에서 혼자 체스를 두던 사람이었다. "예. 별로 말을 섞고 싶어하지 않더군요."

그들은 멈춰 섰고 맥나미가 말했다. "아, 그렇다면……" 두 사람의 시선이 대략 터널이 지나는 방향을 따라 쇠네펠트 대로로 향했다. "그거 유감이군." 그의 딱딱한 말투가 낯설게 들렸다. 실망했다기보다는 깊이 생각에 빠진 탓이라고 레너드는 생각했다.

레너드가 말했다. "저도 노력했습니다."

맥나미는 고개를 돌려 다른 곳을 보며 말했다. "물론 우리도 다른 가능성이 있지만, 일단 계속 노력해보게." 레너드의 말을 그대로 받아 단호하게 강조한 마지막 한마디는 회의의 뜻을 넌지시 비치고 있었다. 그것은 일종의 비난이었다.

불퉁하게 작별인사를 던지고 나서 맥나미는 본부 구역으로 가버렸다. 레너드의 눈앞에 거친 땅을 가로질러 떠나는 마리아의

* 개의 품종 중 하나로 털이 짧고 몸이 가늘어 잘 달린다.

모습이 함께 떠올랐다. 마리아와 맥나미, 그들이 레너드에게 등을 보이고 있었다. 건너편의 미국인들은 벌써 경기를 다시 시작했다. 낭패감이 덮쳐와 다리 힘이 풀렸다. 그는 창가의 자기 자리로 돌아갈 생각이었지만 잠시 그러고 싶은 마음이 사라져 그냥 그 자리에, 멀찍이 철조망 옆에 머물렀다.

11

다음날 레너드가 엘리베이터에서 층계참으로 내려서는데 마리아가 그의 집 문 앞에서 기다리고 있었다. 한구석에 서서 코트 단추를 끝까지 채우고 핸드백 끈을 양손으로 잡은 채였는데 앞쪽으로 늘어진 핸드백이 무릎을 가리고 있었다. 참회하는 것인가 싶기도 했지만 그녀는 고개를 꼿꼿이 들고 그의 눈을 똑바로 쳐다보고 있었다. 이렇게 찾아왔다고 해서 그를 용서한다는 뜻으로 지레짐작하지는 말라는 태도였다. 날이 어둑어둑해져 동쪽으로 난 창문으로는 자연광이 거의 들어오지 않았다. 레너드가 팔꿈치로 정해진 시간 동안 불이 들어오는 조명 스위치를 누르자 타이머가 재깍거리며 돌아가기 시작했다. 그 소리는 공포에 질린 작디작은 생물의 심장박동과 비슷했다. 등뒤로 문이 닫히고 엘리베이터는 내려갔다. 그는 그녀의 이름을 불렀지만 다가가려고 하지는 않았다. 머리 위의 유일한 불빛이 그녀의 눈과 코 밑에 짙은 음영을 드리워 얼굴이 딱딱하게 굳은 듯 보였다. 아직 그녀는 뭐라고 말을 하지도 움직이지도 않았다. 그를 빤히 바라보며 무엇이 됐든 그의 입에서 나와야 할 말을 기다리고 있었다. 단추를 끝까지 채운 코트라든가 핸드백을 붙잡은 경직된 손이, 뭔가 마음에 들지 않으면 언제든 떠날 생각임을 말해주었다.

레너드는 허둥거렸다. 만들다 만 문장들이 눈앞에 너무도 많이 떠올랐다. 포장을 뜯다가 자칫 다 망가뜨리기 십상인 선물을 받은 기분이었다. 옆에서 조명 스위치 타이머가 짤칵거리며 바삐 돌아가는 통에 조리 있게 생각을 정리하기가 더욱 힘들었다. 그는 다시 그녀의 이름을 부르고—그야말로 소리가 목구멍을 떠났다—반걸음 다가갔다. 엘리베이터 통로 쪽에서 케이블이 무거운 것을 끌어올리는 우르릉 소리, 휘잉거리며 바로 아래층에 서는 엘리베이터 소리, 이어서 문이 열리고 블레이크 씨의 다급하고도 낮은 목소리가 들려왔다. 목소리는 그 집 현관문이 닫히는 소리와 함께 뚝 끊겼다.

그녀는 표정 하나 변하지 않았다. 마침내 그가 말했다. "편지들 받았어?"

그녀는 그렇다는 뜻으로 눈을 깜박였다. 사랑과 숨막히는 사과가 담긴 편지 세 통, 초콜릿과 꽃도 지금은 전혀 중요하지 않았다. 그가 말했다. "내가 정말 바보 같은 짓을 했어." 그녀가 또 눈을 깜박였다. 이번에는 속눈썹끼리 찰나의 시간 동안 더 오래 맞닿아 누그러진 마음, 혹은 일종의 격려를 암시했다. 그는 이제 자기 목소리를 찾았다. 단순하게 말하자. 그리 어려운 일도 아니었다. "내가 다 망쳤어. 당신이 떠나고 나서 절망에 빠졌어. 슈판다우로 가서 당신을 찾고 싶었지만, 수치스러웠어. 어떻게 하면 당신에게 용서받을 수 있을지 몰랐어. 수치스러워 길에서 다가갈 수도 없었어. 당신을 정말 사랑해, 내내 당신 생각뿐이었어. 용서하지 못한대도 이해할게. 끔찍하고 멍청한 짓이었으니까……"

레너드는 자기 자신과 감정에 대해 이렇게 말해본 적이 평생 한 번도 없었다. 이런 식으로 생각해본 적조차 없었다. 간단하게 말해서, 마음속 진지한 감정을 인정해본 적이 한 번도 없었다. 어젯밤 본 영화가 마음에 쏙 들었다든가 미지근한 우유는 질색이라든가 하는 데서 결코 한 걸음도 더 나아가지 못했다. 사실 지금까지 한 번도, 진지한 감정을 느껴본 적이 정말이지 없는 것 같았다. 수치심, 절망, 사랑—이름을 붙이게 된 지금이 정말로 그 감정들을 자기 것이라 주장하고 또 체험할 수 있는 순간이었다. 그의 집 문 앞의 여자를 향한 사랑이 사랑이라는 그 말로 인해 부조처럼 도드라졌고, 그녀를 덮쳤던 일에 대한 수치심이 새삼 날카롭게 살아났다. 그가 이름을 붙이자 지난 삼 주 동안의 불행이 명료해졌다. 그는 가슴을 펴고 마음의 짐을 내려놓았다. 그간 헤쳐오던 안개에 이름을 붙일 수 있게 된 지금, 마침내 그의 눈에 자기 자신이 보였다.

하지만 아직 용서받은 것은 아니었다. 마리아는 자세도 눈빛도 그대로였다. 그는 잠깐 쉬었다가 입을 열었다. "제발 용서해줘." 그 순간 타이머가 찰카닥 소리를 냈고 불이 꺼졌다. 마리아의 가쁜 숨소리가 들렸다. 어둠이 눈에 익자, 등 뒤편 창문에서 들어오는 희미한 빛을 받아 핸드백 물림쇠와 잠시 시선을 돌렸는지 그녀의 흰자위가 반짝이는 게 보였다. 그는 조명 스위치도 누르지 않고 벽에서 떨어지는 모험을 했다. 감정이 한껏 고무되며 자신감이 생겼다. 그는 잘못을 저질렀고 지금은 바로잡아야 할 때였다. 필요한 것은 진실성과 단순함이었다. 더는 고통 속에서 몽유병자처럼 헤매지 않으리라. 정확하게 이름을 붙여 쫓아버릴 것이다. 그는 암흑에 가까운 이 어둠이 준 기회를 놓치지 않고 촉각을 이용해 두 사람 사이에 일찍이 존재했던 유대감을, 단순하고도 진실한 유대감을 다시 불러일으키고자 했다. 말은 나중에 해도 좋았다. 그는 확신했다. 지금 필요한 것은 서로 손을 잡는 것, 어쩌면 가벼운 키스를 하는 게 전부라고.

그가 다가가자 그녀는 마침내 움직여 층계참 구석으로, 더 깊은 어둠 속으로 물러섰다. 가까이 다가선 그가 손을 내밀었지만, 그녀는 거기 없었다. 내민 손에 그녀의 소매가 스쳤을 뿐이었다. 다시 한번 그녀의 흰자위가 보였는데 고개를 홱 돌린 듯했다. 그는 그녀의 팔꿈치를 찾아 부드럽게 붙잡았다. 그녀의 이름을 속삭였다. 한껏 구부러진 팔은 한 치의 양보도 없이 단호했고, 코트 천을 통해 그녀의 떨림이 고스란히 전해졌다. 이제는 아주 가까워져 빠르고 얕은 그녀의 숨결마저 의식할 수 있을 정도였다. 공기에서 땀의 맛이 느껴졌다. 한순간 그는 그녀가 순식간에 성적 흥분의 절정에 오른 줄 알았지만, 그것이 얼마나 불경스러운 생각인지 금세 밝혀졌다. 그의 손이 어깨에 닿자 그녀가 절반은 비명, 절반은 알아들을 수 없는 소리를 날카롭게 내지른 것이었다. 그리고, "마흐 다스 리히트 안. 비테!" 불을 켜. 그리고, "제발, 제발 부탁이야." 그는 다른 손을 그녀의 어깨에 얹었다. 그러고는 안심시키듯 부드럽게 흔들었다. 그저 이 악몽에서 그녀를 깨우고 싶을 뿐이었다. 진짜 그가 누구인지를, 그녀의 달콤한 유혹에 흥분하던 그 순진한 젊은이라는 걸 상기시켜야 했다. 그녀가 또다시 비명을 질렀다. 이번에는 온 힘을 다한, 귀청을 찌르는 괴성이었다. 그는 뒤로 물러섰다. 아래층에서 문이 열렸다. 계단을 올라오는 급한 발소리가 엘리베이터 통로를 타고 울렸다.

레너드가 조명 스위치를 누른 그때 블레이크 씨가 중간 층계참의 모퉁이를 막 돌았다. 남아 있는 계단을 한 번에 세 단씩 올랐다. 셔츠 바람에 넥타이는 매지 않았고 이두박근에 은색 암밴드를 끼고 있었다. 딱딱하게 굳은 얼굴은 맹포한 군인의 힘을 뿜어내고 있었으며, 힘이 잔뜩 들어간 손은 당장이라도 후려칠 듯 펴고 있었다. 누군가에게 엄청난 위해를 가할 태세였다. 꼭대기 층에 이르러 레너드를 보고도 굳은 얼굴은 그대로였다. 마리아는 바닥에 핸드백을 떨어뜨리고 두 손으로 코와 입을 가리고 있었다. 블레이크는 레너드와 마리아 사이에 버티고 섰다. 허리에 손을 얹은 채였다. 주먹질을 할 상황이 아님은 이미 깨달았고, 그 사실이 사나운 마음을 부채질하는 듯했다.

"대체 무슨 일입니까?" 그는 레너드에게 따지더니 대답을 기다리지도 않고 조급하게 돌아서서 마리아와 마주했다. 그리고 친절한 목소리로 물었다. "다쳤습니까. 이자가 해치려 했어요?"

"그럴 리가 없잖습니까." 레너드가 말했다.

블레이크는 어깨 너머로 외쳤다. "입 닥치쇼!" 그러고는 다시 마리아에게로 몸을 돌렸다. 목소리가 순식간에 다시 친절해졌다. "어떠세요?"

무슨 라디오 코미디에 나오는 배우 같군, 레너드는 생각했다. 혼자 온갖 목소리를 다 내고 있어. 블레이크가 두 사람 사이에 심판처럼 서 있는 게 영 마음에 안 들어서 층계참을 가로질러간 레너드는 조명 스위치를 눌러 구십 초를 더 벌었다. 블레이크는 마리아가 입을 열길 기다리면서도 레너드가 뒤에서 다가오고 있다는 걸 알아챈 모양이었다. 그는 자기를 지나쳐 마리아에게로 가려는 레너드를 팔을 뻗어 막아세웠다. 그녀가 뭐라고 했지만 레너드는 알아들을 수 없었고, 블레이크는 능숙한 독일어로 답했다. 그런 그가 레너드는 더 싫어졌다. 마리아가 영어로 대답한 건 레너드에 대한 의리 때문일까.

"소란을 일으켜서 죄송합니다. 괜히 나오시게 했네요. 저희 둘의 문제예요, 그뿐입니다. 알아서 해결할 수 있어요." 어느새 얼굴을 감쌌던 손을 내린 그녀는 핸드백을 주워들었다. 그것이 손에 들어오니 좀 진정되는 기색이었다. 그녀가 블레이크 너머로 말했다. 딱히 레너드에게 하는 말도 아니었다. "이제 들어가려고요."

열쇠를 꺼낸 레너드는 마리아의 구세주를 빙 돌아가 문을 열었다. 그리고 안으로 몸을 숙여 현관 불을 켰다.

블레이크는 꼼짝하지 않았다. 영 못마땅했던 것이다. "제가 택시 불러드릴게요. 택시가 올 때까지 저희 내외와 함께 계시죠."

집안으로 들어선 마리아는 뒤돌아 그에게 감사 인사를 했다. "정말 친절하시군요. 이제는 괜찮아요. 고맙습니다." 그녀는 처음 방문하는 아파트 현관을 당당하게 지나 욕실로 들어가더니 문을 닫았다.

블레이크는 주머니에 손을 넣고 계단 앞에 서 있었다. 레너드는 약점이 지나치게 노출된 기분이었고, 이웃 때문에 너무 짜증스러워 더 해명할 기분도 아니었다. 그는 그만 들어가버리고 싶은 마음을 꾹 참고 상대가 사라지기를 기다리며 문간에 엉거주춤 서 있었다.

블레이크가 말했다. "여자들은 대체로 강간의 위협을 느낄 때 아까 같은 비명을 지릅니다."

그런 터무니없는 아는 척에는 우아하게 반박해줄 필요가 있었다. 레너드는 몇 초간 열심히 궁리했다. 그러나 그가 강간범이라는 건 오해일지언정 실제로도 하마터면 강간범이 될 뻔했다는 사실이 생각을 방해했다. 결국 그는 이렇게 말했다. "이건 경우가 다릅니다." 블레이크는 못 믿겠다는 듯 어깨를 으쓱하고 계단을 내려갔다. 그때부터 두 남자는 엘리베이터 앞에서 마주칠 때마다 차가운 침묵 속에 서로 어깨를 으쓱했다.

마리아는 욕실 문을 잠그고 세수를 했다. 그리고 변기 뚜껑을 내리고 그 위에 앉았다. 자기가 지른 비명에 그녀 스스로도 깜짝 놀랐다. 또다시 레너드가 덮치려 한다고 진심으로 믿지는 않았다. 서툴지만 진심 어린 사과의 말들이 충분히 보증해주었다. 그러나 갑작스러운 어둠과 그의 조용한 접근, 어떤 가능성들, 함께 떠오르는 생각들은 도저히 견딜 수 없었다. 팡코에 있는 부모님의 갑갑한 아파트에서 삼 주 동안 마음을 다스려 얻은 섬약한 평정심이 레너드의 손길 한 번에 깨져버렸다. 광기와도 같았다. 누군가 애정을 가장해 자기를 해치지 않을까 하는 이 두려움은. 아니면 성적 친밀감의 외피 아래 그녀는 이해할 수 없는 악의가 숨어 있을지 모른다는 두려움은. 가끔 오토가 난폭하게 굴 때면 무섭긴 했지만, 지금처럼 병적인 두려움을 불러일으키지는 않았다. 그의 폭력은 특정한 대상이 없는 증오와 한심한 무기력의 한 단면이었다. 그에게는 그녀를 해치고 싶다는 마음과 동시에 그녀를 향한 갈망이 있었다. 겁을 줄 생각이었지, 돈을 빼앗을 의도는 없었다. 그녀의 몸속에 들어가기를 원하지도 않았고 자기를 믿으라고 하지도 않았다.

팔다리의 떨림은 이제 가라앉았다. 바보가 된 느낌이었다. 그 이웃은 그녀를 경멸하리라. 팡코에서 지내는 동안 그녀는 레너드가 진짜 악의가 있거나 악랄해서가 아니라 순진한 어리석음 때문에 그런 식으로 행동했다는 결론에 서서히 이르렀다. 혼자만의 세계에 너무 갇혀 사는 그는 자신의 행동이 다른 사람들에게 어떻게 보일지 잘 몰랐던 것이다. 이 너그러운 판결은 몇 차례의 훨씬 혹독한 평가와 다시는 그를 만나지 않겠다는 굳은 결심을 거쳐 도달한 결론이었다. 그런데 어둠 속에서 비명을 지르고 난 지금은 본능이 용서해야겠다는 마음보다 앞서는 것 같았다. 설령 비합리적인 불신감이라 해도, 더이상 그를 믿지 못한다면 대체 그의 집 욕실에서 그녀는 지금 뭘 하고 있는 걸까? 어쩌자고 택시를 불러주겠다는 이웃의 제안을 거절한 걸까? 그녀는 아직도 레너드를 원했다. 그것이 팡코에서 그녀가 깨달은 진실이었다. 하지만 아무리 그래도 그렇지, 도대체 어떻게 생겨먹은 남자가 강간을 사과하면서 어둠 속에서 슬금슬금 다가온단 말인가?

십 분 후 욕실에서 나온 그녀는 한번 더 레너드와 얘기를 나누고 어떻게 될지 보자 싶었다. 어느 쪽으로도 마음이 기울어진 건 아니었다. 여전히 단추를 끝까지 채운 코트 차림이었다. 그는 거실에 있었다. 천장 조명이 켜져 있었고 군수용 플로어 스탠드와 테이블 램프도 마찬가지였다. 그녀는 거실로 들어서며 한가운데 자리를 잡은 그의 모습이 꼭 방금 등짝을 얻어맞은 소년 같다는 생각을 했다. 그는 손짓으로 의자를 가리켰다. 마리아는 고개를 저었다. 누군가는 먼저 말문을 열어야 했다. 마리아는 그 누군가가 자신이어야 할 이유는 없다고 생각했지만, 레너드는 레너드대로 또다른 실수를 할까봐 조심스러웠다. 그녀가 좀더 들어가자 그는 몇 걸음 뒤로 물러서며 무심결에 그녀에게 공간과 빛을 양보했다.

레너드는 무슨 말을 할지 대강의 윤곽을 마음속에 그려두고 있었지만, 그 말들이 어떻게 받아들여질지 자신이 없었다. 마리아가 뒤로 홱 돌아 현관문을 쾅 닫고 나가버린다면 해명의 의무를 면제받았다는 사실에 차라리 마음이 놓일 것 같았다. 적어도 처음에는. 혼자 있을 때는 자기 존재가 사라지는 느낌이었다. 이 순간, 이 자리에서는 상황을 엉망으로 만들지 않고 주도권을 잡아야만 했다. 마리아는 기대에 차 그를 지켜보고 있었다. 또 한 번 기회를 주려는 것이었다. 그녀의 눈이 반짝였다. 욕실에서 울고 있었던 걸까.

그가 말했다. "당신을 겁줄 생각은 없었어." 그의 머뭇거림은 질문이나 마찬가지였다. 하지만 그녀는 아직 그에게 줄 대답이 없었다. 지금까지 그에게는 한 마디도 하지 않았다. 블레이크 씨에게만 말을 했을 뿐. 레너드가 말했다. "나는…… 나는…… 무슨 짓을 하려던 게 아니야. 내가 바란 건 그저……" 그 자신이 듣기에도 못 미더웠다. 그는 더듬거렸다. 어둠 속에서 가까이 다가가 손을 잡는 것, 예전처럼 몸을 맞대 주위를 환히 밝히는 것, 그가 바란 건 그게 다였다. 어둠 속에 몸을 숨기면 더 안전하리라는 건 순전히 혼자만의 생각이었다. 스스로도 알지 못했기에 그녀에게 말할 수가 없었다. 층계참에 우연히 내려앉은 어둠은 가장 춥던 그 겨울 일주일 두 사람이 친밀했던, 모든 것이 새롭던 이불 속의 어둠과 같았다는 걸. 그녀의 발가락에 박인 날

선 굳은살들, 털 두 가닥이 난 사마귀, 귓불에 난 미미한 귀고리 자국. 그녀가 떠나버리면 이 사랑스러운 사실들은, 이 괴롭도록 세세한 기억들은 어쩌란 말인가. 그녀가 옆에 없다면 그녀에 대해 알고 있는 이 모든 것을 어떻게 혼자서 감당하란 말인가. 이런 생각들의 기운이 말을 입 밖으로 밀어냈다. 말은 숨결처럼 수월하게 나왔다. "사랑해." 그가 말했다. 다시 한번 말하고, 독일어로도 되풀이했다. 그 말에서 마침내 자의식의 마지막 흔적이, 사람을 움찔하게 만드는 진부한 상투어의 시시함이 지워질 때까지, 실생활에서든 영화 속에서든 그 누구도 내본 적 없는 맑고 낭랑한 말이 될 때까지 하고 또 했다.

그다음에는 그녀 없는 삶이 얼마나 끔찍했는지, 그녀를 얼마나 많이 생각했는지, 그녀가 떠나기 전의 시간이 얼마나 행복했는지, 두 사람이 얼마나 행복하다고 생각했는지, 그녀가 얼마나 소중하고 아름다웠는지 말했고, 그런 그녀를 겁주다니 자신은 멍청이, 이기적이고 아무것도 모르는 바보였다고 말했다. 그렇게 많은 말을 한꺼번에 하는 건 처음이었다. 잠시 말을 멈추고 익숙지 않은 내밀한 표현을 찾을 때마다, 안경을 코 위로 밀어올리거나 벗어서 찬찬히 살펴보다가 다시 끼곤 했다. 훤칠한 키 때문에 더 힘들었다. 그녀만 앉는다면 따라 앉고 싶은 마음이 간절했다.

자신의 감정도 잘 모르는 이 어설프고 과묵한 영국인이 속내를 솔직히 터놓는 모습을 지켜보기는 견디기 힘들 정도였다. 그는 마치 결과가 미리 정해져 있는 러시아 공개재판의 죄수 같았다. 마리아는 그만하라고 말하고 싶었지만 동시에 매혹되고 있었다. 어릴 때 아버지가 라디오 뒤판을 뜯어 사람 목소리를 내는 전구며 금속판을 보여주었을 때처럼. 온전히 떨쳐지지 않던 두려움이 더듬더듬 이어지는 내밀한 말들을 듣는 사이 희미해져가고 있었다. 그래서 그녀는 얼굴에 어떤 속내도 드러내지 않고 그저 듣기만 했다. 자기가 무엇에 씌었는지 모르겠다고, 해칠 생각이 아니었다고, 그리고 앞으로 그런 일은 절대, 두 번 다시 없을 거라고 거듭 말하는 레너드에게 귀를 기울였다.

마침내 그는 할말이 떨어져버렸다. 유일하게 들리는 소리는 플라타넨 길을 달리는 스쿠터 소리뿐이었다. 두 사람은 스쿠터가 길 끝에서 점점 멀어져가며 시시각각 변하는 소리를 들었다. 침묵 속에서 레너드는 이제 끝장이라고 생각했다. 차마 그녀를 바라볼 수가 없었다. 안경을 벗어 손수건으로 닦았다. 말을 너무 많이 했다. 진실되지 못하게 들렸던 것이 틀림없다. 그녀가 가고 나면 목욕이나 해야겠다고 생각했다. 물에 빠져 죽을 생각은 아니었다. 그는 눈길을 들었다. 시야에 포착된, 마리아로 보이는 가늘고 길고 뿌연 형상 주위에서 어떤 움직임이 감지되었다. 그는 안경을 도로 끼었다. 그녀는 코트 단추를 끄르는 중이었고, 이윽고 거실을 가로질러 그에게로 다가왔다.

12

레너드는 복도를 따라 음수대에서 녹음실로 향해 가고 있었다. 이 길로 가면 글래스의 사무실을 지나게 되어 있었다. 문이 열려 있고 글래스는 책상에 앉아 있었다. 당장에 벌떡 일어난 그는 손을 흔들며 레너드를 불렀다.

"좋은 소식이야. 그 여자 신원 파악을 끝냈네. 깨끗해. 괜찮더라고." 그가 의자를 가리켰지만 레너드는 그냥 문간에 기대서 있었다.

"제가 처음부터 그렇다고 했잖아요."

"그건 주관적인 판단이지. 이건 공식적이고. 괜찮게 생긴 여자던데. 이 애들 장난 같은 정비소의 소장과 부소장이 각자 나름의 영국적인 방식으로 그 여자한테 열을 올리고 있더군. 하지만 여자 태도는 아주 분명하더라고."

"그렇다면 마리아를 만났군요." 레너드는 이미 마리아에게 들어서 글래스와 세 번 면담했다는 걸 알고 있었다. 그 사실이 마음에 들지 않았다. 싫었다. 그 얘기를 꼭 들어야 했다.

"물론이지. 두 사람 사이에 문제가 있어서 자네를 피하고 있다더군. 그래서 내가 말했지, 그게 무슨 개소리냐고, 지금 이렇게 귀중한 인력과 시간을 들여서 그쪽 신원을 확인하는 건 우리 쪽 사람하고 데이트를 하기 때문 아니냐고, 이 친구는 우리가 봐온 사람 중 제일 천재에 가깝다고, 빌어먹을, 그 친구는 자기 조국과 내 나라를 위해 아주 중요한 임무를 수행중이라고 했지. 그때쯤에는 그 여자가 괜찮다는 걸 알았다네. 내가 그랬거든, 당장 그 엉덩이 들고 그 친구 아파트로 가서 화해를 하라고. 헤어 마넘은 그렇게 갖고 놀 남자가 아니라고. 우리가 데리고 있는 최고의 인력이라고, 그러니 복 받은 줄 알라고, 프라우 에크도르프!* 그 여자 돌아왔나?"

"그저께요."

글래스가 환호성을 지르더니 과장되게 껄껄거리기 시작했다. "그것 보라고, 알겠나? 내가 아주 큰일 한 거야. 나는 자네 기를 팍팍 세워주고, 자네는 여자를 되찾았잖나. 이제 우리 비긴 셈 치세."

---

* '헤어Herr'와 '프라우Frau'는 각각 영어의 Mr.와 Mrs.에 해당하는 독일어 경칭이다.

유치하기 짝이 없군. 레너드는 생각했다. 그의 사생활을 라커룸에서 오가는 심심풀이 이야깃거리로 취급하다니. "면담 때 무슨 일이 있었습니까?"

글래스가 장난기를 싹 지우고 심각한 얼굴로 돌변하는 것 자체가 일종의 조롱이었다. "자네가 거칠게 나오기 시작했다더군. 죽어라 하고 도망쳐야 했다고. 이봐, 내가 자네를 계속 과소평가하는 것 같아, 레너드. 그 안에 대단한 걸 감추고 있는데 말이야. 일할 때는 온순한 양처럼 굴다가 집에 가서는 쾅! 킹콩이다!"

글래스는 다시 껄껄 웃기 시작했다. 이번에는 진심으로 웃어대고 있었다. 레너드는 왈칵 짜증이 치밀었다.

어젯밤 마리아는 신원 확인 절차가 상당히 인상적이었다면서 하나도 빠짐없이 얘기해주었다. 이제 글래스는 다시 책상으로 돌아가 앉았지만 레너드는 여전히 의혹을 떨칠 수가 없었다. 정말로 이 남자를 믿어도 되는 걸까? 부정할 수 없는 사실은, 어떤 식으로든 글래스가 그들의 잠자리에 기어들어왔다는 것이었다.

웃음소리가 그치자 레너드가 말했다. "자랑할 만한 건 아니지요." 그러고는 적당하다고 생각되는 강도의 위협을 담아 덧붙였다. "사실, 저 이 여자한테 상당히 진지합니다."

글래스가 일어나더니 걸어둔 재킷에 손을 뻗었다. "나라도 그러겠더군. 좋은 여자야, 아주 좋은 여자더라고." 그가 사무실 문을 잠그는 동안 레너드는 비켜서 있었다. "언젠가 자네 같은 영국인이 했던 말을 들었는데 뭐랬더라? 참한 아가씨라고 했던가?"

글래스는 영국인의 어깨에 손을 얹고 함께 복도를 걸었다. 코크니 억양 흉내를 내도 일부러 대충 흉측하게 하는 거라고 레너드는 생각했다. "이봐, 기운 내라고. 가서 맛난 차나 한잔 하세."

13

레너드와 마리아는 이제까지와 다른 관계로 새로 시작했다. 1955년 여름이 한창일 때 그들은 두 사람의 아파트에서 보내는 시간을 좀더 비슷하게 나눴다. 퇴근시간도 맞췄다. 마리아는 요리를 했고 레너드는 설거지를 했다. 평일 저녁에는 올림픽 스타디움까지 걸어가 수영장에서 수영을 하거나, 크로이츠베르크에 있을 때면 운하를 따라 산책을 하고 마리아넨 광장 근처의 술집 노천에 앉아 맥주를 마셨다. 마리아는 자전거 동호회 친구에게서 자전거를 빌렸다. 주말이면 함께 자전거를 타고 북쪽의 프로나우와 하일리겐제 마을이나 서쪽의 가토로 가서 인적 없는 목초지 사이로 난 오솔길을 따라 도시 경계를 탐험했다. 이런 교외로 나오면 공기에 물냄새가 배어 있었다. 영국 공군기 항로 바로 밑에 위치한 그로스 글리니케르 호숫가에서 피크닉을 하고, 영국과 러시아 구역의 경계를 표시하는 흰색과 빨간색 부표들까지 헤엄쳐가기도 했다. 거대한 반제 지구를 통해 클라도까지 가서 페리를 타고 첼렌도르프로 건너가서는 다시 자전거를 타고 폐허와 건설 현장들을 거쳐 도심으로 돌아오기도 했다.

금요일과 토요일 밤이면 쿠담에 가서 영화를 보았다. 그러고 나서 켐핀스키 호텔 식당의 야외 테이블을 기다리며 몰려든 사람들과 밀치락달치락하거나, 두 사람이 제일 좋아하는 호텔 암추의 고급 바에 갔다. 가끔은 늦은 밤 아싱거에서 한번 더 저녁식사를 하기도 했는데, 레너드는 여기서 노란 완두콩 수프를 배불리 먹는 걸 아주 좋아했다. 마리아의 서른한 살 생일에는 메종 드 프랑스에 가서 저녁을 먹고 춤을 추었다. 레너드가 독일어로 주문을 했다. 그리고 밤늦게 엘도라도로 가서 여장 남자 쇼를 보았는데, 천생 여자들이 피아노와 베이스 반주에 맞춰 언제 들어도 좋은 명곡들을 불렀다. 집에 돌아와서, 아직 취기가 가시지 않은 마리아가 레너드에게 자기 원피스를 하나 입어보라고 했다. 레너드는 꿈도 꾸지 말라고 했다.

그녀의 집이나 그의 집에서 보내는 저녁시간이면 라디오를 〈미국의 소리〉에 맞춰놓고 미국의 최신 리듬앤드블루스를 들었다. 패츠 도미노의 〈Ain't That a Shame〉과 척 베리의 〈Maybelline〉,

엘비스 프레슬리의 〈Mystery Train〉이 특히 좋았다. 이런 노래들을 들으면 자유로워지는 기분이었다. 가끔은 글래스의 친구 러셀이 서방의 민주주의 체제에 대해 늘어놓는 오 분짜리 강의가 흘러나올 때도 있었다. 각기 다른 나라들에서 상원이 맡는 역할이라든지, 사법부 독립의 중요성, 종교적 인종적 관용 등등. 그가 하는 말에 딱히 반대할 거리는 없었지만 늘 볼륨을 줄이고 다음 노래가 나오기를 기다렸다.

부슬부슬 비가 내리는 저녁이면 외출하는 대신 집에서 한 시간은 말도 없이 따로 앉아 있기도 했다. 마리아는 좋아하는 로맨스 소설을, 레너드는 이틀 지난 타임스를 읽었다. 신문을, 특히 이 신문을 읽을 때면 어김없이 자기가 다른 누군가의 흉내를 내는 기분이 들었다. 어른이 되는 훈련을 받는 것 같기도 했다. 그는 아이젠하워와 흐루쇼프의 정상회담을 지켜보다가 나중에 마리아에게 그 결과에 개인적인 책임이라도 있는 사람처럼 긴박한 말투로 그간의 진척상황과 현안들을 설명해주곤 했다. 들고 있는 신문을 내리면 거기에 자기 여자가 있다, 그렇게 생각하면 더할 나위 없이 만족스러웠다. 그녀를 없는 사람인 양 모른 척하는 것은 일종의 사치였다. 이제 정착했다는 안정감과 자긍심이 들었고 드디어 어른이 된 기분이었다. 레너드의 일이 화제에 오르는 법은 없었지만 그녀가 꽤 대단하게 본다는 느낌은 받았다. 결혼이라는 단어가 언급된 적은 없지만 어쨌든 마리아는 쿠담 가의 가구점 쇼윈도를 지날 때마다 발을 떼지 못했고, 레너드는 크로이츠베르크 욕실에 조잡한 선반을 달아 그녀의 하나뿐인 수분크림 옆에 면도용품 자리를 마련하고 머그잔에 칫솔들을 나란히 기대세워놓았다. 하나같이 친밀하고 다정한 행위들이었다. 마리아의 독려로 레너드는 독일어 공부를 했다. 실수를 할 때마다 그녀가 깔깔 웃었다. 그들은 장난을 치고 아주 많이 킥킥거리고 가끔은 침대에서 서로 질세라 간지럼을 태우기도 했다. 충분히 기분좋게 사랑을 나누었으며 거의 하루도 거르지 않았다. 레너드는 머릿속 생각들을 잘 다스렸다. 그들은 서로 사랑에 빠져 있다고 느꼈다. 나가서 산책을 할 때면 눈에 들어오는 다른 젊은 커플들과 비교해 본인들이 낫다고 생각했다. 동시에 다른 커플들과 흡사한 점을 떠올리며 자기들도 모두와 마찬가지로 다정하고 편안한 과정을 거치고 있다는 데서 기쁨을 얻기도 했다.

하지만 일요일 오후 테겔러 호수 둑에서 흔히 보는 연애중인 커플들 대다수와 달리 레너드와 마리아는 이미 동거를 하고 있었고, 정확하게 정의 내릴 수 없어 언급하는 일은 없지만 이미 한 번의 상실을 겪은 후였다. 2월과 3월 초의 활기는 결코 되살아나지 않았다. 그때 그들은 그들만의 규칙을 만들어낼 수 있다고, 남자와 여자를 규정하는 조용하고 강력한 인습들과 상관없이 관계를 키워갈 수 있다고 믿었다. 끼니를 때우며 누추하게 지내도 황제처럼 당당했고 육체적 쾌락의 절정에 올라 돼지처럼 행복해하며 자질구레한 살림살이나 위생상태 따위는 안중에도 없었다. 레너드의 점잖지 못한 짓—이것은 마리아가 어느 날 저녁 슬쩍 흘린 표현으로, 그로써 그를 완전히 용서한 셈이었다—, 즉 그의 운아르티히카이트가 모든 걸 끝장내 두 사람은 어쩔 수 없이 예전으로 돌아가야 했다. 이제 그들은 더없이 행복한 일상에 정착했다. 과거에는 세상과 단절하고 살다가 끝내 비참해지고 말았다. 이제는 출퇴근과 집안 청소를 하고 재활용품점에서 마리아의 집 거실에 놓을 의자를 하나 더 사고 팔짱을 끼고 길을 걷거나 〈바람과 함께 사라지다〉 세번째 관람을 위해 줄을 서는 질서정연한 생활을 했다.

1955년 여름과 가을은 두 가지 사건으로 기억된다. 7월 중순의 어느 날 아침 레너드는 장비 정기 점검을 하러 터널을 따라 도청실로 향했다. 그런데 사람의 접근을 막아 도청실을 봉쇄한 문 앞을 15미터 정도 남기고 길이 막혀버렸다. 미국인이 틀림없는 못 보던 얼굴이 벽에 댄 강철판의 플러그를 제거하는 작업을 감독하고 있었다. 휘하에 두 명이 작업을 하고 있었고 앰프들 때문에도 돌아갈 수가 없었다. 레너드는 큰 소리로 헛기침을 하고 참을성 있게 기다렸다. 플러그 하나를 제거하자 세 남자가 길을 비켜주었다. 레너드가 "안녕하세요?"라고 인사하자 새로 온 사람이 친절한 말투로 대답했다. "당신네들, 진짜 일을 망쳐놨어요." 레너드는 압력을 가해둔 도청실로 가서 한 시간 동안 장비와 연결 상태를 점검했다. 부탁받은 대로 수직갱도 천장에 설치되어 있는 마이크도 교체했다. 포포스의 침입을 창고에 알려줄 마이크였다. 돌아오는 길에 앰프를 지나면서 보니, 건설 당시 벽판 구멍을 통해 주입된 콘크리트에 사람들이 핸드드릴로 구멍을 뚫고 있었다. 터널 더 앞쪽까지 플러그 예닐곱 개가 제거되어 있었다. 이번에 지나칠 때는 아무도 입을 열지 않았다.

다시 창고로 돌아가니 구내식당에 글래스가 있었다. 레너드는 글래스와 함께 앉아 있던 남자가 자리를 떠날 때까지 기다렸다가 터널에서 무슨 일이 벌어지고 있는 거냐고 물었다.

"자네 쪽 맥나미 때문이야. 계산이 다 엉터리야. 옛날에 그 친구가 냉난방장치를 설치하면 앰프에서 나오는 열기를 처리할 수 있다면서 거지같은 수학식을 산더미만큼 보여주었지. 이제 보니 예상이 영 빗나간 거야. 우리가 워싱턴에서 전문가를 초빙했네. 서로 다른 깊이에서 토양 온도를 측정하고 있어."

"땅이 좀 더워진다고 무슨 해가 됩니까?" 레너드가 물었다.

그 질문에 글래스가 벌컥 짜증을 냈다. "빌어먹을! 이 앰프들은 바로 그 도로, 쇠네펠트 대로 밑에 있단 말이야. 가을에 첫서리가 내리면 손바닥만한 면적이 녹아들어갈 거라고. 이리 와서 좀 보세요, 땅속에서 무슨 일이 일어나고 있어요, 하고 광고하는 꼴이지!" 잠시 침묵. 그러고 나서 말이 이어졌다. "어째서 자네들을 이 일에 끌어들였는지 도저히 이해가 안 돼. 자네들은 우리만큼 진지하지 못하다고."

"말도 안 돼요." 레너드가 대꾸했다.

글래스는 그 말을 듣지 못했다. "맥나미 이 자식. 집에서 기차놀이 세트나 가지고 놀라고 해. 열량 산출 계산을 이 친구가 어디다 한 줄 아나? 봉투 뒤에다 했어. 봉투라니! 우리 같으면 세 팀을 꾸려서 따로 돌렸을 거야. 결과가 셋 다 일치하지 않으면, 이유를 궁금해했겠지. 그 사람 그따위 능력으로 무슨 생각을 제대로 하겠어?"

"훌륭한 분이에요." 레너드가 말했다. "라디오 빔 내비게이션과 레이더 쪽 연구를 하셨다고요."

"실수가 많아. 중요한 건 그거야. 이 일은 우리끼리 했어야 했어. 공조 때문에 오류에 보안 문제에, 온갖 일이 다 일어나지. 우리도 앰프는 있어. 자네들 걸로 대체 뭘 하고 있는 거지? 자네들을 끌어들인 건 정치적인 이유에서야. 그것도 우리는 전혀 모르는 무슨 덜떨어진 거래였던 거지."

레너드는 열이 확 올랐다. 그는 햄버거를 치웠다. "우리는 권리가 있기 때문에 이 일에 관여하는 겁니다. 우리만큼 오래 히틀러와 싸운 나라는 없어요. 전쟁을 처음부터 끝까지 치렀단 말입니다. 우리는 유럽 최후의, 또 최고의 희망이었습니다. 전쟁에 모든 걸 걸었으니까, 무슨 일에든 관여할 자격이 있단 말입니다. 유럽의 안보 문제를 포함해서요. 그걸 이해 못 한다면 당신을 적군으로 볼 수밖에요."

글래스가 손을 치켜들었다. 그리고 껄껄 웃으며 사과했다. "어이, 개인적인 감정은 없어."

아니, 개인적인 감정이 있었다. 레너드는 아직도 글래스가 마리아와 보냈던 시간에, 자기가 마리아를 돌려보냈다는 그의 호언장담에 집착하고 있었다. 마리아 본인은 절대 그런 훈계는 없었다고 우겼다. 그녀의 말로는 자신은 두 사람이 헤어진 사정을 아주 대략적으로 설명했고, 글래스는 그저 그걸 받아적었다고 했다. 레너드는 여전히 확신이 없었고, 그 불확실성 때문에 화가 났다.

글래스가 말했다. "레너드, 오해하지 마. 내가 '자네들'이라고 말하는 건 그쪽 정부니까. 자네가 여기 있어서 난 좋다고. 그리고 자네 말이 맞아. 전쟁에서 대단했지. 난공불락이었으니까. 과거의 그 영광은 자네들 몫이야. 그리고 내가 하고 싶은 얘기는 말이야." 그가 레너드의 팔에 손을 얹었다. "그때는 그때고, 지금은 우리가 나설 때라는 거야. 달리 누가 러시아인들을 제압하겠나?"

레너드는 눈길을 돌렸다.

두번째 사건은 옥토버페스트 기간중에 일어났다. 그들은 일요일에 티어가르텐을 찾았고 다음날과 그 다음날 저녁에도 갔다. 텍사스 로데오도 보고 소규모 공연도 샅샅이 구경하고 맥주를 마시고 통돼지를 꼬치에 끼워 굽는 것도 구경했다. 파란색 네커치프를 한 어린이 합창단이 민요를 부르고 있었다. 마리아는 움찔하면서 그애들을 보니 히틀러유겐트가 떠오른다고 했다. 그러나 레너드에게는 노래가 아련하면서도 퍽 아름답게 들렸고 아이들은 어려운 화음을 자신만만하게 소화했다. 다음날 저녁은 집에서 보내기로 했다. 하루 일과를 끝내고 나면 사람이 많은 곳은 피곤했고, 벌써 다음 주말 외출할 돈까지 다 써버린 상태였기 때문이다.

마침 레너드는 그날 저녁 창고에서 한 시간 더 일을 해야 했다. 녹음실에 설치된 한 줄의 기기 여덟 대가 갑자기 작동을 멈추었다. 동력회로 쪽 문제가 틀림없었다. 그와 미군 측 선임자가 원인을 추적하는 데 반시간, 문제를 바로잡는 데 또 그만큼의 시간이 걸렸다. 아달베르트 가에 도착했을 때는 일곱시 반이었다. 마지막에서 두번째 계단을 올라가기 시작할 때부터 뭔가 심상치 않은 느낌이 들었다. 훨씬 조용했다. 화산 폭발 직후의 조심스럽고 숨을 죽인 대기의 상태. 한 여자가 계단을 걸레로 닦고 있었고 불쾌한 냄새가 났다. 마리아의 집 바로 아래 층계참에서 어린 남자아이가 그가 올라오는 모습을 보고 집안으로 뛰어들어가며 소리쳤다. "에어 콤트, 에어 콤트(그 남자가 와요, 그 남자가 와요)!"

레너드는 마지막 계단을 한달음에 뛰어올라갔다. 마리아의 현관문은 살짝 열려 있었다. 문 바로 안쪽의 작은 깔개는 삐뚜름했고, 거실 바닥에는 깨진 도자기 파편이 흩어져 있었다. 마리아는 침실에, 어둠 속에서 매트리스에 앉아 있었다. 손으로 머리를 감싸쥐고 그를 외면한 채였다. 그가 불을 켜자 그러지 말라는 듯 소리를 내며 고개를 흔들었다. 그는 불을 끄고 그녀 옆에 앉아 어깨에 손을 얹었다. 그녀의 이름을 부르며 자기 쪽으로 돌려 앉히려 했다. 그녀는 저항했다. 그는 매트리스를 살며시 돌아가 그녀와 마주보는 자리에 앉았다. 그녀는 손으로 얼굴을 가리고 다시 돌아앉았다. "마리아?" 그가 다시 이름을 부르며 손목을 끌어당겼다. 손에 콧물과 피가 묻어 있었다. 거실에서 흘러들어오는 불빛에 간신히 보였다. 손을 잡았을 때는 잠자코 있었다. 한참 울고 있었던 것 같았지만, 이제 눈물은 그쳤다. 왼쪽 눈은 부어서 감겨 있었다. 왼쪽 얼굴 전체가 짓물러 부풀어오르고 있었다. 입꼬리에 5밀리미터쯤 찢어진 상처가 있었다. 블라우스 소매도 어깨까지 찢어져 있었다.

언젠가는 이런 일과 맞닥뜨리게 되리라는 것을 알고 있었다. 그 방문에 대해서는 예전에 그녀에게서 들었다. 오토가 일 년에 한 번, 어쩌면 두 번씩도 온다고. 지금까지는 악을 쓰면서 협박하거나 돈을 요구하는 정도였고, 일전에는 머리를 후려쳤다. 레너드는 마음의 준비가 전혀 되어 있지 않았다. 오토는 주먹을 움켜쥐고 있는 힘껏, 한 번, 두 번, 그리고 또 한번 그녀를 쳤다. 약솜과 물 한 그릇을 가지러 가면서 레너드는 속이 울렁거리는 충격에 휩싸여 자신이 인간에 대해 아무것도 모른다는 생각을 했다. 인간이 그런 짓을, 도대체 어떻게 그런 짓을 저지를 수 있단 말인가. 그는 그녀 앞에 무릎을 꿇고 앉아 입술의 상처부터 닦아주었다. 그녀는 멀쩡한 쪽 눈을 감고 속삭였다. "비테, 샤우 미히 니히트 안." 부탁인데, 날 보지 마. 그녀는 그가 무슨 말이라도 해주기를 바랐다.

"베루히게 디히(진정해). 이히 빈 야 바이 디어." 내가 당신 곁에 있잖아. 바로 그때, 몇 달 전 자신이 저지른 짓이 떠올라 그는 아무 말도 할 수 없었다. 그는 솜으로 그녀의 뺨을 지그시 눌렀다.

14

크리스마스를 맞아 귀국하면서 레너드는 마리아에게 함께 가자고 설득했지만 실패했다. 그녀는 자기가 연상의 이혼녀에 독일인이고 더욱이 약혼한 사이도 아니니 레너드 어머니의 환영을 받을 리 만무하다고 생각했다. 그는 그녀가 너무 융통성이 없다고 생각했다. 솔직히 부모님이 여러 규칙들을 고지식하게 지키며 절제된 생활을 한다고 말하기도 어려웠다. 집에 온 지 하루 만에 그녀가 옳았다는 걸 깨달았다. 쉽지가 않았다. 침대는 싱글에, 대학 입학시험을 준비하면서 받은 수학경시대회 우승 상장을 액자에 넣어 걸어둔 그의 침실은 어린아이의 방이었다. 그는 달라졌고 새롭게 변신했지만 그 사실을 부모님에게 전하기란 불가능했다. 거실은 크레이프페이퍼를 꼬아 격자 모양으로 장식해두었고 호랑가시나무로 벽난로 선반 거울을 둘렀다. 집에 온 첫날 부모님은 그가 토해내는 열변을 끝까지 들어주었다. 그는 마리아에 대해, 그녀가 무슨 일을 하고 됨됨이는 어떤지 말했고, 그녀의 아파트와 자기 아파트, 레지, 호텔 암 추와 호수들, 반쯤 폐허가 되다시피 한 도시의 날 선 긴장감과 흥분에 대해 얘기했다.

부모님은 그를 위해 닭고기와 집에 있는 동안 다 먹을 수 없을 만큼 많은 양의 감자를 구워놓았다. 형식적인 질문도 오갔다. 어머니는 빨래는 어떻게 하느냐고 물었고, 아버지는 '네가 만난다는 여자' 이야기를 했다. 마리아의 이름에는 거의 무의식적으로 적개심을 보였는데, 어차피 앞으로 만날 일이 없을 테니 신경 안 써도 괜찮겠지 하는 식이었다. 그도 마리아의 나이나 결혼 여부에 대한 언급은 피했다. 그 밖의 다른 화제에 대한 부모님의 감상은 여기와 거기의 차이를 서서히 지워버리는 효과가 있었다. 그가 무슨 말을 해도 호기심이나 경이나 혐오를 자아내지 못했고, 곧 베를린은 이국의 범주에서 벗어나 토트넘의 교외 이상의 의미를 갖지 못하게 되었다. 협소하고 빤한 장소, 그 자체로는 흥미롭지만 그것도 오래가지는 않는 곳일 뿐이었다. 부모님은 그가 사랑에 빠졌다는 사실도 몰랐다.

그리고 토트넘을 비롯해 런던 전체가 일요일의 나른한 무기력에 빠져 있었다. 일상이 사람들을 압도하고 있었다. 그가 사는 거리에서는 다닥다닥 붙어 나란히 늘어선 빅토리아풍 집들이 모든 변화의 끝이었다. 이곳에서 의미 있는 일은 영영 일어날 수 없었다. 긴장도, 목적도 없었다. 이웃의 관심사는 텔레비전을 빌리느냐 사느냐가 고작이었다. 이 집 저 집 옥상에 H형 안테나가 올라오고 있었다. 금요일 저녁이면 그의 부모는 두 집 건너 이웃에 가서 텔레비전을 보았고, 할부로는 사지 않겠다는 합리적인 결정을 내린 뒤 열심히 저축하고 있었다. 이미 원하는 수상기를 봐두었다는 어머니는 나중에 텔레비전을 놓을 자리라며 거실 한 모퉁이를 보여주었다. 유럽의 자유를 수호하는 위대한 투쟁은 화성의 운하만큼이나 까마득한 얘기였다. 아버지가 다니는 동네 술집 단골 중 바르샤바조약에 대해 들어본 사람은 아무도 없었다. 베를린에서는 바르샤바조약 비준이 엄청난 파문을 일으켰는데 말이다. 레너드는 술을 한 잔씩 돌리고 아버지 친구의 부추김에 넘어가 폭격 피해며 밀수꾼들이 버는 어마어마한 돈에 대한 이야기를 우쭐거리며 들려주었다. 납치사건들—비명을 지르고 발버둥을 치며 세단에 끌려들어가 일단 러시아 구역으로 떠난 사람들은 두 번 다시 볼 수 없다는 얘기도 했다. 살면서 그런 꼴은 되도록 당하지 않는 게 좋다는 데 다들 동의하고 화제는 다시 축구로 돌아갔다.

레너드는 마리아가 그리웠고 마리아만큼이나 터널도 그리웠다. 팔 개월 가까이 매일같이 터널 끝에서 끝까지 발소리를 죽이고 다니면서 습기가 차지는 않는지 전선을 점검했던 그였다. 그러는 사이 터널의 흙과 물, 금속은 물론 지상의 그 어떤 정적과도 다른 깊고 숨막히는 정적을 사랑하게 되었다. 멀리 떠나와 있는 지금, 동독군의 발밑에서 비밀을 훔친다는 게 얼마나 대담무쌍하고 터무니없이 신나는 일인지도 깨닫게 되었다. 구조물의 완벽함, 제대로 된 첨단장비, 비밀 엄수 습관과 그에 따른 온갖 소소한 의례가 그리웠다. 구내식당의 조용한 동지애, 목적의 단일성, 모든 구성원의 유능함, 이 기획 전체와 어울리는 넉넉한 음식에 향수를 느꼈다.

그는 거실의 라디오를 만지작거리며 이제 중독이 되어버린 음악을 찾으려 애썼다. 여기서도 〈Rock Around the Clock〉은 들을 수 있었지만, 그건 이미 한물간 노래였다. 이제 그는 전문가적인 취향의 소유자였다. 척 베리와 패츠 도미노를 원했다. 리틀 리처드가 부르는 〈Tutti Frutti〉나 칼 퍼킨스의 〈Blue Suede Shoes〉를 들어야만 했다. 혼자 있을 때마다 이런 음악이 머릿속에서 재생되면서 두고 떠나온 모든 것과 함께 그를 괴롭혔다. 그는 라디오 뒤판을 뜯어 수신회로의 감도를 높일 방법을 찾아냈다. 전파간섭 탓에 흐느끼고 떨리는 소리가 들리긴 했지만 〈미국의 소리〉를 찾아냈고 러셀의 목소리도 들은 것 같았다. 가족의 라디오 그랜드복스를 부분적으로나마 해체하는 과정을 자포자기하는 심정으로 지켜보던 어머니에게는 그가 느낀 흥분을 뭐라고 설명할 길이 없었다.

길거리에서도 귀를 쫑긋 세우고 미국인의 말소리를 찾았지만 단 한 번도 듣지 못했다. 글래스처럼 생긴 사람이 버스에서 내리는 모습을 봤는데 그 사람이 이쪽으로 돌아서자 실망한 적도 있었다. 향수가 절정에 이르러서도 글래스가 절친한 친구라는 착각에 빠지지는 않았으나 그래도 그는 말하자면 자기편이었고 레너드는 무례에 가까운 그 미국인의 화법과 망치질처럼 거침없이 내보이는 친밀감, 합리적인 영국인의 특징이라고들 하는 수식어나 망설임은 찾아볼 수 없는 직설적인 말투가 그리웠다. 런던 전체를 뒤져도 자기 말을 강조한답시고 레너드의 팔꿈치를 붙잡거나 팔을 꽉 쥐는 사람은 없었다. 마리아를 제외하면 그 누구도 레너드가 하는 말과 행동에 관심을 갖지 않았다.

글래스는 레너드에게 크리스마스 선물까지 주었다. 어마어마한 소 옆구리살과 수십 병의 샴페인을 가운데 놓고 벌인 구내식당 파티에서였다. 발표에 따르면 이 시의적절한 행사는 다름아닌 겔렌 씨가 주최한 것이었다. 글래스는 곱게 포장한 작은 선물상자를 레너드의 손에 쥐여주었다. 안에는 은장 볼펜이 들어 있었다. 주위에서 쓰는 걸 보긴 했지만 직접 써보지는 못한 것이었다.

글래스가 말했다. "공군 조종사들을 위해 개발된 물건이야. 만년필은 고도가 높아지면 무용지물이거든. 전쟁 덕에 길이 남을 혜택이지."

레너드가 고맙다고 인사하려는데 글래스가 그를 두 팔로 꽉 얼싸안았다. 남자에게 안기기는 처음이었다. 다들 거나하게 취해가고 있었다. 그때 글래스가 "관용을 위하여"라며 건배 제의를 하고는 레너드를 바라보았고, 레너드는 마리아의 신원 조회 얘기라는 걸 알아듣고 술을 쭉 들이켰다.

러셀이 말했다. "우리는 넓은 아량으로 겔렌 씨의 와인을 마셔 드리고 있어요. 이보다 더한 관용이 어디 있겠습니까."

레너드는 토트넘 그래머스쿨* 졸업반이던 1948년의 사진 액자 아래 침대 끝에 걸터앉아서 그 볼펜으로 마리아에게 편지를 썼다. 펜이 종이 위를 물 흐르듯 지나가면 마치 그 자리에 밝은 파란색 피륙 한 필이 작게 축소되어 찍히는 듯했다. 손에 쥔 것은 터널 비품이자 전쟁의 결실이었다. 그는 날마다 편지를 한 통씩 보냈다. 글씨를 쓰는 것도, 그때만은 문장을 궁리하는 것도 즐거웠다. 전반적인 태도는 장난기 섞인 다정함이었다—자기 발가락을 빨고 쇄골로 장난치고 싶어 죽겠어. 토트넘에 대한 불평은 늘어놓지 않을 작정이었다. 어쨌든, 언젠가는 그녀를 설득해 이리로 데려오고 싶어질 테니까. 집에서 보낸 처음 이틀 동안은 떨어져 있는 것이 끔찍이도 괴로웠다. 베를린에서 그는 사랑에 빠져 의존적이 되었지만 동시에 어른이 된 기분도 들었다. 지금은 예전의 익숙한 삶이 그를 에워싸고 있었다. 별안간 연인에서 다시 아들로 돌아갔다. 그는 어린아이였다. 이곳엔 여전히 그의 방이 남

* 대학 진학을 목표로 하는 영국의 중등 교육기관.

아 있고 그의 양말 상태를 걱정하는 어머니가 있었다. 이틀째 되는 날 아침 일찍 그는 베를린에서의 삶이 까마득한 과거가 되어버린 악몽을 꾸다가 깼다. 이제는 그 도시에 돌아가봤자 아무 소용이 없다고, 요즘은 그때와 딴판이라고 말하는 누군가의 목소리가 들렸다. 그는 침대 끝에 걸터앉아 땀을 식히며 어떻게 하면 창고로 자신을 급히 소환하는 전보를 받을 수 있을까 궁리했다.

나흘째 되는 날은 한결 차분해졌다. 마리아의 좋은 점들을 곱씹으며 일주일 남짓 남은 다시 만날 그날을 고대했다. 그녀로 인해 자신의 삶이 얼마나 달라졌는지 부모님을 이해시키려고 애쓰는 일도 그만두었다. 그녀는 그가 품은 비밀이었다. 템펠호프에서 다시 만날 거라는 믿음으로 모든 걸 참을 수 있었다. 편안한 그리움과 기대감으로 가득했던 바로 이 시기에 그는 마리아에게 꼭 청혼을 하기로 결심했다. 오토의 습격 이후 두 사람은 어쩔 수 없이 더욱 가까워졌으며, 삶에서 모험심은 줄어들고 동반자적인 유대관계가 깊어졌다. 마리아가 자기 아파트에 혼자 있는 일은 이제 없었다. 퇴근 후 그녀의 아파트에서 만나기로 약속이 되어 있으면 레너드가 반드시 먼저 도착해서 기다렸다. 그가 영국에 가 있는 동안 그녀는 며칠 플라타넨 길에 머물다가 팡코에 가서 크리스마스를 보내기로 했다. 그들은 등을 맞대고 서서 공통의 적과 맞서 싸울 준비를 하고 있었다. 함께 외출할 때는 언제나 팔짱을 끼고 꼭 붙어서 걸었고, 술집과 식당에서도 문이 잘 보이는 자리에 바짝 붙어앉았다. 마리아의 얼굴이 다 낫고 더는 그 이야기를 입에 올리지 않게 되었을 때도 오토는 늘 그들과 함께였다. 가끔 레너드는 그런 남자와 결혼한 마리아에게 화가 나기도 했다.

"어떻게 하면 좋겠어?" 그가 물었다. "이런 식으로 영원히 살 수는 없잖아."

경멸감은 마리아의 두려움을 덜어주었다. "그 인간은 겁쟁이야. 당신을 보면 도망갈걸. 게다가 죽도록 술을 퍼마신다고. 일찍 죽을수록 좋지. 내가 늘 돈을 주는 이유가 뭐겠어?"

사실 조심하는 것은 하나의 습관, 연애의 일부가 되었다. 이렇게 공동의 목적이 있다는 것이 편하기도 했다. 가끔 레너드는 아름다운 여인이 그의 보호를 필요로 하는 이런 상황이 오히려 잘됐다고 생각할 때도 있었다. 몸을 좀 키워야겠다는 막연한 계획도 있었다. 글래스가 알려준 바로는, 그도 미 육군 체육관 시설을 이용할 자격이 되었다. 역기 운동이나 유도 같은 게 도움이 될 수도 있었다. 마리아의 아파트에는 오토를 때려눕힐 공간이 전혀 없었지만 말이다. 하지만 원체 몸을 움직여 운동하는 습관이 없어서 저녁마다 차라리 집에 가는 편이 더 합리적으로 느껴지곤 했다.

대결 장면을 상상만 해도 심장박동이 사정없이 빨라졌다. 그 자신은 영화 속 등장인물로 치면 평화를 사랑하는 터프가이였다. 웬만해서는 도발에 반응하지 않지만 일단 고삐가 풀리면 악마적으로 난폭한 유형. 그는 일말의 서글픔이 섞인 우아한 동작으로 상대의 명치를 가격했다. 오토에게서 칼을 빼앗으며 팔까지 부러뜨리고는 도가 지나쳤나 후회하며 말했다. "그러니까 거칠게 나와봐야 좋을 거 없다고 경고했잖아." 또다른 상상 속에서는 저항할 수 없는 언어의 힘을 빌렸다. 오토를 따로 선술집 같은 데로 불러내 친절하면서도 단호히 논리의 힘으로 꼼짝 못하게 하는 것이다. 남자 대 남자로 이야기를 하고 나면 오토는 마침내 순순히 현실을 받아들이고 레너드의 위치를 품위 있게 인정하는 분위기에서 떠났다. 이를테면 오토는 친구가 될 수도 있고 두 사람의 아이 중 하나의 대부가 될 수도 있었다. 그리고 최근 입김이 세진 레너드가 술고래였던 이 남자의 일자리를 어느 군부대에 마련할 수도 있었다. 애타게 바라는 다른 장면들도 있었는데, 기차에서 떨어졌건 잦은 음주 때문에 죽었건 천생연분을 만나 재혼을 했건 오토가 그저 두 번 다시 나타나지 않는 것이었다.

이 모든 백일몽은 오토가 다시 돌아올 것이며 그때는 전혀 예측할 수 없고 유쾌하지도 않은 상황이 펼쳐지리라는 자명한 사실을 전제로 추동되었다. 레너드는 런던과 베를린의 여러 술집에서 싸움을 본 적이 몇 번 있었다. 폭력 사태를 보기만 해도 팔다리의 힘이 풀리는 게 그의 현실이었다. 그는 주먹다짐을 하는 남자들의 무모함이 매번 감탄스러웠다. 세게 치면 칠수록 돌아오는 주먹에는 악의가 더욱 충천하는데도 전혀 개의치 않는 것 같았다. 제대로 한번 걷어찰 수 있다면 평생 휠체어 신세를 지거나 애꾸눈으로 살 위험을 감수할 만하다는 듯이.

오토는 수년에 걸친 주먹다짐의 전력이 있었다. 있는 힘껏 여자의 얼굴을 때리는 짓도 서슴지 않았다. 그러니 레너드에게는 무슨 짓을 하려 들겠는가. 마리아의 설명을 들어보면 오토는 레너드의 존재를 마음에 단단히 새긴 게 분명했다. 그날 오토는 오후 내내 옥토버페스트에서 술을 마시다가 그녀의 아파트로 직행했다. 돈이 떨어져서 몇 마르크 정도 받아내러 전처에게 들른 김에, 그녀가 자기 인생을 망치고 모든 걸 앗아갔다는 사실을 다시 한번 알려줄 생각이었다. 소변을 보러 욕실에 뛰어들어갔다가 레너드의 면도솔과 면도칼을 보지 못했다면 몇 푼 뜯어내고 고함을 지르는 데서 그쳤으리라. 소변을 보고 흐느끼며 나온 그는 배신 운운했다. 그리고 마리아를 지나쳐 침실로 황급히 달려들어가서는 서랍장 위에 개어놓은 레너드의 셔츠를 보았다. 침대에서 베개를 홱 잡아채자 레너드의 파자마가 나왔다. 흐느낌은 고함으로 변했다. 처음에 그는 마리아를 집안 이리저리로 밀치고 다니며 창녀라고 비난을 퍼부었다. 그러더니 한 손으로 머리채를 잡고 다른 손으로는 얼굴을 마구 쳤다. 밖으로 나가며 잔 몇 개를 쓸어 바닥에 떨어뜨렸다. 두 층 아래서는 계단에 토악질을 했다. 휘청거리며 내려가는 길에 이웃이 다 듣도록 계단통 위로 고래고래 욕을 퍼부었다.

오토 에크도르프는 베를린 사람이었다. 베딩 지구에서 동네 선술집 주인의 아들로 자랐다—이는 마리아의 부모가 그렇게 기를 쓰고 결혼을 반대했던 이유 중 하나였다. 오토가 전쟁에서 무슨 일을 겪었는지는 마리아도 막연하게 알 뿐이었다. 징집된 때는 아마 열여덟 살이던 1939년일 거라고 추측했다. 한동안 보병부대에 있다가 독일군의 일원으로 파리 입성에도 성공했을 것이다. 이후 부상을 당했는데, 전투에서가 아니라 술 취한 전우가 군용트럭을 전복시킨 사고에 휘말렸기 때문이었다. 프랑스 북부의 병원에 두서너 달 입원했다가 통신연대로 전출되었다. 동부전선에 있었지만 늘 최전방으로부터 한참 물러난 곳에 있었다. 마리아는 말했다. "자기가 얼마나 용감한 사람인지 알려주고 싶을 땐 자기가 목격한 온갖 전투 얘기를 늘어놓는 거야. 그러다 술에 취하면 자기가 얼마나 똑똑한지 자랑하고 싶어서 야전본부 전화교환병으로 간 덕분에 전투를 피할 수 있었다고 떠벌리지."

오토는 1946년 베를린으로 돌아와 영국 점령구역의 식량배급

센터에서 일하던 마리아를 만났다. 왜 그 사람과 결혼했느냐는 레너드의 물음에 마리아는 당시엔 모든 게 산산조각나고 어차피 뭘 하든 그리 중요하지 않았던데다 부모님과도 사이가 틀어졌고, 오토가 잘생기고 친절해 보였기 때문이라고 했다. 당시 젊은 독신 여자는 위험에 쉽게 노출되었던 터라 그녀도 보호해줄 사람이 필요했다.

크리스마스 이후로 잿빛 나날이 이어지는 사이, 레너드는 홀로 오래도록 산책하며 마리아와의 결혼 문제를 생각했다. 핀즈베리 파크로, 다시 홀로웨이를 거쳐 캠던 타운으로 발길을 옮겼다. 지금 떨어져 있고 애타게 그립다는 이유로 흔들리지 않고 이성적으로 생각해 결정을 내리는 게 중요하다고 생각했다. 그녀에게 불리하게 작용하는 요소들에 집중하고 그것이 얼마나 중요한지 판단할 필요가 있었다. 두말할 것도 없이 오토가 있었다. 글래스에 대한 의혹도 말끔히 풀리진 않았지만 그건 분명 그의 질투심 문제였다. 그녀는 글래스에게 필요 이상으로 말을 많이 했고 그게 전부였다. 외국인이라는 점이 장애물이 될 수도 있었다. 하지만 그는 독일어로 말하는 게 좋았고 그녀의 격려 덕분에 실력도 늘고 있을 뿐 아니라 베를린이 이제껏 가본 세상 어느 곳보다 좋았다. 부모님이 반대할 수도 있었다. 노르망디상륙작전에서 부상을 입었던 아버지는 지금도 독일인들을 증오한다고 입버릇처럼 말하곤 했다. 하지만 집에 온 지 일주일이 지나자 그건 부모님의 문제지 자기 문제는 아니라는 결론이 났다. 아버지가 발뒤꿈치에 총알이 박힌 채 사구 골짜기에 누워 있었을 때, 마리아는 그저 밤마다 퍼붓는 폭격에 웅크리고 있던 겁에 질린 시민일 뿐이었다.

사실상 그의 앞길을 막는 건 아무것도 없었고, 리젠트 파크 운하에 이르러 다리에서 멈춰 섰을 무렵에는 엄정한 과학적 절차를 포기하고 생각 속으로 침투해오는 그녀의 온갖 사랑스러운 면면에 두 손을 들고 말았다. 그는 사랑에 빠졌고 곧 결혼할 것이다. 이보다 더 단순하고 더 논리적이고 더 만족스러운 결론은 있을 수 없었다. 마리아에게 청혼하기 전에는 아무에게도 얘기할 수 없었다. 허심탄회하게 속내를 털어놓을 사람이 없었던 것이다. 결혼 소식을 처음 알릴 때 그의 행복을 진심으로 기뻐해주고 그 기쁨을 아낌없이 표현해줄 친구는 역시 글래스뿐이었다.

운하의 수면이 살짝 일렁거렸다. 비가 올 첫 조짐이었다. 사색의 행로를 되짚어 집까지 북쪽으로 계속 걸어야 한다는 생각만 해도 지쳤다. 그 대신 캠던 하이 스트리트에서 버스를 탈 생각이었다. 그는 돌아서서 그쪽 방향으로 걸음을 서둘렀다.

15

이제 레너드와 마리아의 매주와 매달을 구분하는 기준은 미국 노래들이었다. 1956년 1월과 2월에는 스크리밍 제이 호킨스의 〈I Put a Spell on You〉와 〈Tutti Frutti〉였다. 리틀 리처드가 열과 성을 다해 흥겹게 부른 두번째 노래를 들으면 두 사람은 자이브를 추지 않을 수 없었다. 그다음은 〈Long Tall Sally〉. 자이브의 춤동작에는 익숙했다. 레지에서는 꽤 오래전부터 젊은 미군들이 파트너와 자이브를 추고 있었다. 이제껏 레너드와 마리아는 그게 별로 탐탁지 않았다. 자이브를 추는 사람들은 공간을 너무 많이 차지하는데다 춤추는 다른 사람의 등에 부딪히기 일쑤였다. 마리아는 그런 춤을 추기에는 자기 나이가 너무 많다고 했고, 레너드는 허세가 심하고 유치한 것이 전형적인 미국 춤이라고 생각했다. 그래서 두 사람은 서로 꼭 붙어서 퀵스텝과 왈츠만 추었다. 하지만 리틀 리처드가 나오면 그걸로는 부족했다. 일단 이 음악에 항복하고 나서는 레너드의 라디오 볼륨을 높이고 패스, 크로스오버, 턴 같은 스텝을 밟지 않을 수 없었다. 물론 그전에 아래층의 블레이크 부부가 나가고 없는지 확인해야 했지만.

파트너의 의도를 짐작하는 것, 상대의 마음을 읽는 것은 신나는 놀이였다. 처음 시도할 때는 자꾸만 서로 부딪혔다. 그러다

한 가지 패턴이 생겨났는데, 둘 중 누군가가 의식적으로 고안해 낸 것도 아니고 그들의 행동보다는 성격에 기인한 것이었다. 레너드가 리드를 하되 마리아가 자발적으로 몸을 움직여 그다음에 어떻게 해야 할지 넌지시 알려주는 것으로 암묵적인 합의가 이루어졌다.

머지않아 댄스 플로어를 공략할 준비가 모두 끝났다. 레지나 다른 댄스홀에서는 〈Long Tall Sally〉만큼 좋은 음악을 들을 수 없었다. 밴드들은 〈In the Mood〉나 〈Take the A Train〉을 연주했지만, 이제는 춤동작이 충분히 몸에 배어 있었다. 레너드는 부모님이나 친구들이 추지도 않고 출 수도 없는 춤을 추고 그들이 싫어할 음악을 좋아하고 그들은 절대 오지 않을 도시를 고향처럼 느낀다는 사실에 흥분 이상의 만족감을 느꼈다. 그는 자유였다.

4월이 되자 모두를 압도하는, 그리고 레너드의 베를린 체류 기간이 끝나감을 알리는 노래가 등장했다. 자이브를 도저히 출 수 없는 노래였다. 고독과 극복할 길이 없는 절망만을 말하는 노래. 살며시 스며드는 멜로디에, 우울은 익살맞게 과장되어 있었다. 인도를 터벅터벅 걷는 듯 쓸쓸한 베이스 음색, 거친 기타, 간간이 뚱땅거리는 술집 스타일의 피아노 반주, 그는 모든 게 정말 좋았다. 무엇보다 터프하고 남자다운 충고로 끝맺는 가사가 좋았다. "이제 연인이 떠나버리면, 그래서 추억의 이야깃거리가 생기면, 고독의 거리를 따라 그저 걷게나……" 한동안 〈미국의 소리〉는 매시간 〈Heartbreak Hotel〉을 내보냈다. 자기연민에 젖은 그 노래를 들으면 유쾌해야 했다. 하지만 레너드는 인생을 알게 된 느낌이 들어 서글펐고 조금은 더 어른이 된 것 같기도 했다.

그 노래는 레너드와 마리아가 플라타넨 길에서 열 약혼 파티를 준비할 때의 배경음악이었다. 영국 육해공군 군인조합에서 술과 땅콩을 살 때도 레너드의 마음속에서는 그 노래가 흐르고 있었다. 선물 코너에서 그는 허리를 굽히고 심드렁히 시계 진열장을 들여다보던 젊은 장교와 마주쳤다. 첫날 글래스의 전화번호를 가르쳐준 로프팅 중위라는 걸 깨닫기까지 몇 초가 걸렸다. 로프팅 역시 레너드를 얼른 알아보지 못했다. 그러다 마침내 누군지 알아보자 훨씬 친근한 태도로 이야기를 늘어놓았다. 그는 다짜고짜 자기가 마침내 널찍한 공터를 발견해서 민간업자를 설득해 깨끗이 정리하고 평평하게 다듬었으며 베를린 시청 쪽 인맥을 통해 잔디 씨앗도 뿌려서 크리켓 구장으로 쓸 준비를 마쳤다고 말했다. "잔디가 어찌나 빨리 자라는지 말이에요. 이십사시간 초병을 붙여 애들이 못 들어가게 감시하라고 했습니다. 와서 한번 보셔야 해요." 이 사람은 외롭구나. 그렇게 결론을 내린 레너드는 충분히 생각해보지도 않고 독일 여자와 약혼한다는 소식을 전하고서 그를 파티에 초대했다. 어쨌거나 하객이 모자랐으니까.

파티 시작 전 늦은 오후에(술을 곁들인 파티는 여섯시부터 아홉시까지로 예정되어 있었다), 레너드는 콧노래로 〈Heartbreak Hotel〉을 흥얼거리며 한 봉지 가득한 부엌 쓰레기를 건물 뒤편 쓰레기통으로 가지고 내려갔다. 그날따라 엘리베이터가 고장이었다. 올라오는 길에 블레이크 씨와 마주쳤다. 작년에 레너드의 집 층계참에서 껄끄러운 일이 있고 난 이후로 두 사람은 말을 섞지 않았다. 그 껄끄러움이 누그러질 만큼 오랜 시간이 지난 터라 레너드는 고개를 까딱하며 인사했다. 블레이크 씨도 미소지으며 안녕하시냐고 했다. 역시나 별생각 없이, 그리고 너그러운 마음으로 레너드가 말했다. "부인과 함께 오늘밤에 한잔하러 오시겠습니까? 여섯시 이후 언제든 좋습니다만."

블레이크는 코트 주머니를 뒤져 열쇠를 찾고 있었다. 그가 열쇠를 꺼내 물끄러미 들여다보더니 말했다. "그거 좋군요. 감사합니다."

레너드와 마리아가 첫 손님을 기다리고 있는 동안에도 라디오에서 〈Heartbreak Hotel〉이 흘러나왔다. 접시에 땅콩을 담아놓고 벽 쪽으로 붙인 식탁에는 맥주와 와인, 레모네이드, 핌스, 토닉과 진 1리터를 두었는데 모두 면세품이었다. 모두가 쓸 수 있도록 재떨이도 몇 개 가져다놓았다. 레너드는 파인애플 조각과 체더치즈를 이쑤시개에 꽂아놓고 싶었지만 그런 말도 안 되는 조합에 마리아가 배를 쥐고 웃어대서 없던 일로 하기로 했다. 그들은 손을 맞잡고 준비해둔 것들을 살피며 이제 곧 두 사람의 사랑이 공식적인 것이 된다는 사실을 새삼 실감했다. 마리아는 움직일 때마다 겹겹의 천이 사락거리는 흰 드레스를 입고 연하늘색 무도화를 신었다. 레너드는 제일 좋은 양복을 입고 대담하게 하얀 넥타이를 맸다.

"……그는 고독의 거리에 너무 오래 있었어……"* 초인종이 울려 레너드가 나갔다. 〈미국의 소리〉의 러셀이었다. 레너드는 라디오가 그 채널에 맞춰져 있다는 사실이 왜인지 몰라도 부끄러웠다. 러셀은 별로 개의치 않는 눈치였다. 그는 마리아의 손을 잡더니 지나치게 오래 붙들고 있었다. 그런데 마리아의 직장 동료인 예니와 샤를로테가 불쑥 나타나 깔깔거리면서 선물을 내밀었다. 러셀이 물러서자 독일 여자들은 예비 신부를 낚아채 포옹하고 베를린 비속어가 섞인 감탄사를 연발하더니 함께 소파에 자리를 잡았다. 레너드는 러셀에게는 진토닉을, 여자들에게는 핌스와 레모네이드를 주었다.

* 〈Heartbreak Hotel〉의 가사.

러셀이 말했다. "기송관으로 메시지를 보냈던 그 여자군요?"

"맞아요."

"주관이 뚜렷한 여자네요. 친구분들한테 나 좀 소개시켜줘요."

글래스가 도착했고 곧 로프팅도 뒤이어 들어왔는데, 그는 소파에서 터져나오는 여자들의 웃음소리에 관심이 가는 모양이었다. 그래서 레너드는 술을 준비해 라디오 아나운서와 중위를 그쪽으로 안내했다. 소개가 끝나자 러셀은 예니에게 틀림없이 전에 어디서 봤다고, 정말 귀여운 얼굴이라며 가볍게 살살거렸다. 좀더 레너드의 스타일에 가까웠던 로프팅은 샤를로테에게 의례적인 얘기만 질리도록 늘어놓았다. 그가 "그거 재미있는데요. 그러면 아침에 슈판다우까지 출근하는 데 얼마나 걸립니까?"라고 묻자 그녀와 친구들은 발작적으로 웃음을 터뜨렸다.

글래스가 축사를 하기로 미리 얘기가 되어 있었다. 레너드는 친구가 수고스럽게도 축사를 카드 몇 장에 타이핑까지 해왔다는 사실에 감동받았다. 그는 조용히 해달라며 진이 든 술병을 병따개로 두드렸다. 글래스는 귀 뒤에 장미꽃을 꽂은 레너드와 기송관을 통해 들어온 메시지에 대한 재미있는 에피소드로 이야기를 시작했다. 그리고 그 자신도 언젠가는 모든 면에서 마리아처럼 아름답고 멋진 여자가 마찬가지로 드라마틱하게 다가와줘서 총각 신세를 면했으면 좋겠다는 희망을 밝혔다. "찬성이오, 찬성."

러셀이 외치자 마리아가 그에게 조용히 하라는 눈치를 주었다.

글래스는 분위기를 바꾸려고 잠시 말을 멈췄다. 그가 다시 시작하기 위해 숨을 들이쉬는 그때 초인종이 울렸다. 블레이크 부부였다. 다들 기다리는 사이 레너드가 두 사람에게 술을 따라주었다. 블레이크 부인은 안락의자에 자리를 잡았다. 남편은 그대로 문간에 서서 이제 상황이 끝난 것으로 알겠다는 뜻으로 수염 난 턱을 젖히는 글래스를 무표정하게 쳐다보고 있었다.

글래스는 차분하게 말했다. "이 방에 있는 우리 모두는, 독일인이건, 영국인이건, 미국인이건 서로 다른 자리에서 새로운 베를린을 건설하는 데 헌신해왔습니다. 새 독일. 새 유럽. 사실이긴 합니다만 정치가들이나 하는 거창한 말이라는 것도 잘 압니다. 겨울 아침 일곱시에 출근하려고 옷을 차려입고 있을 때는 저도 새 유럽 건설에 대해 열심히 생각하기가 어려우니까요." 숨죽인 웃음소리가 일었다. "우리가 원하고 바라는 자유가 어떤 것인지, 그 자유를 위협하는 것이 뭔지 우리 모두 잘 압니다. 자유롭고 전쟁이 없는 유럽을 만들 출발점, 유일한 그곳이 바로 여기, 우리 자신, 우리 심장이라는 걸 우리 모두 알아요. 레너드와 마리아는 십 년 전 전쟁을 치르던 양국의 국민입니다. 약혼을 함으로써 두 사람은 나름의 방식을 통해 나름의 평화를 조국에 선사하는 것입니다. 이 결혼, 그리고 이 같은 다른 모든 결혼은 어떤

조약보다도 양국을 더 단단히 묶어줍니다. 국경을 넘어선 결혼은 국가 간 이해를 증진하고 그로 인해 다시 전쟁이 일어날 가능성은 조금씩 더 적어집니다."

글래스는 카드에서 눈길을 들고 씩 웃더니 순식간에 진지함을 벗어던졌다. "바로 그래서 저는 늘 고향 시더래피즈로 데려갈 어여쁜 러시아 여자를 눈에 불을 켜고 찾고 있지요. 레너드와 마리아를 위해 건배!"

모두 잔을 치켜들자 예니의 허리에 팔을 두르고 있던 러셀이 외쳤다. "자, 레너드, 한마디해야죠!"

레너드가 여러 사람 앞에서 이야기했던 건 학창시절 딱 한 번, 학급위원이던 대학 입시 졸업반 때뿐이었다. 이 주에 한 번씩 차례가 돌아오면 조회 시간에 공지사항을 소리내 읽어야 했다. 지금 말을 시작하고 보니 호흡이 너무 급하고 얕았다. 한 번에 서너 단어씩 몰아서 말하는 수밖에 없었다.

"고맙습니다, 밥. 저로 말하자면, 유럽을 재건하겠다고 장담할 수는 없습니다. 욕실에 선반 하나 다는 정도가 제가 할 수 있는 최선이니까요." 농담은 꽤 반응이 좋았다. 심지어 블레이크까지 미소지었다. 방 건너편에서는 마리아가 그를 보며 활짝 웃고 있었다, 아니, 반쯤은 울고 있는 걸까? 레너드는 얼굴을 붉혔다. 성공이라고 생각하니 마음이 가벼워졌다. 농담을 열 개쯤 더 할 수 있으면 좋겠다고도 생각했다. "우리 두 사람으로 말하자면, 여러분과 서로에게 약속할 수 있는 것은, 오직 행복하게 살겠다는 것뿐입니다. 와주셔서 정말 감사합니다."

박수갈채가 쏟아졌고, 레너드는 이번에도 러셀의 부추김에 못 이기는 척 방을 가로질러가 마리아에게 키스했다. 러셀은 예니에게 키스했고, 다들 자리를 잡고 앉아 술을 마시기 시작했다.

블레이크가 와서 레너드와 악수를 하고 축하를 전했다. 그리고 물었다. "저 턱수염 난 미국인 말인데. 어떻게 아는 사이죠?"

레너드는 망설였다. "직장 동료입니다."

"미국인을 위해 일하는 줄은 몰랐군요."

"아, 네. 점령구역끼리 공조하는 건이라서요. 전화선 일입니다."

블레이크는 한참 동안 레너드를 빤히 쳐다보았다. 그러더니 레너드를 조용한 구석으로 데려갔다. "충고 하나 하지요. 저기 저 친구, 글래스 맞습니까? 저 사람은 빌 하비 밑에서 일합니다. 나한테 저 사람과 같이 일한다고 하면 당신 일이 뭔지 알려주는 꼴이에요. 알트글리니케. 작전명 골드. 나는 알 필요가 없는 것이죠. 당신은 보안상 실수를 저지르고 있는 겁니다."

레너드는 블레이크 역시 첩보 조직의 일원임을 은근히 밝힘으로써 보안조치를 위반했다고 말해주고 싶었다.

블레이크가 말했다. "여기 있는 다른 사람들이 누군지는 모릅니다만, 이런 문제에서 이 동네가 아주 좁다는 건 알지요. 시골 마을이나 마찬가지죠. 글래스와 함께 있는 모습을 공공연히 보여서는 안 됩니다. 기밀을 누설하는 셈이니까. 내 충고는 일과 여타 개인의 사회생활은 별개의 것으로 구분을 잘해야 한다는 겁니다. 자, 이제 약혼녀에게 진심으로 축하한다는 인사를 전하고 우리 부부는 이만 실례해야겠군요."

블레이크 부부가 떠났다. 레너드는 잠시 술잔을 들고 무리에서 떨어져 있었다. 그의 일부, 못된 일부가, 마리아와 글래스 사이에 뭔가 오가지는 않는지 지켜보고 싶어했다. 그들은 서로가 안중에도 없는 듯했다. 이윽고 글래스도 떠났다. 로프팅은 술을 몇 잔 걸치더니 샤를로테와 진전이 좀 있는 모양이었다. 예니는 러셀의 무릎에 앉아 있었다. 이들 네 사람은 레스토랑에 갔다가 댄스홀에 가기로 했다. 그들은 함께 가자며 레너드와 마리아를 열심히 부추겼다. 그러다가 안 되겠다는 생각이 들었는지 두 사람과 요란스레 키스와 포옹을 나누고 계단통이 다 울리도록 고래고래 작별인사를 외치며 떠났다.

여기저기 사람들이 내버려두고 간 유리잔이 흩어져 있었고 실내에는 담배 연기가 자욱했다. 아파트는 평화로웠다.

마리아가 맨살이 드러난 팔로 레너드의 목을 감았다. "자기 연설 정말 멋졌어. 그런 거 잘한다는 얘기는 안 했잖아." 그들은 키스했다.

레너드가 말했다. "내가 잘하는 걸 다 알려면 오래 걸릴걸." 그는 겨우 여덟 명의 청중 앞에서 말했을 뿐이다. 그런데도 다른 사람이 된 듯 못 할 일이 없을 것 같았다.

그들은 코트를 걸치고 밖으로 나갔다. 크로이츠베르크에서 식사를 하고 아달베르트 가에서 밤을 보내는 것으로 그날을 기념하는 데 두 집을 다 포함하겠다는 계획이었다. 그쪽 침실은 마리아가 미리 준비해두었다. 침대 시트를 새로 갈고, 초도 새것으로 병에 꽂아놓고, 수프 그릇 두 개에 포푸리 한 봉지를 나눠 담았다.

두 사람은 단골이 된 오라니엔 가의 술집에서 리펜헨 미트 에르프젠퓌레, 즉 돼지갈비와 완두콩 푸딩으로 저녁식사를 했다. 주인이 약혼 사실을 알고는 샴페인을 한 잔씩 내주었다. 두 사람이 앉은 자리는 꼭 침실, 아니 거의 침대 같았다. 후미진 귀퉁이의 그 자리는 5센티미터 두께의 검게 칠한 목제 테이블이 등받이가 반들반들하게 닳은 높은 의자들로 에워싸여 있었다. 두꺼운 양단 테이블보는 두 사람의 무릎까지 무겁게 늘어져 있었다. 그 위로 웨이터가 빳빳하게 풀을 먹인 흰 리넨을 펼쳐 씌웠다. 야트막한 천장에 무거운 사슬로 매달린 붉은 유리등에서 희미한 빛이 비쳤다. 브라질산 시가, 진한 커피와 구운 고기 냄새가 뒤섞여 공기가 탁한 실내에서 따뜻하고 촉촉한 기운까지 두 사람을 에워쌌다. 대여섯 명의 노인이 슈탐티슈, 즉 단골 전용석에 앉아 맥주와 코른*을 마시고 있었고, 더 가까운 자리에서는 스카트 카드게임이 벌어졌다.

그중 한 노인이 비틀거리며 레너드와 마리아의 테이블을 지나가다 걸음을 멈추었다. 그는 과장된 몸짓으로 자기 시계를 들여다보고는 말했다. "아우프 추어 올렌!"

그가 가버리자 마리아가 설명해주었다. 베를린에서 쓰는 말이라고 했다. "마누라한테 돌아갈 시간이군, 그런 뜻이야. 오십 년 후의 당신 모습 아닐까?"

그는 술잔을 치켜들었다. "내 마누라를 위하여!"

또 한 가지 축하할 일이 다가오고 있었다. 그녀에게는 말할 수 없는 일이었다. 삼 주 후면 터널 개통 일주년이었다. 모두의 동의하에 도청에 성공한 첫날부터 계산한 날짜였다. 이날을 기념하기 위해 무슨 일이든 벌여야 한다는 데도 모두가 동의했다. 보안조치를 위반하지 않는 선에서 떠들썩하고 상징적인 일이 일어나야 했다. 임시위원회가 구성되었다. 글래스는 자진해 회장을 맡았다. 미 육군 부사관, 독일 연락장교와 레너드도 함께했다. 삼국의 합동작전임을 강조하기 위해 각자 자국의 문화를 반영하

* 증류주의 일종으로 값싼 독일 술이다.

는 방식으로 행사에 기여해야 했다. 글래스가 책임을 배분하는 방식이 레너드가 보기에는 약간 불공평했지만 아무 말 하지 않았다. 미국인들은 음식을, 독일인들은 술을 맡고, 영국인들은 깜짝 이벤트로 장기자랑을 준비하기로 했다.

레너드는 30파운드의 예산으로 조국의 영예를 드높일 장기자랑 거리를 찾느라 YMCA와 영국 육해공군 군인조합, Toc H클럽* 게시판을 뒤지고 다녔다. 그중에는 찻잎으로 점을 본다는 영국 육군 병기부대 상병의 아내도 있었다. 미국 애견클럽 매니저의 소유인 노래하는 개도 있었는데 대여는 하지 않고 판매만 한다고 했다. 부족한 멤버를 찾는 모리스댄스 팀뿐만 아니라 영국 공군 럭비클럽의 분회도 하나 있었다. 아이와 노인을 위해 공항과 기차역으로 픽업 서비스를 한다는 유니버설 앤트**도 있었고, '특등' 마술사도 있었다. 5세 이하만 대상으로 한다는 게 문제였지만.

레너드가 실마리를 잡아 스코틀랜드 용기병 연대의 부사관과 접촉한 것은 약혼 파티 당일 아침이었다. 그는 부사관 식당을 위한 기금 30파운드를 받고 타탄체크무늬 의상에 깃털 장식, 모피

---

* 1차 세계대전 이후 조직된 기독교 봉사 단체.

** 원래 이름은 '유니버설 앤츠Universal Aunts'로 가정부, 보모 등 다양한 인력 서비스를 제공한다.

주머니까지 빠짐없이 갖춘 연대 정식 제복 차림의 백파이프 연주자를 보내주기로 약속했다. 이런 성공뿐 아니라 짤막한 연설과 반응이 괜찮았던 농담, 샴페인, 그전에 마신 진, 이제 자유자재로 구사하기 시작한 새로운 언어, 집처럼 편한 식당, 그리고 무엇보다 그의 술잔에 쨍그랑 잔을 부딪히는 아름다운 약혼녀, 이 모든 것이 레너드로 하여금 지금껏 자신의 참모습을 전혀 모르고 살았다는 느낌을 갖게 했다. 그는 이제껏 감히 의심해왔던 것보다 훨씬 더 재미있고 뭐랄까, 취향이 세련된 사람이었다.

그날 마리아는 약혼을 위해 머리를 곱슬곱슬하게 말았다. 감쪽같이 자연스럽게 흩뜨린 앞머리가 셰익스피어 같은 훤칠한 이마를 가로질러 내려왔고, 정수리 바로 아래쪽에 하얀 새 핀이 꽂혀 있었다. 이런 유치한 장식을 그녀는 좀처럼 포기하려 들지 않았다. 그녀는 이제 기쁨에 찬 눈길로 그를 지긋하게 바라보고 있었다. 상대를 소유했다는 당당함과 자포자기가 공존하는, 초기에 그로 하여금 회로도를 떠올리고 머릿속으로 암산을 하며 억지로 주의를 돌리게 했던 바로 그 표정이었다. 그녀는 둘이 쿠담의 아랍인에게서 산 은반지를 끼고 있었다. 그 싸구려 반지는 바로 두 사람의 자유를 축하하는 상징이었다. 커다란 보석상들 밖에서는 젊은 연인들이 삼 개월 치 월급보다 비싼 약혼반지를 구경하고 있었다. 레너드는 듣고 있기가 너무 민망해 몇 발 떨어져 있었을 만큼 마리아는 악착같이 값을 깎았고 그렇게 흥정한 끝에 결국 두 사람은 5마르크도 안 되는 돈으로 반지를 살 수 있었다.

이제 두 사람과 마리아의 아파트, 말끔하게 정리된 침실과 약혼식날의 합일 사이를 가로막는 것은 저녁식사뿐이었다. 그들은 섹스 이야기를 하고 싶어서 러셀 이야기를 꺼냈다. 레너드는 책임감 있고 신중한 사람다운 투로 말해보았다. 지금은 딱히 그럴 기분이 아니었지만 습관의 힘은 놀라웠다. 마리아의 친구 에니에게 러셀에 대해 경고해줘야 했다. 러셀은 글래스의 말대로 바람둥이, 여자를 넘어뜨리는 데 선수였고 한번은 베를린에 있는 사 년 동안 만난 여자만 백오십 명을 넘게 헤아린다고 주장한 적도 있었다. 레너드는 독일어로 말했다. "틀림없이 임질, 트리퍼에 걸렸을 거라는 사실은 차치해도 말이지."—그 단어는 최근 공중화장실의 포스터에서 배웠다—"에니를 진지하게 사귈 리가 없어. 에니는 그걸 알아야 해."

트리퍼라는 말에 마리아는 손으로 입을 막고 웃었다. "자이 니히트 두프(바보처럼 그러지 마)! 당신은…… 쉬흐테른이네. 영어로는 뭐지?"

"아마, 샌님이라고 할 거야." 레너드가 마지못해 말했다.

"에니도 자기 앞가림은 알아서 해. 러셀이 들어왔을 때 뭐랬는 줄 알아? '저 사람이 딱이네. 다음주까지는 월급이 안 들어오는데

레스토랑에 가고 싶거든. 그러고 나선 춤도 추러 가고 싶고. 게다가 저 남자 턱이 멋져. 슈퍼맨처럼.' 이러는 거야. 그래서 작업을 시작한 건데, 러셀은 다 자기 힘으로 해낸 건 줄 알겠지."

레너드는 나이프와 포크를 내려놓고 짐짓 괴로운 듯 손을 맞잡고 세게 비볐다. "이런! 난 왜 이렇게 세상 물정을 모를까?"

"세상 물정을 모르는 게 아니라 순수한 거지. 그리고 이제 당신이 알게 된 처음이자 유일한 여자와 결혼하는 거야. 완벽해! 남자가 아니라 여자야말로 숫총각과 결혼해야 해. 우리는 경험 없는 남자가 좋으니까……"

레너드는 접시를 옆으로 치웠다. 누군가 눈앞에서 유혹을 하고 있는데 음식이 넘어갈 리 없었다.

"경험 없는 남자가 좋아. 어떻게 해주면 우리가 즐거운지 가르쳐줄 수 있으니까."

"우리?" 레너드가 말했다. "당신 같은 여자가 또 있단 말이야?"

"나밖에 없어. 당신은 그것만 생각하면 돼."

"난 당신이 필요해." 레너드가 말했다. 그는 웨이터에게 손짓을 했다. 진부한 과장이 아니었다. 어서 그녀와 자리에 눕지 않으면 구역질이 날 것 같았다. 위장에서 차가운 압력이 치받쳐 속에 든 완두콩 푸딩을 밀어올리고 있었다.

마리아가 술잔을 들었다. 그토록 아름다운 그녀의 모습은 본 적이 없었다. "순수함을 위해 건배."

"순수함을 위해. 그리고 영-독 협력을 위해."

"그 축사 형편없었어." 마리아가 말했지만, 표정을 보면 진심이 아닌 것 같았다. "그 사람 내가 제3제국*이라고 생각하는 거야? 당신의 결혼 상대가 제3제국이라고? 정말 사람들이 조국을 대표한다고 생각하는 걸까? 우리 소령이 크리스마스 만찬에서 연설해도 그보다는 낫겠다."

그러나 계산을 하고 코트를 걸치고서 아달베르트 가 쪽으로 걸으며 그녀는 좀더 진지하게 그 얘기를 다시 꺼냈다. "난 그 사람이 미덥지가 않아. 나한테 이것저것 물어볼 때부터 마음에 안 들었어. 생각이 너무 단순하고 오지랖도 어지간히 넓다고. 위험한 부류지. 미국을 사랑하지 않는 사람은 러시아 스파이라고 생각하잖아. 그런 사람들이 또다시 전쟁을 일으키고 싶어한다고."

레너드는 그녀가 글래스를 싫어한다고 해서 기분이 좋았고 지금은 이러쿵저러쿵 입씨름을 하고 싶지도 않았다. 그래도 말했다. "자기가 뭐라도 되는 줄 알긴 하지만 사실 그렇게 나쁜 사람은 아니야. 베를린에서 내게 좋은 친구가 되어줬잖아."

마리아는 그를 자기 쪽으로 바짝 끌어당겼다. "그것도 자기가

* 나치 통치하의 독일.

순진해서 그래. 자기는 친절하게 대해주면 누구든 좋아하잖아. 히틀러가 술 한잔 사면 그 사람도 괜찮은 위인이라고 할걸!"

"히틀러가 숫총각이라고 하면 당신은 사랑에 빠질 거고."

그들의 폭소가 텅 빈 거리에 크게 울려퍼졌다. 84번지 계단을 오르면서 두 사람의 흐뭇한 웃음소리가 아무것도 바르지 않은 목재에 부딪혀 메아리쳤다. 5층에서 누가 문을 몇 센티미터쯤 열었다가 쾅 닫았다. 그들은 서로 쉿쉿 눈치를 주고 낄낄거리며 나머지 계단도 떠들썩하게 올랐다.

마리아는 환영의 뜻으로 아파트 불을 모두 켜놓고 나간 터였다. 전열기는 침실에 두었다. 그녀가 욕실에 간 사이 레너드는 준비돼 있던 와인을 땄다. 공기중에 정체를 확실히 알 수 없는 냄새가 떠돌았다. 양파, 그리고 또다른 뭔가의 냄새가 섞여 있었다. 그게 뭔지 도저히 떠오르지 않았다. 그는 술잔을 채우고 라디오를 틀었다. 〈Heartbreak Hotel〉을 한바탕 더 들을 마음이었지만 흘러나오는 것이라고는 무슨 클래식 음악 같은 것과 재즈뿐으로, 둘 다 딱 질색이었다.

마리아가 욕실에서 나왔을 때 그는 냄새에 대해 말한다는 걸 깜빡했다. 그들은 술잔을 침실로 가져가 담배에 불을 붙이고 조용히 파티가 성공적이었다는 얘기를 나누었다. 침실에도 배어 있던 아까 그 냄새와 포푸리 향은 담배 연기 속에 사라졌다. 저녁식사 때 느꼈던 절박한 욕망이 되살아나 그들은 말을 하면서 옷을 벗고 애무하고 키스하기 시작했다. 차곡차곡 쌓인 흥분과 거리낄 것 없는 친밀감으로 모든 것이 너무나 수월했다. 마침내 알몸이 되었을 때 두 사람의 목소리는 속삭임으로 잦아들었다. 방 너머 도시가 잠자리에 들며 사그라지는 소음이 들려왔다. 그들은 봄이라 한결 가벼워진 이불 아래로 파고들었다. 오 분 정도 두 사람은 꼭 끌어안고 쾌감의 순간을 늦추는 호사를 누렸다. "우린 약혼했어." 마리아가 속삭였다. "페얼롭트, 페얼롭트(약혼, 약혼했다고)." 그 단어는 바로 초대이자 도발이었다. 그들은 느릿느릿 시작했다. 그녀가 그의 몸 아래 있었다. 그의 오른뺨이 그녀의 뺨과 꼭 맞닿았다. 그의 시야에 들어오는 건 베개와 그녀의 귀였고, 그녀에게는 그의 어깨 너머로 팽팽하게 긴장해 꿈틀대는 등의 잔근육들과 촛불 너머 어두운 방이 보였다. 그가 눈을 감자 잔잔한 수면이 드넓게 펼쳐졌다. 여름날의 반제였을지도 모른다. 그녀를 쓰다듬을 때마다 그는 완만한 하강곡선을 그리며 가라앉았고, 수면이 머리 위 아득한 곳에서 수은처럼 출렁일 때까지 더 멀리, 더 깊이 나아갔다. 그녀가 꿈틀거리며 뭐라고 속삭이자, 단어들이 수은 방울처럼 떨어져 깃털처럼 내려앉았다. 그는 신음했다. 그녀가 그의 귓가에 대고 그 말을 한번 더 속삭였을 때 눈을 떴지만 여전히 알아듣지 못했다. 그는 팔꿈치로 바닥을 짚고 몸을 일으켰다.

팔에 느껴지는 그녀의 심장박동이 점점 더 빨라지는 이유가 흥분 때문이라 믿었던 것은, 커다랗게 치뜬 그녀의 눈이, 윗입술에 맺힌 작은 진주알 같은 물방울이, 같은 말을 되풀이하는 혀의 둔한 움직임이 모두 자기 때문이라 믿었던 것은 그가 세상 물정을 몰라서였을까 아니면 순진해서였을까. 그는 머리를 더 그녀 가까이 떨구었다. 그녀의 말은 상상할 수 있는 가장 나지막한 속삭임이었다. 입술이 귓가를 간질였고 음절들이 부드러운 털처럼 감겼다. 그는 고개를 저었다. 풀로 붙여놓은 것 같던 그녀의 혀가 다시 움직이려고 하는 듯했다. 마침내 그는 그녀의 말을 들었다. "옷장에 누가 있어."

그러자 그의 심장도 질세라 빨라지기 시작했다. 가슴이 서로 맞닿아 있어서 두 사람은 말발굽 소리처럼 불규칙한 심장박동을 듣지 못했을지언정 느낄 수 있었다. 그로 인해 정신이 산란한데도 그는 애써 귀를 기울였다. 자동차 한 대가 멀어지는 소리가 났고, 배수관에서도 무슨 소리가 났다. 그다음에는 정적, 그 정적과 하나로 어우러진 암흑 말고는 아무것도, 아무것도 없었다. 지직거리는 정적뿐. 성급히 훑은 탓이었을 것이다. 그는 아까 하던 일로 돌아가 주파수를 탐색하며 그녀가 큐 사인을 주기만 기다렸다. 그러나 벌써 그곳의 근육이 굳어버린데다 그녀의 손가락은 그의 팔뚝을 꼬집다시피 부여잡고 있었다. 그녀에게는 아직도 그 소리가 들렸고 그 역시 그쪽으로 주의를 돌리길 바랐다. 그도 정적의 주파수대에, 그것이 숨어 있는 좁은 영역에 주목하길 강요했다. 그녀의 안에 있는 그는 이미 작아져 아무것도 아니었다. 그들은 이제 서로 떨어졌다. 맞닿아 있던 두 사람의 배가 축축했다. 그녀는 취한 걸까, 아니면 미친 걸까? 차라리 그랬다면 나았으리라. 그가 고개를 갸웃하며 귀를 쫑긋 세웠는데, 바로 그때 그 소리가 들렸다. 동시에 그 소리가 아까부터 계속 들렸다는 사실도 깨달았다. 그는 이제껏 뭔가 다른 것, 고저가 있는 소리, 단단한 물체의 마찰음 같은 걸 찾고 있었다. 하지만 그것은 그저 공기였다. 공기를 빨아들였다가 밀어내는 소리, 밀폐된 공간에서 나는 작은 숨소리였다. 그는 팔꿈치를 짚고 일어나 몸을 돌렸다. 옷장은 문간의 조명 스위치 옆에 있었다. 그는 바닥에서 안경을 찾았다. 안경을 쓰는 것만으로는 거대한 암흑 덩어리 속에서 뭐가 뭔지 분간하는 데 아무 도움이 되지 않았다. 벌거벗은 채로는 아무것도 할 수 없다고, 그 무엇에 대적할 수도 굴복할 수도 없다고 본능이 말해주고 있었다. 그는 팬티를 찾아 입었다. 마리아는 일어나 앉았다. 손을 모아 코와 입을 가리고 있었다.

레너드의 뇌리에 한 가지 생각이 떠올랐다. 어쩌면 창고에서 오랜 시간을 보내며 생긴 버릇 때문일지도 모른다. 그 생각은 바로 그들이 그 존재를 의식하고 있다는 걸 들킬 만한 짓은 절대 해서는 안 된다는 것이었다. 대화를 나누는 척할 수는 없었다. 그래서 레너드는 어둠 속에 팬티 바람으로 겁에 질린 채 서서 이제 어떻게 할까 생각하며, 꽉 죄어든 목구멍으로 가장 좋아하는 노래를 흥얼거렸다.

16

마리아는 손을 뻗어 스커트와 블라우스를 집었다. 그 움직임에 촛불이 파르르 흔들렸으나 꺼지지는 않았다. 레너드는 의자에서 바지를 집어들었다. 콧노래는 템포가 점점 빨라지며 엇박자의 경쾌한 멜로디로 바뀌었다. 이제는 오로지 옷을 입어야겠다는 생각뿐이었다. 일단 바지를 입자 훤히 드러난 가슴이 어둠 속에서 따끔거리는 듯했다. 셔츠를 입자 이제는 맨발이 무방비 상태였다. 구두는 찾았는데 양말이 보이지 않았다. 구두끈을 매는 동안은 입을 다물었다. 두 사람, 약혼한 한 쌍의 연인은 침대 양편에 서 있었다. 사락거리는 천소리와 레너드의 콧노래에 묻혀 불분명했던 그 숨소리가 이제 다시 들렸다. 희미하지만 깊고 한결같은 소리였다. 레너드에게는 그것이 일종의 굴하지 않는 목적의식을 암시하는 것만 같았다. 촛불을 가로막은 마리아의 몸이 문과 옷장 쪽으로 거인 같은 그림자를 드리웠다. 그녀가 그를 바라보았다. 문 쪽으로 가보라는 눈빛이었다.

그는 맨바닥에서 발소리가 나지 않도록 조심하며 재빨리 그리로 갔다. 네 걸음 거리였다. 조명 스위치는 바로 옷장 옆에 있었다. 그 존재를 감지하지 않을 수가 없었다. 손가락과 두피에 인간의 존재가 발산하는 보이지 않는 힘이 느껴졌다. 이제 두 사람은 그들의 속마음을, 거기 있다는 걸 안다는 사실을 밝힐 참이었다. 번개같이 불을 켜는 순간 매끈한 스위치 표면에 그의 툭 불거진 손마디가 스쳤다. 마리아는 그의 뒤에 있었고, 등허리에 얹은 그녀의 손이 느껴졌다. 폭발하듯 켜진 이 불빛은 틀림없이 60와트 이상일 터였다. 그는 눈이 부셔 눈살을 찌푸렸다. 두 손을 올리고 만반의 태세를 갖추었다. 옷장 문은 지금 당장이라도 벌컥 열릴 수 있었다. 당장.

하지만 아무 일도 없었다. 옷장은 문짝이 두 개였다. 하나는 열어봤자 서랍장이 나올 것이고 꼭 닫혀 있었다. 코트를 거는 공간, 그러니까 사람 하나가 들어가 서 있을 만큼 넉넉한 공간이 나오는 또다른 문은 살짝 열려 있었다. 걸쇠가 풀려 있었다. 커다란 황동 고리로 낡은 굴대를 돌리는 방식의 걸쇠였다. 레너드는 손을 뻗었다. 그들의 귀에 숨소리가 들렸다. 착각이 아니었다. 이 분 후에 깔깔 웃고 넘어갈 일은 아닌 것이다. 그것은 숨소리, 사람 숨소리였다. 그는 엄지손가락과 또다른 손가락을 고리에 대고 소리 없이 들어올렸다. 그러고는 그대로 발을 끌어 뒤로 물러섰다. 무슨 일이 일어나든, 공간을 확보해야 했다. 거리가 멀수록 그만큼 시간을 벌 수 있을 테니까. 이런 기하학적인 생각들이 꽁꽁 싸맨 작고 단단한 통에 담긴 채로 떠올랐다. 대체 시간을 벌어 뭘 하려고? 그 질문 역시 꽁꽁 포장되어 있었다. 그는 고리를 잡은 손에 힘을 주고 문을 홱 열어젖혔다.

아무것도 없었다. 서지 코트 한 벌의 검은 형상, 문이 열리면서 함께 뿜어져나온 알코올과 피클의 냄새, 불쾌한 공기밖에는. 그리고 얼굴. 한 남자가 무릎을 세우고 바닥에 앉은 채로 잠들어 있었다. 술에 취해 잠든 것이다. 맥주와 코른과 양파, 아니면 자우어크라우트* 냄새였다. 입은 헤벌어져 있었다. 희끄무레한 찌꺼기 자국이 아랫입술을 따라 이어지다가 입술 한가운데서 위아래로 크게 찢어져 검은 피딱지가 앉은 상처에 가로막혔다. 발진이 돋았거나, 다른 주정뱅이에게 한 대 얻어맞은 게 분명했다. 그들은 들큼한 냄새가 직접 미치지 않는 곳까지 물러섰다.

마리아가 속삭였다. "어떻게 들어왔지?" 그러더니 스스로 대

* 양배추를 소금에 절여 발효시킨 요리.

답했다. "여벌 열쇠를 가져갔을 수도 있어. 마지막으로 찾아왔을 때 말이야."

두 사람은 그를 빤히 바라보았다. 당장의 위험은 줄어들고 있었다. 공포를 대신한 것은 혐오, 침범당했다는 불쾌감, 집주인으로서의 분노였다. 나아진 것은 없어 보였다. 이런 식으로 원수와 대면하게 될 줄은 레너드도 예상치 못했다. 덕분에 그의 덩치를 가늠해볼 기회가 생겼다. 작은 머리통에 정수리 쪽은 숱이 빠지고 있었고 연한 갈색 머리카락은 담뱃진 때문인지 뿌리가 거의 녹색을 띠고 있었다. 레너드가 베를린에서 흔히 보아온 그런 머리였다. 코는 크고 약해 보였다. 코 양쪽으로 빛나는 팽팽한 피부 아래 파열된 혈관들이 비쳤다. 힘이 좋아 보이는 건 오로지 손뿐이었다. 원색적인 붉은빛에 뼈가 불거졌고 손등 위 툭 튀어나온 관절을 포함해 뼈마디가 굵었다. 머리가 작았을 뿐만 아니라 어깨도 좁았다. 푹 꼬부라진 모습이라 가늠하기가 어려웠지만 그가 흡사 꼬맹이처럼 보이기 시작했다. 골목대장 꼬맹이. 그가 상징한 위협이, 마리아에게 폭력을 휘두른 방식이 그의 존재감을 과장했던 것이다. 상상 속의 오토는 산전수전 다 겪은 터프한 육군으로, 레너드는 너무 어려서 참전하지 못했던 전쟁에서 살아남은 자였다.

마리아가 옷장 문을 밀어 닫았다. 그들은 침실 불을 끄고 거실로 나갔다. 너무 심란해서 앉을 수가 없었다. 분통을 터뜨리는 마리아의 목소리가 갈라졌다. 이제껏 한 번도 들어보지 못했던 소리였다.

"내 원피스들을 깔고 앉아 있어. 거기다 오줌을 쌀 거야."

레너드는 미처 하지 못한 생각이었지만, 마리아가 말을 꺼내자 무엇보다 급박한 문제처럼 느껴졌다. 어떻게 해야 추가적인 이 침범을 막을 수 있을까? 들어올려서 욕실로 옮겨야 하나?

레너드가 말했다. "저 남자 어떻게 치워버리지? 경찰 부를까?" 그는 잠깐이나마 희망적인 쪽으로 생각했다. 경찰관 둘이 오토를 현관 밖으로 끌고 나가면, 두 사람은 와인 한 잔으로 놀란 가슴을 달래며 한바탕 웃고 남은 밤을 다시 시작할 수 있을 거라고.

그러나 마리아는 고개를 저었다. "경찰들은 오토를 알아. 맥주를 사주기도 하는걸. 안 올 거야." 그녀는 혼란스러워 제정신이 아니었다. 독일어로 뭐라고 중얼거리고 돌아섰다가 마음을 바꿔 다시 돌아섰다. 뭐라고 하려다 말고 마음을 고쳐먹은 눈치였다.

레너드는 아직도 어떻게든 약혼 축하의 흥을 되살릴 수 없을까 그 가능성에 매달렸다. 그저 주정뱅이 하나를 집 밖으로 끌어내면 그만인 문제일 뿐이었다. "내가 옮길 수도 있어. 계단으로 끌고 내려가서, 길거리에 내버려놓고 올게. 장담하는데 깨지도 않을 거……"

마리아의 혼란은 분노가 되어가고 있었다. "저 인간이 내 침실에서, 우리 침실에서 뭘 하고 있었지?" 그녀는 마치 레너드가 그를 거기 데려다놓기라도 한듯 따져 물었다. "어째서 그런 생각은 안 해? 어째서 저 인간이 옷장에 숨어 있을까? 말해봐, 당신 생각을 말해보란 말이야."

"몰라." 그가 말했다. "이젠 아무래도 상관없어. 제발 나갔으면 좋겠다는 생각뿐……"

"상관이 없다니! 생각하기가 싫은 거겠지." 그녀는 주방 의자에 털썩 주저앉았다. 구두골 주위에 쌓여 있는 구두 더미 바로 옆이었다. 그녀가 구두 한 켤레를 휙 집어들어 신었다.

레너드는 곧 말다툼을 하게 될 것임을 깨달았다. 약혼한 날 밤에 그의 잘못도 아닌데 말다툼을 하는 것이다. 아니, 적어도 그녀는 그랬다.

"나한테는 중요해. 이 개새끼랑 결혼했었으니까. 내가 당신과 사랑을 나누고 있을 때 이 개새끼가, 이 인간 똥덩어리가 옷장에 숨어 있었다는 게 나한테는 중요하다고. 난 저 인간을 알아. 무슨 말인지 알아들어?"

"마리아……"

이번에는 그녀의 언성이 높아졌다. "난 저 인간을 안단 말이야." 그녀는 담배에 불을 붙이려 했지만 자꾸만 실패했다.

레너드도 한 대 피우고 싶었다. 그는 달래듯이 말했다. "이제 그만 진정해, 마리아……"

그녀는 마침내 불이 붙은 담배를 깊이 빨아들였다. 그래도 아무 도움이 되지 않는지 여전히 악을 쓰다시피 했다. "나한테 그런 식으로 말하지 마. 난 진정하기 싫어. 그리고 당신은 왜 이렇게 태평해? 왜 화를 안 내? 어떤 남자가 당신 침실에서 당신을 엿보고 있단 말이야. 가구라도 때려부숴야 되잖아. 그런데 당신은 지금 어쩌고 있어? 머리나 긁적이면서 경찰을 불러야 한다고 고상 떨고 있잖아!"

들어보니 그녀의 말이 다 맞는 것 같았다. 어떻게 반응해야 할지 몰랐거니와 생각조차 해보지 않았다. 그럴 만큼 아는 것이 없었다. 그녀는 나이도 많고 결혼 경험도 있다. 자기 침실에 숨어 있는 사람을 발견하면 그런 식으로 행동해야 했다. 하지만 동시에 그녀가 하는 말이 거슬리기도 했다. 그녀는 남자답지 못하다고 그를 비난하고 있었다. 그는 손에 담뱃갑을 들고 있었다. 한 개비를 꺼냈다. 그녀는 여전히 그에게 힐난을 퍼붓고 있었다. 반쯤은 독일어였다. 손에 움켜쥔 라이터를 그가 빼가건 말건 알지 못했다.

"당신이 나한테 소리질러야 하는 상황이란 말이야." 그녀가 말했다. "내 남편이잖아? 화 안 나? 조금도?"

이제 견딜 수 없었다. 그는 허파 가득 숨을 들이쉬고 담배 연기와 함께 고함을 쏟아냈다. "입 닥쳐! 제발 일 분만 좀 입 닥치고 있어!"

그녀는 금세 조용해졌다. 두 사람 다 말이 없었다. 각자 담배만 피웠다. 그녀는 의자에 그대로 앉아 있었다. 그는 손바닥만한 그 공간에서 가능한 한 멀찍이 떨어진 곳으로 가서 섰다. 이윽고 그녀가 그를 올려다보며 사과의 미소를 지었다. 그는 여전히 무표정했다. 그가 자기에게 화를 내길 그녀가 원하고 있으니, 뭐 잠시 그렇게 해줄 생각이었다.

그녀는 시간을 들여 담배를 비벼 끄면서 이야기를 시작했다. 담뱃불을 끄는 동안은 눈길을 들지 않았다. "그 인간이 왜 여기 들어와 있는지 얘기해줄게. 오토가 뭘 원하는지 얘기해줄게. 나도 내가 몰랐으면 좋겠어, 이유를 알고 있다는 게 너무 싫어. 하지만, 그러니까……" 다시 이야기를 시작했을 때는 말투가 한결 밝았다. 그녀의 이론은 이랬다. "처음 안면을 틀 때는 오토 그 인간도 친절해. 그게 술을 마시기 시작하기 전이니까, 칠 년 전 얘기네. 처음에는 친절해. 상대를 기쁘게 할 수 있다면 생각나는 건 뭐든지 다 해. 나랑 결혼했을 때 그랬지. 그러다가 서서히 이 친절이 소유욕이라는 게 드러나. 소유욕이 강해서 노상 내가 다른 남자를 보거나 다른 남자가 나를 본다고 생각해. 질투를 하고 때리고 없는 얘기를 만들어내기 시작한다고. 나랑 다른 남자에 대한 멍청한 이야기 말이야. 자기가 아는 사람, 길에서 마주친 사람, 상대도 가리지 않아. 항상 뭔가 있다고 생각해. 베를린 남자 절반이 나하고 잔 적이 있고 나머지 절반은 대기중이라는 거야. 이때쯤 술버릇이 나빠졌어. 그리고 마침내, 그제야 나도 사태를 파악한 거지."

그녀는 담배를 한 대 더 피우려고 손을 뻗다가 몸서리를 치더니 마음을 고쳐먹었다. "그거야. 나랑 다른 남자의 관계. 저 남자는 그런 걸 원해. 화를 내면서도 원하지. 내가 다른 남자와 함께 있는 걸 보고 싶어하고, 그 얘기를 하고 싶어하고, 아니면 내가 그런 얘기를 하길 원해. 그게 그 사람을 흥분시키는 거야."

레너드가 말했다. "그러니까 일종의…… 변태군." 이제껏 한 번도 입 밖에 내어본 적 없는 말이었다. 속이 시원했다.

"바로 그거야. 당신에 대해 알게 되자마자 날 때리더라고. 그러고는 이 집을 나가서 생각해보다가 멈출 수 없게 된 거야. 그가 꿈꾸던 모든 게 현실이 된 거고, 이번엔 진짜잖아. 생각해보고 술을 마시고, 어디서 열쇠도 구해 내내 가지고 있었던 거야. 그리고 오늘밤 보통 때보다 더 취해 여기로 와서 기다리다가……"

마리아는 울기 시작했다. 레너드가 거실을 가로질러가 그녀의 어깨에 손을 얹었다.

"기다리다 우리가 늦으니까 잠이 들어버린 거야. 아마 그…… 그 일이 한창일 때 뛰쳐나와 나를 욕했겠지. 아직도 내가 자기 거라고, 죄책감을 느낄 거라고 생각하니까……"

울음이 복받쳐 그녀는 말을 잇지 못했다. 손수건을 찾아 치마를 뒤지는 그녀에게 레너드가 바지 주머니에서 커다란 흰 손수건을 꺼내주었다. 코를 풀고 나서 그녀는 깊이 숨을 몰아쉬었다.

레너드가 입을 열었지만 그녀는 아랑곳없이 제 할말을 했다. "그 인간이 싫어. 그런 인간을 안다는 것도 싫어."

그다음에 그는 하려던 말을 했다. "내가 한번 보고 올게." 그는 침실로 들어가 불을 켰다. 옷장 문을 열려면 등뒤의 침실 문을 닫아야 했다. 그는 관음증 환자를 빤히 바라보았다. 오토의 자세는 변함없었다. 마리아가 문 저편에서 그를 불렀다. 그는 침실 문을 3, 4센티미터 정도 열었다. "괜찮아." 그가 말했다. "그냥 보고 있어."

그는 계속해서 바라보았다. 마리아는 실제로 이 남자를 남편으로 골랐다. 중요한 것은 그것이었다. 말로는 그가 싫다고 하지만 그녀는 그를 선택했다. 그리고 레너드도 선택했다. 똑같은 취향이 작용한 것이다. 그와 오토 둘 다 그녀에게 매력적이었던 셈이니 그들 사이에는 공통점이 있다. 성격이든, 외모든, 운명이

든, 무언가가 있다. 이제 그는 정말로 그녀에게 화가 났다. 일련의 선택을 통해 자신을 이 남자와 묶어놓고는 이 남자를 진작 버린 척하고 있다. 전부 우연인 것처럼, 자기는 정말로 아무 상관이 없는 것처럼 꾸미고 있다. 하지만 이 관음증 환자가 그들의 침실, 그들의 옷장 안에서 잠든 채, 술에 취해 옷들에 흥건히 오줌을 싸기 직전인 이 상황도 모두 그녀의 선택 때문이었다. 그렇다, 이제는 정말로 화가 났다. 오토는 그녀의 책임, 그녀의 잘못이었다. 그녀의 것이었다. 그런데 뻔뻔스럽게 그에게, 레너드에게 화를 내다니.

그는 침실 불을 끄고 다시 거실로 나왔다. 떠나버리고 싶었다. 마리아는 담배를 피우고 있었다. 그녀가 신경질적으로 웃었다.

"소리질러서 미안해."

그는 담뱃갑에 손을 뻗었다. 세 개비밖에 남지 않았다. 담뱃갑을 휙 던지자 구두들 옆으로 미끄러져갔다.

그녀가 말했다. "나한테 화내지 마."

"당신이 그걸 원하는 줄 알았는데."

그녀가 놀란 얼굴로 고개를 들었다. "정말 화났구나. 와서 앉아봐. 왜 화가 났는지 말 좀 해봐."

"앉기 싫어." 그는 이제 자기가 난리를 치는 상황을 즐기고 있었다. "오토와 당신의 결혼은 아직도 진행중이야. 저 침실에서.

그래서 화가 나. 어떻게 저 인간을 치워버릴지 의논하든가, 그게 아니면 난 그냥 내 집으로 돌아갈 테니 두 사람이 알아서 하라고."

"알아서 하라고?" 그녀의 억양 때문에 익숙한 표현이 이상하게도 경쾌하게 들렸다. 그래서 의도했던 위협은 제대로 드러나지 않았다. "지금 무슨 말을 하려는 거야?"

그가 난리치게 내버려두기는커녕 도리어 화를 내며 달려드는 그녀가 짜증스러웠다. 그는 그녀의 성깔을 다 받아줬는데. "저 인간 치워버리는 걸 거들기 싫다면 둘이 같이 밤을 보내게 해주겠다는 말이야. 옛날 얘기를 하든지, 남은 와인을 비우든지 맘대로 해. 하지만 나는 빼줘."

그녀는 아름다운 훤칠한 이마에 손을 얹더니 방 저편에 있는 상상 속 입회인을 향해 말했다. "믿을 수가 없네. 이 남자가 질투를 해!" 그러더니 레너드에게 말했다. "당신도 그래? 오토처럼? 지금 날 이 남자와 단둘이 두고 집으로 가겠다고? 집에서 오토와 내 생각을 하려고, 혹시 침대에 누워 우리 생각을 하면서……"

그는 진심으로 충격이었다. 그녀가, 아니, 세상 어느 여자가 그런 말을 할 줄이야. "그런 말도 안 되는 소리 하지 마. 방금 내가 그랬잖아. 저 인간을 길거리로 끌어내서 버려놓자고. 그러는 대신 그냥 여기 앉아서 저 친구의 성격을 아주 사랑스러워 죽겠다는 듯이 설명하다 내 손수건에 눈물 콧물 짠 게 누구냔 말이야."

그녀는 손수건을 뭉쳐 그의 발치에 던졌다. "가져가. 냄새나!"

그는 손수건을 줍지 않았다. 두 사람 다 말을 하려 했지만 그녀가 더 빨랐다. "저 인간을 길거리에 내다버리고 싶다면서 왜 안 하는데? 해! 왜 그냥 해치우지 못해? 어째서 우두커니 서서 내가 뭘 시켜주기만을 기다리는 건데? 내쫓고 싶으면, 당신도 남자잖아, 내쫓아!"

또다시 그의 남자다움을 걸고넘어진다. 그는 거실을 성큼성큼 가로질러가 그녀의 블라우스 멱살을 잡았다. 단추 하나가 떨어져나갔다. 그는 얼굴을 바짝 들이대고 고함을 쳤다. "저 인간은 당신 거니까. 당신이 선택했잖아, 당신 남편이었고, 당신 열쇠를 가졌으니까 당신 책임이라고." 자유로운 한 손은 주먹을 쥐고 있었다. 그녀는 겁에 질렸다. 피우던 담배가 허벅지에 떨어져 있었다. 불이 붙어 있었지만 그는 신경쓰지 않았다. 털끝만큼도 개의치 않았다. 그가 다시 악을 썼다. "당신 과거 때문에 이 지경으로 엉망이 된 상황을 내가 수습하는 동안, 그냥 앉아서 구경만 하겠다……"

그녀가 바로 그의 얼굴에 대고 꽥 소리를 쳤다. "맞아! 이제껏 만난 남자들은 악을 쓰고 나를 때리고 강간하려 들었어. 이제는 나를 돌봐줄 남자가 필요해. 그게 당신인 줄 알았어. 당신이 그래줄 수 있을 줄 알았다고. 그런데 아니, 당신도 저 인간이나 다른 남자들처럼 질투하고 악을 쓰고 때리고 강간……"

바로 그때, 마리아의 몸에 불이 붙었다.

담뱃불이 조용히 타들어가던 자리에서 한줄기 불꽃이 치솟아 순식간에 꿈틀거리며 번지더니 하얀 천 주름 사이로 피어오르는 다른 불꽃들과 뒤엉켰다. 그녀가 비명을 지르려고 첫 숨을 들이쉬기도 전에 불꽃은 밖으로 또 위로 증식했다. 파랗고 노란, 빠른 불꽃이었다. 그녀는 허둥지둥 일어나며 손으로 치마를 마구 때렸다. 레너드가 손을 뻗어 와인 병과 그 옆의 반쯤 찬 술잔을 집었다. 그녀의 허벅지에 잔에 든 와인을 몽땅 부었지만 허사였다. 그녀가 일어서서 두번째로 길게 비명을 지르기 시작할 때 그는 와인을 병째 부으려 했다. 하지만 잘 나오지 않았다. 한순간 그녀의 치마가 화르르 타올라 마치 파란 실을 넣어 짠 주황색과 빨간색의 플라멩코 의상처럼 보였다. 그녀는 펄쩍펄쩍 뛰면 불길에서 빠져나올 수 있다는 듯 타닥거리는 소리에 맞춰 빙글빙글 돌고 허우적거리며 피루엣*을 추었다. 바로 그 순간, 찰나의 찰나를 틈타 레너드가 두 손으로 치마 허리띠를 잡아채 확 당겼다. 단번에 그대로 벗겨진 치마는 다시 바닥에서 활활 타올랐다. 구두를 신고 있길 다행이라고 생각하며 그는 발로 치마를 마

* 한쪽 발끝으로 서서 빙글빙글 도는 발레 동작.

구 짓밟았다. 불길이 잦아들고 짙은 연기가 피어오를 쯤에야 돌아서서 그녀의 얼굴을 보았다.

그가 본 것은 안도감이었다. 육체적인 고통이 아니라 얼떨떨한 안도감. 치마 안쪽에 잘 타지 않는 새틴 혹은 천연 소재의 페티코트가 박음질되어 있어 그녀를 보호해주었던 것이다. 이제 그의 발밑에 있는 페티코트는 갈색으로 그을렸지만 멀쩡했다.

그래도 그는 멈출 수가 없었다. 불길이 사그라질 때까지는 계속 밟아야 했다. 푸르스름하게 검은 연기가 자욱했다. 창문을 열어야 했지만 한편으로는 마리아도 안아주고 싶었다. 마리아는 충격 때문인지 블라우스만 한 장 걸친 채 반라로 서서 꼼짝도 하지 않았다. 욕실에 가서 목욕 가운을 가져다줘야 했다. 카펫에 불이 옮겨붙지 않으리라는 것을 확인하고 나면 그것부터 할 생각이었다. 하지만 마침내 마음이 놓여 물러섰을 때는, 돌아서서 그녀를 먼저 안아주는 게 자연스러운 수순이었다. 그녀는 바들바들 떨고 있었지만 곧 괜찮아지리라는 걸 그는 알았다. 그녀는 그의 이름을 부르고 또 불렀다. 그 역시 같은 말만 자꾸 되뇌었다. "오 하느님, 마리아, 오 하느님."

마침내 두 사람은 아주 조금, 겨우 몇 센티미터 떨어져서 서로를 바라보았다. 그녀의 떨림도 이제 멎었다. 그들은 키스하고 또 키스했는데, 문득 그의 눈을 바라보던 그녀의 눈이 다른 곳을 향하더니 휘둥그레졌다. 그는 뒤로 돌아섰다. 오토가 침실 문에 기대서 있었다. 그들 사이에는 불탄 치마의 잔해가 놓여 있었다. 마리아가 레너드의 등뒤로 숨었다. 그녀가 독일어로 뭐라고 재빨리 말했지만 레너드는 알아듣지 못했다. 오토가 고개를 가로저었는데, 그녀의 말을 부인한다기보다는 자기 생각을 정리하려는 것처럼 보였다. 그러더니 그는 담배를 한 대 달라고 했다. 익숙한 표현이라 레너드도 간신히 알아들을 수 있었다. 최근 레너드의 독일어가 늘었다고는 하지만 한때 부부였던 그 두 사람의 대화를 따라가기에는 역부족이었다.

"라우스." 마리아가 말했다. 나가.

이어서 레너드가 영어로 말했다. "썩 꺼져, 경찰 부르기 전에."

오토가 치마를 넘어 테이블로 왔다. 그는 낡은 영국군 군복 윗도리를 입고 있었다. 상병의 줄무늬 계급장이 떨어져나간 자리에 V자 형태의 어두운 천이 달려 있었다. 그는 재떨이를 뒤져 제일 큰 꽁초를 찾아서 레너드의 라이터로 불을 붙였다. 여전히 마리아를 가려주고 있었기 때문에 레너드는 움직일 수 없었다. 오토가 담배를 한 모금 빨더니 그들을 돌아서 현관문 쪽으로 향했다. 그가 두 사람의 밤에서 제 발로 걸어나가주려 하다니, 있을 수 없는 일이었다. 물론 그런 일은 일어나지 않았다. 그는 욕실로 가더니 안으로 들어갔다. 문이 닫히자마자 마리아는 침실로 뛰어들어갔다. 레너드는 냄비에 물을 받아 치마에 들이부었다. 그리고 흠뻑 젖은 치마를 집어들어 쓰레기통에 넣었다. 욕실에서 가래와 침을 뱉는 끔찍한 소리가 들려왔다. 저질스레 큰 소리를 질러대는 틈틈이 빽빽한 가래침을 많이도 내뱉었다. 마리아가 옷을 다 차려입고 돌아왔다. 그녀가 막 입을 여는데 와장창 시끄러운 소리가 들려왔다.

그녀가 말했다. "저 인간이 당신 선반을 부순 거야. 그 위로 넘어졌나봐."

"일부러 그런 거야." 레너드가 말했다. "내가 설치한 걸 알고." 마리아는 고개를 저었다. 그녀가 어째서 그를 편드는지 레너드는 이해할 수 없었다.

"취해서 그래."

문이 열리고 오토가 다시 그들 앞에 나타났다. 마리아는 구두더미 옆 의자 쪽으로 물러섰지만 앉지는 않았다. 오토는 젖은 얼굴을 제대로 닦지도 않고 나왔다. 앞이마 위로 흐트러진 부드러운 머리카락에서 물이 뚝뚝 떨어졌고, 코끝에는 물방울이 맺혀 있었다. 그가 손등으로 쓱 닦았다. 어쩌면 콧물인지도 모른다. 그는 재떨이 쪽을 보았지만 레너드가 그 앞을 가로막고 있었다. 레너드는 팔짱을 끼고 다리를 벌린 채 서 있었다. 선반이 부서졌다는 사실에 울컥한 그는 머릿속으로 계산을 해보았다. 오토는 그보다 15센티미터쯤 작고 아마 20킬로그램 정도 덜 나갈 것이다. 취했거나 숙취에 시달릴 테니 몸 상태가 좋지 못하다. 호리호리하고 덩치도 작았다. 반면 레너드는 안경을 써야 했고 싸움에 능하지 못했다. 하지만 그는 화가 나 있었다. 분노로 활활 타오르고 있었다. 오토에 비해 유리한 점은 그것이었다.

"당장 나가." 레너드가 말했다. "안 그러면 끌어낼 거야."

뒤에서 마리아가 말했다. "그 사람 영어 못해." 그러더니 레너드가 한 말을 통역해주었다. 협박에도 오토의 창백한 얼굴은 무표정했다. 입술의 상처에서 피가 배어나오고 있었다. 그는 혀로 상처를 핥았다. 동시에 재킷 주머니 한쪽에 손을 넣었다가 다른 쪽에 넣어 잘 접은 갈색 봉투를 꺼내서 들어 보였다.

그는 레너드 뒤에 있는 마리아를 향해 말했다. 작은 덩치에 비해 목소리가 굵었다. 레너드가 알아들은 것은 '이걸 받았다, 어디어디 사무실에서 어쩌고를 받았다'가 전부였다.

마리아는 아무 말도 하지 않았다. 그녀의 침묵에서 어떤 특성, 밀도 같은 것을 느낀 레너드는 왠지 돌아보고 싶어졌다. 하지만 이 독일인에게 길을 비켜주기는 싫었다. 오토는 벌써 한 걸음 앞으로 나선 참이었다. 씩 웃고 있었는데 근육이 비대칭인지 가느다란 코가 한쪽으로 비뚤어졌다.

마침내 마리아가 말했다. "에스 이스트 미어 에갈, 바스 에스

이스트." 그게 뭐든 난 관심 없어.

씩 웃던 그의 입이 더욱 벌어졌다. 봉투를 열고 손때 묻은 종이 한 장을 꺼내 펼쳤다. "1951년에 우리가 보낸 편지를 갖고 있더군. 그들이 찾아냈어. 우리 둘이, 당신하고 내가 서명한 어쩌고도."

"다 옛날 일이야." 마리아가 말했다. "잊어버려." 하지만 그녀의 목소리는 떨렸다.

오토는 웃음을 터뜨렸다. 아까 핥은 피 때문에 혓바닥이 주황색이었다.

돌아보지 않고 레너드가 말했다. "마리아, 무슨 얘기야?"

"자기도 이 아파트에 살 권리가 있대. 우리가 부부였을 때 입주 신청을 했다고. 벌써 이 년째 저러고 있어."

레너드는 불현듯 이것이야말로 해결책이라는 생각이 들었다. 오토에게 이 집을 줘버리고 두 사람은 오토가 절대 찾아올 수 없는 플라타넨 길에서 살면 된다. 곧 결혼할 테니까 집 두 채는 필요 없다. 다시는 오토를 보지 않아도 된다. 완벽하다.

하지만 마리아는 그런 생각을 읽기라도 한 듯, 아니면 그런 생각은 아예 하지도 말라는 듯 단어 하나하나를 내뱉었다. "오토는 집이 있어. 방이 있다고. 괜히 나 애먹이려고 이러는 거야. 아직도 내가 자기 거라고 생각하니까. 그래서 이래."

오토는 참을성 있게 듣고 있었다. 시선을 재떨이에 고정한 채 기회를 엿보는 중이었다.

"여기는 내 집이야." 마리아가 오토에게 말했다. "내 집이라고! 그 얘기는 이걸로 끝내. 이제 나가!"

세 시간이면 짐을 챙길 수 있다고 레너드는 생각했다. 마리아의 짐은 택시 두 대면 다 들어갈 것이다. 날이 밝기 전에는 안전한 그의 아파트에 있을 것이다. 아무리 피곤해도 아직 기세등등하게 축하를 다시 시작할 만한 시간이었다.

오토가 손톱으로 편지를 탁 튕겼다. "읽어봐. 네 눈으로 똑똑히 보라니까." 그는 또 반걸음 앞으로 나왔다. 레너드가 단호하게 막아섰다. 하지만 어쩌면 마리아는 편지를 읽어야 할지도 모른다.

마리아가 말했다. "우리가 이혼했다는 걸 알리지 않았잖아. 그래서 당신한테 권리가 있다고 생각하는 거야."

오토는 신이 나는 모양이었다. "하지만 그들은 알고 있어. 잘 알고 있지. 우리는 어쩌고저쩌고 앞에 같이 가서 누구한테 더 집이 필요한지 결판을 내야 해." 그러더니 레너드를 흘끔 보고는 다시 마리아 쪽으로 눈길을 돌렸다. "저 영국인한테 집이 있고, 당신은 반지를 끼고 있군. 어쩌고저쩌고는 그 사실을 자세히 알고 싶어할 테지."

"저 사람, 이리 들어와서 같이 살 거야." 마리아가 말했다. "그러니까 그 문제는 여기서 끝내."

이번에는 오토가 레너드의 시선을 받아 똑바로 노려보았다. 독일인은 점점 강해지고 있었다. 갈수록 주정뱅이 낙오자가 아니라 음흉한 사기꾼처럼 보였다. 자기가 이기고 있다고 판단하는 게 분명했다. 그는 미소를 띤 채 말했다. "네, 네. 디 플라타네날레 26 베레 베서 퓌어 오이히(아니, 아니야. 너희한테는 플라타넨 길 26번지가 더 어울려)."

블레이크가 말한 대로였다. 베를린은 작은 동네, 시골 마을이나 다름없었다.

마리아가 뭐라고 소리쳤다. 모욕적인 언사, 그것도 아주 효과적인 욕설이 틀림없었다. 오토의 얼굴에서 웃음기가 싹 가셨다. 그도 악을 쓰며 받아쳤다. 레너드는 부부싸움, 해묵은 전쟁의 십자포화 한가운데 서 있었다. 정신없이 오가는 말의 탄환 중 알아들을 수 있는 것은 동사, 짧게 끊어지는 문장들의 끄트머리에 탄피처럼 쌓이는 동사들뿐이었고, 그가 익힌 음탕한 말들도 일부 알 것 같았지만 모두 새롭게 형태가 바뀌어 훨씬 폭력적으로 변해 있었다. 두 사람은 동시에 소리를 질러대고 있었다. 마리아는 어찌나 표독스러운지 마치 발톱을 세운 고양이, 아니면 호랑이 같았다. 그녀에게 이토록 격정적인 구석이 있을 줄은 이제껏 짐작조차 하지 못했고, 자기는 한 번도 이런 식으로 그녀를 자극하지 못했다는 게 잠시나마 수치스러웠다. 오토는 몸을 한껏 앞으로 내밀고 있었다. 레너드가 손을 뻗어 그를 제지했다. 독일인은 신체 접촉을 전혀 알아채지 못한 것 같았지만, 레너드는 그 느낌이 몹시 싫었다. 손에 닿은 그의 가슴은 단단하고 묵직해서 마치 샌드백 같았다. 그가 하는 말들이 레너드의 팔을 따라 진동하며 올라왔다. 오토의 편지가 마리아를 수세로 몰았지만 지금은 그녀의 말 한 마디 한 마디가 정곡을 찌르고 있었다. 당신은 절대 못했어, 당신에게는 없었어, 당신은 무능력해…… 그녀는 약점을 공략하고 있었다. 아마도 술버릇, 아니면 섹스, 아니면 돈. 오토는 부들부들 떨면서 소리를 지르고 있었다. 입술에서는 피가 더 많이 흘렀다. 그의 타액이 레너드의 얼굴에 점점이 튀었다. 그는 다시 앞으로 나오려 했다. 레너드가 그의 위팔을 잡았다. 역시 단단해서 방향을 바꾸는 것은 무리였다.

그때 마리아가 뭔가 참을 수 없는 말을 했는지 오토가 레너드의 손을 뿌리치고 그녀에게 달려들어 곧장 목을 졸랐고, 말은 물론 그 어떤 소리도 끊어버렸다. 자유로운 손은 치켜든 채 주먹을 불끈 쥐고 있었다. 주먹이 마리아의 얼굴을 향해 궤적을 그리며 날아가려는 순간 레너드가 그 주먹을 양손으로 붙잡았다. 그녀의 숨통을 죄는 손길은 강력했고, 밖으로 튀어나온 그녀의 혓바닥은 검보라색이었으며, 커다랗게 치뜬 눈은 이미 애원조차 하지 못했다. 주먹의 기세에 레너드는 앞으로 휘청했지만 그래도 붙잡은 오토의 팔을 내렸다가 등뒤로 꺾어올려 관절이 부서져라 비틀었다. 오토는 어쩔 수 없이 오른쪽으로 돌았고, 레너드가 양손으로 그의 손목을 단단히 틀어쥐고 척추를 따라 팔을 더욱 비틀어올리자 마침내 그도 마리아를 놓고 빙글 돌아서 팔을 풀고 공격자와 마주보았다. 레너드는 그를 놓아주고 한 발 물러섰다.

이제 레너드의 예상은 현실이 되었다. 이것은 그가 두려워하던 사태였다. 그는 크게 다쳐 영영 불구가 될 각오로 버티고 섰다. 현관문이 열려 있었다면 그리로 줄행랑쳤을지도 모른다. 오토는 체구가 작아도 강했고 믿을 수 없을 만큼 악랄했다. 마리아에게 쏟아졌어야 할 그의 증오와 분노가 이제 모두 이 영국인을 향했다. 레너드가 안경을 콧대 위로 밀어올렸다. 차마 안경을 벗어던질 배짱은 없었다. 앞으로 그에게 닥칠 일을 똑똑히 봐야 했다. 그는 권투선수들이 하는 걸 본 대로 주먹을 올렸다. 오토는 총을 뽑기 직전의 카우보이처럼 양옆에 손을 늘어뜨리고 있었다. 취해서 눈이 빨갰다. 그가 한 행동은 단순했다. 오른발을 뒤로 뺐다가 영국인의 정강이를 걷어찬 것이다. 레너드의 가드가 내려갔다. 오토가 곧장 그의 목울대를 향해 주먹을 날렸다. 레너드는 간신히 옆으로 피했지만 주먹이 쇄골에 명중했다. 아팠다.

말도 안 될 만큼 정말로 아팠다. 뼈가 부러졌을 수도 있었다. 다음은 척추일 터였다. 그는 손바닥을 보인 채 두 손을 들었다. 뭐라고 말을 하고 싶었다. 마리아가 뭐라고 말해주길 바랐다. 오토의 어깨 너머로 구두 더미 옆에 서 있는 그녀가 보였다. 그들은 플라타넨 길에서 살 수도 있다. 깊이 생각만 하면 그녀도 괜찮다고 할 터였다. 오토가 다시 세게, 아주 세게 그의 귀를 쳤다. 징징 울리는 소리, 전기초인종 같은 소리가 사방에서 들려왔다. 너무나 화가 나고 너무나…… 억울했다. 이것이 두 사람이 엉겨 붙기 전 레너드의 뇌리를 스친 마지막 생각이었다. 두 사람은 서로 얼싸안은 모양새였다. 팽팽하고 탄탄한, 역겨운 이 작은 몸을 더 바짝 당겨야 할까, 아니면 또 공격당할 위험을 무릅쓰고라도 밀어내야 할까. 그는 자신의 큰 키가 불리하다는 것을 실감했다. 오토는 그에게로 곧장 파고들었고, 순간 레너드는 그 이유를 깨달았다. 오토가 두 손으로 그의 다리 사이를 더듬더니 고환을 찾아 꽉 움켜쥐었던 것이다. 마리아의 목을 졸랐던 바로 그 손아귀에. 시야에 그을린 황토색이 꽃피듯 번졌고 비명이 터져나왔다. 고통이라는 말로는 충분치 않았다. 그의 의식 전체가 끔찍하게 뒤틀려 거꾸로 돌아가는 것 같았다. 자유로워질 수만 있다면, 차라리 죽어버릴 수만 있다면 뭐든 할 수 있고 뭐든 내줄 수 있었다. 허리를 푹 꺾자 머리 높이가 오토와 같아지며 빰이 서로 스쳤다. 레너드는 고개를 돌려 입을 벌리고 오토의 얼굴을 꽉 깨물었다. 그를 이기겠다는 계산에서 나온 행동이 아니었다. 너무 괴로워서 아래윗니가 맞닿을 때까지, 입안에 뭔가 가득찰 때까지 턱에 힘을 주었을 뿐이었다. 자기 것일 리가 없는 포효 소리가 났다. 고통이 줄어들었다. 오토가 떨어지려고 안간힘을 쓰고 있었다. 그를 놔주고 반쯤 먹다 만 오렌지 같은 밀도의 뭔가를 뱉었다. 맛을 보지는 않았다. 오토는 울부짖고 있었다. 뺨을 통해 누런 어금니가 훤히 보였다. 그리고 피. 얼굴에 그렇게 많은 피가 있을 줄 누가 알았으랴. 오토가 다시 다가오고 있었다. 레너드는 이제 피할 길이 없다는 걸 알았다. 오토가 얼굴에 피를 철철 흘리며 달려드는데 그의 등뒤로 또다른 무언가, 검고 키 큰 무언가가 다가오는 것이 시야 한구석에 보였다. 그로부터도 자신을 보호하기 위해 레너드는 오른팔을 위로 쭉 뻗었고 손가락이 뭔가 차가운 걸 움켜쥐는 순간 시간이 느리게 흘렀다. 그는 그것의 진로를 바꿀 수 없고 다만 붙잡고 함께 움직일 수 있을 뿐, 아래로 아래로 떨어지게 둘 수 있을 뿐이었고, 그 강철은 전력을 다해 마치 발길질하는 발처럼, 마땅한 응보처럼 떨어졌고, 그의 손을, 또 마리아의 손을 얹은 채, 심판의 무게를 온전히 실은 채 강철 발은 오토의 두개골에 내리꽂혔고, 발끝이 뼈를 뚫고 더욱더 깊이 박혀 오토를 바닥에 쓰러뜨렸다. 그는 소리도 없이 얼굴을 아래로 하고 쓰러지더니 사지를 쫙 뻗었다.

구두골은 아직도 그의 머리에서 비죽 튀어나와 있었고, 온 도시가 적막에 휩싸였다.

17

약혼 파티 후 젊은 연인은 밤새 잠을 이루지 못하고 이야기를 나누었다. 동이 트고 두 시간 후 러시아워의 인파와 함께 줄을 서서 루도로 가는 버스를 기다리며 그는 사태를 그런 식으로 바라보려고 애썼다. 그에게는 장면의 연속이, 이야기가 필요했다. 질서가 필요했다. 한 가지 다음에 또 한 가지씩. 버스에 올라탄 그는 빈자리를 하나 찾았다. 그가 행동을 마치면 입술은 그것을 언어화했다. 그는 빈자리를 찾아서 앉았다, 라고. 싸움 후 그는 십 분 동안 이를 닦았다. 그리고 마리아와 함께 시체에 담요를 덮었다. 아니, 시체를 담요로 쌌다고 해야 할까. 그러고 나서 욕실에 들어가 십 분 동안 이를 닦았다. 이십 분이었던가. 칫솔은 바닥에 떨어져 부서진 선반 밑, 깨진 유리 조각 사이에 있었다. 치약은 세면대 안에 떨어져 있었다. 그 주정뱅이가 선반을 부술 때 치약은 세면대에 떨어졌다. 치약은 자신이 필요하리라는 걸 알았고, 칫솔은 몰랐다. 치약이 책임자요 브레인이었다……

그들은 구두골을 제거하지 않았다. 그럴 수가 없었다. 그것은 담요 아래서 삐죽 올라와 있었다. 마리아는 소리내어 웃었다. 그것은 지금도 여전히 거기 있었다. 담요로 덮어도 구두골은 여전히 거기 있었다. 산 자와 구두골. 산 자는 빈자리를 찾았고, 구두골은 서 있어야 했다.*

하젠하이데 공원을 따라 이동하는 사이 버스는 만원이 되었다. 이제는 입석밖에 남지 않았다. 그러자 운전사가 인도를 향해 더는 자리가 없다고 소리쳤다. 다른 사람이 더 타지 못한다고 생각하니 왠지 마음이 편했다. 당장은 안전할 테니까. 러시아워의 교통 흐름과는 반대로 남쪽으로 내려가면서 버스가 비기 시작했다. 루도 마을에 도착했을 때는 레너드만 남아 늘어선 좌석 사이에서 모습을 드러내고 있었다.

그는 익숙한 길을 걷기 시작했다. 기억했던 것보다 더 많은 건물이 올라가고 있었다. 그는 어제와는 다른 사람이었다. 어제 아

---

* 앞 문장의 원문은 'The quick and the last'로, 구두골을 뜻하는 last가 '산 자와 죽은 자'를 뜻하는 관용구 'the quick and the dead' 중 dead의 유의어 late의 최상급이기도 하다는 점에서 착안한 레너드의 무의식적 언어유희이다. 다음 문장의 원문은 'The quick found a seat, the last had to stand'로, '빨리 온 사람은 좌석에 앉고, 마지막에 탄 사람은 서 있어야 했다'는 뜻이기도 하다.

침, 약혼하기 전과는. 그들은 침대에서 담요를 한 장 벗겨내 그 위에 덮었다. 시신에 대한 존중이 아니었다. 도대체 왜 그 행위가 존중과 관련있다고 생각했겠는가. 그들은 그 광경으로부터 자신을 지켜야 했다. 생각을 할 수 있어야만 했다. 그는 구두골을 잡아당겨 빼낼 작정이었다. 어쩌면 그것은 시신에 대한 존중이었을지 모른다. 아니면 은폐였거나. 그는 무릎을 꿇고 구두골을 잡았다. 손길이 닿자 마치 빽빽한 진흙에 꽂힌 막대기처럼 움직였다. 도저히 뽑을 수 없었던 이유는 바로 그 때문이었다. 그걸 닦아내고 욕실에서 수돗물로 헹궈야만 했을까?

그들은 시신을 빈틈없이 감싸려 애썼으나, 한쪽 끝에는 다 닳은 구두 한 짝이 튀어나와 있는데 반대쪽에는 구두를 덮었어야 할 담요를 몽땅 끌어다놓아 수수께끼 같은 형체의 윤곽이 드러난 꼴이 우스꽝스러웠다. 마리아는 웃기 시작했다, 두려움이 가득찬, 소름 끼치도록 자지러지는 웃음이었다. 그도 같이 웃어버릴 수 있었다. 깔깔 웃어대는 사람이 대개 그렇듯, 마리아는 그와 눈길을 마주치려 하지 않았다. 웃음은 그녀만의 것이었다. 굳이 멈추려고 애쓰지도 않았다. 웃음이 그치면 울음이 터질 것이다. 같이 웃어버릴 수도 있었지만 그는 엄두가 나지 않았다. 걷잡을 수 없는 상황이 벌어질 수도 있었다. 영화에서는 여자가 저렇게 웃으면 남자가 얼굴을 세게 철썩 때린다. 한동안 침묵을 지키던 여자가 진실을 깨닫고 울기 시작하면 남자가 달래주는 것이다. 하지만 그는 너무 피곤했다. 그녀는 불평을 늘어놓거나 면박을 주거나 그의 뺨도 철썩 때릴지 모른다. 어떤 일도 일어날 수 있었다.

이미 어떤 일이 일어나기도 했다. 담요를 덮기 전에도, 덮은 후에도 그는 이를 닦았다. 칫솔로는 충분치 않았다. 도구로서 그것은 턱없이 부족했다. 그의 부탁으로 마리아가 이쑤시개를 가져다주었다. 앞니와 송곳니 사이에 낀 걸 제거하려면 그게 있어야 했다. 구역질은 나지 않았다. 토트넘에서의 기억, 일요일 점심때면 푸딩을 먹기 전에 아버지와 자신이 이쑤시개로 이를 쑤시던 기억이 떠올랐다. 어머니는 이쑤시개를 쓰는 법이 없었다. 왠지 몰라도 여자들은 이를 쑤시지 않았다. 그는 죄를 더하지 않으려고 티끌만한 살점 하나 삼키지 않았다. 지금은 이런 사소한 것 하나하나가 다 도움이 되었다. 그것은 흐르는 수돗물로 씻어버리고 제대로 보지도 않았다. 잘게 조각난 연한 분홍색의 무언가가 흘끗 눈에 들어왔을 뿐이다. 그는 침을 뱉고 또 뱉고 입을 헹구었다.

그리고 그들은 술을 마셨다. 아니, 구두끈을 뽑는 데 도움이 될까 싶어 그는 이미 한 잔 걸쳤던가. 와인은 한 방울도 없었다. 좋은 모젤 와인을 치마에 쏟아버렸다. 남은 것은 영국 육해공군 군인조합에서 산 진뿐이었다. 얼음도 레몬도 토닉도 없었다. 그는 진을 침실로 가져갔다. 그녀가 옷가지를 걸고 있었다. 오토가 오줌을 싸지는 않았고, 그 또한 도움이 되는 일이었다.

그녀가 말했다. 내 건 어디 있어? 그래서 그는 자기 술을 건네고 다시 한 잔 가지러 갔다. 테이블 옆에서 술을 따르며 보지 않으려고 애썼지만 결국 보고 말았다. 그것이 움직였던지 이제 구두 두 짝이 드러났고, 한 짝은 검은 양말도 보였다. 그들은 시신을 뒤집지도, 진짜로 죽었는지 제대로 확인해보지도 않았다. 그는 숨을 쉬는지 낌새를 살피려고 담요를 지켜보았다. 그것은 이미 숨을 쉬고 있었다. 떨리는 건가, 가늘게 오르락내리락하는 건가? 그렇다면 상황이 더 나빠진단 말인가? 그러면 함께 의논하기 전에, 서로 말을 맞추기 전에 앰뷸런스를 불러야 할지 모른다. 아니면 다시 죽여야 할지도. 그는 담요를 뚫어져라 지켜보았고, 그 시선에 반응하듯 담요가 움직였다.

침실로 술을 가지고 들어가 그녀에게 그 사실을 얘기했다. 그녀는 나가서 보려고도 하지 않았다. 터무니없는 소리라고 했다. 그녀의 생각은 확고했다. 그것은 죽었다. 옷은 이제 다 걸어서 그녀는 옷장 문을 닫았다. 그러고는 담배를 찾는다며 방을 나갔지만 그는 알고 있었다. 그걸 보러 갔다는 것을. 그녀는 돌아와서 아무리 찾아도 담배가 없다고 했다. 그들은 침대에 앉아 술을 마셨다.

앉으니 고환이 아팠다. 귀도, 쇄골도. 누군가 상태를 봐줘야 했다. 하지만 그들은 할 이야기가 있었고, 이야기를 하려면 생각을 해야 했다. 그러려면 술을 마셔야 했는데, 그러자니 자리에 앉아야 했고, 그러면 고환이 아프고 귀가 아팠다. 너무나 빠르고 숨막히는 이 순환에서 빠져나가야만 했다. 그래서 진을 마셨다. 그는 발치의 바닥을 내려다보고 있는 그녀를 보았다. 그녀는 아름다웠다. 아름답다는 걸 알긴 했지만 아무 느낌이 없었다. 그녀의 아름다움은 그의 바람과 달리 마음을 움직이지 못했다. 그는 그녀가 감동을 주길, 그에게 품었던 감정을 기억해내길 바랐다. 그러면 함께 이 사태를 직시하고 경찰에게 뭐라고 얘기할지 정할 수 있으리라. 그러나 그녀를 바라보고 있어도 아무런 느낌이 없었다. 팔을 만졌지만 그녀는 고개를 들지 않았다.

두 사람의 말을 확실히 믿게 만들려면 서로 힘을 합쳐야 했다. 경찰은 그녀가 아름답다고 생각할지도 모르고, 어쩌면 그 아름다움을 제대로 느낄지도 모른다. 그는 단순한 사실로 알 뿐이지만. 아름다움을 느끼면 경찰도 이해할 테고, 그게 돌파구가 될 수도 있다. 정당방위였어요. 그녀가 말하면 그걸로 괜찮을 것이다.

그는 그녀의 팔에서 손을 떼고 말했다. 경찰한테 뭐라고 하지? 그녀는 아무 대꾸가 없었고 고개조차 들지 않았다. 어쩌면 그가 그 말을 입 밖에 내지 않았는지도 모른다. 말할 작정이었지만 그 역시 아무 소리도 듣지 못했다. 기억에 없었다.

그는 난민 판자촌을 지나는 중이었다. 걸으면 아팠다. 쇄골은 팔을 들 때만 아프고 귀는 만질 때만 아팠는데 고환은 앉을 때는 물론이고 걸을 때도 아팠다. 판자촌 주민들의 시야에서 벗어나면 가만히 서 있을 생각이었다. 머리카락이 당근처럼 불그스레한 아이가 눈에 들어왔다. 반바지 차림에 무릎에는 딱지가 앉아 있었다. 꼬맹이 깡패처럼 보였다. 꼭 영국 아이 같았다. 레너드가 출근길에 꽤 자주 마주치던 아이였다. 그간 서로 말을 섞거나 손을 흔드는 일은 한 번도 없었다. 전생에 알고 지낸 사이처럼 그저 빤히 바라보았을 뿐이다. 오늘은 스스로의 행운을 비는 뜻으로 레너드는 손을 들어 인사하고 엷은 미소도 지어 보였다. 손을 치켜들자 아팠다. 그가 아프다는 것을 알았다 한들 개의치 않았겠지만, 아이는 그저 빤히 바라볼 뿐이었다. 규칙을 어긴 쪽은 어른이었다.

모퉁이를 돌아 계속 걷다가 발길을 멈추고 나무에 몸을 기댔다. 길 건너편에서 아파트를 짓고 있었다. 곧 이곳에서도 더는 시골의 면모를 찾아볼 수 없게 될 것이다. 여기 사는 사람들은 한때 이곳 풍경이 어땠는지 모를 것이다. 그가 돌아와 알려주리라. 여기 풍경은 썩 훌륭했던 적이 없어요, 라고. 그러니까 괜찮아요.

다 괜찮아요. 계속해서 이어지는 그 생각만 아니라면.

할 수 있는 일은 아무것도 없었다. 그는 그녀의 팔을 다시 한번 만졌다. 아니, 그때가 처음이었던가. 그리고 그 질문을 던졌다. 다시 한번, 혹은 처음으로 던지며 이번에는 단어들이 실제로 입 밖에 나오도록 신경썼다.

알아. 그녀가 대답했다. 그 말뜻은 나도 그걸 묻고 싶어, 나도 그게 걱정이야, 이거나 아까 물어봤잖아, 알아들었어, 일지도 모르고 또 방금 대답했잖아, 였는지도 몰랐다.

이야기를 이어가기 위해 그가 말했다. 정당방위였어, 정당방위였다고.

그녀는 한숨을 쉬었다. 그리고 말했다. 경찰이 그 사람을 알아.

그래. 그가 말했다. 그러니까 이해할 거야.

그녀가 급하게 말을 쏟아놓았다. 그 사람한테 호의적이었어. 전쟁영웅이라고 생각한 걸 보면 그 사람한테 무슨 이야기를 들었나보지. 전쟁 때문에 술주정뱅이가 된 줄 알아. 그러니 술을 마셔도 눈감아줘야 한다고. 비번일 때는 맥주도 사줬다니까. 게다가 그 사람이 술고래가 된 건 나 때문인 줄 알지. 언젠가 여기로 와달라고 했을 때 그러더라. 신변 보호를 부탁했더니 하는 말이, 하지만 당신 때문에 그 불쌍한 놈이 미치는 거 아닙니까, 였다고.

그는 통증을 덜기 위해 침대에서 일어났다. 진을 가지러 가고 싶었다. 아예 병째 들고 오고 싶었다. 담배도 찾아보고 싶었다. 담뱃갑에 세 개비가 남아 있었지만 아파서 걸을 수가 없었다. 그리고 거기 가면 그사이 그것이 또 움직였다는 걸 알게 될지도 모른다.

그는 옷장 옆에 서서 말했다. 그 사람들은 오르트눙스폴리차이, 동네 경찰이고. 우린 크리미날폴리차이(형사계)랑 얘기해야 해. 계통이 전혀 다르다고. 말은 그렇게 했지만, 사실 범죄자도 범죄도 없었고 오로지 정당방위만 있을 뿐이었다. 그녀가 말했다. 그래도 어차피 동네 경찰이 끼어들 테니까 마찬가지야. 그래야 되잖아, 자기네 영역이니까.

그가 말했다. 그럼 뭐라고 하지?

그녀는 고개를 저었다. 그는 모르겠다는 뜻으로 받아들였다. 하지만 그녀는 전혀 다른 생각을 품고 있었다. 아직 두시 반밖에 되지 않은 그때, 벌써 그녀는 전혀 다른 생각을 품고 있었다.

익숙한 길을 걷고 있자니 그런 일은 아예 일어나지 않았던 척할 수 있었다. 그는 그저 출근을 하고 있었고, 그게 전부였다. 터널로 내려갈 것이다. 터널이 기대되었다. 그는 진을 가지러 밖으로 나갔었다. 담배는 아무리 찾아도 없었다. 구두를 보았다. 훨씬 더 많이 나와 있었다. 의심의 여지가 없었다. 양말은 두 짝이 다 보이고 듬성듬성 털이 난 다리도 조금 보였다. 황급히 침실로 들어와 얘기해주었지만 그녀는 눈길을 들지 않았다. 팔짱을 끼고 벽을 뚫어져라 바라볼 뿐이었다. 그는 방문을 닫고 진을 두 잔 따랐다. 술을 마시는 사이 영국 육해공군 군인조합이 떠올랐다.

이러면 어때. 그가 말했다. 영국 헌병을 데려오는 거야. 아니면 미군이나. 내가 그쪽 소속이잖아, 그러니까, 그러는 게 맞겠어.

그녀는 팔짱을 풀 듯하다가 다시 끼었다. 내가 얽혀 있잖아. 그녀가 말했다. 독일 경찰도 결국 알게 될 거야.

그는 여전히 선 채로 말했다. 전부 내가 했다고 말할게. 정신 나간 제안이었다.

그녀는 미소를 짓지도 목소리를 누그러뜨리지도 않고 대답했다. 자기는 다정하고 친절해. 하지만 그 사람은 독일인이고, 이 아파트는 내 거고, 한때 내 남편이었던 사람이야. 독일 경찰에 알려야 할 거야.

제안이 받아들여지지 않아 다행이라고 생각하며 그가 말했다. 우린 점점 수렁으로 빠져들고 있어. 경찰은 그가 전쟁영웅이라고 생각할지 모르지. 하지만 폭력적이라는 사실도 알고, 주정뱅이에 질투심이 많다는 것도 아니까 그보다는 우리 말을 믿지 않을까. 게다가 처음부터 죽일 생각이었다면 머리를 박살내고 나서 경찰에 신고하진 않겠지.

그녀가 말했다. 빠져나갈 수 있다고 생각했다면 신고할 수도 있지, 안 그래? 무슨 말인지 이해되지 않아 그가 대답을 하지 못하자, 그녀가 말했다. 토트슐라크, 경찰은 그렇게 말할 거야. 과실치사라고.

그는 초병들에게 다가가고 있었다. 정문에는 제이크와 하위가 있었다. 그들은 싹싹했고 부어오른 그의 귀를 두고 농담도 던졌다. 그래도 통행증은 제시해야 했다. 전날과 마찬가지로 순조롭게 통과되었다. 모든 게 변한 것은 아니었다. 전적으로 나쁜 것은 아니었다. 초소를 지나 보통 때와 다름없는 길을 따라 걸었다. 사무실까지 가는 도중에 누구와도 마주치지 않았다.

문에는 글래스의 쪽지가 붙어 있었다. 13:00에 구내식당에서 만나세. 사무실은 어제 그가 나올 때와 똑같았다. 작업대, 납땜인두, 옴계, 전압계, 밸브 테스트 장비, 둘둘 말아놓은 케이블, 여분의 부품 몇 상자, 납땜으로 고칠 생각이었던 고장난 우산 하나. 이게 다 그의 물건이고, 그의 일, 그가 정말로 하는 일이었다. 전적으로 더없이 합법적이고 떳떳한 일. 아니, 떳떳한 면과 그렇지 못한 면이 있었고 정의하기에 따라서는 합법적이지 않을 수도 있었다. 그들이 용납하지 않는 정의도, 혈안이 되어 뿌리 뽑으려 하는 정의도 있었다. 이런 건 그만둬야 해. 그는 생각했다. 침착해질 필요가 있다고.

과실치사, 라고 그녀는 말했다. 통증이고 뭐고 침대에 가서 앉아야 했다. 살인이라는 말보다 끔찍하게 들렸다. 학살이라니.* 그

* '과실치사'를 뜻하는 manslaughter의 slaughter에 '학살'이라는 의미가 있다.

말은 더 끔찍했다. 문밖에 놓인 그것에 걸맞은 어감이었다.

그는 다른 제안을 해보았다. 그런데 말이야. 그가 말했다. 나 당장 가서 진찰을 받아야겠어, 지금 당장.

그녀는 하품을 하며 말했다. 정말 그렇게 안 좋아? 그녀는 이 문제도 생각하기 싫은 것이었다.

그가 말했다. 쇄골하고 귀를 의사한테 보여야 해. 고환 얘기는 하지 않았다. 지금도 아팠다. 그래도 의사가 그걸 들여다보고 꽉 쥐고서는 그에게 기침을 해보라고 하는 상황은 원치 않았다. 앉은 자리에서 몸을 뒤틀며 그가 말했다. 가야겠어. 모르겠어? 그게 우리가 정당방위를 했다는 증거라고. 진짜 상태가 안 좋을 때 가야 사진을 찍을 수 있지.

하지만. 그는 생각했다. 불알 사진은 안 되지.

그러자 그녀가 대꾸했다. 그럼 그 사람 얼굴에 난 구멍, 그것도 정당방위라고 할 거야?

그는 자리에 앉아서 하마터면 까무러칠 뻔했다.

복도를 따라 음수대로 갔다. 얼굴에 물을 적시고 싶었다. 가는 길에 글래스의 사무실을 확인하니 부재중이었다. 또 한 가지 도움되는 일. 아이에게 손을 흔들고 초병에게 인사할 수는 있지만, 글래스와 이야기를 나눌 수는 없었다. 그는 자기 사무실에서 밸브 몇 개와 기타 잡동사니를 챙기고 문을 잠갔다. 어제 하다 남은 작은 일거리가 하나 있었다. 그 일을 하다보면 침착해질 수 있을지 모른다. 터널에 들어갈 구실이기도 했다. 거기서 가져와야 할 것이 있었다.

진찰을 받으면. 그녀가 말했다. 의사한테 얘기를 해야 하고, 그러면 또 경찰이야.

그가 말했다. 하지만 적어도 싸움, 몸싸움을 했다는 증거가 있잖아. 내가 갈기갈기 찢어질 수도 있었다고.

아, 그래. 그녀가 말했다. 정당방위의 증거. 하지만 그 구멍은 어떡하고?

그거야. 그가 말했다. 내가 왜 그런 짓을 해야 했는지 당신이 얘기하면 되지.

하지만 난 이유를 모르겠는걸. 그녀가 말했다. 말해봐, 어째서 그렇게 물어뜯은 거야?

그가 말했다. 당신 못 봤어? 그 인간이 무슨 짓을 하고 있었는지?

그는 고개를 젓는 그녀에게 알려주었다. 설명이 끝나자 그녀가 말했다. 그건 못 봤어. 둘이 너무 붙어 있어서.

뭐, 사실이야. 그가 말했다.

그녀는 진을 한 모금 마시고 물었다. 정말 얼굴에 구멍이 나게 물어뜯을 만큼 아팠어?

당연하지. 그가 말했다. 당신이 그걸 봤다고 말해야 해. 그 말을 하는 게 중요하다고.

그녀가 말했다. 하지만 거짓말할 필요가 없다면서. 잘못한 게 없으니까 숨길 것도 없다고 했잖아.

내가 그랬나? 그가 말했다. 내 말은, 잘못한 건 없지만 경찰이 그 사실을 믿어야 하니까 얘기를 잘 맞춰야 한다는 거야.

아, 그래. 그녀가 말했다. 아 그러니까, 거짓말을 하려면, 위장을 하려면 제대로 해야 해. 그리고 그녀는 팔짱을 풀고서 그를 바라보았다.

그는 지하실 천장까지 쌓인 흙더미를 지났다. 가끔 어두운 경사면에서 버섯이 자란다고들 하지만 그는 본 적이 없었다. 지금은 보고 싶지 않았다. 갱도 언저리까지 오자 기분이 좀 나아졌다. 발전기 소리, 터널 입구의 밝은 알전구, 이곳의 흐릿한 조명, 밑으로 연결된 케이블과 전력선, 통풍, 냉각 시스템. 시스템. 그는 생각했다. 우리에게는 시스템이 필요해. 그는 지위를 밝히고 보초에게 한두 가지 가지고 올라올 게 있어서 기중기가 필요하다고 말했다. "알겠습니다." 남자가 대답했다.

낡은 수직 철사다리는 이제 없었다. 요즘은 갱도 벽을 따라 한 바퀴 반 도는 나선계단으로 내려가게 되어 있었다. 미국인들이란. 그들은 정말 세심하다고 그는 생각했다. 그들은 만사를 가능하게, 또 편하게 만들어놓고 싶어한다. 사람들을 잘 건사하고 싶어한다. 미끄럼 방지 처리를 하고 사슬 난간까지 달아둔 이 기분 좋은 경량의 계단이며, 복도에는 코카콜라 자판기, 구내식당에는 스테이크와 초콜릿 우유를 구비해두었다. 그리하여 그는 다 큰 남자들이 초콜릿 우유를 마시는 걸 보기도 했다. 영국인들이라면 불편함도 비밀작전의 일환이라 여겨 철사다리를 그대로 썼을 것이다. 미국인들이 생각하는 것이라야 〈Heartbreak Hotel〉과 〈Tutti Frutti〉, 바깥의 거친 땅에서 벌이는 캐치볼 경기였다. 다 큰 남자들이 초콜릿 우유를 콧수염에 묻히고 공놀이를 하는 것이다. 그들은 순진했다. 어떻게 그런 사람들에게서 비밀을 훔친단 말인가. 그는 맥나미에게 아무 정보도 주지 않았다. 제대로 노력하지도 않았다. 그 또한 도움되는 일이었다.

계단을 내려가기가 고통스러웠다. 다 내려왔을 때는 기쁠 지경이었다. 암호화된 메시지에서 변형되기 전의 평문의 반향을 분리해내는 넬슨의 기술에 대해 그는 아무것도 알아내지 못했다. 이런 비밀을 가진 이들이 초콜릿 우유를 마시는 남자들이기도 했다. 그는 아무것도 알아내지 못했다. 두서너 개의 문을 열어보려 하기는 했다. 맥나미에게 거짓말을 한 것은 아니었다. 아무것도 훔치지 않았으니 글래스에게 거짓말을 할 필요도 없었다.

그녀는 다시 말했다. 거짓말을 한다면…… 그러고는 말을 잇지 않았고, 이제 그의 차례였다.

그가 말했다. 말을 맞춰야 해. 제대로 맞춰야 한다고. 경찰은 우리를 각각 다른 방에 데려다놓고 모순된 부분을 찾아낼 거야. 그 순간 그는 말을 멈추었다가 다시 입을 열었다. 그런데 할 만한 거짓말도 없네. 뭐라고 하겠어, 그가 욕실 바닥에 미끄러졌다고?

알아. 그녀가 말했다. 알아. 그 말은 이런 뜻이었다. 당신이 옳아. 그러니까 피할 수 없는 결론으로 어서 넘어가. 하지만 그는 가만 있었다. 일어나야겠다고 생각하면서도 앉아 있었다. 진을 좀더 따랐다. 어쩐지 취하는 것 같지가 않았다, 이 미적지근한 술은.

터널 안에는 기계로 걸러낸 매끄럽고 검은 공기와 인간이 만든 정적이 흘렀으며, 사방 어디를 보나 능력, 천재성, 분별력이 빛났다. 손에는 밸브가 있었고, 할 일이 있었다. 그는 낡은 궤도 사이를 걸었다. 흙을 밖으로 내오던 궤도였다.

너무 많이 마시는 거 아냐? 그녀가 말했다. 우리는 생각을 해야 해.

그는 침대에 내려놓으려고 잔을 홀짝 비웠다. 눈을 감아야 생각이 더 잘 정리되었다. 그래야 귀가 덜 아팠다.

알려줄 게 하나 더 있어. 그녀가 말했다. 내 말 듣고 있어? 잠들지 마. 라트하우스, 시청에서 그가 이 집에 대해 권리를 주장한다는 사실을 알고 있어. 편지와 모든 서류를 보관중이고.

그가 말했다. 그게 무슨 상관이야. 당신이 그랬잖아, 그래봐야 허튼소리라고.

에스 마흐트 니히츠(그건 문제가 아냐). 그녀가 말했다. 그 사람은 우리한테 불만을 품고 있었고, 우리는 그 사람과 싸울 이유가 충분했어.

동기 말이지. 그가 말했다. 그게 우리 동기가 될 거라는 말이야? 우리가 주거 분쟁을 이런 식으로 해결할 사람들처럼 보이나?

누가 알아. 그녀가 말했다. 여기서는 집 구하기가 하늘의 별 따기야. 베를린에서는, 이보다 더 사소한 일로도 사람을 죽인다고.

그가 말했다. 그것도 결국 그가 불만을 품고 있었고, 여기 시비를 걸러 왔고, 우리는 정당방위를 했다는 얘기가 되잖아.

아무 진척이 없다고 생각한 그녀는 다시 팔짱을 끼었다. 그리고 말했다. 과실치사라는 영어 단어는 직장에서 소령한테 들었어. 이런 얘기를 하더라고. 내가 거기서 일을 시작하기 전해에 일어난 일이래. 그 정비소에서 일하는 정비공 하나가, 독일 민간인인데 선술집에서 싸움이 붙어 상대 남자를 죽였어. 맥주병으로 머리를 쳤는데 죽었대. 술에 취하고 화가 나 있었지만 죽일 생각은 없었어. 자기가 한 짓을 깨닫고 나서 굉장히 후회했다니까.

그래서 어떻게 됐어?

오 년형을 받고 감옥에 갔대. 아마 아직도 거기 있을 거야.

터널에서는 여느 때와 다름없는 하루였다. 주위에는 거의 아무도 없었고, 모든 게 질서정연했고, 만사가 순조롭게 돌아갔다. 좋았다. 나머지 세상도 다 그래야 마땅했다. 그는 발길을 멈추고 보았다. 소화기에 전날 10:30에 주간 점검이 이루어졌다는 딱지가 붙어 있었다. 엔지니어의 이니셜과 사무실 전화번호, 다음 점검 날짜도 쓰여 있었다. 완벽 그 자체였다. 이곳에는 전화설비가 있고 옆에 일련의 전화번호가 적혀 있었다. 당직사령, 경비, 소방대, 녹음실, 도청실. 앰프에서 나온 전선들은 밝은 색깔의 새집게로 마치 소녀의 머리카락처럼 한 단으로 묶여 녹음실로 이어졌다. 이것은 도청실로 들어가는 전선이고, 이 도관은 물을 순환시켜 전자장치를 냉각하고, 이것은 통풍관, 이 전선은 독립된 전류를 경보장치에 전달하고, 이 센서는 탐침이 주변 토양에 깊이 박혀 있다. 그는 손을 내밀어 그것들을 만져보았다. 모두 제 기능을 하고 있었고, 이 모든 것을 그는 사랑했다.

눈을 떴다. 두 사람 다 말이 없는 사이 오 분이 흘러갔다. 어쩌면 이십 분이었는지도 모른다. 눈을 뜬 그가 말하기 시작했다. 하지만 이건 술집에서 일어난 싸움이 아니잖아. 그 인간이 나를 덮쳤고, 나를 죽일 수도 있었어. 그는 말을 멈추고 기억을 되짚었다. 당신을 먼저 덮쳤지, 목을 졸랐잖아. 그녀의 목을 잊고 있었다. 보자. 그가 말했다. 좀 어때? 목을 빙 둘러 뺨까지 붉은 자국이 나 있었다. 그걸 잊고 있었다.

침을 삼키면 아파. 그녀가 말했다.

거봐. 그가 말했다. 같이 병원에 가자. 이게 우리 얘기가 될 거고,

또 진실이고, 실제로 일어난 일이라고. 그놈이 목을 졸라 당신을 죽일 뻔했어.

그래. 그는 생각했다. 내가 막은 거야.

그녀가 말했다. 새벽 네시야. 지금 진찰해줄 의사는 하나도 없어. 그리고 행여 있대도, 말해두지만. 그녀는 말을 멈추고 팔짱을 풀었다. 말해두지만, 나는 내내 경찰 생각을 하고 있었어. 그들이 들어왔을 때 뭘 보게 될지.

담요를 미리 치워두면 되지. 그가 말했다.

그녀가 말했다. 담요 문제가 아니야. 경찰이 뭘 보게 될지 알아? 훼손된 시신이야.

그 말은 하지 마. 그가 말했다.

두개골은 박살났지. 그녀가 말했다. 얼굴에는 구멍이 뻥 뚫렸지. 그런데 우리는, 기껏해야 뭐라고? 귀가 빨개지고, 목이 쓰라리다고?

내 불알도 있다고. 그는 생각했지만 아무 말도 하지 않았다.

기사 두 명이 앰프 옆에서 작업중이었다. 그는 고개만 까딱하면 되었다. 선반 끝에서 걸음을 멈췄다. 책상이 하나 있고, 그것들은 바로 거기, 책상 밑에 얌전하게 그의 기억 그대로 있었다. 하지만 돌아가는 길에 할 수도 있었다. 그는 작업을 해야 했고, 그러면 도움이 될 터였다. 아니, 그 정도가 아니었다. 작업이 하고 싶었고 거기에 매달려야 했다. 그는 실내 압력을 높이는 문을 지나쳐 도청실로 들어갔다. 여기에도 두 사람이 있었다. 인사는 나눠도 끝내 친해지지 않은 사람들이었다. 한 명은 헤드폰을 끼고, 또 한 명은 뭔가 쓰고 있었다. 그들은 그를 보고 미소지었다. 이 안에서는 되도록 말을 하지 않게 돼 있었고, 꼭 필요한 경우에는 속삭여야 했기 때문이었다. 뭔가 쓰고 있던 사람이 부어오른 귀를 가리키며 쓴웃음을 지었다.

테이프리코더 두 대 중 한 대, 그러니까 현재 사용하지 않는 기기의 밸브를 교체해야 했다. 자리에 앉아 작업에 들어간 그는 여유를 가지고 천천히 커버 플레이트의 나사를 풀었다. 아무 일도 일어나지 않았더라면 이 작업을 계속했을 것이었다. 이 일이 끝나지 않기를 빌었다. 밸브를 교체한 뒤에는 연결 상태와 신호감지 작동장치의 납땜 부분들을 살피며 괜히 여기저기 건드려 보았다. 커버를 다시 덮고 나서도 계속 생각에 잠긴 척하면서 그 자리에 앉아 있었다.

틀림없이 잠이 들었던 모양이다. 그는 똑바로 누워 있었고, 불이 켜져 있었고, 옷도 다 입고 있었지만, 아무것도 기억나지 않았다. 그러다 불현듯 기억이 났다. 그녀가 팔을 흔들어서 그는 일어나 앉았다.

그녀가 말했다. 나한테 다 맡기고 잠들어버리면 안 돼.

정신이 맑아지고 있었다. 그가 말했다. 내가 무슨 말을 하든 반대만 하잖아. 자기가 말해봐.

그녀가 말했다. 당신한테 말하고 싶지 않아. 직접 봤으면 좋겠어.

뭘? 그가 말했다.

그녀는 몇 시간 만에 처음으로 일어섰다. 자기 손을 자기 목에 갖다 대고 말했다. 정당방위라고 해봐야 믿어주지 않을 거야. 아무도 안 믿을 거라고. 그렇게 말하면 우린 감옥에 가야 해.

그는 두리번거리며 진 술병을 찾았지만 그가 놓아둔 자리에 없었다. 그녀가 옮긴 모양인데 상관없었다. 어차피 속이 메슥거리던 참이었으니까. 그가 대답했다. 꼭 그럴 것 같진 않은데. 하지만 진심은 아니었다. 그녀의 말이 옳았고, 그들은 감옥에, 그것도 독일 감옥에 가게 된다.

그래서. 그녀가 말했다. 그냥 말할게. 누군가는 해야 할 말이니까 내가 할게. 경찰한테 진술할 필요 없어, 한 마디도 안 해도 돼. 여기서 그를 끌고 나가 그들이 발견할 수 없는 곳에 갖다놓는 거야.

오,하느님 맙소사. 그가 말했다.

그리고 언젠가 경찰이 그를 찾아내면. 그녀가 말을 이었다. 그래서 내게 와서 알려주면, 나는 말할 거야. 아, 정말 유감이네요. 하지만 술주정뱅이에 전쟁영웅이니까 골치 아픈 일에 휘말릴 줄 알았어요.

맙소사. 그가 말했다. 여기서 끌고 나가는 걸 들켰다간 우린 끝장이야. 살인처럼 보일 테니까, 살인.

맞아. 그녀가 말했다. 제대로 해야지. 그녀는 그의 옆에 앉았다.

둘이서 같이 해야 해. 그가 말했다.

그녀가 고개를 끄덕였고, 두 사람은 손을 잡고 한동안 아무 말도 하지 않았다.

결국 그는 가야 했다. 아늑한 도청실을 떠나야 했다. 두 사람에게 고개를 끄덕여 인사하고 이중문을 지나면서 낮아진 기압에 귀가 적응하도록 침을 꿀꺽 삼켰다. 그리고 책상 옆에 무릎을 꿇었다. 빈 케이스가 두 개 있었다. 둘 다 가져가기로 결심했다. 케이스는 커다란 앰펙스 녹음기기 두 대에 여분의 부품, 마이크, 테이프 릴과 케이블까지 다 들어갈 만한 크기였다. 색깔은 검은색에 모서리를 튼튼하게 덧대었고 커다란 스프링 자물쇠에 더해 안전에 만전을 기하기 위해 버클이 달린 캔버스 띠 두 개도 둘렀다. 케이스 하나를 열었다. 안팎을 살펴봐도 글자는 없었다. 군 일련번호도 없고 제조업체 이름도 없었다. 넓은 캔버스 띠 손잡이가 달려 있었다. 그는 케이스들을 들고 터널을 따라 걷기 시작했다. 앰프 선반 옆에서 일하는 사람들 사이를 비집고 나가느라 애를 먹었지만, 한 사람이 케이스 하나를 저 끝까지 들어주었다. 그리고 그는 혼자서 터널을 따라 덜거덕거리며 주 갱도까지 갔다.

한 번에 하나씩 들고 계단을 오를 수도 있었지만, 저 위에 있던 사람이 그를 보더니 데릭기중기를 내려주고 전기 윈치를 작동시켰다. 기중기 깔판에 올려놓은 케이스는 그보다도 먼저 갱도 위로 올라갔다. 다시 흙더미를 지나쳐 지상으로 올라와서는 어설픈 이중문 몇 개를 지나 길가를 따라 초소까지 되짚어갔다. 하위에게 케이스를 열어 보여야 했지만 그저 형식적인 절차에 불과했고, 그다음 순간은 도로, 그리고 휴가였다.

새로운 짐은 폭이 꽤 넓어 성가셨다. 자꾸 다리에 부딪히는 통에 양팔을 벌리고 들어야 해서 어깨도 아팠다. 속이 텅 비었는데도 그 지경이었다. 당근 머리를 한 아이는 아무리 찾아도 보이지 않았다. 마을에서는 버스 정류장 시간표를 읽느라 고생이었다. 숫자들이 사선으로 둥둥 떠올랐다. 그는 움직이는 숫자들을 따라가며 읽었다. 사십 분을 기다려야 해서 케이스들을 벽에 기대 놓고 그 위에 앉았다.

먼저 입을 연 쪽은 그였다. 새벽 다섯시 무렵이었다. 지금 계단 밑으로 끌고 내려가서 폭격 피해 지역에 옮겨놓으면 돼. 손에 병을 쥐여주면 다른 술주정뱅이들하고 싸움이 난 걸로 위장할 수 있어. 말은 그렇게 했지만, 그럴 기운이 없다는 걸 그는 알고 있었다. 지금은 아니었다.

그녀가 말했다. 계단엔 늘 누군가가 있어. 야간 근무를 끝내고 들어오기도 하고, 일찍 출근하기도 해. 잠이 아예 없는 노인네들도 있고.

계단이 정말로 조용한 때는 없어.

그녀의 말을 듣는 내내 그는 고개를 끄덕였다. 하나의 아이디어였다. 최선은 아니었지만 이렇게 자신들이 꼼꼼히 검토하고 있다는 게 기뻤다. 마침내 의견이 모아지고 있었다. 마침내 뭔가 진척이 있었다. 그는 눈을 감았다. 다 괜찮아질 것이다.

그리고 버스 운전사가 그를 흔들었다. 그는 아직도 케이스를 깔고 앉아 있었고, 운전사는 버스를 기다리는 거라 짐작한 모양이었다. 어쨌든 이 노선의 기점이었다. 그는 아무것도 잊지 않았다. 눈을 뜨는 순간 모든 것이 떠올랐다. 운전사가 케이스 하나를 들어주었고, 나머지 하나는 그가 들었다. 어린아이를 데리고 탄 어머니 몇 명은 벌써 자리에 앉아 있었다. 다들 도시 중심가로, 백화점으로 나가는 사람들이었다. 그가 가는 곳도 그쪽이었고, 그는 아무것도 잊지 않았다. 마리아에게 말할 것이다. 잠시도 이 일에서 손을 놓지 않았다고. 아직 시작도 하지 않았는데 팔다리에 힘이 없었다. 맨 앞자리에 앉고 짐을 그 뒷자리에 놓았다. 내내 지켜보고 있을 필요는 없었다.

북쪽으로 달려가면서 정류장에 멈출 때마다 버스에는 아이를 데리고 장바구니를 든 어머니가 더 많이 올라탔다. 그들은 뚜렷한 목적을 가지고 애써 러시아워에 딱 맞춰 나온 사람들이었다. 지금은 명랑하고 수다스럽고 축제처럼 들뜬 분위기였다. 자리에 앉아 있자니 등뒤에서 제각기 이야기를 나누는 목소리들이 들려왔다. 합의에 근거한 어머니들의 밝은 대화 중간중간에 작은 웃음소리와 동조하는 신음소리가 끼어들었고, 아이들은 뜬금없이 꽥꽥거리고 손가락질을 해가며 소리지르고 독일어 명사를 줄줄이 늘어놓는가 하면 별안간 짜증을 부렸다. 그리고 맨 앞자리에는 어머니를 바라기엔 너무나 커버리고 너무나 나쁜 그가 홀로 앉아, 토트넘에서 옥스퍼드 스트리트까지 어머니와 함께 다녔던 시간들을 떠올리고 있었다. 그는 창가 좌석에 앉아 표를 꼭 쥐고 있었고, 역무원에게도, 그가 상징하는 동시에 실재하기도 했던 시스템에도—명시된 목적지, 운임, 거스름돈, 하차 벨—절대적인 권위가 있었다. 작게 흔들리는 위대하고 중요한 버스가 정차할 때까지 그는 손잡이를 꼭 붙잡고 있었다.

그는 쿠르퓌어슈텐담 근처에서 다른 승객 모두와 함께 버스를 내렸다.

그녀가 말했다. 아이젠바렌한들룽(철물점)에는 가지 마. 백화점으로 가야 사람들이 자기를 기억하지 못할 거야.

길 건너에 새로 생긴 대형 백화점이 있었다. 경찰관이 차량들을 멈춰 세우고 사람들에게 손짓할 때까지 그는 일군의 무리와 함께 기다렸다. 법을 위반하지 않는 것이 중요했다. 새 백화점이었고, 모든 게 새것이었다. 그는 안내판을 살폈다. 지하로 내려가야 했다. 에스컬레이터에 올라탔다. 패배자의 나라에서는 누구도 아래로 걸어서 내려갈 필요가 없다. 효율적인 곳이었다. 몇 분 만에 그는 원하는 걸 구했다. 여직원이 잔돈을 건네주고는 그를 쳐다보지도 않고 비테 쇤(천만에요) 하고 인사하더니 그의 옆쪽 남자에게 시선을 돌렸다. 그는 비텐베르크 광장에서 지하철을 타고 코트부서 토르에서 내려 아파트까지 걸어왔다.

문을 두드리자 그녀가 큰 소리로 물었다. "베어 이스트 다(누구세요)?"

"나야." 그가 영어로 대답했다.

문을 연 그녀는 그가 들고 있는 케이스들을 보고 돌아서서 안으로 들어갔다. 두 사람은 눈길을 마주치지 않았다. 서로 접촉도 없었다. 그는 그녀를 따라 안으로 들어갔다. 그녀는 고무장갑을 끼고 창문을 전부 열어두었다. 욕실도 깨끗이 청소했다. 봄맞이 대청소 같은 분위기였다.

그것은 아직 거기, 담요 밑에 있었다. 그는 그 위를 넘어가야 했다. 그녀는 테이블도 깨끗이 닦아두었다. 바닥에는 낡은 신문 더미가 있었고, 의자 위에는 그녀가 사오기로 한 고무가 도포된 천 6미터가 차곡차곡 개어져 있었다. 실내는 밝고 싸늘했다. 그는 침실 문 옆에 케이스들을 놓았다. 그 문으로 들어가서 침대에 눕고 싶었다.

그녀가 말했다. "커피 좀 끓였어."

그들은 서서 커피를 마셨다. 아침에 어땠냐고 그녀는 묻지 않았고, 그도 묻지 않았다. 그들은 할 일을 했던 것이다. 그녀는 재빨리 커피를 다 마시고 테이블 위에 신문지를 두세 겹 깔기 시작했다. 그는 옆에서 그녀를 바라보았지만, 그녀가 자기 쪽으로 돌아서자 시선을 피했다.

"자, 그럼?" 그녀가 말했다.

실내는 밝았고, 훨씬 더 밝아졌다. 해가 나자 빛이 방안으로 곧장 비쳐들지는 않았지만 거대한 뭉게구름에 반사되어 구석구석을 빠짐없이 비추었다—그의 손에 들린 커피잔, 테이블 위의 거꾸로 뒤집힌 고딕체의 헤드라인, 담요 밑에서 불쑥 튀어나온 구두의 갈라진 검은 가죽.

이 모든 게 갑자기 사라진다 해도, 과거의 두 사람으로 돌아가려면 힘겨운 시간을 거쳐야 할 것이다. 하지만 지금부터 두 사람이 하려는 일은 그 길을 영영 막아버릴 것이다. 그러므로, 두말할 나위도 없이, 그러므로 지금 하는 이 일은 잘못이었다. 하지만 두 사람은 모든 고민을 마쳤고, 밤새도록 상의했다. 그녀는 그를 등진 채 창밖을 바라보고 있었다. 장갑은 벗었다. 손끝을 테이블에 대고 있었다. 그가 입을 열기만을 기다리고 있었다. 그는 그녀의 이름을 불렀다. 피곤했지만 한때 두 사람이 그랬듯 질문처럼 끝을 살짝 올려서, 사랑, 섹스, 우정, 함께하는 삶, 그 무엇을 막론하고 본질적인 문제를 상대에게 환기시킬 때면 그랬던 방식으로 그녀의 이름을 부르려고 애썼다.

"마리아." 그가 말했다.

그녀는 그의 뜻을 알아듣고 돌아섰다. 그 표정은 절망적이었다. 그녀는 어깨를 으쓱했고, 그는 그녀가 옳다는 걸 깨달았다. 말을 해봐야 훨씬 힘들어질 것이다. 그는 고개를 끄덕여 수긍하고 돌아서서 케이스들 옆에 무릎을 꿇고 앉아 하나를 열었다. 리놀륨 재단용 칼, 톱과 도끼를 꺼내 한쪽에 두었다. 그리고 담요와 구두골을 그대로 둔 채 레너드는 머리맡에서, 마리아는 발치에서 오토를 테이블로 옮겼다.

18

처음부터, 시체에 손을 댄 그 순간부터 일은 잘못 돌아갔다. 이제 사후경직이 진행된 터라 사실 시체를 들기는 쉬웠다. 다리는 똑바로 뻗은 채였고, 허리가 처지지도 않았다. 들어올릴 때 얼굴이 아래를 향해 있던 시체는 뻣뻣한 판자 같았다. 그런 변화는 예상치 못한 것이었다. 레너드는 어설프게 어깨 밑을 붙들었다. 고개가 아래로 푹 꺾였다. 제 무게를 못 이긴 구두골이 두개골에서 스르륵 미끄러져 레너드의 발등에 떨어졌다.

고통에 비명을 지르는데 마리아가 외쳤다. "지금 놓으면 안 돼. 거의 다 왔어."

발가락이 부러진 게 아닌가 싶은 고통보다 더 끔찍한 것은 담요 밑에서, 오토의 뇌나 입에서 차가운 액체 같은 게 흘러나와 레너드의 플란넬 바지 아래쪽을 적시고 있다는 사실이었다.

"아, 빌어먹을." 그가 말했다. "그럼 지금 그 위에 올려. 나 토할 것 같아."

테이블 위에 곧게 뻗은 시체 하나를 비스듬히 뉘어놓을 만한 공간이 간신히 나왔다. 바지 밑자락이 정강이에 감겨붙은 레너드는 절뚝거리며 욕실로 가서 변기 위로 엉거주춤 허리를 굽혔다. 아무것도 올라오지 않았다. 전날 밤의 리펜헨 미트 에르프젠퓌레 이후로 아무것도 먹은 게 없었다. 그는 오로지 그 음식의 독일어 이름만 생각하고 싶었다. 그러나 무릎 아래쪽을 보니 언저리에 피와 인모가 묻은 무언가의 회색 얼룩이 시커멓게 젖은 천에 대비되어 눈에 확 들어오는 바람에 구역질이 났다. 동시에 그는 바지를 벗으려고 안간힘을 썼다. 그런 그를 마리아가 욕실 문간에서 바라보고 있었다.

"내 구두에도 묻었어." 그가 말했다. "발뼈도 부러졌고, 확실해." 그는 구두와 양말과 바지를 벗어 세면대 밑으로 밀어넣었다. 엄지발가락 뿌리 쪽에 불그스름한 자국이 남았을 뿐, 발에 별다른 외상은 없었다.

"내가 닦아줄게." 그녀가 말했다.

그러더니 그를 따라 침실로 들어왔다. 그는 옷장에서 양말을 찾아내고 오토가 깔고 앉는 바람에 구겨진 바지도 찾았다. 침대 옆에는 그의 모직 슬리퍼가 있었다.

마리아가 말했다. "내 앞치마를 걸치는 게 나을지도 모르겠다." 터무니없이 잘못된 생각 같았다. 앞치마는 여자들이 파이나 빵을 구울 때 걸치는 것이다.

그가 말했다. "이제 괜찮아."

그들은 다시 거실로 갔다. 담요는 여전히 제자리에 덮여 있었고, 그들에게는 그 사실이 중요했다. 오토가 있던 바닥 카펫 위에는 커다랗게 젖은 자국 두 개가 남아 있었다. 창문들은 활짝 열려 있고 냄새도 전혀 나지 않았다. 하지만 빛은 가차없었다. 레너드를 적신 액체를 정확히 비추었다. 녹색이 도는 액체는 테이블에서 마루로 뚝뚝 떨어지고 있었다. 그들은 선뜻 다음 행동에 나서지 못하고 우두커니 서 있었다. 그때 마리아가 자기가 산 물건들을 올려둔 의자 쪽으로 가서 하나씩 설명하기 시작했다. 문장을 하나 시작할 때마다 심호흡을 했다. 그녀는 일을 진척시키려고 노력하는 중이었다.

"이 천은 바서디히트인데, 뭐라고 하더라?"

"방수포."

그녀는 빨간 깡통을 들고 있었다. "이건 풀, 아주 빨리 마르는 고무풀이야. 풀을 바르는 솔은 여기 있고. 조각조각 자를 때는 이 재단 가위를 써." 그녀는 백화점에서 상품 시범을 보이는 직원처럼 말하면서 크고 네모나게 천조각을 잘랐다.

그녀가 사용법을 그렇게 조목조목 설명해주니 도움이 되었다. 그도 자기가 사온 물건들을 테이블로 가져와 내려놓았다. 설명은 필요 없었다.

"그럼 좋아." 그는 지나치게 큰 소리로 말했다. "시작하자. 다리부터 할게."

하지만 그는 꼼짝하지 않았다. 담요를 노려볼 뿐. 직물의 섬유 한 올 한 올이, 무한히 반복되는 단순한 패턴이 또렷이 보였다.

"먼저 구두랑 양말부터 벗겨봐." 마리아의 조언이었다. 그녀는 깡통 뚜껑을 따서 풀을 티스푼으로 휘젓고 있었다.

현실적인 조언이었다. 그는 오토의 발목에 손을 올리고 뒤꿈치부터 조심조심 구두를 벗겼다. 쉽게 벗겨졌다. 구두끈이 없었다. 양말은 오물이 엉겨붙어 끔찍한 지경이었다. 그것도 재빨리 벗겨냈다. 발은 시커멓게 변색되었다. 열린 창문가에 서 있어서 다행이었다. 그는 담요를 둘둘 말아올려 무릎 바로 위까지 다리를 훤히 드러냈다. 혼자 시작하고 싶지 않았다.

그래서 그녀에게 말했다. "여기, 양손으로 흔들리지 않게 잡아주면 좋겠어." 그는 윗다리를 가리켰다. 그녀는 부탁받은 대로 했다. 그들은 이제 함께, 나란히 서 있었다. 그는 톱을 들었다. 톱니가 조밀했고, 안전을 위해 판지를 접어 감싼 뒤 고무줄로 묶어놓았다. 그는 판지를 벗기고 오토의 뒷무릎을 뚫어져라 바라보았다. 면 소재의 검은색 바지는 오래 입어서 반들반들 닳아 있었다. 오른손으로 톱을 들고 왼손으로는 오토의 발목 바로 위를 붙들었다. 방안의 온도보다 더 싸늘했다. 손의 온기가 빨려들어갔다.

"생각하지 마." 마리아가 말했다. "그냥 해." 그녀는 훅 하고 급히 숨을 몰아쉬었다. "내가 당신 사랑하는 거 기억해."

물론 실제로는 불가능할지언정, 두 사람이 이 일을 함께 한다는 것은 중요했다. 정식으로 선언할 필요가 있었다. 그는 자기도 사랑한다고 말하고 싶었지만 입이 바싹 말라 있었다.

그는 오토의 뒷무릎 위로 톱질을 했다. 날이 금세 걸렸다. 천 때문이었고, 그 아래 질긴 힘줄도 문제였다. 그는 톱을 치켜들었다가 날은 쳐다보지도 않고서 다시 그 위치에 대고 몸 쪽으로 당기려 했다. 똑같은 일이 벌어졌다.

"못 하겠어." 그가 외쳤다. "안 돼, 톱이 들지를 않는다고!"

"너무 세게 누르지 마." 그녀가 말했다. "부드럽게 해. 그리고 처음 몇 번은 몸 쪽으로 당겨야 해. 그러고 나면 앞뒤로 왔다갔다 움직일 수 있어."

그녀는 목공을 잘 알았다. 욕실 선반도 그녀가 만들었으면 훨씬 나았으리라. 그녀의 제안대로 해보았다. 톱은 기름이라도 친 듯 매끄럽게 움직였다. 그러다가 또다시 날이 걸렸다. 이번에는 뼈였는데 제대로 꽉 물렸다. 마구 움직이지 않도록 레너드와 마리아는 오토의 다리를 붙든 손에 힘을 주어야 했다. 톱에서 삐걱삐걱 소리가 약하게 났다.

"더는 못 해!" 그는 비명을 지르면서도 멈추지 않았다. 계속했다. 뼈를 자르고 있어서는 안 될 일이었다. 그의 계획은 관절 사이를 끊는 것이었다. 하지만 그것도 일요일 점심때 먹는 로스트치킨 같은 데서 힌트를 얻은 막연한 생각일 뿐이었다. 그는 이쪽저쪽으로 톱날의 각도를 바꿔가며 용을 썼다. 그는 알고 있었다. 일단 멈추면 절대로 다시 시작할 수 없을 것임을. 그런데 하나를 끝내고 나니 다시 쓱쓱 갈리는 뼈가 나왔다. 애써 보지 않으려 해도 4월의 햇살이 모든 걸 훤히 비추었다. 윗다리에서 거무스름한 피가 흘러나와 톱을 뒤덮고 있었다. 손잡이가 미끌거렸다. 이제 거의 다 끝났다. 아래쪽 피부만 남았는데 그걸 잘라내려면 테이블에 대고 톱질을 하지 않을 수 없었다. 리놀륨 칼을 들고 단번에 도려내려 했지만 피부가 칼날에 밀려 주름질 뿐이었다. 그래서 속으로 들어가야 했다. 관절 사이의 깊은 틈새로, 엉망으로 너덜거리는 시커멓고 차가운 살점 속으로 손을 넣어 칼날로 피부를 썰어야 했다.

"아, 이런." 그가 외쳤다. "오, 하느님!" 그리고 끝이 났다. 아랫다리 전체가 갑자기 하나의 물품, 원통형 천에 둘러싸이고 맨발이 달린 하나의 물건이 되어버렸다. 마리아는 만반의 대비를 해놓았다. 미리 준비해둔 사각형 방수포로 그것을 즉시 둘둘 말았다. 그리고 가장자리를 풀로 붙여 봉했다. 그러고는 그 꾸러미를 케이스 하나에 넣었다.

다리를 잘라낸 자리에서 액체가 줄줄 새어나와 온 테이블을 뒤덮었다. 축축하게 젖은 신문지는 찢어지고 있었다. 테이블 다리를 따라 흘러내린 피는 바닥에 깐 신문지를 흠씬 적셨다. 그 위로 걸으면 신문지가 발에 쩍쩍 들러붙어 밑의 카펫이 다 드러났다. 그의 팔은 손끝에서 팔꿈치 위까지 한결같이 적갈색으로 물들어 있었다. 얼굴도 마찬가지였다. 피가 말라가는 자리가 가려웠다. 안경에도 점점이 튀어 있었다. 마리아의 손과 팔도 온통 피범벅이었고 원피스에도 번져 있었다. 한낮의 조용한 시간이었지만 두 사람은 폭풍우 속에 있는 사람들처럼 서로에게 소리를 쳤다.

그녀가 말했다. "가서 씻어야겠어."

"그래봤자 소용없어." 그가 말했다. "다 끝나고 해." 그는 톱을 들었다. 미끌거리던 자리가 이제는 끈적거렸다. 덕분에 잡기는 더 수월했다. 그들은 왼쪽 다리를 붙잡았다. 그녀가 오른편에 서서 양손으로 아랫다리를 흔들리지 않게 꼭 붙들었다. 이번에는 더 빨리 끝나야 했는데 그렇지가 않았다. 시작은 좋았지만 반쯤 가서 톱이 딱 걸렸다. 관절 사이에 단단히 낀 것이다. 그는 톱을 양손으로 잡아야 했다. 마리아는 레너드 너머로 팔을 뻗어 윗다리도 붙들어야 했다. 그런데도 레너드가 톱과 씨름하는 사이 시체는 엎어진 채 좌우로 흔들리며 미친듯이 춤을 추었다. 담요가 떨어졌지만 레너드는 두개골 쪽을 보지 않으려고 애써 눈길을 피했다. 시야 가장자리에 그것이 보였다. 머지않아 저것도 처리해야 했다. 테이블에 몸을 붙이고 있었던 터라 두 사람 다 허리 아래로는 축축하게 젖었다. 하지만 이제는 개의치 않았다. 톱이 관절을 통과했다. 이번에도 피부가 남아서 손을 넣어 리놀륨 칼로 끊어야 했다. 그는 생각했다. 살이 따뜻했다면 좀 쉬웠을까?

두번째 꾸러미가 케이스에 들어갔다. 나란히 놓인 고무장화 두 짝. 레너드가 진을 찾아냈다. 병째로 마시고는 마리아에게 건넸다. 그녀는 고개를 저었다.

"당신 말이 맞아." 그녀가 외쳤다. "우린 계속해야 해."

따로 의논한 것도 아닌데 두 사람은 다음 순서가 팔이라는 걸 알았다. 오른팔, 레너드가 비틀어 꺾으려 했던 팔부터 시작했다. 팔은 구부러진 채 굳어 있었다. 도저히 똑바로 펼 수가 없었다. 톱을 넣을 방법을 찾기 어려웠고, 어깨를 자른다 해도 어느 위치에 서서 톱을 잡을지 난감했다. 테이블과 바닥, 옷과 팔과 얼굴이 다 피범벅이 되고 난 지금은 두개골 가까이 있어도 그렇게 나쁘지 않았다. 뒤통수 전체가 안으로 움푹 꺼져 있었다. 뼈가 갈라진 틈새로 비어져올라온 뇌가 아주 약간 들여다보였다. 붉은색을 보고 나니 회색은 기분이 그리 나쁘지 않았다. 마리아가 아래팔을 잡았다. 그는 겨드랑이부터 시작해 곧장 육군 재킷과 그 밑의 셔츠를 잘라나갔다. 좋은 톱이었다. 날카롭고, 지나치게 무겁지도 않고, 딱 알맞게 낭창낭창했다. 톱날이 손잡이와 만나는 지점에 4, 5센티미터가량 아직 피로 뒤덮이지 않은 부분이 보였다. 바로 그 자리에 제조사의 로고와 함께 '졸링겐'*이라는 글자가 새겨져 있었다. 톱질을 하면서 그는 그 단어를 되뇌었다. 그들은 여기서 사람을 죽이고 있는 것이 아니었다. 오토는 이미 죽었다. 졸링겐. 그들은 그저 그를 해체하고 있는 것이었다. 졸링겐. 실종된 사람은 아무도 없었다. 졸링겐, 졸링겐. 오토의 팔이 떨어져나간다. 졸링겐, 졸링겐.

---

* 날붙이 생산으로 유명한 독일 중서부의 도시.

팔과 팔 사이에 그는 진을 마셨다. 쉽고 합리적인 문제였다. 한 시간 동안 손을 더럽히느냐, 오 년 동안 감옥에서 썩느냐. 진 술병도 끈적끈적했다. 사방이 피범벅이었고, 그는 현실을 받아들였다. 이것은 그들이 해야 하는 일이고, 또 그들이 하고 있는 일이었다. 졸링겐. 그것은 일이었다. 마리아에게 왼쪽 팔을 내주고 나서도 그는 쉬지 않았다. 양손을 오토의 셔츠 칼라 뒤에 넣고 잡아당겼다. 척추 맨 위의 경추는 톱날을 넣기 위해 만들어진 것 같았다. 그는 몇 초 만에 뼈를 끊고, 인대를 끊고, 두개골 아래로 깔끔하게 톱날을 가져가 댔고, 목의 힘줄과 성대 물렁뼈에서 아주 잠시 난관에 봉착했으나, 리놀륨 칼을 쓰지 않고도 남김없이 모조리 끊어냈다. 졸링겐, 졸링겐.

오토의 깨진 머리가 바닥으로 쿠당탕 떨어져, 구겨진 타게스슈피겔과 데어 아벤트 신문지 사이에 자리를 잡고 코가 긴 옆얼굴을 드러냈다. 감은 눈과 병약해 보이는 창백한 피부까지, 옷장 안에 숨어 있을 때와 흡사한 모습이었다. 하지만 아랫입술은 이제 그를 괴롭히지 않았다. 지금 테이블에 있는 건 사람이 아니었다. 하나의 작전지, 그가 파괴 명령을 받은 저 아래 아득한 도시였다. 졸링겐. 다시 진을, 끈적거리는 비피터*를 마시고 큰 것, 허

* 진의 한 종류.

벅지에 대공세를 퍼부으면 그걸로 끝. 집에 가서 뜨거운 물로 목욕을 하고 임무 보고를 하면 된다.

마리아는 열어놓은 케이스들 옆 나무의자에 앉아 있었다. 전 남편의 일부를 받아들 때마다 허벅지에 올려놓고 참을성 있게, 거의 어머니 같은 손길로 잘 정리해 밀봉하고 나머지 것과 함께 정성스레 케이스에 넣었다. 지금은 머리를 싸는 중이었다. 좋은 여자였다. 재주도 많고 다정했다. 이 일을 해낸다면 둘이서 그 어떤 일도 할 수 있으리라. 이 일이 끝나면 그들은 다시 시작할 것이다. 약혼을 했으니 다시 축하해야지.

엉덩이와 다리가 만나는 골을 따라 톱날이 딱 맞게 자리를 잡았다. 이번에는 관절을 찾는 걸 목표로 하지 않을 생각이었다. 단단한 목재를 자르듯 바로 뼈를 끊어버릴 것이다. 잘 드는 훌륭한 톱이 있으니까. 바지, 피부, 지방, 살, 뼈, 살, 지방, 피부, 바지. 마지막 두 단계는 칼을 썼다. 이번 것은 무거웠고, 그녀에게 가져다주는 사이 양쪽에서 피가 뚝뚝 떨어졌다. 검게 물든 그의 모직 슬리퍼는 묵직했다. 진을 마시고, 다른 쪽 다리. 이것이 일의 처리 순서, 전투의 순서였다. 머리만 빼고 모든 과정을 두 번씩. 테이블 위에 남아 있는 거대한 덩어리를 포장하고, 말끔히 청소를 하고, 피부, 그들의 피부를 박박 문질러 씻고, 물건들을 처리하는 일이 남았다. 그들은 시스템을 갖췄으니, 꼭 필요하다면 이 일을 다시 해낼 수도 있었다.

마리아는 두번째 허벅지를 싼 천에 풀칠을 하고 있었다. 그녀가 말했다. "재킷을 벗겨."

걸리적거리는 팔이 없어서 그 일도 수월했다. 그냥 들어올리니 쏙 벗겨졌다. 지금까지 모든 것이 케이스 하나에 다 들어갔다. 몸통은 두번째 케이스에 들어가게 될 터였다. 그녀는 두번째 허벅지를 잘 챙겨넣고 케이스 뚜껑을 닫았다. 그녀에게 재봉용 줄자가 있었다. 그가 한쪽을 잡고 테이블 위의 몸통 길이를 쟀다. 쩍 벌어진 목에서 다리를 잘라낸 부분까지 120센티미터였다. 그녀는 줄자를 가지고 케이스들 옆에 무릎을 꿇고 앉았다.

"너무 커." 그녀가 말했다. "안 들어갈 거야. 반으로 잘라야겠어."

레너드가 꿈에서 깨 지상으로 내려왔다. "그럴 리가 없어. 다시 재보자."

그녀의 말이 맞았다. 케이스 길이는 97센티미터였다. 그는 줄자를 홱 낚아채 다시 혼자서 재보았다. 수치를 맞출 길이 틀림없이 있을 터였다.

"눌러넣으면 돼. 잘 싸서 꾹꾹 눌러보자."

"안 들어가. 여기는 어깨뼈가 있고 반대쪽은 두껍잖아. 반으로 잘라야 해." 자신의 남편이었으니 그녀가 잘 알 수밖에 없다.

팔과 다리, 그리고 머리조차도, 쳐낼 수 있는 신체 부위였다. 하지만 나머지 몸통을 절단하는 것은 옳지 않은 일이었다. 그는 뭔가 원칙을 찾으려 했다. 본능적인 확신을 뒷받침할 보편적인 품위의 개념이 필요했다. 피곤해서 죽을 맛이었다. 눈을 감으면 몸이 둥둥 떠오르는 것 같았다. 여기서 필요한 것은 가이드라인, 몇 가지 기본 규칙이었다. 이건 그냥 안 되는 겁니다. 글래스와 몇 안 되는 선임장교 앞에서 말하는 자신의 목소리가 들리는 듯했다. 한창 작업이 진행중인데 추상적인 개념을 만들어내고 일반 원칙을 세운다니요. 그런 건 사전에 철저히 생각해두어야 일하는 사람이 작업에만 집중할 수 있는 거 아닙니까.

마리아는 또다시 앉아 있었다. 피에 젖은 원피스가 허벅지에서 축축 늘어졌다. "빨리해." 그녀가 말했다. "그러고 나면 씻을 수 있어." 그녀는 담배 세 개비가 든 담뱃갑을 찾아냈다. 한 개비에 불을 붙여 한 모금 빨더니 그에게 건네주었다. 담배 종이에 온통 붉은 얼룩이 번졌는데도 그는 전혀 개의치 않았다. 정말 상관없었다. 그런데 다시 그녀에게 넘겨주려 하니 손에 들러붙어 떨어지지 않았다.

"자기가 다 피워." 그녀가 말했다. "그리고 시작하자."

곧 손가락을 데지 않으려면 담배를 고쳐 잡아야 할 때가 왔다. 종이가 뜯겨 담뱃잎 가루가 쏟아져나왔다. 전부 바닥에 떨어지게 둔 다음 발로 짓이겼다. 톱을 집어들고 오토의 셔츠 자락을 빼자 바지 허릿단 바로 위의 맨살이 드러났다. 정확히 척추 자리에 커다란 사마귀가 있었다. 그것을 자르기는 비위가 상해 1센티미터 아래 톱날을 갖다 댔다. 톱은 바야흐로 등 전체를 가로질러 움직였고 이번에도 척추뼈 덕분에 순조롭게 진행되었다. 뼈는 쉽게 갈랐지만 4, 5센티미터 더 들어가자 무언가를 자르는 게 아니라 한쪽으로 몰아넣고 있는 느낌이 들었다. 그래도 멈추지 않았다. 결코 보고 싶지 않은 것들이 들어 있는 복강에 이르렀다. 내내 고개를 치켜든 채 자르고 있는 것의 안쪽을 들여다보지 않으려고 애썼다. 대신 마리아 쪽을 바라보았다. 아직 거기 앉아 있는 그녀는 창백하고 지쳐 아무것도 보기 싫은 기색이었다. 그녀의 눈길은 열린 창문 밖 가운데뜰 위로 표표히 흘러가는 커다란 뭉게구름에 머물렀다.

젤리가 틀에서 떨어져나올 때 들어본 듯한 점성 물질의 소리가 났다. 거기 안쪽에서 무언가가 이리저리 움직이고 있었다. 어디선가 떨어져서 어딘가 다른 곳으로 굴러들어간 모양이었다. 다 자르고 아랫부분이 남았을 때 또다시 아까 그 문제에 봉착했다. 나무 테이블에 톱질을 하지 않고는 배의 피부를 끊어낼 길이 없었다. 게다가 그것은 느릅나무로 튼튼하게 만든 좋은 테이블이었다. 이번에는 손을 집어넣지 않았다. 대신, 시체를 90도 돌리고 앞쪽 절반을 당겨와 톱이 지나간 길을 테이블 끝과 일치시켰다. 마리아에게 도움을 청했어야 했다. 그녀 역시 이런 어려움을 예상하고 그를 구하러 왔어야 했다. 그는 양손으로 몸통의 위쪽 절반을 받치고 있었다. 아래쪽 절반은 아직 테이블 위에 놓여 있었다. 이런 상태에서 대체 어떻게 리놀륨 칼로 배의 피부를 잘라낼 수 있을 거라 생각했을까? 불가능한 일을 시도하고 있다는 걸 알았지만, 너무 피곤해서 도저히 멈출 수 없었다. 그는 왼 무릎을 들어 시체의 무게를 지탱하고 테이블 위에 있는 칼을 집으려고 손을 뻗었다. 잘하면 될 것도 같았다. 몸통 윗부분을 무릎과 한 손으로 받치고, 자유로운 손을 밑으로 넣어 피부를 끊어낼 수도 있었다. 그러나 한쪽 다리로 균형을 잡기에는 너무 지쳐 있었다. 칼에 손이 거의 닿으려고 하는 바로 그때, 그는 몸이 기우뚱 넘어가는 걸 느꼈다. 왼발로 바닥을 디뎌야 했다. 자유로운 손을 늦지 않게 도로 거두어들이려 했다. 하지만 모든 것이 손아귀에서 빠져나갔다. 위쪽 절반이 피부를 경첩 삼아 바닥으로 덜렁 늘어졌고, 엉망진창이 된 오토의 소화기관이 생생하게 드러났고, 몸통의 아래쪽 절반도 따라서 끌려내려왔다. 둘 다 바닥으로 쏠리며 카펫 위에 내용물이 쏟아졌다.

그곳을 나가기 전 레너드의 머릿속에 그들이 지나온 아득한 여정이, 성공적이었던 조촐한 약혼 파티에서 이 지경에 이르기까지의 궤적이 주마등처럼 스쳐갔다. 매 순간 다음 단계로 넘어갈 때마다 지극히 논리적으로, 그 이전 단계와 모순 없이 이어지는 것 같지 않았던가. 그 누구의 책임도 아니잖은가. 욕실로 뛰어가기 전에 간처럼 붉은 어떤 것들과 삶은 달걀처럼 희푸르게 번들거리는 울퉁불퉁한 관, 보랏빛과 검은빛을 띠는 무언가가 언뜻 눈에 들어왔다. 하나같이 프라이버시 침해와 비밀 폭로라는 모욕 행위에 격분해 번뜩이고 있었다. 창문이 활짝 열려 있었지만 거실 공기는 곰팡내 짙은 악취로 가득했고, 그 자체로 다른 냄새들의 매개가 되고 있었다. 흙내와 유황 냄새가 뒤섞인 들척지근한 악취, 자우어크라우트 냄새. 아직 끊어지지 않은 채 거꾸로 선 위아래 토막을 피해 황급히 달려가는 사이 생각할 짬이 난 레너드는, 이 모든 게 자기 몸속에도 있다는 사실이 모욕감의 근원임을 깨달았다.

이를 입증이라도 하듯 그는 변기 가장자리를 붙잡고 입안 가득 초록색 담즙을 게워냈다. 세면대에서 입을 헹궜다. 맑은 물이 닿자 또다른 삶이 있음을 새삼 깨달았다. 아직 일을 끝내지 못했든지 말든지 당장 씻어야 했다. 그는 슬리퍼를 벗어던지고 셔츠와 바지도 벗어 세면대 밑에 쌓인 더미에 던지고는 욕조에 들어갔다. 쭈그리고 앉아 흐르는 수돗물에 몸을 씻었다. 말라붙은 피는 얼음장 같은 찬물에 잘 씻기지 않았다. 경석이 제일 효과적이었다. 한동안 다른 생각은 전혀 하지 않고 피부를 벅벅 밀었다. 반시간, 아니 어쩌면 그 두 배는 족히 지났는지 모른다. 다 씻었을 무렵에는 손, 팔, 얼굴이 시뻘겋게 벗어져 쓰라렸고, 한기로 온몸이 덜덜 떨렸다.

깨끗한 옷은 침실에 있었다. 그는 모든 걸 까맣게 잊어버렸다. 몸을 깨끗이 하는 사이 기억이 떠나가버렸다. 이제 깨끗한 맨발로 다시 그곳에 가서 끝내지 못한 일 옆을 지나야 했다.

하지만 허리에 타월을 두르고 물을 뚝뚝 떨어뜨리며 거실로 갔을 때는, 마리아가 밀봉한 꾸러미 중 제일 큰 것을 들어 케이스에 넣고 있었다.

그녀는 마치 그가 그 자리에 내내 함께 있다가 질문을 던지기라도 한 듯 말했다. "이렇게 들어가는 거야. 여기엔 아랫몸통, 팔, 위아래 다리, 머리. 그리고 여기엔 윗몸통, 팔, 위아래 다리."

테이블 옆에 쓰레받기와 양동이가 있었다. 나머지는 그 안에 들어 있었다. 그는 그녀를 도와 케이스를 닫고, 그녀가 케이스를 깔고 앉은 사이 캔버스 띠를 최대한 꽉 조였다. 그러고는 두 개를 다 벽 쪽으로 질질 끌어 옮겼다. 이제는 꾸려놓은 짐과 쉽게 치울 수 있을 정도의 잔해뿐이었다. 그녀가 씻으려고 주전자와 냄비를 가스레인지에 올려놓았다는 걸 알 수 있었다. 그는 침실로 들어갔다. 옷을 입고서 그녀가 욕실에 들어간 사이 십 분 정도 쪽잠을 잘 작정이었다. 구두를 찾느라 시간을 허비하다가 마침내 어디 있는지 기억이 났다. 그는 누워서 눈을 감았다.

눈 깜짝할 사이에 그녀가 들어왔다. 깨끗이 몸을 씻은 그녀는 목욕가운 차림으로 옷장을 뒤져 적당한 옷을 찾았다.

"지금 자지 마." 그녀가 말했다. "제때 못 일어날 거야." 물론 그 말이 옳았다. 그는 일어나 앉아 안경을 찾아 쓰고 그녀를 지켜보았다. 항상 등을 돌리고 옷을 입는 그녀의 조신한 면은 대개 그를 감동시켰고 심지어 흥분될 때도 있었다. 그런데 함께 어떤 일들을 겪어왔는지, 어떻게 약혼했는지 생각하면 이제는 짜증스러웠다. 침대에서 나온 그는 그녀와 몸이 닿지 않게 살짝 비켜 욕실로 들어갔다. 피 묻은 옷가지들 밑에서 구두를 꺼내 들었다. 수건으로 구두를 깨끗이 닦는 건 정말이지 조금도 힘들지 않았다. 구두는 신고 수건은 나머지와 함께 던져버렸다. 그리고 거실을 청소하기 시작했다. 마리아가 모아둔 종이가방이 몇 개 있었다. 신문지를 종이가방에 구겨넣고 있자니 마리아도 나와 청소를 시작했다. 카펫은 말아 문간에 두었다. 나중에 버릴 셈이었다. 테이블과 바닥을 닦으려면 양동이가 있어야 했다. 마리아는 고개를 돌린 채 양동이 안에 든 걸 가장 큰 냄비에 쏟아부었다.

청소 솔을 가져다놓고 테이블에 가루비누를 뿌리는 그에게 그녀가 말했다. "바보 같은 짓이야, 둘 다 이러고 있는 건. 당신은 지금 케이스를 갖고 나가면 어때? 여기 마무리는 내가 할게."

테이블과 바닥 청소는 자기가 더 잘하리라는 걸 알아서만은 아니었다. 그가 나가기를 바라는 마음, 혼자 있고 싶은 마음이었다. 그에게도 이곳을 떠난다는 것, 무거운 짐이 있긴 하지만 혼자 훌쩍 나가버린다는 것은 매력적인 생각이었다. 자유의 몸이 될 것만 같았다. 그가 가버리기를 그녀가 바라는 만큼이나 그 역시 그녀에게서 떨어지고 싶었다. 암울하고도 자명한 사실이었다. 지금은 서로 만질 수도, 눈길을 교환할 수조차 없었다. 아무리 상투적인 몸짓이라도, 예컨대 그녀의 손을 잡는 일조차 지금 그에게는 혐오스러웠다. 두 사람 사이의 모든 것, 온갖 세세한 일, 오가는 모든 것이 눈에 들어간 티끌처럼 거슬리고 짜증스러웠다. 그는 연장들을 바라보았다. 쓰지도 않은 도끼가 거기 있었다. 어째서 저런 게 필요할 거라 짐작했는지 떠올려보려 애썼다. 상상은 현실보다 더 잔혹했다.

그가 말했다. "칼이랑 톱이랑 톱니 하나하나 다 씻는 거 잊으면 안 돼."

"안 잊어."

그녀가 현관문을 여는 사이 그는 코트를 걸쳤다. 케이스 사이에 서서 각오를 다지고 들어올린 뒤 층계참으로 곧장 재빨리 나왔다. 거기서 케이스를 내려놓고 돌아섰다. 그녀가 문간에 서 있었다. 한 손으로 문을 잡고 닫을 채비를 한 채. 실낱같은 충동이라도 일었다면 그녀에게로 가서 뺨에 키스하고 팔이나 손을 만졌을 것이다. 그러나 두 사람 사이의 공기에 떠도는 것은 혐오뿐이었고 마음에도 없는 행동은 도저히 할 수 없었다.

"돌아올게." 그가 할 수 있는 말은 고작 그뿐이었고, 그마저도 터무니없는 약속 같았다.

"그래." 그녀가 대답하고 문을 닫았다.

19

이 분 동안 그는 공동 계단이 시작되는 곳에서 양옆에 케이스를 놓고 서 있었다. 일단 다음 단계로 넘어가버리면 곰곰이 생각할 여유는 없을 것이다. 하지만 지금은 몇 가지 떠오르는 생각이 있었다. 눈앞이 핑핑 도는 피로감 이상으로 이곳을 벗어난다는 사실에 기쁨을 느끼고 있음을 깨달았다. 오토를 처리해버리면, 어떤 의미에서는 마리아도 처리하게 되리라. 그녀 역시 그를 처리할 테고. 이 모든 과정에 필연적으로 슬픔이 따르겠지만, 지금은 아니었다. 그는 떠나고 있었다. 케이스들을 들고 아래로 내려가기 시작했다. 계단 바닥에 쿵쿵 부딪혀가며 어찌어찌 두 개를 한꺼번에 옮길 수 있었다. 층계참에 이를 때마다 잠시 서서 숨을 골랐다. 막 퇴근하는 사람이 계단을 오르면서 그에게 고개를 까딱하며 인사했다. 잠깐 쉬는 사이 남자아이 둘이 그를 밀치고 지나갔다. 그는 조금도 이상해 보이지 않았다. 베를린에는 무거운 짐을 들고 다니는 사람이 차고 넘쳤다.

계단을 내려가면서 마리아의 아파트와 멀어지고 좀더 온전히 혼자가 되자, 온갖 통증이 다시 찾아왔다. 어깨는 슬슬 근육 깊숙한 데가 욱신거리기 시작했다. 귀는 이제 굳이 건드리지 않아도 아팠다. 70킬로그램은 족히 될 짐을 들고 계단을 내려가는 일은 사타구니에 더 큰 부담을 주었다. 게다가 이제는 오토가 선사한 마지막 일격 탓에 저릿한 통증이 엄지발가락 뿌리에서 발목으로 훑고 지나갔다. 아래로 내려갈수록 이 모든 통증은 점점 더 심해졌다. 1층에 내려선 그는 한 번에 하나씩 케이스를 들고 문을 지나 가운데뜰로 나갔고, 그러고 나서 좀더 오래 쉬었다. 끓는 물에 막 들어갔다 나온 듯, 피부가 한 꺼풀 벗어진 듯 온몸이 쓰라렸다. 만물의 견고함이 그를 짓눌렀다. 발밑의 작은 돌멩이 하나가 빠득거리는 소리에 뱃속이 철렁했다. 층계 조명 스위치 주위의 벽에 꼬질꼬질 묻은 때, 그리고 벽 자체, 그 모든 벽돌의 무의미함이 그를 괴롭히고 질병처럼 압박했다. 배가 고팠던가? 견고한 세계의 선택된 일부를 취해서 머리에 난 구멍을 통해 창자 속으로 밀어넣는다는 생각만으로도 혐오감이 들었다. 그는 분홍색 속살이 드러나 쓰라리고 바싹 말랐다. 가운데뜰 벽에 기대 아이들이 축구하는 모습을 바라보았다. 축구공이 튕기는 곳마다, 급작스러운 방향 전환에 신발이 미끄러지는 곳마다 마찰이 일어 기름도 치지 않은 그의 감각을 따갑게 비벼대는 통에 고통스러웠다. 눈을 감을 때마다 눈꺼풀이 까칠하게 눈알을 쓸었다.

야외의 평지인 가운데뜰은 연습 삼아 케이스를 옮겨보기 적당한 장소였다. 이 정도로 무거운 짐을 실제로 들고 다니는 사람은 아무도 없었다. 그는 케이스를 들고 휘청휘청 앞으로 나아갔다. 10미터도 못 가 내려놓을 수밖에 없었다. 비틀거려서는 곤란했다. 다른 여행자들과 다름없이 움직여야 했다. 움찔하거나 손을 너무 자주 들여다보는 것도 안 될 일이었다. 10미터 이상은 가야 했다. 그는 최소 스물다섯 걸음을 기준으로 정했다.

세 단계에 걸쳐 가운데뜰을 가로지르자 이제 인도였다. 지나다니는 사람은 몇 명뿐이었다. 누가 도와준다고 해도 거절해야 했다. 무례를 범할 각오를 해야 했다. 도움이 필요하지 않은 사람으로 보여야 했다. 그러면 도와주겠다는 사람도 없을 터였다. 그는 스물다섯 걸음을 향해 걷기 시작했다. 숫자를 세는 건 고통스러운 무게를 이겨내는 한 방편이었다. 큰 소리로 세고 싶은 것을 꾹 참아야 했다. 그는 케이스를 내려놓고 손목시계를 보는 척했다. 여섯시 십오 분 전이었다. 아달베르트 가는 러시아워에도 혼잡하지 않았다. 다음 모퉁이까지 가야 했다. 주위 사람들이 전부 바뀔 때까지 그 자리에서 기다렸다가 케이스를 들고 걸음을 재촉했다. 그전까지는 계속 스물다섯 걸음을 걷는 데 성공했는데 이번에는 스무 걸음도 못 갈 것 같았다. 손가락이 힘없이 펴졌고, 케이스가 인도로 떨어졌다. 하나는 옆으로 쓰러졌다.

길을 다 막고 케이스를 세우고 있으려니 한 여자가 개를 데리고 그를 피해 돌아가면서 못마땅한 듯 쯧쯧 혀를 찼다. 어쩌면 그것이 이 거리 전체를 대변하는 반응인지도 모른다. 겁이 없게 생긴 잡종 개는 레너드가 똑바로 세운 케이스에 흥미를 보였다. 테두리를 따라 킁킁거리며 꼬리를 흔들다가, 반대편으로 돌아가서는 느닷없이 맹렬하게 달려들어 주둥이를 천에 대고 마구 비벼댔다. 개는 목줄에 묶여 있었지만 이 여자는 자기 애완동물이 하는 짓을 말리는 주인이 아니었다. 그녀는 목줄을 느슨하게 잡고 개가 흥미를 잃을 때까지 참을성 있게 기다렸다. 60센티미터 거리도 되지 않는 곳에 서 있었지만 그녀는 레너드를 보지 않았다. 이제 미친듯이 킁킁대는 개를 향해 말을 걸 뿐이었다. 개는 알고 있었다.

"콤 숀, 마인 클라이네 리블링(착하지, 우리 꼬맹이). 이스트 도흐 누어 아인 코퍼." 그건 그냥 여행가방이야.

레너드도 개를 내버려두었다. 케이스를 들지 않을 핑계가 필요했다. 하지만 이제 개는 으르렁거리다 낑낑거리기를 반복하고 있었다. 케이스 귀퉁이를 물어뜯으려 들기도 했다.

"그네디게 프라우(실례지만 부인)." 레너드가 말했다. "개 좀 붙잡아주시지요."

그러나 여자는 목줄을 잡아당기기는커녕 애정 어린 말들을 한층 더 쏟아낼 뿐이었다. "철없는 우리 꼬맹이, 대체 무슨 생각이니? 이건 신사분 거지, 네 것이 아냐. 어서 가자, 우리 꼬마 소시지……"

그의 일부는 차분히 가라앉아서, 뭔가를 처리해야 할 경우 굶주린 개를 동원하는 것도 최악은 아닐 거라는 생각에 골똘히 잠겨 있었다. 적어도 한 무리는 필요하겠지만. 개는 제대로 공략할 지점을 찾은 듯 케이스 한 귀퉁이에 이빨을 박고 있었다. 깨물고 으르렁거리며 꼬리를 흔들어댔다.

마침내 여자가 레너드에게 말했다. "그 안에 음식이 들었나봐요. 부어스트 같은 거." 비난의 기미가 느껴지는 말이었다. 동독에서 싸구려 음식을 반입하는 밀수업자라도 되는 줄 아는 모양이었다.

"이 케이스 비싼 겁니다." 그가 말했다. "개가 망가뜨리면, 부인 책임이에요." 그는 마치 경찰을 부르겠다는 듯이 두리번거렸다.

여자는 기분이 상한 듯했다. 우악스럽게 목줄을 홱 잡아당기더니 가버렸다. 개는 깽깽거리며 따라갔지만 곧 말을 들은 게 후회되는 눈치였다. 주인이 걸어가는데도 자꾸만 돌아오려고 안간힘을 썼다. 안개처럼 희미하게 남아 있던 종족의 기억을 통해 일생일대의 기회를, 아무 처벌도 받지 않고 인간을 먹어치워 늑대 선조들의 일만 년 굴종에 복수할 기회를 알아본 것이다. 잠시 후에도 개는 여전히 뒤돌아보며 시위하듯이 목줄을 당기고 있었다. 여자는 타협을 단호히 거부하고 성큼성큼 나아갔다.

케이스에는 이빨 자국과 타액이 남았지만 천은 찢어지지 않았다. 그는 짐 사이에 자리를 잡고 힘주어 들어올렸다. 열다섯 걸음을 걷자 멈춰 서야 했다. 여자의 못마땅한 태도가 가시지 않고 남아 다른 행인들의 시선까지 감염시키고 있었다. 저 안에 뭐가 들었길래 저렇게 무거울까? 어째서 도와줄 친구 하나 없는 거지? 불법적인 게 틀림없어, 밀수품이 아니면 뭐겠어. 무거운 케이스들을 든 저 남자, 왜 저렇게 초췌해 보이지? 어째서 수염도 안 깎았을까? 이제 녹색 제복을 입은 경찰관의 눈에 띄는 건 시간문제였다. 그들은 항상 말썽거리를 찾아다녔다. 베를린은 그런 도시였다. 이들 독일 경찰의 권력은 무한했다. 케이스를 한번 열어보자고 하면 거부할 수 없으리라. 이렇게 우두커니 서 있는 모습을 보여서는 안 되었다. 그는 별수 없이 죽기 살기로 단번에 열 걸음이나 열두 걸음씩 짧은 거리를 달려가는 쪽을 택했다. 덜덜 떨리도록 힘을 쓰느라 일그러지는 얼굴을, 역에서 방금 올라와 감시도 도움도 필요치 않은 점잖은 여행자의 미소로 가리려 했다. 그러면서 사이사이 최대한 짤막하게 휴식을 취했다. 서 있는 동안에는 지나가는 행인들을 의식해서 길을 잃었거나 집주소를 찾으려는 것처럼 주변을 힐끔거리며 살펴보았다.

코트부서 토르 역 근처 도로 연석에 케이스를 내려놓고 깔고 앉았다. 통증이 느껴지는 발을 한번 들여다보고 싶었다. 구두를 벗어봐야 했다. 하지만 케이스들이 몸무게를 견디지 못하고 기분 나쁘게 우그러드는 바람에 금세 벌떡 일어났다. 십 분, 아니 오 분만이라도 눈을 붙일 수 있다면 이렇게까지 요란 떨지 않고 짐을 옮길 수 있을 텐데.

가끔 두 사람이 들러 장을 보는 모퉁이 가게 근처였다. 야채며 과일 매대를 안으로 옮기고 있던 주인이 레너드를 보고 손을 흔들었다.

"휴가요?"

레너드는 고개를 끄덕이는 동시에 말했다. "아니, 아니, 아직 아닙니다." 그러고는 당황해서 영어로 덧붙였다. "사실 일 때문이에요." 말을 내뱉자마자 도로 주워담고 싶어졌다. 호기심 많은 경찰관의 정례적인 질문에 대답이라도 해야 하면 꼴이 어찌되겠는가?

그는 케이스 옆에 서서 오가는 차들을 바라보고 있었다. 시야 가장자리에서 물체들이 떠다녔다. 영국 우체통, 우람한 뿔이 달린 수사슴, 테이블 램프. 돌아보면 이내 흐릿하게 사라져버렸다. 그의 꿈들이 그 없이 시작되고 있었다. 환영을 떨치려고 이리저리 고개를 돌려야 했다. 불길함은 느껴지지 않았다. 바나나들이 빙글빙글 돌았고 뚜껑에 초가집이 그려진 비스킷 깡통이 저절로 열렸다. 이런 것들을 떨쳐내려면 고개를 계속 돌려야 하는데 어떻게 집중할 수 있겠는가. 보이거나 말거나 내버려두는 게 좋을까?

너무나 오래전에 세운 계획이라 그것이 아직 유효한지 의심스러웠다. 하지만 다른 대안이 아무것도 없어서 그냥 이대로 밀고 나가야 했다. 그런데 친절하고 부드러운 생각 하나가 그를 잡아끌었다. 날이 어두워지고 있었고, 차들은 벌써 전조등을 켰고, 가게들은 문을 닫는 참이었고, 사람들은 집으로 향하고 있었다. 다 허물어져가는 벽에 나사로 불안하게 고정돼 있던 머리 위 가로등이 타닥타닥 소리를 내며 켜졌다. 몇몇 아이들이 유모차를 밀며 지나갔다. 아까부터 기다려온 택시가 연석 가까이 와 섰다. 손을 흔들어 부르지도 않았는데. 기사가 그의 케이스들을 보았던 것이다. 어스름이 깔렸는데도 말이 안 되는 그 무게를 가늠할 수 있었던 모양이다. 기사가 내려서 트렁크를 열었다.

낡은 디젤 메르세데스였다. 레너드는 기사가 손대기 전에 자기가 케이스 하나를 움직일 수 있을 거라고 생각했다. 그러나 결국은 두 사람이 함께 들어야 했다.

"책입니다." 레너드가 해명했다. 기사는 어깨를 으쓱했다. 그와는 무관한 일이었다. 그들은 또하나 남은 케이스를 뒷자리에 밀어넣었다. 레너드는 앞자리에 올라타 추 역으로 가자고 했다. 히터가 켜져 있었고 널찍한 좌석은 반들거렸다. 또다시 부드러운 생각이 그를 끌어당겼다. 말만 하면 거기 갈 수 있을 텐데.

그러나 택시가 출발한 것조차 기억나지 않았다. 잠이 깼을 때 택시는 정차해 있었고, 케이스들은 벌써 인도에 나란히 나와 있고 그가 내릴 문도 열려 있었다. 기사가 그를 흔들어 깨웠던 게 틀림없다. 당황한 나머지 그만 팁을 너무 많이 주었다. 남자는 모자챙에 손을 대고 인사하더니 역 택시 정류장에 모여 있던 다른 기사들에게로 어슬렁어슬렁 다가갔다. 레너드는 등을 돌리고 있었지만 그들이 자기를 보고 있다는 걸 알았다. 인도 10미터를 지나 역 중앙홀로 통하는 높은 이중문까지 케이스들을 자연스럽게 들고 가려 애쓴 건 바로 그들 때문이었다.

실내에 들어가자마자 그는 케이스를 내려놓았다. 한결 안전한 느낌이었다. 겨우 수십 센티미터 거리에 영국 군인 십여 명이 군용 여행가방을 들고 줄을 서 있었다. 상점과 식당은 모두 문을 열었고, 도시철도 열차를 타러 2층으로 올라가는 분주한 러시아워 인파가 아직 남아 있었다. 속옷 가게와 신문 가판대 뒤로 좌측 짐 보관소로 가는 길을 일러주는 표지판이 보였다. 사방에서 독일의 안녕을 의미하는 시가와 진한 커피 향이 풍겼다. 바닥이 매끈해서 케이스를 끌 수 있었다. 과일 노점을 지나, 식당을 지나, 기념품 가게를 지나쳤다. 기운이 넘쳤다. 일이 착착 풀리고 있었다! 마침내 그는 확실한 여행자가 되었다. 전혀 눈에 띄지 않는, 게다가 열차를 타는 2층까지 짐을 끌고 올라갈 필요도 없는 여행자.

좌측 짐 보관소는 중앙홀에서 터널을 따라 조금 들어가면 나왔다. 그곳에는 둥근 공간이 있어 벽을 따라 최근 설치된 로커들이 놓여 있었고, 그 맞은편 카운터에 제복 차림의 남자 둘이 언제라도 가방을 받아 뒤쪽 선반에 올릴 수 있도록 대기중이었다. 레너드가 도착했을 때는 두세 사람이 짐을 찾거나 맡기기 위해 기다리고 있었다. 그는 케이스를 최대한 카운터에서 멀리 끌고 가서 맨 아랫단의 빈 로커 두 칸을 찾았다. 신중한 태도로 케이스들을 나란히 세우고는 허리를 펴고 주머니를 뒤져서 준비해 온 잔돈을 찾았다. 서두를 필요는 없었다. 10페니히 동전이 한 움큼 있었다. 그는 로커를 열고 무릎으로 케이스 하나를 밀었다. 꼼짝도 하지 않았다. 잔돈을 주머니에 넣고 더 세게 밀어보았다.

어깨 너머로 흘낏 살펴보았다. 이제 카운터 앞에서 기다리는 사람들은 없었다. 그곳의 두 남자는 서로 뭐라고 얘기하며 그가 있는 쪽을 바라보고 있었다. 그는 걸리는 게 뭔지 알아보려고 허리를 굽혔다. 공간이 2, 3센티미터 정도 모자랐다. 그는 큰 기대 없이 케이스를 밀어넣으려다가 포기했다. 그렇게 피곤하지만 않았어도 일을 제대로 했을지 모른다. 일어서는데 좌측 짐 보관소 직원 한 명, 턱수염이 희끗희끗한 남자가 손짓하며 그를 부르는 게 보였다. 그것이 논리적으로 맞았다. 짐이 로커에 맞지 않으면 카운터로 가져가야 한다. 하지만 그는 이런 상황에 대비가 돼 있지 않았다. 계획에 없던 일이었다. 가져가는 게 맞을까? 케이스가 왜 이렇게 무거운지 궁금해할까? 저 제복은 어떤 권한이 있을까? 그들이 그의 얼굴을 기억할까?

턱수염 남자는 양철판 카운터에 주먹 쥔 손등을 댄 채 레너드를 기다리고 있었다. 사실 짐꾼보다 나을 것도 없는 직원이 제독처럼 차려입고 있다니 옳지 않았다. 주눅들지 않는 게 중요했다. 레너드는 짐짓 손목시계를 보고 케이스를 들었다. 그는 씩씩하게 걸어나가려고 애썼다. 카운터로 다가가지 않아도 되는 유일한 길을 택했다. 고함소리가, 달려오는 발소리가 들려오기를 기다렸다. 갈수록 좁아지는 통로를 따라가다보니 저쪽 끝에 이중문이 있었다. 멈추지 않고 끝까지 가는 데 성공했다. 뒤를 돌아

문으로 나가니 조용한 골목이었다. 그는 케이스들을 벽에 기대 놓고 인도에 주저앉았다.

뭔가를 해야겠다는 뚜렷한 생각은 없었다. 화끈거리는 발을 쉬어야 했다. 아까 그 제독이 뒤쫓아왔다면 기꺼이 자수했을 것이다. 앉고 보니, 계획을 세워야 한다는 사실이 머릿속에서 뚜렷해져갔다. 생각들이 질척하게 흘러나오고 있었다. 그의 힘으로는 어떻게 할 수 없는, 내장 기관의 분비작용과도 같았다. 결과를 평가할 수는 있으나 작용이 일어나게 할 수는 없었다. 다시 한번 어떻게든 케이스를 로커에 밀어넣으려 해볼 수도 있었다. 제독한테 내줄 수도 있었다. 여기 길거리에다 둘 수도 있었다. 그냥 두고 가버리는 거다. 짐 보관소가 허락하는 일주일의 유예가 정말로 필요한 걸까? 바로 그때 기분좋고 부드러운 생각이 돌아왔다. 그는 집에 갈 수도 있다. 문을 잠그고, 목욕을 하고, 그의 소유물에 둘러싸여 안전하게, 그의 침대에서 몇 시간을 내리 자고, 그렇게 기분 전환을 하고 나서 새로운 계획을 세워 실행에 옮기고, 면도를 하고, 활기를 찾고, 깨끗한 옷으로 갈아입고, 의혹에서 벗어나는 거다.

집 생각이 났다. 초원처럼 널찍한 방들, 훌륭한 배관, 혼자만의 시간. 환상에 빠져들어 꾸벅꾸벅 졸던 그는 마침내 벌떡 일어섰다. 택시를 잡는 제일 빠른 방법은 역 건물로 돌아가 제독 앞을 지나 나가는 것이었다. 그러나 그는 밖으로 빙 돌아가는 길을 택했다. 사타구니가 발보다 더 아팠다. 손은 살갗이 벗어지고 있었다. 빙 도는 데 이십 분이 걸렸다. 아무도 보지 않는 틈을 타 한참씩 쉬었다. 줄을 서 있는 택시를 찾았다. 또 대형 메르세데스였는데, 이번에는 기사가 케이스들을 들어줄 생각을 하지 않아 별다른 설명이 필요치 않았다. 짐이 무거워 미안하다고 사과한 것은 분명 죄책감의 표현이었다.

그는 케이스 하나를 26번지 밖 인도에 두고 다른 하나를 양손으로 들어 엘리베이터까지 운반했다. 다시 밖으로 나갔을 때 케이스는 그 자리에 그대로 있었는데, 없어진 것보다 더 놀라웠다. 대체 놀랄 일이란 게 뭘까? 이제 그는 판단할 수 없었다. 엘리베이터는 거뜬히 하중을 감당했다. 그는 현관문을 열고 케이스들을 현관 바로 안쪽에 두었다. 그가 선 자리에서도 거실에 불이 켜져 있고 음악이 흐른다는 걸 알 수 있었다. 그는 그쪽을 향해 갔다. 문을 밀어 열고 들어간 거실은 파티장이었다. 술, 땅콩이 담긴 그릇, 꽉 찬 재떨이, 구겨진 쿠션이 있고 라디오에서는 〈미국의 소리〉가 흘러나오고 있었다. 손님들은 다 가버렸다. 라디오를 끄자 돌연 침묵이 내려앉았다. 그는 제일 가까운 의자에 앉았다. 그는 홀로 남겨졌다. 친구들, 예전의 레너드, 사락거리는 흰 치마를 입은 약혼녀. 그들은 모두 떠나버렸고, 케이스들은 너무 무겁고, 로커는 너무 작고, 제독은 적대적이고, 그의 손과 귀, 어깨, 고환과 발은 일제히 욱신거렸다.

그는 욕실로 들어가 수도꼭지를 틀어놓고 한참 물을 마셨다. 그리고 침대로 가서 이불을 덮고 천장을 바라보며 누웠다. 거실 불을 켜고 침실 문을 반쯤 열어두니 딱 적당하게 어두웠다. 눈을 감자 메스꺼운 피로감이 덮쳐와 숨이 막혔다. 물에 빠져 죽지 않으려고 발버둥치듯이 천장을 다시 보려고 안간힘을 써야 했다. 눈꺼풀은 무겁지 않았다. 눈을 뜨고 있기만 하면 잠들지 않을 수 있었다. 아무 생각도 하지 않으려 애썼다. 온몸이 다 아팠다. 돌봐줄 사람도 없었다. 호흡에 집중해서 머릿속을 비웠다. 그렇게 옅은 선잠이 든, 거의 깜빡 조는 상태로 한 시간쯤 흘렀을 것이다.

그때 전화벨이 울렸고, 그는 비몽사몽간에 받으러 갔다. 현관을 지나면서 왼쪽으로 눈길을 보내 문간의 케이스들을 한번 살피고는 불도 켜지 않고 거실로 들어갔다. 전화는 창턱에 놓여 있었다. 마리아, 어쩌면 글래스에게서 온 전화일 거라 생각하며 수화기를 홱 잡아챘다. 상대방은 남자였고 나긋나긋하게 자기소개를 하는데 잘 들리지 않았다. 급여 봉투가 어쩌고저쩌고하는 얘기였다. 그러더니 그 목소리가 말했다. "5월 10일 건으로 연락드렸습니다, 선생님."

잘못 온 전화였지만, 레너드는 그 목소리를 그냥 보내버리고 싶지 않았다. 듣기 좋은 억양에, 유능하고 예의바른 사람인 듯했다. 그가 대답했다. "아, 그렇군요."

"전화를 드려 선생님께서 원하는 바를 알아보라는 지시를 받았습니다."

선생님이라는, 그 자연스럽고도 남자다운 존칭이 레너드의 마음을 따뜻하게 녹였다. 누군지는 몰라도 이 남자가 도움을 줄 수 있을지 모른다. 케이스들을 옮겨주면서도 이러쿵저러쿵 질문하지 않을 사람 같았다. 계속 대화를 이어가는 것이 중요했다. 레너드가 말했다. "음, 그쪽 제안은 어떻습니까?"

목소리가 말했다. "아, 선생님, 모두 자리에 앉을 때 좀 거리를 두고, 예컨대 바로 건물 밖에서 시작해 천천히 다가갈 수도 있습니다. 상상이 가시죠, 선생님. 다들 이야기를 나누고 술을 마시고 있으면, 귀 밝은 한두 명만 제 소리를 어렴풋이 듣고, 점점 가까이 다가가는 사이 다들 듣게 되는 겁니다. 그때 제가 곧장 안으로 들어가는 거지요."

"그렇군요." 레너드가 말했다. 이 남자에게는 속내를 털어놓을 수도 있을 것 같았다. 문제는 얘기를 꺼낼 타이밍이었다.

"그리고 선곡을 저한테 맡겨주신다면요. 릴* 몇 곡하고 슬픈

---

* 스코틀랜드의 경쾌한 춤곡.

노래도 몇 곡 하려고 합니다. 술을 몇 잔 걸치면, 주제넘은 말인지는 몰라도, 슬픈 노래만큼 좋은 게 없어서 말입니다, 선생님."

"사실 그렇죠." 레너드가 기회를 엿보다가 말했다. "저도 가끔 아주 슬퍼지거든요."

"무슨 말씀이신지요."

그 친절한 목소리가 이유를 물어봐주기만 한다면. 레너드가 대답했다. "가끔 제가 감당할 수 없는 일들이 벌어지니까요."

목소리가 머뭇거리더니 말했다. "베를린이 조국에서 워낙 멀지 않습니까, 선생님. 우리 모두 그렇죠." 또다시 뜸을 들이다 이윽고 물었다. "스틸 선임부사관 말로는 제가 한 시간 정도 필요하시다던데요. 맞습니까?"

스코틀랜드 용기병 연대의 백파이프 연주자 맥태거트의 신원은 이런 식으로 밝혀졌다. 레너드는 그 건을 최대한 빨리 마무리지었다. 그리고 벨이 울리지 않도록 수화기를 내려놓은 채 침대로 돌아갔다. 가는 길에 현관 불을 껐다. 그 대화로 그는 생기를 되찾았다. 피로의 모서리가 무뎌져서 잠들기가 한결 수월했다.

몇 시간 후 그는 완전히 개운해져서 눈을 떴다. 사위가 조용한 걸 보니 새벽 두세시 사이인 듯했다. 일어나 앉았다. 그때 문득 깨달았다. 기분이 나아진 것은 잠에서 깨면서 단순한 해답을 찾았기 때문이었다. 이 문제에 압도당해 손을 놓고 있을 것이 아니라 명료한 사고와 목적의식이 분명한 행동이 필요했다. 그 깨달음이 마음속에서 생생할 때는 행동을 시작할 수 있었다. 그러고 나면 다시 잠들 수 있고 깼을 때는 상황이 해결돼 있을 테니까.

침실에서 현관으로 나왔다. 그곳이 이토록 조용한 적은 없었다. 굳이 불을 켜지는 않았다. 충분히 밝은 달이 무채색 빛을 비추고 있었다. 달빛이 어떻게 여기까지 들어왔는지는 정확히 알 수 없었지만. 그는 부엌으로 가서 날카로운 칼을 찾았다. 다시 거실로 돌아와 케이스 옆에 무릎을 꿇고 케이스 두 개의 캔버스 띠를 다 풀었다. 그러고는 하나를 열었다. 각각의 부위는 마리아가 챙겨넣은 대로 깔끔하게 제자리에 들어 있었다. 그중 하나를 꺼내 방수포를 잘라내고 팔 한쪽을 카펫 위에 조심스럽게 내려놓았다. 불쾌한 냄새는 나지 않았다. 아직 너무 늦지는 않은 것이다. 포장한 천을 한쪽으로 잘 치워놓고 이어서 다리 한쪽, 허벅지 하나, 그리고 가슴을 풀었다. 피는 놀랄 만큼 적었고, 더구나 카펫이 붉은색이었다. 그는 각각의 부위들을 원래 있던 자리대로 현관 카펫 위에 놓았다. 인간의 형태가 다시 만들어지고 있었다. 그는 두번째 케이스를 열고 몸통 아랫부분과 팔다리를 풀었다. 이제 그의 앞에 머리 없는 시체가 누워 있었다. 머리는 그가 손에 들고 있었다. 머리를 돌렸더니 방수포 안쪽에서 코의 윤곽과 어렴풋한 얼굴 생김새가 비쳐 보였다.

칼끝으로 풀칠한 이음매를 째고 있는데 무언가가 눈길을 끌었다. 무거운 머리를 바닥에 대고 누른 채 그는 더이상 칼을 움직일 수가 없었다. 오토의 얼굴을 보게 되리라는 예상 때문이 아니었다. 옆에 놓여 있는 온전한 형태의 시체 때문도 아니었다. 그가 보았던 것은 침실 벽과 그의 침대였다. 힘겹게 실눈을 뜨자 담요에 덮인 자기 몸의 형태가 보였다. 이 초쯤, 바깥 길거리의 자동차 소리, 아직 늦은 한밤의 자동차 소리가 들렸고 꼼짝달싹할 수 없는 자기 몸이 보였다. 그리고 눈이 감기더니 다시 그 자리로 돌아와 있었다. 손에 칼을 들고 다시 천을 뜯어내고 있었다.

그토록 진짜 같은 상황이 꿈이라는 걸 깨닫자 두려움이 일었다. 어떤 일도 일어날 수 있다는 뜻이었다. 규칙이 없었다. 그는 오토의 토막난 몸 하나하나를 다시 짜맞추며 그날 하루종일 했던 일을 원상태로 되돌리고 있었다. 고무 바른 천 한 겹을 벗겨내자 옆머리가 드러나 귀 끝이 보였다. 그만둬야 해, 그는 생각했다. 오토가 살아나기 전에 잠에서 깨야 해. 그는 억지로 다시 눈을 떴다. 손의 일부와 담요에 덮인 발의 형체가 보였다. 몸의 일부만이라도 움직일 수 있다면, 아니 소리를, 아주 작은 소리라도 낼 수 있다면 정신을 차릴 수 있을 텐데. 하지만 그가 차지하고 있는 몸은 무기력했다. 발끝을 움직여보려고 기를 썼다. 바깥의 거리에서 오토바이 소리가 들렸다. 누군가 방안으로 들어와 그를 건드려주기만 한다면. 소리를 질러보려 했다. 입술을 벌릴 수도 허파 가득 숨을 들이쉴 수도 없었다. 눈꺼풀이 무겁게 내려왔고 또다시 그는 현관으로 나와 있었다.

어째서 방수포가 오토의 옆얼굴에 들러붙어 있을까? 물론 물어뜯긴 상처 때문이었다. 뺨에서 흘러나온 피가 천에 배어 굳은 것이었다. 그건 오토가 그를 벌주려는 여러 이유 중 하나에 불과했다. 그가 천을 잡아당기자 귀에 거슬리는 소리를 내며 떨어졌다. 나머지는 수월했다. 천이 떨어져나가고 그의 손에는 오토의 맨머리가 남았다. 술주정뱅이답게 언저리가 빨갛게 충혈된 두 눈이 그를 지켜보며 기다리고 있었다. 단순히 머리를 들어 찢긴 목 위에 올려놓기만 하면 되는 일이었다. 그러면 다시 시작될 수 있었다. 토막난 채로 그냥 두었어야 했지만 이제는 너무 늦었다. 아직 머리가 제자리에 붙기도 전에 손은 칼을 집으려 하고 있었다. 오토는 일어나 앉았다. 그의 눈에 텅 빈 케이스들이 보였고 손에는 칼이 들려 있었다. 레너드는 오토 앞에 무릎을 꿇고 앉아서 고개를 뒤로 젖히고 목을 훤히 내놓았다. 오토는 신속하게 끝낼 것이다. 케이스는 직접 꾸려야 할 것이다. 레너드를 추 역까지 운반할 것이다. 오토는 베를린 사람, 제독의 오랜 술친구였다. 그때 다시 침실 벽, 담요, 시트 끄트머리, 베개가 보였다. 그의 몸은 납덩이였다. 오토도 혼자서는 절대 옮기지 못할 것이다.

백파이프 연주자인 맥태거트가 도울 것이다. 레너드는 큰 기대 없이 비명을 지르려 해보았다. 비명이 터져나왔다면 얼마나 좋았을까. 잇새로 공기가 빠져나가는 소리가 들렸다. 다리를 구부리려 했다. 눈이 다시 감겼고, 그는 죽음을 앞두고 있었다. 그때 머리가 움직여 2센티미터가량 옆으로 돌아갔다. 뺨이 베개에 닿았고, 그로 인해 잠겨 있던 다른 모든 촉각이 풀려나며 발에 덮인 담요의 무게가 느껴졌다. 눈이 떠졌고 손도 움직일 수 있었다. 소리를 지를 수도 있었다. 그는 벌떡 일어나 앉아 조명 스위치로 손을 뻗었다.

불이 켜진 후에도 꿈은 여전히 그곳에서 그가 돌아오기를 기다리고 있었다. 그는 얼굴을 철썩철썩 때리고 일어섰다. 다리가 풀리고 눈은 여전히 자꾸 감기려고만 했다. 욕실로 들어가 얼굴에 물을 끼얹었다. 밖으로 나와 현관 불을 켰다. 풀지 않은 케이스들이 문간에 놓여 있었다.

다시 잠을 청할 엄두가 나지 않았다. 그후 밤새도록 그는 머리 위 불을 켜놓고 침대에 무릎을 세우고 앉아 스무 개비가 든 담배 한 갑을 다 피웠다. 세시 반에는 부엌으로 가 커피 한 주전자를 끓였다. 다섯시가 가까워오자 면도를 했다. 손바닥 피부가 상한 자리에 물이 닿으니 쓰라렸다. 옷을 차려입고 부엌으로 가서 커피를 더 마셨다. 계획은 단순하고 훌륭했다. 케이스를 지하철역으로 가져가 노선 종점까지 갈 생각이었다. 그리고 한적한 곳을 찾아 내려놓고 그냥 와버릴 것이다.

피로감을 견디고 나자 머리가 다시 맑아졌다. 커피를 마시고 담배를 피우며 구두를 닦거나 손에 반창고를 붙이며 시간을 보냈다. 〈Heartbreak Hotel〉을 휘파람으로 불고 콧노래로 흥얼거렸다. 잠시나마 꿈에서 해방되었다는 것만으로도 좋았다. 일곱 시에 그는 넥타이를 반듯하게 매고 머리를 다시 빗고 재킷을 입었다. 현관문을 열기 전에 시험 삼아 케이스들을 들어보았다. 단순한 하중이 아니었다. 인력이, 목적의식이 가득차 땅으로 끌어내리는 원초적인 인력이 있었다. 오토는 땅에 묻히길 원하겠지. 그는 생각했다. 하지만 지금은 때가 아니야.

케이스는 한 번에 하나씩 엘리베이터로 옮겼다. 엘리베이터가 도착하자 케이스 하나로 문이 닫히지 않게 막아두고 다른 하나를 무릎으로 밀어넣었다. 1층으로 가려고 E를 눌렀지만 엘리베이터는 겨우 한 층 내려가서 섰다. 문이 스르륵 열리고 블레이크가 탔다. 은단추가 달린 파란 블레이저를 입고 서류가방을 들고 있었다. 내부가 그의 오드콜로뉴 향으로 가득찼다. 엘리베이터는 다시 내려갔다.

블레이크는 차분하게 고개를 까딱하며 인사했다. "기분좋은 파티였어요. 고맙습니다."

"와주셔서 저희가 기뻤습니다." 레너드가 말했다.

엘리베이터가 정지하고 문이 열렸다. 블레이크는 케이스를 바라보고 있었다. "그 가방들 국방부 거 아닙니까?" 레너드가 하나를 들었지만, 다른 하나는 블레이크가 먼저 들어 로비로 내주었다. "세상에. 이 안에 뭐가 든 겁니까? 테이프리코더는 아닌 것 같은데."

단순히 수사적인 질문이 아니었다. 그들은 열린 엘리베이터 옆에 서 있었고 블레이크는 당연히 대답을 들어야 한다고 생각하는 기색이었다. 레너드는 당황해서 더듬거렸다. 원래 테이프리코더라고 말할 작정이었던 것이다.

블레이크가 말했다. "알트글리니케로 가져가는 거군요. 괜찮습니다, 나한테는 말해도 돼요. 빌 하비를 압니다. 골드작전에 관해서라면 보안심사를 통과했습니다."

"암호해독 장비입니다." 레너드가 말했다. 그리고, 창고까지 나와서 보려 하는 블레이크의 모습이 눈앞에 선해 덧붙였다. "워싱턴에서 대여한 겁니다. 터널에서 쓰고 있는데 내일 돌려보냅니다."

블레이크는 손목시계를 들여다보고 있었다. "뭐, 안전한 수송책을 마련해두었길 바랍니다. 저는 바빠서 이만." 그리고 더는 아무 말 하지 않고 로비를 가로질러 차를 세워둔 길가로 나갔다.

레너드는 그가 차를 몰고 떠날 때까지 기다렸다가 밖으로 케이스를 질질 끌고 나갔다. 하루 일정 중 가장 어려운 단계, 길 끝에 있는 노이베스트엔트 지하철역까지 가는 단계가 막 시작되려는데 블레이크와의 만남으로 비축되어 있던 힘을 다 써버렸다. 그는 이제 케이스들을 가지고 인도에 나와 있었다. 햇살에 눈이 따가웠고 예의 통증들이 새삼스레 되살아나기 시작했다. 길 건너에서 한바탕 시끄러운 소리가 들렸지만 그냥 무시하는 편이 나을 듯했다. 유달리 시끄러운 자동차 엔진 소리에 사람 목소리도 섞여 있었다. 잠시 후 엔진 소리는 끊기고 목소리만 들려왔다.

"어이! 레너드. 이런 빌어먹을, 레너드!"

글래스가 비틀에서 내려 플라타넨 길을 성큼성큼 건너 그를 향해 다가오고 있었다. 이른 아침의 활기에 수염이 반들반들 검게 빛났다.

"대체 자네 어디 있었던 건가? 어제 하루종일 연락하려고 얼마나 애썼다고. 할 얘기가 있는데……" 그러더니 그는 케이스를 보았다. "잠깐만. 저것들 우리 거지. 레너드, 도대체 저 안에 뭐가 들어 있는 건가?"

"장비요." 레너드가 말했다.

글래스는 벌써 캔버스 띠를 손으로 쥐고 있었다. "대체 여기서 이걸로 뭘 하고 있는 거지?"

"작업을 했습니다. 사실 밤새도록이요."

글래스는 끙끙거리며 케이스를 가슴에 꼭 부둥켜안았다. 그걸 가지고 길을 건널 준비를 하고 있었다. 자동차 한 대가 다가오고 있어서 기다려야 했다. 그는 어깨 너머로 고함을 쳤다. "이 얘긴 다 끝났잖은가, 마님. 자네도 규정은 알 텐데. 이건 미친 짓이야. 무슨 짓을 하고 있는 건지 알기나 해?"

그는 대답을 기다리지 않았다. 껑충껑충 뛰다시피 길을 건너 케이스를 내려놓고 비틀의 보닛을 열었다. 딱 케이스가 들어갈 만한 공간이 있었다. 레너드는 다른 하나를 들고 뒤따르는 수밖에 도리가 없었다. 글래스의 도움을 받아 들고 온 케이스는 뒷자리에 실었다. 그들은 차에 올라탔고, 글래스는 쾅 소리가 나도록 문을 세게 닫았다. 소음기가 작동되지 않아 엔진이 포효하며 시동이 걸렸다.

자동차가 요동치며 앞으로 내달리자 글래스가 다시 소리쳤다. "빌어먹을 레너드! 자네 어떻게 나한테 이럴 수가 있나? 이 물건이 제자리에 도로 놓이기 전까지는 내 마음이 안 놓일 거야!"

20

창고까지 가는 내내 레너드는 케이스를 수색할 초병들만 생각하고 싶었지만, 분노를 다 쏟아낸 글래스는 일주년 축하 행사 얘기를 하고 싶어했다. 시간이 얼마 없었다. 글래스가 수완 좋게 지름길을 찾아낸 터라 그들은 십 분도 되지 않아 쇠네베르크를 통과해 템펠호프 공항을 따라 돌아가고 있었다.

"어제 문에 쪽지를 놓고 왔어." 글래스가 말했다. "전화를 안 받더니, 또 밤새도록 통화중이더군."

레너드는 자동차 바닥에 난 발치의 구멍을 뚫어져라 들여다보고 있었다. 흐릿하게 번져 보이는 아스팔트가 최면을 거는 것 같았다. 그의 케이스가 열리기 일보 직전이었다. 너무 피곤해서 차라리 반가울 정도였다. 일련의 절차가 시작될 것이다. 체포, 취조, 나머지 이런저런 것. 모든 것을 포기한 채 순순히 따르리라. 한숨 푹 자기 전에는 어떤 진술도 하지 않는 것. 그것이 레너드의 유일한 조건이리라.

그가 말했다. "수화기를 내려놨어요. 작업중이라."

그들은 시속 30킬로미터가 안 되게 달리면서도 4단 기어를 넣고 있었다. 속도계 바늘이 흔들렸다.

글래스가 말했다. "자네한테 할 얘기가 있어. 솔직하게 말하지, 레너드. 기분이 좀 언짢아."

레너드의 눈에 깨끗하고 하얀 독방, 면 시트가 덮인 싱글 침대, 그리고 정적, 문밖에서 그를 지키는 간수가 보였다.

그가 말했다. "네?"

"몇 가지 면에서 그래." 글래스가 말했다. "첫째로, 자네는 저녁에 즐길 거리를 위해 쓸 돈이 120달러 이상 있었어. 그걸 한 가지 쇼에 다 날려버린 것 같더군. 한 시간짜리에."

어쩌면 친한 초병이 정문을 지키고 있을지 모른다. 제이크, 리, 아니면 하위. 그들이 토막 하나를 집어들 것이다. 선생님, 이건 전자장비가 아닌데요, 사람 팔인데요. 누군가는 토할지도 모른다. 어쩌면 두번째 사항으로 넘어가고 있는 글래스가.

"둘째. 시급 120달러가 백파이프를 연주하는 딱 한 사람한테 간다는 거 아닌가. 레너드, 백파이프는 누구나 즐길 만한 게 못 돼. 솔직히 그걸 좋아할 사람이 하나라도 있겠느냐고, 젠장. 한 시간 동안 거지같이 울부짖어대는 소리나 듣고 앉아 있으란 말인가?"

가끔 흰 선이 구멍을 가로질러 휙 지나갔다. 레너드는 구멍을 향해 웅얼거렸다. "거기 맞춰 춤을 출 수도 있겠죠."

과장된 몸짓으로 글래스는 손을 제 눈에 대고 꾹 눌렀다. 레너드는 고개를 들지 않고 구멍만 바라보았다. 비틀은 계속해서 제

갈 길을 갔다.

"셋째, 레너드, 그 자리엔 자네 쪽 인사 몇 명을 비롯해서 첩보계의 거물들이 참석할 거야. 그들이 뭐라고 하겠나?"

"다들 몇 잔 걸치면." 레너드가 말했다. "슬픈 노래만큼 좋은 게 없죠."

"슬픈 노래는 좋다 이거야. 그들은 이럴 거라고. 으음, 미국 음식, 독일 와인에 스코틀랜드식 여흥이라. 골드작전에 스코틀랜드도 포함인가? 우리가 스코틀랜드와 특별한 관계야? 스코틀랜드가 NATO에 가입이나 했나?"

"노래하는 개도 한 마리 있었는데." 레너드가 고개를 들지도 않고 내뱉었다. "하지만 그 녀석은 잉글랜드산이죠."

글래스는 그 말을 듣지 못했다. "레너드, 자네가 일을 다 망쳤으니 오늘 아침에 시정하길 바라네, 아직 시간이 있으니까. 이 장비를 내려놓고, 자네를 슈판다우에 있는 스코틀랜드 용기병 연대 막사로 데려다주지. 부사관한테 말해서 백파이프 연주자는 취소하고 우리 돈을 환불받아와, 알겠나?"

일군의 트럭이 그들을 추월하고 있어 글래스는 동승객이 낄낄대는 것을 눈치채지 못했다.

창고 지붕에 빽빽하게 늘어선 안테나들이 보였다. 글래스는 속도를 한층 더 늦추었다. "이 친구들은 우리가 여기 뭘 꿍쳐두었는지 봐야 직성이 풀리겠지. 보여줄 수는 있지만, 뭔지 알려줄 필요는 없어. 알겠지?"

발작적인 웃음은 이제 그친 뒤였다. "아, 맙소사." 레너드가 말했다.

차가 멈춰 섰다. 초병이 다가오자 글래스는 창문을 내렸다. 모르는 얼굴이었다.

"이 친구 신병이야." 글래스가 말했다. "같이 서는 친구도 그렇고. 조회가 오래 걸릴 거라는 말이지."

차창을 가득 메운 커다란 얼굴은 분홍색이었고, 눈을 보니 군기가 잡혀 있었다. "안녕하십니까."

"수고가 많네." 글래스는 통행증 두 개를 다 그에게 건넸다.

초병은 허리를 펴고 일 분간 통행증을 점검했다.

글래스는 목소리를 낮추지도 않고 말했다. "이 친구들 훈련을 하면서 군기가 제대로 잡히지. 육 개월은 복무해야 좀 풀어질걸."

사실이었다. 하위였다면 그들을 알아보고 들어가라는 손짓을 했을 것이다.

열여덟 살짜리 얼굴이 다시 차창에 나타났다. 통행증을 돌려주었다. "선생님, 트렁크를 봐야 합니다. 저 가방 안에 뭐가 들었는지도 봐야겠습니다."

글래스가 차에서 내려 보닛을 열었다. 그리고 케이스를 번쩍 들어 길에 내려놓고 옆에 무릎을 꿇고 앉았다. 레너드는 차에 그대로 앉아 캔버스 띠의 버클을 끄르는 글래스의 모습을 지켜보았다. 십 초 정도가 남아 있었다. 어쨌든 그냥 길을 따라 도망쳐버릴 수도 있었다. 그래봤자 더 나빠질 상황도 아니었다. 그는 차에서 내렸다. 좀 전의 초병보다 훨씬 어려 보이는 두번째 초병이 글래스 뒤로 다가가 어깨를 건드렸다.

"위병실로 들어가 살펴봐야겠습니다."

글래스는 아무 이의 없다는 듯 과장된 몸짓을 했다. 보안 문제에 대한 그의 적극적인 협조는 모범을 보이기 위한 것이었다. 띠 하나는 이미 풀려 있었다. 그러거나 말거나 그는 케이스를 가슴에 부둥켜안고 길가에 있는 초소로 비틀비틀 걸어갔다. 첫번째 병사가 글래스에게 문을 열어주고는 돌아와 레너드가 다른 케이스를 끌어낼 수 있도록 정중하게 비켜섰다. 두 초병은 케이스를 양손에 들고 초소로 향하는 그의 뒤를 따랐다.

초소에는 전화기 한 대가 놓인 작은 목제 테이블이 있었다. 글래스는 전화기를 바닥에 내려놓고 쥐어짜내는 신음소리와 함께 케이스를 들어 테이블 위에 올렸다. 테이블 주위에 네 사람이 둘러설 자리도 마땅치 않았다. 글래스를 웬만큼 아는 레너드는 그가 용을 쓰며 케이스를 옮기고 들어올리느라 잔뜩 뿔이 났다는 걸 눈치챘다. 그는 뒤로 물러서서 요란하게 콧김을 뿜으며 턱수염을 만지작거리고 있었다. 케이스를 그가 여기까지 날랐으니 이제 초병들이 열 차례였다. 그리고 그들이 절차를 위반했다면 보나마나 보고가 올라가는 중일 것이었다.

레너드는 들고 온 케이스를 테이블 옆에 놓았다. 원래는 점검이 이루어지는 동안 밖에서 기다릴 생각이었다. 그 꿈을 꾼 뒤로 더는 보고 싶지 않았고, 사방이 막힌 공간에서 젊은 초병 중 하나가 토할 가능성도 농후했다. 어쩌면 세 사람 다 토할 수도 있었다. 하지만 그는 문간에 서 있었다. 지켜보지 않을 수가 없었다. 삶이 변하려는 순간인데 특별한 감정이 전혀 느껴지지 않았다. 그는 최선을 다했고, 자신이 유달리 나쁜 사람은 아니라는 걸 알고 있었다. 첫번째 병사가 소총을 내려놓고 또다른 띠를 끌렀다. 레너드는 아득히 먼 데서 일어나는 일인 양 그 광경을 지켜보았다. 오토 에크도르프를 결코 보살펴준 적 없는 세상이 그의 죽음에 대한 관심으로 폭발하기 일보 직전이었다. 병사가 뚜껑을 열자 모두의 눈이 포장된 토막들로 향했다. 케이스는 빈틈없이 차 있었지만, 어느 것도 전자기기처럼 보이지는 않았다. 심지어 글래스조차 호기심을 감추지 못했다. 풀과 고무의 냄새가 파이프에서 피어오르는 담배 연기처럼 진하게 풍겼다. 불현듯 한 가지 생각이 떠올라 레너드는 깊이 생각해보지도 않고 곧장 행동에 옮겼다. 초병이 손을 내밀어 하나를 집으려는 순간 그는 사람들을 밀치고 테이블 쪽으로 나아갔다.

레너드는 젊은이의 손목을 잡고 말했다. "이 조사를 계속 진행하려면, 글래스 씨와 단둘이 상의할 일이 있습니다. 보안상 중대한 문제가 있으니, 딱 일 분만 시간을 주시죠."

초병은 손을 거두고 글래스 쪽을 보았다. 레너드가 케이스를 닫았다.

글래스가 물었다. "괜찮겠나, 자네들? 일 분?"

"괜찮습니다." 초병 하나가 말했다.

글래스는 레너드를 따라 초소에서 나왔다. 그들은 빨간색과 흰색으로 줄무늬가 쳐진 차단기 옆에 섰다.

"죄송합니다, 밥." 레너드가 말했다. "곧장 열어보겠다고 할 줄은 몰랐어요."

"신참이라 그래, 그뿐이라고. 자네도 그걸 여기서 갖고 나가면 안 되는 거였고."

레너드는 차단기에 기대 긴장을 풀었다. 이제 잃을 것이 없었다. "그럴 만한 이유가 있었습니다. 그런데 말입니다. 절차를 위반하고서라도 좀더 중요한 문제를 보호해야겠습니다. 지금에야 말씀드리지만 저는 보안등급 4급 허가를 받았습니다."

글래스는 얼른 자세를 바로잡는 듯 보였다. "4급?"

"대체로 기술적인 사안과 관련된 겁니다." 레너드는 이 말과 함께 지갑을 꺼냈다. "4급인 제가 보기에 저 친구들은 대단히 민감한 자료를 함부로 다루고 있습니다. 올림픽 스타디움에 있는 맥나미에게 전화해보십시오. 그 사람 명함입니다. 여기 당직사령에게 전화를 걸라고 하세요. 저는 이 조사가 당장 중단되었으면 합니다. 그 케이스 안에 뭐가 들었는지는 특급 기밀입니다. 맥나미에게 그렇게 말하면, 무슨 얘기를 하는지 알 겁니다."

글래스는 아무것도 묻지 않았다. 그저 돌아서서 신속하게 초소로 걸어갔다. 초병들에게 케이스를 닫고 봉인할 것을 지시하는 그의 목소리가 들려왔다. 초병 하나가 명령에 의문을 제기한 모양인지, 글래스가 고함을 쳤다. "당장 시작하게, 병사. 이 일이 자네보다 훨씬 더 중요하단 말이다!"

글래스가 통화를 하는 동안, 레너드는 길가에서 정처 없이 서성였다. 바야흐로 화창한 봄날의 아침이 시작되고 있었다. 배수로에서 노랗고 하얀 꽃들이 자라나고 있었다. 이름을 아는 식물은 하나도 없었다. 오 분 후 글래스가 초소에서 나왔고, 초병들이 케이스를 들고 뒤따라 나왔다. 레너드와 글래스가 물러서 있는 사이 초병들은 케이스를 차에 실었다. 그리고 차단기를 올리고 자동차가 통과하는 내내 차렷 자세로 서 있었다.

글래스가 말했다. "불쌍한 저 녀석들 당직사령에게 혼쭐이 났어. 당직사령은 맥나미에게 혼쭐이 난 모양이고. 자네가 들고 다니는 건 굉장한 비밀인가보군."

"진짜로 그렇습니다." 레너드가 말했다.

글래스는 주차를 하고 시동을 껐다. 당직사령과 병사 둘이 이 중문 옆에서 그들을 기다리고 있었다. 차에서 내리기 전에 글래스가 레너드의 어깨에 손을 얹더니 말했다. "자네, 판지 태우던 시절에 비하면 엄청 출세했는데."

두 사람은 차에서 내렸다. 레너드가 비틀의 지붕 너머로 말했다. "이런 일에 참여하게 되어 영광이죠."

병사들이 케이스를 들었다. 어디로 옮길 거냐는 당직사령의 물음에 레너드는 터널이 좋겠다고 했다. 그 밑으로 내려가서 마음을 달래고 싶었다. 그러나 글래스와 당직사령을 양쪽에 두고 뒤따라오는 병사들까지 대동하고 내려가는 길은 예전 같지 않았다. 주 갱도로 내려가서는 작은 나무화차에 케이스들을 싣고 병사들이 밀었다. 그들은 러시아 구역이 시작되는 지점을 알리는 철조망을 통과했다. 몇 분 후 그들 모두 앰프들 사이의 비좁은 공간을 빠져나갔고 레너드가 케이스들을 보관할 책상 밑 자리로 안내했다.

글래스가 말했다. "미치겠군. 저 가방들을 백 번은 지나친 거 같은데 한 번도 안을 들여다볼 생각을 못 했어."

"지금부터 하지는 마세요." 레너드가 말했다.

당직사령이 케이스를 둘 다 철사로 봉인했다. "이건 선생님 권한으로만 열 수 있습니다."

그들은 구내식당으로 올라가 커피를 마셨다. 레너드가 4급이라고 밝힌 건 일종의 승진 효과를 냈다. 글래스가 슈판다우로 가서 스코틀랜드 용기병 연대 부사관을 찾자고 했을 때, 레너드는 세상에서 가장 쉬운 일이라는 듯이 이마에 손을 짚었다.

"도저히 못 하겠어요. 이틀 밤을 꼬박 새웠단 말입니다. 내일은 어떨까요."

그러자 글래스가 말했다. "걱정 말게. 내가 직접 하지."

그는 레너드에게 집까지 데려다주겠다고 했다. 하지만 레너드는 어디로 가고 싶은지 마음을 정하지 못했다. 이제는 새로운 난관에 봉착해 있었다. 그것에 대해 생각할 수 있는 곳으로 가고 싶었다. 그래서 글래스에게 시내 어귀의 지하철 노선 종점인 그렌츠 길 역에 내려달라고 부탁했다.

글래스가 떠난 후 몇 분 동안, 레너드는 자유의 희열을 만끽하며 매표소 홀을 서성거렸다. 몇 달, 몇 년은 그 케이스들을 들고 다닌 것 같았다. 그는 벤치에 앉았다. 지금 여기에는 없지만, 아직 처리한 것은 아니었다. 앉아서 케이스들을 들고 다니느라 벌건 자국이 남은 손을 바라보았다. 터널 안 온도는 27도, 어쩌면 앰프 옆 책상 밑은 더 높을지도. 이틀도 못 가 케이스에서 악취가 풍길 터였다. 4급 이야기를 교묘하게 꾸며내서 갖고 나올 수는 있겠지만, 지금 이 순간에도 맥나미는 레너드가 대체 어떤 장비를 손에 넣은 걸까 궁금증을 억누르지 못하고 스타디움에서 창고로 오는 중일 것이다. 실패였다. 국제선 노선이 이어져 있는 기차역 안 익명의 대중 사이에 케이스들을 버려둘 작정이었는데, 결과적으로는 다른 누구도 아닌 그의 신원과 직결되는, 사적이고 폐쇄된 공간에 두고 말았다. 끔찍한 실패였다. 그는 난관을 헤쳐나갈 방법을 생각하려 애썼지만, 얼마나 끔찍한 실패를 저질렀는지 실감할 뿐이었다.

그가 앉은 벤치는 매표소와 마주보고 있었다. 그는 고개를 툭 떨구었다. 훌륭한 정장 차림에 넥타이를 맸고 구두는 반짝거렸다. 아무도 그를 부랑자라고 여기지는 않을 터였다. 그는 벤치에 다리를 올리고 두 시간 동안 잤다. 단잠을 이루긴 했지만 매표소 홀에 울리는 행인들의 발소리를 내내 의식하고 있었고, 타인들 사이에서 안전하게 잠들어 있다는 사실이 왠지 위로가 되었다.

잠에서 깬 그는 당황했다. 정오에서 십 분이 지난 시각이었다. 맥나미가 창고에서 그를 찾고 있으리라. 그 정부 과학자가 성미가 급하거나 경솔한 사람이라면 자기 권한으로 케이스의 봉인을 풀 수도 있었다. 레너드는 일어났다. 행동을 취할 여유는 기껏해야 한두 시간이었다. 누군가와 이야기를 해야 했다. 마리아를 떠올리자 고통스러웠다. 그녀의 아파트 근처에 가는 것조차 견딜 수 없었다. 벤치의 널 사이사이에 엉덩이가 끼였고, 정장은 구겨졌다. 그는 매표소 쪽으로 어슬렁어슬렁 걸어갔다. 계획을 세우지 않는 것이 그가 피로할 때의 특징이라면 특징이었다. 하지만 이번에는 명령이라도 받은 것처럼 철저히 계획에 따라 움직이기 시작하는 자신을 발견했다. 그는 러시아 구역의 알렉산더 광장으로 가는 표를 샀다. 열차 한 대가 출발 대기중이었고, 그가 열차를 갈아타야 할 헤르만 광장에서도 금세 한 대가 들어왔다. 이렇게 일이 순조롭게 진행되자 그는 자신이 하려는 일에 대해 확신을 갖게 되었다. 그는 거대한, 무시무시한 해결책을 향해 끌려가고 있었다. 알렉산더 광장에서부터는 쾨니히 가를 따라 십 분 걸어야 했다. 중간에 잠시 멈춰 서서 길을 물어야 했다.

그곳은 상상했던 것보다 널찍했다. 그는 자리마다 의자 등받이가 높아 속닥거리기 좋은, 좁고 은밀한 공간일 거라 예상했다. 그러나 카페 프라하는 높고 구접스러운 천장에 작은 원탁 수십 개가 놓인 엄청나게 넓은 곳이었다. 그는 눈에 띄는 자리를 골라 앉아 커피 한 잔을 시켰다. 글래스가 언젠가, 그냥 기다리고 있으면 훈데르트 마르크 융엔이 올 거라고 했다. 점심을 먹으려는 사람들로 속속 자리가 찼다. 심각해 보이는 사람들이 곳곳에 넘쳐났다. 대여섯 개 국가에서 모여든 스파이일 수도 있지만 근처

회사에 다니는 직장인일 가능성도 얼마든지 있었다.

그는 연필로 종이 냅킨에 지도를 그리며 시간을 보냈다. 십오분이 흘러갔지만 아무 일도 일어나지 않았다. 그건 베를린에 떠도는 숱한 헛소문 중 하나였나보다고 레너드는 결론을 내렸다. 카페 프라하는 비공식적인 정보의 증권거래소라고 했었다. 하지만 실은 휑하고 따분한 동베를린의 카페일 뿐이었고, 커피도 밍밍하고 미지근했다. 세 잔째 마시다보니 속이 메스꺼웠다. 이틀 동안 먹은 게 하나도 없었다. 주머니를 뒤져 동독마르크를 찾고 있는데, 얼굴이 불타는 듯한 주근깨로 뒤덮인 젊은 남자가 앞에 와 앉았다.

"부 제트 프랑세(프랑스인이군요)." 사실을 진술하는 말투였다.

"아닙니다." 레너드가 말했다. "영국인이에요."

남자는 레너드 또래로 보였다. 그는 손을 들어 웨이터를 불렀다. 실수를 해명하거나 사과할 필요는 전혀 없다고 생각하는 눈치였다. 그것은 그저 대화를 시작하는 첫마디에 불과했던 것이다. 그는 커피 두 잔을 주문하고는 주근깨가 난 손을 테이블 너머로 내밀었다. "한스라고 합니다."

레너드는 그 손을 잡고 악수를 한 다음 말했다. "헨리입니다." 아버지의 이름이라 거짓말을 한다는 느낌이 좀 덜했다.

한스는 캐멀 담뱃갑을 꺼내 한 개비 권하더니, 레너드가 보기에는 남의 시선을 꽤나 의식하며 지포 라이터를 켰다. 한스의 영어는 흠잡을 데 없었다. "전에 여기서 뵌 적이 없는 것 같군요."

"전에는 여기 온 적이 없습니다."

커피맛이 별로 나지 않는 커피가 나오고, 웨이터가 자리를 뜨자 한스가 말했다. "그래, 여기 베를린이 마음에 듭니까?"

"예, 좋군요." 레너드가 말했다. 그런 시답잖은 대화를 해야 할 거라고는 상상하지 못했지만, 관례인 모양이었다. 그는 절차를 따르자는 마음으로 정중하게 물었다. "여기서 자랐습니까?"

한스는 카셀*에서 보낸 어린 시절의 이야기로 대답을 대신했다. 열다섯 살 때 어머니가 베를린 사람과 결혼했다고 한다. 그의 이야기는 집중하기가 어려웠다. 쓸데없이 세세한 설명 때문에 몸이 화끈거릴 지경이었는데, 이윽고 한스가 런던에서 어떻게 살았느냐고 물어왔다. 레너드는 어린 시절을 대충 짤막하게 설명하고 베를린이 훨씬 더 흥미롭다는 말로 마무리했다. 그리고 즉시 그 말을 후회했다.

한스가 말했다. "그럴 리가요. 런던은 세계의 수도 아닙니까. 베를린은 끝장났어요. 위대한 베를린도 다 옛말이지요."

"그럴 수도 있겠군요." 레너드가 말했다. "어쩌면 그냥 외국에

---

* 독일 중부의 도시.

나와서 좋은 건지도 모릅니다.” 그것 역시 실수였는데, 그때부터 외국 여행의 즐거움에 대해 얘기를 나누게 되었기 때문이었다. 한스는 다른 나라는 어디어디 가봤느냐고 물었고, 레너드는 너무 피곤해서 사실대로 말해버렸다. 웨일스와 서베를린에 가보았다고.

한스는 좀더 모험을 해보라며 적극적으로 권했다. “영국인이잖습니까. 기회가 있잖아요.” 그다음에는 미국부터 시작해서 한스가 가보고 싶은 곳들의 지명이 줄줄이 이어졌다. 레너드는 손목시계를 보았다. 한시 십분이었다. 지금쯤 무슨 일이 일어나고 있을지 정확히 알 수 없었다. 사람들이 그를 찾고 있을 것이다. 그들한테 뭐라고 해야 할지도 알 수 없었다.

레너드가 시계를 보자마자, 한스는 열거하던 지명들을 마무리하고 카페 안을 흘끔 둘러보았다. 그러더니 말했다. “헨리, 당신 뭔가를 찾아 여기 온 것 같은데요. 사고 싶은 게 있는 거죠, 그렇죠?”

“아니요.” 레너드가 말했다. “적당한 사람에게 줄 게 있습니다.”

“팔 게 있다고요?”

“어떻든 상관없어요. 그냥 줘버리면 좋겠네요.”

한스가 담배 한 개비를 더 권했다. “내 말 잘 들어요, 친구. 충고 하나 하죠. 당신 물건이 공짜면, 사람들은 가치가 없다고 생각할 겁니다. 좋은 거면 반드시 돈을 받아야 해요."

"좋습니다." 레너드가 말했다. "누가 돈을 주겠다고 하면 그야 좋지요."

"당신이 가진 걸 내가 받아서 직접 팔 수도 있어요." 한스가 말했다. "그러면 수익은 다 내 겁니다. 하지만 당신이 마음에 들어요. 당신이 주소를 주면 언젠가 런던으로 찾아갈 수도 있겠죠. 그러니 커미션만 받을게요. 50퍼센트."

"좋으실 대로." 레너드가 대답했다.

"좋아요, 그럼. 가진 게 뭡니까?"

레너드는 목소리를 낮추었다. "소련군이 흥미를 가질 만한 겁니다."

"그거 좋군요, 헨리." 한스는 특별히 목소리를 낮추지 않았다. "사령부에 아는 사람이 있는 친구 하나가 오늘 여기 왔거든요."

레너드가 지도를 꺼내 보였다. "쇠네펠트 대로 동쪽에, 여기 알트글리니케의 공동묘지 바로 북쪽에서 소련군 전화선이 도청당하고 있습니다. 여기 이 배수로를 따라가는 회선입니다. 그들이 살펴봐야 할 자리에 표시를 해뒀습니다."

한스가 지도를 받았다. "어떻게 이 회선들을 도청할 수가 있죠? 불가능합니다."

레너드는 자부심을 숨길 수 없었다. "터널이 있습니다. 굵은

선으로 표시해뒀어요. 미국 점령구역의 레이더기지처럼 보이는 건물에서부터 시작됩니다."

한스는 고개를 절레절레 흔들었다. "너무 멉니다. 불가능해요. 아무도 안 믿을 겁니다. 25마르크도 못 받아요."

레너드는 하마터면 폭소를 터뜨릴 뻔했다. "어마어마한 규모의 프로젝트입니다. 안 믿어도 좋아요. 그냥 가서 보면 됩니다."

한스는 지도를 챙겨 일어섰다. 어깨를 으쓱하더니 말했다. "친구와 얘기 좀 해보지요."

레너드는 그가 카페 반대편 끝으로 건너가서 기둥에 가려 잘 보이지 않는 누군가와 이야기를 나누는 모습을 지켜보았다. 그리고 두 사람 다 스윙도어를 지나 화장실과 전화가 있는 곳으로 갔다. 일이 분 후 한스가 한층 생기 넘치는 표정으로 돌아왔다.

"친구가 최소한 재밌어 보이긴 하대요. 지금 사령부 지인과 연락을 하려는 모양입니다."

한스는 다시 반대편으로 갔다. 레너드는 그가 보이지 않을 때까지 기다렸다가 카페를 나왔다. 50미터쯤 길을 따라 걸었을 때 고함소리가 들렸다. 흰 테이블보를 허리에 두른 남자가 종이 한 장을 흔들며 전속력으로 달려오고 있었다. 커피 다섯 잔 값을 받아야 했던 것이다. 막 계산을 끝내고 사과하고 있는데 한스가 달려왔다. 햇빛 아래서 보니 주근깨가 야단스럽게도 박혀 있었다.

웨이터가 가고 나서 한스가 말했다. "주소를 알려준다고 했잖습니까. 그리고 이거 봐요. 내 친구가 200마르크나 줬어요."

한스는 걸음을 옮기는 레너드 옆에 붙어 계속 따라왔다. 레너드가 말했다. "돈은 당신이 갖고, 나는 우리집 주소를 갖죠."

한스는 레너드의 팔짱을 끼었다. "아까 합의 본 거랑 얘기가 다르잖아요."

그 손길에 레너드는 공포의 전율을 느꼈다. 그는 팔을 흔들어 한스를 떨쳐냈다.

"나 안 좋아해요, 헨리?" 한스가 말했다.

"안 좋아해." 레너드가 말했다. "꺼져." 그는 걸음을 빨리했다. 어깨 너머로 흘낏 살펴보았을 때, 한스는 다시 카페 쪽으로 걸어가고 있었다.

알렉산더 광장에서 레너드는 또 한번 혼란에 빠져 망설였다. 앉아서 다리를 쉬어야 했지만, 그전에 어디로 갈지부터 결정해야 했다. 마리아를 만나야 했지만 아직도 그녀의 얼굴을 똑바로 볼 수 없을 것 같았다. 집에 가고 싶었지만 맥나미가 그를 기다리고 있을지도 모를 일이었다. 케이스의 봉인이 풀렸다면 헌병이 와 있을 터였다. 결국 그는 노이베스트엔트로 가는 표를 샀다. 열차 안에서 결정을 내릴 수 있을 테니까.

공원에 가서 눈을 붙일 만한 데를 찾아보기로 하고 추 역에 내렸다. 볕이 좋은 날이었지만, 이십 분을 걸어 운하 둑에서 한적한 장소를 찾았을 때는 느긋하게 쉬기에는 바람이 너무 맵다는 생각이 들었다. 그는 새로 깎은 잔디 위에 바들바들 떨며 반시간쯤 누워 있었다. 결국 공원을 가로질러 온 길을 되짚어 역까지 가서 지하철을 타고 집으로 갔다. 잠을 자는 것이 지금으로서는 단 하나의 시급한 사안이었다. 헌병들이 집을 지키고 있다면, 그가 마주하게 될 일은 피할 수 없는 것일 터이다. 맥나미가 있다면 필요할 때 이야기를 꾸며낼 수 있을 것이다.

그는 노이베스트엔트에서 플라타넨 길로 이어지는 인도를 미끄러지듯 걸었다. 피로 때문에 다리가 그의 의지와는 무관하게 움직였다. 다리가 제멋대로 움직여 그를 집으로 데려가는 중이었다. 그를 기다리는 사람은 아무도 없었다. 아파트 안에 문틈으로 밀어넣은 쪽지 두 장이 있었다. 한 장은 마리아가 쓴 것이었다. "어디 있어? 도대체 어떻게 된 거야?" 다른 한 장은 맥나미가 쓴 것으로 "전화하게"라는 말과 함께 전화번호 세 개가 있었다. 레너드는 곧장 침실로 가서 커튼을 쳤다. 옷을 모조리 훌훌 벗어던졌다. 파자마를 입기도 귀찮았다. 일 분도 되지 않아 그는 마침내 잠이 들었다.

한 시간이 채 못 되어 소변이 몹시 마려워 깼다. 전화도 울리고 있었다. 그는 무엇부터 해결해야 할지 몰라 침실 밖에서 망설였다. 전화 쪽으로 가서 수화기를 들자마자 잘못된 결정이었음을 깨달았다. 집중을 할 수가 없을 터였다. 상대는 글래스였고, 굉장히 화가 난 목소리가 멀리서 들려왔다. 배경에 무슨 소란스러운 소리가 깔려 있었다. 그는 마치 악몽을 꾸고 있는 것 같았다.

"레너드, 레너드, 자네인가?"

해가 들지 않는 거실에서 벌거벗은 몸을 덜덜 떨며 레너드는 다리를 꼬고 말했다. "예, 접니다."

"레너드? 거기 있어?"

"밥, 접니다. 여기 있어요."

"천만다행이군. 들어보게. 잘 듣고 있나? 저 케이스들 안에 뭐가 들었는지 얘기해줘야겠어. 당장 들어야겠다고."

다리 힘이 스르르 빠졌다. 그는 약혼 파티의 잔해가 널려 있는 카펫에 주저앉았다. "케이스를 열었습니까?"

"이봐, 레너드, 그냥 얘기해줘."

"밥, 일단 기밀사항입니다. 게다가 어쨌든, 이건 안전한 회선도 아니고……"

"그따위 거지같은 소리는 집어치워, 마넘. 여기는 난리도 이런 난리가 없단 말이야. 그 가방들 안에 뭐가 들었나?"

"대체 거기서 무슨 일이 벌어지고 있는 겁니까? 그 시끄러운 소리는 다 뭐예요?"

글래스는 말소리가 들리도록 고래고래 악을 썼다. "빌어먹을! 얘기 못 들었나? 그들이 우리를 찾아냈어. 도청실로 쳐들어왔단 말이야. 우리 측 사람들은 간신히 빠져나왔고. 아무도 강철문을 닫을 겨를이 없었어. 그들이 터널을 차지하고 있어, 전부 들어찼다고, 구역 경계까지 다. 우리는 그저 안전을 위해 창고 자재를 치우고 있어. 한 시간 후에 하비를 만나는데 피해상황을 보고해야 하네. 그 케이스 안에 뭐가 있었는지 알아야 해. 레너드?"

하지만 레너드는 아무 말도 할 수 없었다. 기쁨에 겨운 감사의 마음에 목이 메어왔다. 이렇게 빨리, 간단히 처리될 줄이야. 이제 위대한 러시아의 침묵이 강림할 것이다. 그는 이제 옷을 차려입고 가서 마리아에게 다 괜찮아졌다고 말할 것이다.

글래스가 그의 이름을 외쳐 불렀다. 레너드가 말했다. "죄송해요, 밥. 그 소식을 들으니 넋이 나가서."

"케이스들, 레너드. 케이스!"

"좋아요. 그건 제가 난도질해서 토막낸 남자의 시체입니다."

"이 나쁜 자식. 시간이 별로 없어."

레너드는 말투가 가벼워지지 않도록 애썼다. "사실, 그렇게 걱정 안 해도 돼요. 그건 제가 직접 조립해보던 암호해독 장비입니다. 절반밖에 완성되지 않았고, 아이디어도 시대에 뒤떨어진 거였어요."

"그런데 오늘 아침에 왜 그런 법석을 떨었나?"

"모든 암호해독 프로젝트는 4급 기밀사항입니다." 레너드가 말했다. "그런데 말입니다, 밥. 그 일이 다 언제 일어난 겁니까?"

글래스는 다른 누군가에게 말하고 있었다. 그 얘기를 끊고 그가 물었다. "방금 뭐라고 했지?"

"그들이 언제 쳐들어왔습니까?"

글래스는 서슴없이 대답했다. "열두시 오십팔분에."

"아니, 밥. 그럴 리가 없어요."

"이봐, 더 알고 싶으면 도이칠란트젠더*에 주파수를 맞춰봐. 내내 그 얘기만 떠들어대고 있으니까."

레너드는 뱃속에서 퍼져가는 냉기를 느꼈다. "설마 공개를 할 리가 없을 텐데."

"우리도 그렇게 생각했었지. 체면이 말이 아닐 테니까. 하지만 소련 베를린 주둔군의 사령관이 시내에 없어. 부사령관이 코츄바란 작자인데, 미친놈이 틀림없어. 그 작자가 이 일을 선동적으로 최대한 이용하고 있다고. 결국 꼴이 우스워지겠지만, 어쨌든 지금은 그러고 있어."

레너드는 자신이 아까 던진 농담을 생각하고 있었다. 그가 말

---

* 독일의 라디오 방송국.

했다. "그럴 리가 없어요."

또다시, 누군가 글래스에게 말을 걸고 있었다. 글래스가 황급히 말했다. "내일 그쪽에서 기자회견을 연다는군. 토요일에는 기자단에게 터널을 구경시켜줄 거래. 대중에게 개방하는 것도 논의중이고. 관광지로 만들어서 미국의 배신을 기념하자는 거지. 레너드, 그놈들은 찾아낼 수 있는 건 뭐든지, 마지막 하나까지 이용할 거야."

그는 전화를 끊었고 레너드는 황급히 욕실로 뛰어들어갔다.

21

존 맥나미는 켐핀스키 호텔 식당에서 레너드를 만나겠다고 우긴데다 야외 테이블에 앉고 싶어했다. 아침 열시도 되지 않은 시각이라 손님 대부분은 안에 있었다. 언제나처럼 맑고 추운 날씨였다. 거대한 하얀 뭉게구름이 떠다니다 해를 가릴 때마다 대기가 얼음처럼 차가워졌다.

레너드는 최근 들어 부쩍 추위를 탔다. 항상 떨고 있는 것 같았다. 글래스의 전화를 받은 다음날 아침에는 잠에서 깨면서부터 손이 덜덜 떨렸다. 이제 단순한 떨림이 아니라 마비로 인한

수전증에 가까워서 셔츠 단추를 채우는 데 몇 분이 걸리기도 했다. 그가 판단하기에, 케이스를 들고 다니느라 생긴 근육 경련이 이제야 나타나는 것이었다. 이틀 넘도록 굶다가 처음 식사를 하러 라이히스칸츨러 광장의 간이식당에 갔을 때는 소시지를 길에 떨어뜨렸다. 그러자 누군가의 개가 겨자까지 남김없이 먹어치웠다.

켐핀스키 식당에서 그는 양지에 앉아 있었지만, 코트를 걸친 채 이가 딱딱 부딪지 않게 어금니를 악물어야 했다. 커피잔을 제대로 들고 있을 자신이 없어 맥주를 시켰는데 그것도 시리도록 차가웠다. 얇은 면 셔츠 위에 트위드 재킷을 걸친 맥나미는 편안해 보였다. 커피가 나오자 그는 파이프에 담배를 재고 불을 붙였다. 바람이 불어오는 방향에 있던 레너드는 그 냄새와 그에 따라 연상되는 것들로 속이 메스꺼웠다. 그는 자리를 바꿀 구실을 만들려고 화장실에 갔다. 다녀와서 테이블 반대편에 앉았지만, 그 자리는 그늘이 졌다. 그는 코트를 한껏 여미고서 손을 깔고 앉았다. 손도 대지 않은 맥주를 맥나미가 밀어주었다. 유리잔에 맺힌 물방울 두 개가 불규칙적으로 평행선을 그리며 흘러내렸다.

"자, 그럼." 맥나미가 말했다. "이제 말해보게."

레너드는 엉덩이 밑에 깔고 앉은 손이 덜덜 떨리는 것을 느꼈다. "미국인들한테서 아무것도 빼내지 못하고 있을 때, 저 나름

대로 한두 가지 아이디어를 떠올렸습니다. 남는 시간에 뭘 좀 만들어보기 시작했어요. 암호화된 메시지에서 평문의 반향을 분리해내는 방법을 어떻게든 혼자 찾아낼 수 있을 것 같았습니다. 보안을 위해 집에서 작업했고요. 하지만 제대로 결과물이 나오지 않았습니다. 아이디어들이 구식이었던 겁니다. 그래서 물건을 가지고 들어왔습니다. 부품이 다 있는 제 사무실에서 해체하려는 의도였습니다. 그렇게 철저하게 조사받을 줄은 몰랐어요. 하필 정문에 신참 둘이 지키고 있더군요. 물론 그건 문제되지 않았겠지만, 글래스가 그 자리에 함께 있었습니다. 제가 어떤 물건을 갖고 있는지 그에게 다 보여주는 위험을 감수할 수는 없었습니다. 제 직무 내용에는 없는 일이니까요. 괜한 기대를 드렸다면 죄송합니다."

맥나미는 파이프 설대로 뭉툭하고 누르스름한 치아를 톡톡 쳤다. "한두 시간은 꽤 흥분했었네. 어디선가 넬슨의 물건의 복제품을 구한 거라 생각했었지. 하지만 걱정할 것 없네. 돌리스 힐에서 거의 성공한 모양이니까."

그가 자기 말을 믿어주었으니 이제 레너드는 집에 가고 싶었다. 몸을 따뜻하게 덥히고 정오에 나오는 신문도 봐야 했다.

그러나 맥나미는 상황을 곱씹어보고 싶어했다. 커피 한 잔과 끈적거리는 타르트 하나를 더 시켰다. "나는 긍정적으로 생각하는 게 좋아. 영원히 계속되지 않을 거란 건 다들 알고 있었어. 그런 걸 일 년 가까이 돌린 거라고. 런던과 워싱턴이 지금 갖고 있는 정보를 처리하는 데만도 몇 년은 걸릴 거야."

레너드는 손을 뻗어 맥주잔을 잡으려다가 마음을 고쳐먹고 한쪽으로 치웠다.

"특별한 관계랄까 그런 관점에서 보면, 또다른 성과는 우리가 중대 프로젝트를 미국인들과 함께 성공적으로 해냈다는 사실이지. 버지스와 매클린 사건 이후로 그들은 우릴 선뜻 믿어주지 않았거든. 이제 모든 면에서 전보다 좋아졌어."

결국 레너드는 핑계를 대고 일어섰다. 맥나미는 그대로 앉아 있었다. 해를 등지고 선 레너드를 실눈으로 올려다보며 파이프에 담배를 다시 채웠다. "얼굴을 보니 좀 쉬어야 할 것 같군. 영국으로 소환될 거라는 건 알고 있겠지. 지중해 작전국에서 연락이 갈 거야."

그들은 악수를 했다. 레너드는 힘차게 손을 흔들어 경련을 감추었다. 맥나미는 눈치채지 못한 것 같았다. 마지막으로 이런 말을 남겼을 뿐이다. "이런저런 일이 있었지만 그래도 자네는 잘해냈네. 돌리스 힐에도 좋게 얘기해뒀어."

레너드가 말했다. "감사합니다." 그리고 서둘러 쿠르퓌어슈텐담을 따라 신문을 사러 갔다.

그는 지하철을 타고 코트부서 토르 역으로 가는 길에 신문을 훑었다. 이틀째인데도 동베를린 신문들은 그 이야기로 도배되어 있었다. 타게스슈피겔과 베를리너 차이퉁은 두 면에 걸쳐 사진들을 실었다. 사진 하나에는 앰프들과 밑에 케이스를 세워둔 책상 언저리가 찍혀 있었다. 무슨 이유에서인지 도청실 전화들은 아직도 신호가 가는 모양이었다. 기자들이 수화기에 대고 상대를 불렀지만 묵묵부답이었다. 조명과 통풍기 역시 아직 제 기능을 하고 있었다. 쇠네펠트 대로 끝에서 미국 구역과의 경계를 표시하는 모래주머니 방벽에 이르는 길이 어떤지도 상세히 나와 있었다. 모래주머니 너머의 "암흑 속에서 보이는 것은 담배 두 개비의 불빛뿐이었다. 그러나 관측하던 그자들은 우리의 부름에 답하지 않았다. 어쩌면 양심의 가책 때문인지도 모른다." 다른 기사에는 이런 대목도 나왔다. "베를린 전체가 일부 미군 장교의 권모술수에 격분하고 있다. 이들이 도발 행위를 중단할 때 비로소 베를린은 평화를 찾을 것이다." 한 헤드라인은 다음과 같았다. '회선에 기이한 교란.' 제하의 기사는 소련 정보부가 정상적인 케이블 송수신 정보에 간섭 잡음이 섞여 있음을 알게 된 경위를 밝히고 있었다. 회선 일부를 파내라는 명령이 내려왔다고 한다. 어째서 쇠네펠트 대로가 선택되었는지 그 이유는 기사에 언급되지 않았다. 병력이 침투했을 때 도청실의 "상황은 스파이들이 장비를 내팽개치고 허둥지둥 떠났음을 보여주고 있었다." 형광등에는 오스람이라는 영국의 제조사명이 있었는데, "오도하려는 목적이 분명한 공작이었다. 그러나 드라이버와 조절식 렌치들은 진실을 폭로했다. 표기된 바에 따르면 모든 것은 '원산지 미국'이었다." 페이지 맨 밑에는 볼드체로 쓰여 있었다. "베를린 주둔 미군 대변인은 어젯밤 질의에 답했다. '저는 아무것도 모릅니다!'"

그는 모든 기사를 대충 훑어보았다. 케이스를 발견했다는 발표가 지체되면서 그는 점점 지쳐갔다. 어쩌면 그 이야기만 별도로 다루어서 나중에 훨씬 더 큰 충격을 주려는 생각일지 몰랐다. 벌써 수사가 시작되었을 수도 있었다. 글래스에게 바보 같은 말만 하지 않았더라면 러시아군이 슈트케이스 두 개에 든 토막 사체를 발견했다고 주장해도 간단히 일축될 수 있었다. 동독 당국자가 조용히 이 문제를 서베를린 형사경찰에 넘겼다면, 미국인들에게 묻기만 해도 케이스들을 단서로 레너드를 찾아낼 수 있으리라.

미국인들이 협조를 거부한다 해도 경찰이 오토의 신원을 파악하는 데는 그리 오래 걸리지 않을 것이다. 아마 온몸의 조직에 그가 술주정뱅이였다는 걸 시사하는 법의학적 증거들이 남아 있을 터였다. 그가 셋집에 들어오지도, 생계보조금을 받으러 오지도 않았고, 비번인 경찰들에게 술을 얻어먹던 단골 선술집에도 웬일로 나타나지 않았다는 사실이 머지않아 드러날 것이다. 확실히 경찰이 시체를 찾고 맨 처음 하는 일은 실종자 목록을 살펴보는 일이다. 오토와 마리아와 레너드 사이에는 관공서와 관련된 복잡한 연결고리가 수없이 존재했다. 파탄난 결혼, 거주권 주장, 공식 약혼. 하지만 케이스들을 추 역에 두고 왔다 해도 틀림없이 상황은 마찬가지였을 것이다. 그들은 대체 무슨 생각이었을까? 끝까지 생각을 밀어붙이기가 힘들었다. 취조를 받았을 수는 있지만 두 사람이 입을 잘 맞췄을 테고, 아파트도 꼼꼼히 청소해두었을 것이다. 의혹은 있어도 증거는 나오지 않았을 텐데.

그리고 대체 그가 저지른 범죄의 본질이 뭐란 말인가? 오토를 죽인 것? 하지만 그것은 정당방위였다. 침실로 침입한 그가 공격해왔다. 죽음을 신고하지 않은 것? 하지만 아무도 그들을 믿어주지 않을 게 뻔한 마당에, 그것만이 합리적인 판단이었다. 시체를 절단한 것? 하지만 그때는 이미 죽은 다음인데, 그런다고 뭐가 달라진단 말인가? 시체를 감춘 것? 완벽하게 논리적인 대응이었다. 글래스와 초병들과 당직사령과 맥나미를 속인 것? 하지만 그건 그들과 무관한 불쾌한 사실로부터 그들을 보호하기 위해서일 뿐이었다. 터널의 존재를 밀고한 것? 앞서 일어난 모든 일을 고려할 때, 애석하지만 필요한 조치였다. 그리고 지금 와서는 글래스, 맥나미와 다른 모든 이가 어차피 일어날 일이었다고 말하고 있지 않은가. 영원히 계속될 수는 없는 일이었다고. 그런 걸 일 년 가까이 돌렸다고.

그는 죄가 없었다, 그도 알고 있었다. 그런데 어째서 손을 떨어야 하는 걸까? 잡혀서 처벌받을까봐 두려워서? 하지만 오히려 그는 그러길 바랐다, 그것도 빨리. 이제 똑같은 생각을 되풀이하는 걸 그만두고 싶었다. 공적인 자리에 있는 누군가에게 털어놓고 진술서를 작성해서 타이핑한 문서에 서명을 하고 싶었다. 일어난 일들을 정리하고, 공식적으로 사실관계를 확인하는 게 직업인 사람들에게 어떻게 하나의 사건이 다른 사건으로 이어졌는지, 그리고 겉보기와는 달리 그가 괴물도, 시민을 토막내고 다니는 미친놈도 아니라는 것을, 희생자를 나눠 담은 슈트케이스를 끌고 베를린을 돌아다닌 게 광기 때문이 아니라는 것을 알리고 싶었다. 그는 수도 없이 상상 속 증인들, 검사들 앞에서 사실관계를 진술했다. 진실을 위해 헌신하는 이들이라면, 설령 법과 관습의 제약으로 어쩔 수 없이 그를 처벌한다 해도 결국에는 그의 진실을 이해해줄 것이다. 자기 나름의 진실을 진술하는 것, 그가 한 일은 그게 전부였다. 의식이 있는 한 마지막 일 분까지 해명하고, 진술을 다듬고, 의미를 명료히 하면서, 이게 현실에서 벌어지는 일이 아니며 바로 십 분 전에도 똑같은 과정을 전부 거쳤다는 사실조차 거의 인식하지 못했다. 그렇습니다, 여러분. 저는 앞서 언급된 혐의에 대해 유죄를 인정합니다. 저는 살인을 했고, 시신을 절단했고, 거짓말을 했고, 배신행위를 했습니다. 그러나 지금부터 진짜 조건들, 저를 이 지경으로 이끈 상황들에 대해 말씀드리고 싶습니다. 그러면 여러분은 제가 여러분과 다르지 않음을, 악마가 아님을, 그리고 내내 최선이라고 판단한 바대로 행동했음을 알게 되실 겁니다. 변론의 어조는 시시각각 고조되었다. 무의식적으로 그는 잊힌 영화들 속의 법정 장면을 끌어왔다. 가끔은 경찰서의 작고 휑한 방에서 진중한 고위 간부 대여섯 명을 대상으로 장황하게 변론을 늘어놓았다. 또 어떤 때는 증인석에서 숨죽인 법정을 향해 말하기도 했다.

코트부서 토르 역을 나온 그는 신문지를 쓰레기통에 쑤셔박고 아달베르트 가를 따라 걸었다. 그런데 마리아는 어떻게 되는 거지? 그녀도 변론에 포함되어 있었다. 그 자신이 변호사가 되어 권위 있는 태도로 젊은 연인의 희망과 사랑을, 그들 각자 조국의 폭력적 과거에 등을 돌리고 함께하는 삶을 설계했음을 환기시킬 것이었다. 분쟁으로부터 자유로운 장래 유럽의 희망이 이들에게 달려 있습니다. 어느새 글래스가 말하고 있었다. 그리고 맥나미가 법정에 섰다. 그는 보안조치가 허락하는 한도까지 레너드가 자유의 이름으로 수행한 중요한 작업에 대해 증언할 것이며 시간이 날 때마다 홀로 그 목적을 달성하기 위해 힘썼다는 사실도 빼놓지 않을 것이다.

레너드는 걸음을 재촉했다. 소용돌이치는 반복적인 환상에 구역질이 나는 순간이면 몇 분간 명료한 의식이 돌아왔다. 발견해주길 기다리는 진실 따윈 없다. 할 일이 태산이라 범죄를 범죄자에 끼워맞추고 절차를 진행해갈 수 있다는 것만으로도 기쁜 공직자들이 제대로 입증하지 못한 불완전한 사실만 존재할 뿐이다. 그 생각이 떠올라 반복되려는 그때, 마음을 달래주는 새로운 기억이 그를 끌어당겼다. 확실히, 오토가 마리아의 숨통을 조였던 건 사실이었다. 나는 폭력이 싫지만 그에 맞서 싸워야 했다. 그를 막아야 한다는 걸 알고 있었다.

그는 84번지 가운데뜰을 가로지르고 있었다. 그 일 이후 처음 찾는 길이었다. 층계를 오르기 시작했다. 손이 또 심하게 떨렸다. 난간을 붙잡기도 힘들었다. 5층 층계참에서 그는 멈춰 섰다. 진실은, 아직도 마리아를 보고 싶지 않다는 것이었다. 그녀에게 뭐라고 말해야 할지 몰랐다. 케이스를 문제없이 처리한 척할 수는 없었다. 어디 두었는지 말해줄 수도 없었다. 그러면 터널 이야기까지 해야 한다는 뜻이니까. 그러나 결국 러시아군에게는 이미 말하지 않았나. 이제 와서 상대가 누군들 말을 못 하겠는가. 이미 했던 생각을 또 했다. 지금은 결정을 내릴 만한 상황이 못 되니, 입을 다물고 있어야 한다고. 하지만 그녀에게 무슨 말이든 해야 했고 그래서 케이스들이 역에 있다고 말할 생각이었다. 그는 난간을 꼭 붙잡고 있으려고 애썼다. 하지만 어떻게든 거짓으로 연기를 할 만한 상태는 아니었다. 그는 다시 계단을 올라갔다.

열쇠를 가지고 있었지만 문을 두드리고 기다렸다. 안에서 담배 냄새가 풍겨왔다. 다시 두드리려는데 문이 열리더니 글래스가 층계참으로 나와 레너드의 팔꿈치를 붙잡고 맨 위 계단으로 데려갔다.

글래스가 다급하게 중얼거렸다. "들어오기 전에 해둘 말이 있어. 그들이 우리를 우연히 발견했는지, 아니면 우리 보안에 빈틈이 있었는지 확인해야 해. 우선 미국인이 아닌 아내와 애인 들부터 조사하고 있네. 기분 나빠하지 마. 통상적인 절차니까."

그들은 안으로 들어갔다. 마리아가 레너드에게 다가왔고 두 사람은 입을 맞췄다. 무미건조한 키스였다. 팔꿈치께의 테이블 위에는 꽉 찬 재떨이가 놓여 있었다.

글래스가 말했다. "피곤해 보이는군, 레너드."

그는 두 사람 모두를 향해 대답했다. "하루종일 일을 했어요." 그리고 글래스에게 말했다. "맥나미가 시킨 일이 있어서요."

글래스는 의자 등받이에 걸어두었던 재킷을 들어 입었다.

마리아가 말했다. "문까지 배웅해드릴게요."

글래스는 나가면서 레너드에게 짐짓 근엄하게 경례를 붙이는 시늉을 했다. 레너드의 귀에 현관에서 그가 마리아에게 하는 말이 들려왔다.

배웅하고 온 그녀가 말했다. "당신 아파?"

그는 아직도 손을 허벅지에 올려놓고 있었다. "기분이 이상해. 당신은?"

그녀가 고개를 끄덕였다. 눈 밑에 그늘이 져 있고 피부와 머리카락에는 기름이 낀 것 같았다. 그녀에게 매력을 느끼지 못한다는 사실이 기뻤다.

그녀가 말했다. "다 괜찮을 거야."

이런 여성 특유의 확신이 그는 거슬렸다. "아, 그럼." 그가 대답했다. "케이스는 추 역 로커에 있어."

자신을 빤히 바라보는 그녀의 눈길을 그는 도저히 받아낼 수가 없었다. 그녀는 무슨 말을 하려다가 생각을 바꾸었다.

그가 말했다. "글래스는 용건이 뭐였는데?"

"지난번이랑 같지 뭐. 더 심하게 나오긴 했지만. 내가 아는 사람들에 대해 꼬치꼬치 캐묻지 않나, 지난 이 주 동안 어디 있었느냐고 따져 묻지 않나."

이제는 그도 그녀를 똑바로 보았다. "다른 얘기는 안 했어?"

"전혀." 그러더니 그녀는 눈길을 피했다.

물론, 그녀에 대해 아무 감정도 없었기 때문에 질투도 나지 않았다. 게다가 더이상의 감정은 감당할 수 없었다. 그래도, 마지못해 반응은 했다. 어쨌든 얘기는 한번 나눠야 할 문제였다. "꽤 오래 있다 갔네." 재떨이를 보고 하는 말이었다.

"그래." 그녀가 앉더니 한숨을 쉬었다.

"그리고 재킷을 벗었군."

그녀는 고개를 끄덕였다.

"그런데 이것저것 물어본 게 다라고?"

며칠만 있으면 베를린을 떠나게 될 것이다. 아마 그녀를 두고. 그런데도 고작 그런 얘기나 하고 있었다.

그녀가 테이블 건너편으로 손을 뻗어 허벅지에 둔 그의 손을 잡았다. 손을 떨고 있는 걸 들키고 싶지 않았던 그는 금방 빼버렸다.

그녀가 말했다. "레너드, 그냥 다 괜찮을 것 같아."

마치 자기의 그런 어조만으로도 그를 달랠 수 있다고 믿는 듯했다. 막상 그의 어조는 냉소적이었다. "물론 그렇겠지. 며칠 후 로커가 열리고, 그들이 여길 찾아오기 전까지는. 반드시 올 거야, 알잖아. 톱과 칼과 카펫과 피 묻은 옷가지와 구두와 신문, 다 처리했어? 아무도 당신을 못 봤다고 확신할 수 있어? 아니면 큰 가방 두 개를 들고 여길 나가는 내 모습을 봤거나, 역에서 날 본 사람이 없을까? 훈련받은 경찰견도 냄새를 못 맡을 정도로 이 집을 박박 닦은 게 확실해?" 자기가 고래고래 악을 쓰고 있다는 걸 알면서도 그만둘 수가 없었다. "싸우는 소리를 이웃들이 전혀 못 들었는지 아닌지 우리가 알아? 맞춰둔 얘기를 들려주고 마지막 사소한 부분까지 그들을 납득시켜야지, 우리끼리 괜찮을 거라고 얘기만 하면 돼?"

"내가 여기서 할 일은 다 했어. 걱정 안 해도 돼. 할 얘기는 간단해. 일어난 일을 그대로 말하고, 오토 얘기만 빼면 되는 거야. 우리는 저녁을 먹고 돌아와서, 잠자리에 들었고, 다음날 아침 출근을 했어. 나는 하루 휴가를 내고 쇼핑을 하러 갔고, 당신은 점심때 돌아와서 저녁때 플라타넨 길의 아파트로 간 거야."

그것은 다름아닌 그들이 누렸어야 했던 미래였다. 약혼식을 마친 행복한 연인. 그 평범함이 조롱으로 느껴져 두 사람은 침묵에 빠졌다. 잠시 후 레너드는 글래스 얘기를 다시 꺼냈다.

"그가 여기 온 건 이번이 처음인가?"

그녀가 고개를 끄덕였다.

"허둥지둥 나가던데."

그녀가 말했다. "나한테 그런 식으로 말하지 마. 당신 진정 좀 해야겠다." 그녀는 그에게 담배 한 개비를 건네고 자기도 한 개비를 꺼냈다.

그가 이내 입을 열었다. "나 영국으로 소환될 거야."

그녀는 숨을 들이쉬고 말했다. "어떻게 하고 싶어?"

그는 자신이 뭘 원하는지 알 수 없었다. 계속 글래스 생각만 하다가 결국 이렇게 말했다. "어쩌면 한동안 떨어져서 시간을 갖는 것도 괜찮을 것 같아. 각자 생각을 정리할 기회도 되고."

제안에 선뜻 동의하는 그녀가 그는 마음에 들지 않았다. "한 달 있으면 나도 런던에 갈 수 있을 것 같아. 일을 그만둬야 하니 그전에는 힘들어도."

그녀가 진심인지, 아니 그게 중요한지도 그는 알 수 없었다. 글래스가 피운 담배꽁초로 가득한 재떨이 옆에 이렇게 앉아 있는 한, 도무지 생각이란 걸 할 수가 없었다.

"있지." 그가 말했다. "나 피곤해 죽겠어. 당신도 그렇겠지." 그리고 일어서서 손을 주머니에 넣었다.

그녀도 일어섰다. 뭔가 하고 싶은 말이 있는데 참는 눈치였다. 부쩍 나이들어 보이는 그 얼굴은 훗날 그녀의 외모가 어떨지 경고를 보내고 있었다.

두 사람은 굳이 키스를 오래하려고 애쓰지 않았다. 이윽고 그는 문으로 향했다. "비행기편을 알게 되는 대로 연락할게." 그녀가 문 앞에서 배웅했고 그는 뒤도 돌아보지 않고 계단을 내려갔다.

이어지는 사흘 동안 레너드는 대부분의 시간을 창고에서 보냈다. 철수가 한창 진행중이었다. 밤낮으로 군용트럭이 와서 가구며 서류며 장비를 실어갔다. 건물 뒤쪽 소각로에 불을 지폈고, 군인 셋이 주위에 배치되어 다 타지 않은 서류들이 날아가지 않도록 지켰다. 구내식당은 철거되었고, 밴 한 대가 정오에 와서 샌드위치와 커피를 나눠주었다. 여남은 사람들이 녹음실에서 케이블을 말고 테이프리코더를 여섯 대씩 나무상자에 넣고 있었다. 기밀문서는 모두 러시아의 침입 후 몇 시간 안에 다른 곳으로 옮겨놓은 상황이었다. 대부분의 시간 동안 작업은 침묵 속에서 이루어졌다. 다들 불쾌한 호텔에서 체크아웃하는 것 같았다. 그곳에서의 경험을 최대한 빨리 과거의 일로 돌리고 싶었던 것이다. 레너드는 자기 사무실에서 혼자 작업했다. 장비는 목록을 적어 포장해야 했다. 밸브 하나도 빠뜨리면 곤란했다.

이런 작업과 온갖 다른 걱정거리에도 불구하고, 터널 때문에 양심의 가책을 느끼지는 않았다. 맥나미의 이익을 위해 미국인들을 정탐하는 것이 옳은 일이라면, 그 자신의 이익을 위해 터널을 팔아버린대도 나쁠 게 없었다. 하지만 처음부터 그런 마음은 아니었다. 그는 그곳을 좋아했고, 사랑했고, 자랑스러워했다. 그러나 이제는 어떤 감정도 느끼기 어려웠다. 오토 일 이후로, 카페 프라하는 아무것도 아니었다. 그는 마지막으로 한번 더 보려고 지하로 내려갔다. 갱도 위아래 무장한 경비들이 지키고 있었다. 갱도 아래에는 지국장이자 작전의 총책임자인 빌 하비도 허리에 손을 짚고 서 있었다. 미군 장교 한 명이 클립보드를 들고 그의 말을 경청하고 있었다. 하비가 입은 양복은 터질 듯 보였다. 자신이 재킷 안쪽에 권총집을 차고 있음을 주위의 모두에게 알리려는 것이었다.

글래스로 말하면, 그동안 한 번도 창고에 나타나지 않았다. 이상한 일이었지만 레너드는 그런 생각을 할 여유가 없었다. 아직도 체포에 대한 생각에만 온통 마음이 쏠려 있었던 것이다. 언제 연행될까? 어째서 이렇게 시간을 끄는 거지? 사건을 계류시키려는 걸까? 아니면 토막난 사체는 선전 선동의 승리를 괜히 복잡하게 만들기만 할 거라고 소련 당국이 결론을 내렸을까? 아마도, 이쪽이 가장 그럴싸한 추정인데, 서베를린 경찰이 그가 공항에서 여권을 제시할 때까지 기다리고 있는 것 같았다. 그에게는 두 개의 미래가 있었다. 하나의 미래에서는 고국으로 날아가 모든 것을 잊어가기 시작했다. 다른 미래에서는 여기 남아 복역을 시작했다. 여전히 잠을 이룰 수 없었다.

그는 마리아에게 카드를 보내 토요일 오후 비행기를 타게 되었다고 알렸다. 그녀에게서 온 답장에는 작별인사를 하러 템펠호프로 가겠다고 쓰여 있었다. 그녀는 "사랑을 담아, 마리아"라고 서명했고, '사랑'에 두 번 밑줄이 그어져 있었다.

토요일 아침에는 여유롭게 목욕을 하고 옷을 입은 후 슈트케이스에 짐을 꾸렸다. 아파트를 수송 장교에게 인계하려고 기다리는 동안, 그는 한때 그랬듯 이 방 저 방을 돌아다녔다. 거실 카펫의 작은 얼룩 하나를 제외하면 이곳에 어떤 흔적도 남기지 않았다. 그는 잠시 전화기 옆에 서 있었다. 그가 떠난다는 걸 분명 알고 있을 텐데도 글래스에게서 소식이 없다는 사실이 영 마음에 걸렸다. 뭔가 잘못된 것이다. 차마 그의 번호로 전화를 걸 수는 없었다. 여전히 그렇게 서 있는데, 초인종이 울렸다. 군인 두 명을 대동한 로프팅이었다. 중위는 부자연스러울 정도로 기분이 좋아 보였다.

"제 부하들이 인수인계와 비품 확인을 하게 되어서요." 다 같이 들어오면서 로프팅이 설명했다. "그래서 저도 이 기회에 작별인사를 할까 싶어 나왔어요. 공항까지 모셔다드릴 군용차량도 한 대 수배했습니다. 밑에서 대기중입니다."

두 남자가 거실에 자리를 잡고 앉았고, 그사이 군인들은 부엌의 잔과 접시의 개수를 세었다.

"그런데요." 로프팅이 말했다. "선생님 본인도 미군에서 다시 저희 쪽으로 인계되었습니다. 이제 제 관리감독하에 계십니다."

"잘됐군요." 레너드가 대답했다.

"지난주 파티는 정말 훌륭했어요. 아시는지 모르겠는데, 그때 그 샤를로테라는 여자를 자주 만나고 있어요. 춤을 기가 막히게 잘 추더라고요. 두 분에게는 뭐라고 감사를 드려야 할지. 다음주 일요일에 부모님께 저를 소개하고 싶대요."

"축하합니다." 레너드가 말했다. "좋은 여자예요."

군인들이 레너드가 서명할 서류를 가지고 나왔다. 그는 서명하려고 일어섰다.

로프팅도 일어났다. "그런데 마리아는 어떻게 됩니까?"

"사표를 내고 얼마간은 일을 해야 합니다. 그러고 나서 제가 있는 곳으로 올 겁니다." 그렇게 말하니 상당히 그럴듯하게 들렸다.

비품 확인과 인수인계가 끝나고 떠날 시간이 되었다. 네 사람은 현관으로 나섰다. 로프팅이 문 옆에 놓여 있는 레너드의 슈트케이스들을 손으로 가리켰다. "저것들은, 제 부하들을 시켜서 들고 내려가게 할까요?"

"네." 레너드가 말했다. "그래주시면 정말 고맙지요."

22

험버 군용차량의 운전기사는 알고 보니 비행기를 타고 오는 누군가를 마중하러 템펠호프에 가는 길이었고, 레너드의 짐을 들어줄 의무 따위는 전혀 느끼지 않는 눈치였다. 터미널 건물까지 쿵쿵 짐을 부딪치며 가는 건 비교적 가뿐했다. 그러나 그런 고생을 하다보니 그때의 감각이 되살아났다. 런던행 비행기를 타려는 승객들의 긴 줄에 합류했을 때는 미칠 것만 같았다. 가방을 저울 위에 올려놓는 위험을 감수해도 될까? 벌써 뒤에는 사람들이 서 있었다. 의심을 사지 않고 줄에서 벗어날 수 있을까? 주위 사람들은 각양각색의 희한한 조합으로 구성되어 있었다. 앞에는 행색이 초라한 가족이 있었다. 할머니, 할아버지, 젊은 부부와 어린아이 둘. 판지로 만든 엄청나게 큰 슈트케이스와 끈으로 묶은 옷 꾸러미를 몇 개씩 들고 있었다. 난민이 분명했다. 서베를린 정부는 철로로 그들을 내보내는 위험을 감수할 수 없었던 것이다. 온 가족이 조용한 건 비행에 대한 두려움 때문이거나 그들 뒤에서 발로 슈트케이스를 밀고 있는 키 큰 남자를 의식했기 때문일 터였다. 그의 뒤로는 프랑스 사업가 한 무리가 시끄럽게 떠들고 있었고, 그들 뒤로 영국군 장교 둘이 꼿꼿이 서서 못마땅하다는 듯 프랑스인들에게 조용히 눈총을 주고 있었다. 이 모든 승객의 공통점은 죄가 없다는 것이었다. 레너드 역시 죄가 없었으나 그의 경우에는 어느 정도 해명이 필요했다. 저쪽 신문가판대 옆에는 턱을 치켜들고 뒷짐을 진 헌병이 한 명 있었다.

여권 심사대로 통하는 입구 옆에는 경찰들이 서 있었다. 대열에서 그를 끌어낼 사람은 누구일까?

어깨에 누군가의 손길을 느낀 그는 소스라치게 놀라 너무 급하다 싶게 돌아보았다. 마리아였다. 그녀는 전에 한 번도 본 적이 없는 옷을 입고 있었다. 새 여름옷이었다. 넓은 벨트와 꽃무늬 치마, 퍼프소매에 브이넥으로 깊이 파인 흰 블라우스. 모조진주 목걸이는 그녀에게 있는 줄도 몰랐던 것이었다. 안색을 보니 잠을 푹 잔 모양이었다. 새 향수도 뿌렸다. 그녀는 키스를 하면서 손을 그의 손에 가져가 댔다. 서늘하고 부드러운 감촉이었다. 그는 가볍고 단순한 무언가가 돌아오는 느낌을 받았다. 아니, 적어도 그런 것이 있다는 사실을 실감했다. 곧 다시 그녀에 대한 연민을 느낄 수 있으리라. 일단 그녀와 헤어져 멀리 떠나면 그리워질 테고, 그 앞치마의 기억, 참을성 있게 포장하고 천의 테두리를 따라 풀칠하던 기억에서 그녀를 떼어낼 수 있을 것이다.

"아주 좋아 보이는데." 그가 말했다.

"기분이 좀 나아졌어. 당신 요새 잠은 잘 자?"

경솔한 질문이었다. 바로 뒤에 사람들이 있지 않은가. 난민들 뒤로 공간이 생겨 그는 그리로 슈트케이스들을 밀었다.

그는 "아니"라고 대답하고 그녀의 손을 힘주어 잡았다. 그들은 분명, 약혼한 연인이 될 수도 있었다. 그가 말했다. "그 블라우스 마음에 드네. 새거야?"

그녀는 그가 잘 볼 수 있도록 뒤로 물러섰다. 심지어 머리에 새 핀도 꽂고 있었다. 이번엔 파란색과 노란색이었는데, 이제까지 본 것들 중에서 제일 유치했다. "나 자신에게 선물을 주고 싶었어. 치마는 어때?" 그녀는 살짝 돌아 보였다. 기분도 좋고 들떠 있는 듯했다. 프랑스 남자들이 그녀를 보고 있었다. 바로 뒤의 누군가는 노골적으로 휘파람을 불었다.

그녀가 다시 다가서자 그는 말했다. "아름다워." 그게 사실이라는 걸 알고는 있었다. 마음속으로라도, 계속 말하다보면 정말로 실감할 수 있게 되겠지.

"사람이 너무 많다." 그녀가 말하고 있었다. "밥 글래스가 있었으면, 뭐라도 해서 맨 앞으로 당신을 보내줄 텐데."

그는 그 말을 못 들은 척하는 쪽을 택했다. 그녀는 약혼반지를 끼고 있었다. 그저 형식적인 일들에 충실하다보면, 나머지는 자연스레 따라올 것이다. 모두 다시 돌아올 것이다. 아무도 그들을 잡으러 오지만 않는다면. 그들은 탑승 수속대로 천천히 걸음을 옮기는 내내 손을 꼭 잡고 있었다.

그녀가 말했다. "부모님께 말씀드렸어?"

"무슨 얘기?"

"당연히 우리 약혼이지."

원래 그럴 생각이었다. 파티 다음날 편지를 쓸 작정이었다.

"집에 가서 말씀드리려고."

그러기 전에, 스스로 다시 확신이 서야 했다. 저녁을 먹고 그녀의 아파트로 향하는 계단을 오르던 순간, 아니, 그녀의 말이 그가 그 감각을 알아차리기도 전에 은방울처럼 슬로모션으로 떨어져내려 그에게 닿던 그 순간으로 돌아가야 했다.

그가 말했다. "사표는 냈어?"

그녀는 소리내어 웃더니 대답을 망설이는 듯했다. "응. 소령이 영 언짢아하더라. 이제 달걀은 누가 삶아주지? 빵은 누구한테 잘라달라고 하지? 그런 거지."

그들은 웃었다. 이별을 앞두고 있기 때문에 이렇게 명랑한 것이었다. 약혼한 연인 사이는 그런 법이다.

"그거 알아?" 그녀가 말했다. "그만두지 말라고 설득하더라."

"그래서 뭐라고 했어?"

그녀는 허공에서 반지 낀 손가락을 꼼지락거렸다. 그러더니 일부러 짓궂게 말했다. "생각해보겠다고 했지."

수속대에 가까이 가는 데만 반시간이 걸렸다. 이제 곧 그의 차례였고 둘은 여전히 손을 잡고 있었다. 한참 조용하던 그가 말했다. "왜 아직 잠잠한지 모르겠어."

그녀가 즉시 말했다. "앞으로도 쭉 그럴 거란 뜻이야."

그리고 또 침묵이 이어졌다. 난민 가족들이 슈트케이스와 꾸러미 들을 부치고 있었다. 마리아가 말했다. "어떻게 하고 싶어? 어디 살고 싶어?"

"몰라." 그는 영화에나 나올 법한 어조로 말했다. "자기 집 아니면 우리집이지 뭐."

그녀는 큰 소리로 웃었다. 그녀의 태도에는 어딘가 상당히 야성적인 데가 있었다. 영국유럽항공사의 직원이 시선을 들었다. 마리아의 몸가짐은 너무 자유로워서 음란해 보이기까지 했다. 아마도 기쁨의 표현이었으리라. 프랑스 남자들의 대화는 벌써 한참 전에 뚝 그쳤다. 그들 모두 그녀를 보고 있느라 그런 건지 레너드는 알 수 없었다. 정말로 그녀를 사랑한다고 생각하며 가방들을 저울에 올려놓았다. 아무 문제도 아니었다. 다 합쳐 15킬로그램이 될까 말까 했으니까. 표를 확인한 후 그들은 카페테리아로 갔다. 여기에도 사람들이 줄을 서 있었는데, 끝에 서봐야 소용이 없어 보였다. 탑승까지 남은 시간은 고작 십 분이었다.

그들은 더러운 찻잔, 재떨이로 써서 누런 찌끼가 들러붙은 접시 들로 어수선한 포마이카 테이블에 앉았다. 그녀가 의자를 바싹 당겨와 그의 팔짱을 끼고 어깨에 머리를 기댔다.

"내가 당신 사랑하는 거 잊지 마." 그녀가 말했다. "우린 어쩔 수 없이 해야 하는 일들을 했을 뿐이고, 이젠 다 괜찮을 거야."

다 괜찮을 거라는 말이 그녀의 입에서 나올 때마다 그는 불안했다. 마치 화를 자초하는 것 같았다. 그래도 그는 말했다. "나도 사랑해."

탑승 안내 방송이 흘러나오고 있었다.

그는 그녀와 함께 신문 가판대로 걸어가 그날 날아온 데일리 익스프레스를 샀다. 그리고 두 사람은 차단기 앞에 멈춰 섰다.

"내가 런던으로 갈게." 그녀가 말했다. "그곳에서는 무슨 얘기든 다 할 수 있을 거야. 여기서는 도저히……"

무슨 뜻인지 그는 알았다. 그들은 키스했다. 그러나 예전과는 너무나 다른 방식이었다. 그는 사랑스러운 그녀의 이마에 입을 맞추었다. 그리고 가려 할 때였다. 그녀가 그의 손을 덥석 잡더니 양손으로 꼭 감싸쥐었다.

"아, 이런, 레너드." 그녀가 외쳤다. "당신에게 말해줄 수 있으면 얼마나 좋을까. 다 괜찮아. 정말로 괜찮아."

또 그 말이었다. 마지막으로 그녀에게 키스하자 입구를 지키는 헌병 셋이 눈길을 돌렸다.

"옥상으로 올라가서 손 흔들게." 그녀가 말하더니 황급히 달려갔다.

승객들은 활주로를 45미터 지나가야 했다. 터미널 건물을 나서자마자 그는 뒤를 돌아보았다. 그녀는 평평한 옥상 위에 올라가 관망대 앞 난간에 몸을 기대고 있었다. 그를 본 그녀는 발랄한 춤을 잠깐 춰 보이더니 손으로 키스를 날렸다. 지나가던 프랑스 남자들이 부러운 눈길로 그를 바라보았다. 그녀를 향해 손을 흔들고 비행기 탑승 계단 앞에 이르렀을 때 그는 걸음을 멈추고 돌아섰다. 오른손을 흔들려고 반쯤 들어올렸다. 그녀 곁에 한 남자가, 턱수염을 기른 남자가 있었다. 글래스였다. 마리아의 어깨에 손을 얹은 채였다. 아니면 팔로 어깨를 감싸안고 있는 것이었을까? 두 사람은 자식을 떠나보내는 부모처럼 손을 흔들었다. 마리아가 손으로 키스를 보냈다, 감히 좀 전과 똑같은 키스를. 글래스가 뭐라고 말하자 그녀가 웃음을 터뜨렸고, 두 사람은 다시 손을 흔들었다.

그는 손을 내리고 서둘러 계단을 올라가 비행기에 탔다. 그의 자리는 터미널 건물 쪽 창가였다. 서둘러 안전벨트를 매면서 밖을 내다보지 않으려 애썼다. 그러나 도저히 참을 수가 없었다. 그들은 수많은 작고 둥근 창 중 그의 자리가 정확히 어디인지 아는 것 같았다. 똑바로 그를 바라보고 손을 흔들며 그 모욕적인 작별인사를 계속 이어가고 있었다. 그는 눈길을 돌려버렸다. 신문을 꺼내들고 쫙 펴서 읽는 척했다. 수치심이 엄습했다. 비행기가 어서 움직이기만을 바랐다. 바로 아까 그녀는 말했어야 했다, 똑바로 얼굴을 마주하고 말했어야 했다. 하지만 그녀는 소란을 떨고 싶지 않았던 것이었다. 굴욕적이었다. 그는 굴욕감에 얼굴이 벌게져서는 신문을 읽는 척했다. 그러다가 정말로 읽게 되었다. 포츠머스 항에 정박한 러시아 전함을 정찰하던 해군 잠수부 '버스터' 크랩*에 관한 기사였다. 크랩의 머리 없는 시체는 어부들에 의해 발견되었다. 흐루쇼프는 분노에 찬 성명을 발표했고, 그날 오후 영국 하원에서 어떤 움직임이 있을 거라는 예상이었다. 프로펠러들이 빙빙 돌기 시작하면서 윤곽선이 흐릿해졌다. 지상의 작업반은 서둘러 흩어졌다. 비행기가 조금씩 전진할 때 레너드는 마지막으로 한 번 돌아보았다. 그들은 바짝 붙어서 있었다. 어쩌면 그녀는 실제로 그의 얼굴을 보지는 못했을지도 모른다. 인사하려는 듯이 한 손을 들다가 말았으니까.

그리고 그는 두 번 다시 그녀를 볼 수 없었다.

* 영국의 퇴역 군인으로, 1956년 4월 흐루쇼프가 정상회담을 위해 영국을 방문할 때 탔던 전함을 정탐하는 임무를 맡았다.

후기

1987년 6월, 보청기 제조업체에 부품을 납품하는 소규모 기업의 소유주 레너드 마넘은 베를린으로 돌아왔다. 테겔 공항에서 호텔까지 택시를 타고 가는 사이 벌써 폐허의 부재에 익숙해졌다. 사람도 많아졌고 녹지도 늘어났고 전차는 이제 없었다. 이윽고 이런 현격한 차이들이 서서히 사라지고 나니, 사업가가 방문할 법한 다른 유럽 도시들과 다를 바가 없었다. 무엇보다 눈에 띄는 것은 교통량이었다.

운전기사에게 돈을 지불하는 순간 이미, 쿠르퓌어슈텐담에 머무르기로 한 결정이 실수였음을 깨달았다. 비서에게 아는 체하며 상세하게 설명할 수 있다는 사실이 상당히 흐뭇했었다. 그때 호텔 암 추 말고 다른 곳의 이름을 댈 수는 없었다. 이제 호텔 전면에는 투명한 구조물이 비스듬하게 설치되어 있었다. 안에는 벽화가 그려진 벽을 따라 움직이는 유리 엘리베이터가 있었다. 그는 가방을 풀고 물 한 잔과 함께 심장 약을 삼킨 후 산책을 하러 밖으로 나갔다.

사실상 산책이 불가능할 정도로 거리는 발 디딜 틈이 없었다. 카이저 빌헬름 기념교회와 그 옆의 흉측한 새 건물을 보고 그는 위치를 확인했다. 버거킹, 슈필센터, 비디오클럽스, 다스 스테이크 레스토랑, 유니섹스 진스를 지나쳤다. 상점 쇼윈도에는 유치한 파스텔톤의 분홍색, 파란색, 노란색 옷들이 가득했다. 그는 판지 맥도날드 챙모자를 쓴 스칸디나비아 아이들의 물결에 휩쓸렸다. 아이들은 커다란 은색 풍선을 사려고 거리의 행상에게 몰려가고 있었다. 날은 덥고 시끄러운 자동차 소리가 끊이지 않았다. 디스코 음악과 지글거리는 기름 냄새가 온 사방에 가득했다.

추 역과 동물원 입구를 돌아볼 작정으로 골목으로 빠졌지만, 금세 길을 잃고 말았다. 기억에 전혀 없는 대로들이 합류하는 교차점이 나왔다. 커다란 카페 중 하나를 골라 야외 테이블에 앉아 있기로 했다. 카페 세 곳을 지나치는 동안 밝은 플라스틱 의자마다 빠짐없이 사람들이 차지하고 있었다. 정처 없이 길을 오가는 행인들은 카페 테이블에 점령당한 인도가 나올 때마다 서로서로 틈을 비집고 간신히 지나갔다. 'Fuck You!'라는 글귀가 앞뒤로

프린트된 분홍색 티셔츠를 입은 프랑스 십대 한 무리가 지나갔다. 길을 잃었다는 사실을 깨달은 그는 기가 막혔다. 물어볼 사람이 없나 주위를 살폈지만 누구 하나 외국인으로 보이지 않는 사람이 없었다. 결국 길모퉁이에서 크렘 드 망트*로 속을 채운 팬케이크를 사고 있는 젊은 연인에게 다가갔다. 그들은 네덜란드인이고 꽤 친절했지만, 호텔 암 추는 들어본 적이 없고 쿠르퓌어슈텐담이 어느 쪽인지도 확실히 모르겠다고 했다.

어찌어찌하다 호텔을 찾은 그는 미니바에서 오렌지주스를 꺼내 홀짝거리며 반시간 동안 방에 앉아 있었다. 기분 나쁜 회상을 뿌리치려고 애썼다. 내가 젊었을 땐. 아달베르트 가를 따라 산책하느니 차분하게 있는 편이 나았다. 항공편으로 온 편지를 서류가방에서 꺼내 주머니에 넣었다. 자신이 무엇을 바라고 이러고 있는지 아직은 분명히 알 수 없었다. 침대에 눈이 갔다. 쿠담을 산책하느라 진이 다 빠졌다. 오후 시간은 기분좋게 낮잠을 잘 수도 있었다. 그러나 억지로 몸을 일으켜 다시 한번 외출을 했다.

로비에 열쇠를 맡기며 그는 주춤했다. 프런트 안내원을 상대로 자신의 독일어 실력을 시험해보고 싶었다. 검은 정장 차림에 학생처럼 보이는 젊은 친구였다. 베를린장벽은 레너드가 떠나고

* 민트맛 크림.

오 년 후에 세워졌다. 여기 있는 동안 장벽을 한번 보고 싶었다. 어디로 가야 합니까? 어디서 보는 게 가장 좋습니까? 그는 말을 하면서도 몇 가지 초보적인 실수가 있음을 알았다. 그러나 상대의 말을 알아듣는 데는 문제가 없었다. 젊은이는 지도를 펴고 길을 알려주었다. 포츠담 광장이 가장 좋다고 했다. 훌륭한 전망대가 있고 엽서와 기념품도 판다는 것이었다.

레너드가 고맙다는 인사를 하고 로비를 지나가려는데 젊은이가 말했다. "서두르셔야 할 겁니다."

"왜죠?"

"얼마 전 학생들이 동베를린에서 시위를 했어요. 구호가 뭐였는 줄 아세요? 소련 지도자의 이름이었어요. 경찰들이 그들을 가격하고 물대포로 쫓아냈죠."

"신문에서 봤어요." 레너드가 말했다.

안내원은 거침이 없었다. 좋아하는 주제인 모양이었다. 레너드가 판단하기에 이십대 중반쯤 되는 것 같았다.

"소련 당 서기장의 이름이 동베를린에서 하나의 선동구호가 되다니 누가 짐작이나 했겠어요? 놀라운 일이죠!"

"그렇군요." 레너드가 말했다.

"이삼 주 전에 그가 여기 베를린을 방문했어요. 아마 그 기사도 읽으셨겠죠. 그가 오기 전에는 다들 그의 촉구로 장벽이 무너질 거라고 했었지요. 뭐, 저는 그러지 않을 줄 알고 있었고 실제로도 그런 일은 없었어요. 하지만 다음에는, 아니면 그다음에는, 오 년, 십 년 후에는 어떨까요. 모든 게 변하고 있어요."

안쪽 사무실에서 적당히 하라는 헛기침 소리가 들렸다. 젊은이는 미소지어 보이며 어깨를 으쓱했다. 레너드는 그에게 고맙다고 하고 거리로 나왔다.

지하철을 타고 코트부서 토르 역으로 갔다. 인도로 나와서는 모래와 쓰레기를 싣고 마주 불어오는 뜨거운 바람을 맞으며 힘겹게 걸었다. 거기서 그를 기다리고 있었던 건 달과 별이 그려진 딱 붙는 스판 바지와 가죽재킷을 입은 깡마른 소녀였다. 옆으로 지나가는데 소녀가 중얼거렸다. "하스테 말 네 마르크(돈 좀 있어요)?" 예쁘지만 고생에 찌든 얼굴이었다. 그녀를 지나쳐 10미터쯤 갔을 때 멈춰 서야 했다. 너무 일찍, 아니면 너무 늦게 내렸나? 그렇지만 거리 표지판이 있는데. 눈앞에는 괴물 같은 아파트가 아달베르트 가로 진입하는 길을 떡하니 가로막고 있었다. 콘크리트 기둥 아랫부분에는 스프레이 페인트로 그린 그라피티가 있었다. 그의 발치에는 빈 맥주 캔, 패스트푸드 포장지, 신문지가 나뒹굴고 있었다. 불량배로 보이는 한 무리의 십대 남자아이들이 팔꿈치로 땅을 짚고 연석 옆에 엎드려 있었다. 머리는 하나같이 밝은 오렌지색에 모히칸 스타일이었다. 빡빡 깎은 머리 때문에 상대적으로 귀와 목울대가 흉하게 두드러져 보였다. 두피는 푸르스름한 흰색이었다. 그중 한 명은 비닐봉지에 담긴 무언가를 흡입하는 중이었다. 빙 둘러 피해가는 레너드에게 그들은 씨익 웃어 보였다.

아파트 아래쪽 길을 걸어가자 어느 정도 낯익은 거리가 나왔다. 빈 공간은 모두 메워져 있었다. 상가, 식료품점, 카페, 여행사, 모두 지금은 터키 이름을 달고 있었다. 오라니엔 가 교차로에도 터키 남자들이 서 있었다. 남유럽의 다정스럽고 한가한 분위기가 여기서는 부적절해 보였다. 폭격을 견뎌낸 건물들에는 여전히 포화의 흔적이 남아 있었다. 84번지의 기관총 자국도 아직 1층 창문 바로 위의 그 자리에 그대로 있었다. 커다란 정문은 수년 전 파란색으로 다시 칠했다. 가운데뜰에서 처음 그의 눈에 띈 것은 쓰레기통이었다. 모두 어마어마하게 크고 고무바퀴가 달려 있었다.

터키 아이들, 소녀들이 어린 남동생과 여동생을 데리고 가운데뜰에서 놀고 있었다. 그를 본 아이들은 뛰놀다 말고 그가 뜰을 지나 안쪽 문으로 갈 때까지 말없이 지켜보았다. 그가 웃어 보여도 반응이 없었다. 더운 날 어울리지도 않는 시커먼 정장 차림의 이 창백하고 덩치 큰 노인은 이곳 사람이 아니었다. 한 여자가 아래를 보고 무언가를 시키는 듯 앙칼지게 소리쳤지만, 아이들은 꿈쩍도 하지 않았다. 어쩌면 아이들은 그가 정부와 무슨 관련이 있는 사람이라고 생각했는지 모른다. 꼭대기층까지 올라가는 것, 그리고 옳은 일이라고 생각되면 문을 두드리는 것이 그의 계획이었다. 그러나 계단통은 기억하는 것보다 더 어둡고 비좁았고 숨이 턱턱 막히게 답답한 공기에서는 낯선 음식 냄새가 진동했다. 그는 물러서서 어깨 너머로 뒤를 돌아보았다. 아이들은 여전히 그를 빤히 쳐다보고 있었다. 키 큰 아이가 어린 여동생을 안아올렸다. 한 명 한 명 갈색 눈들을 바라보던 그는 돌아서서 그들을 지나쳐 거리로 나갔다. 여기 있어봤자 베를린 시절에 가까워질 수는 없었다. 오히려 얼마나 아득히 먼 과거인지 명백해질 뿐이었다.

코트부서 토르 역으로 발길을 돌린 그는 지나가는 길에 아까 그 여자애에게 10마르크 지폐를 주고 열차로 헤르만 광장 역까지 가서 루도행으로 환승했다. 요즘은 지하철만으로 그렌츠 길 역을 거쳐 루도까지 갈 수 있었다. 도착해보니, 가야 할 방향이라 느껴지는 쪽에 6차선 대로가 가로지르고 있었다. 도심 쪽을 돌아보니 고층 빌딩들이 숲을 이루고 있었다. 그는 보행자신호를 기다렸다가 길을 건넜다. 앞쪽에는 야트막한 아파트 단지와 분홍색 돌을 깐 자전거 길, 깔끔하게 늘어선 가로등, 연석을 따라 나란히 주차한 자동차들이 보였다. 달리 어떤 모습일 수 있을까? 그가 정말로 기대했던 건 무엇이었던가? 전과 다름없는 평평한 농지? 그는 작은 호수를 지나쳤다. 기억 속 시골 풍경이 철조망 안쪽에 보존되어 있었다.

어디서 꺾어져야 할지 찾으려면 지도를 봐야 했다. 모든 것이 아주 깔끔하고 어디나 북적거렸다. 그가 찾는 길은 레츠베르거가였는데, 가장자리를 따라 플라타너스가 새로 심겨 있었다. 왼쪽에 보이는 새 아파트들은 외양으로 짐작할 때 지은 지 이삼년도 채 되지 않은 것 같았다. 오른쪽으로는 난민 판자촌 대신 베를린 아파트 거주자들의 특이한 1층짜리 별장이 여러 채 보였다. 아주 공들여 잘 가꿔놓은 정원들도 있었다. 가족들이 밖으로 나와 관상수 그늘 깊숙한 곳에서 식사를 했고 티 없이 깔끔한 잔디밭에는 녹색 탁구대가 서 있었다. 그는 사과나무 사이에 걸린 텅 빈 해먹을 지나쳤다. 관목림에서 바비큐 연기가 뭉게뭉게 피어올랐다. 스프링클러가 뿜어내는 물이 인도까지 흠뻑 적시고 있었다. 구역 하나하나가 자랑스레 정돈된 환상의 현현이자 가정의 성공에 보내는 찬사였다. 수십 가족이 다닥다닥 붙어 있지만 그래도 흡족한 내면의 침묵이 오후의 열기와 함께 둥실둥실 떠오르고 있었다.

길은 좁아져서 그가 기억하는 모습과 비슷해졌다. 승마학교, 값비싼 교외 빌라들이 나왔고, 그후로 그는 새로 세워진 높은 녹색 문을 향해 걸었다. 그 너머로 30미터쯤 거친 땅을 지나자 아직도 이중 철책에 에워싸인 지대, 창고의 잔해가 나왔다. 잠시 그는 그 자리에 멈춰 서 있었다. 모든 건물이 폭삭 주저앉은 뒤였다. 활짝 열린 안쪽 문 옆에 하얀 초소가 한쪽으로 기울어진 채 서 있었다. 그의 바로 앞에 있는 초록색 문에는 이 땅이 과수원을 경영하는 회사 소유임을 밝히고 부모들은 자녀가 들어오지 않도록 주의해달라는 표지판이 붙어 있었다. 한쪽에는 1962년과 1963년에 베를린장벽을 올라가려 했던 두 젊은이의 시도를 기리는 두툼한 나무십자가가 있었다. '폰 그렌츠졸다텐 에어쇼센(국경 경비대의 총에 맞다).' 창고 저쪽 바깥 철책 너머 100미터 지점의 허연 콘크리트 장막에 가려 쇠네펠트 대로는 보이지 않았다. 그는 생각했다. 처음으로 장벽을 보는데 하필 여기로 와야 하다니, 얼마나 이상한 일인가.

문은 그 나이의 남자가 타고 올라가기에는 너무 높았다. 어느 집의 사유도로를 몰래 지나가면 낮은 벽을 넘어갈 수 있었다. 그는 바깥 철책을 넘어 두번째 철책 앞에서 멈춰 섰다. 물론 차단기는 사라졌지만 기둥은 주변에 잡초도 없이 그대로 서 있었다. 그는 기울어진 초소 안을 슬며시 들여다보았다. 널빤지로 가득했다. 낡은 전기설비들이 아직도 예전처럼 내벽 높은 곳에 남아 있었고 끄트머리가 너덜너덜해진 전화선도 마찬가지였다. 그는 구내로 계속 걸어들어갔다. 건물에서 아직 남아 있는 것이라곤 갈라진 틈새로 잡초들이 비집고 올라오는, 바스라져가는 콘크리트 바닥뿐이었다. 불도저로 밀어 구내 한끝에 쌓아올린 건물 파편들은 거대한 가리개가 되어 베를린장벽을 마주보고 있었다. 포포스를 마지막으로 한번 더 약 올리듯이.

본부 건물은 달랐다. 그는 그리로 걸어가 오랫동안 그 잔해 옆에 서 있었다. 철책과 거친 땅 너머 삼면에서 별장들이 압박해 들어오고 있었다. 마지막 한 면은 베를린장벽이었다. 어딘가의 정원에서 라디오 음악이 흘러나오고 있었다. 군악 리듬을 좋아하는 독일인의 취향은 대중음악에도 묻어났다. 대기에는 주말의 나른한 분위기가 감돌았다.

앞에 남아 있는 것은 거대한 구멍, 벽을 둘러친 참호였다. 30미터 길이에 너비 10미터, 깊이는 2미터쯤 되어 보였다. 그는 그 옛날의 지하실, 이제는 하늘 아래 훤히 드러난 그곳을 들여다보고 있었다. 터널 굴착으로 생긴 거대한 흙더미들이 잡초에 무성하게 뒤덮인 채 그대로 거기 남아 있었다. 지하 바닥은 분명 흙이 1.5미터 정도 쌓였을 테지만 흙더미 사이로 난 길은 충분히 알아볼 수 있었다. 동쪽 끝의 주 갱도는 건물 파편에 완전히 파묻혔다. 기억했던 것보다 훨씬 더 작았다. 끙끙대며 아래로 내려가는 중, 망루에서 국경 경비대원 둘이 쌍안경으로 지켜보고 있다는 걸 깨달았다. 그는 흙더미 사이로 난 길로 걸었다. 머리 위 하늘 높은 데서 종달새 한 마리가 지저귀고 있었는데, 무더위 속에서 그 소리를 듣고 있자니 슬슬 짜증이 치밀었다. 지게차가 드나들던 진입로가 이 자리였다. 갱도는 저기서 시작되었다. 그는 케이블 조각을 하나 주워들었다. 두껍고 뻣뻣한 구리 전선 세 줄로 된 구식이었다. 구두코로 흙과 돌멩이를 쑤석거렸다. 무엇을 찾게 될 거라 기대한 걸까? 자신이 존재했다는 증거?

그는 지하에서 기어올라왔다. 망루에서는 여전히 그를 감시하고 있었다. 벽돌 턱의 흙을 좀 털어내고는, 다리를 지하 쪽으로 해서 걸터앉았다. 이곳은 그에게 아달베르트 가보다 더 큰 의미가 있었다. 플라타넨 길까지는 굳이 갈 필요가 없다고 이미 마음을 정한 터였다. 바로 여기 이 폐허에서, 그는 시간의 무게를 온전히 느낄 수 있었다. 묻혀 있던 과거지사를 파낼 수 있다면 그것도 여기서였다. 그는 주머니에서 항공편으로 온 편지를 꺼냈다. 틀린 주소마다 줄을 그어 지운 봉투만 해도 매 장章이 사별의 연속인 한 편의 전기傳記처럼 충분히 매력적이었다. 아이오와 주 시더래피즈에서 온 편지로, 칠 주 전 미합중국에서 출발했다. 발송인은 삼십 년 전에 연이 끊어진 사람이었다. 맨 처음 편지가 도착한 곳은 부모님의 집, 그가 성장기를 보냈고 1957년 크리스마스 날 아버지가 돌아가실 때까지 가족들이 살았던 토트님의 집이었다. 그곳에서 편지는 어머니가 마지막 몇 년을 보낸 요양원으로 전달되었다. 그다음에는 그가 자식들을 키웠고 오 년 전 아내가 죽기 전까지 함께 살았던 세븐오크스의 큰 집으로 우송돼 왔다. 그곳의 현재 집주인이 몇 주간 편지를 보관하고 있다가 전단지, 광고우편 뭉치와 함께 그가 지금 사는 곳으로 보내주었다.

그는 편지를 펼쳐 한번 더 읽었다.

섬너 드라이브 1706번지, 시더래피즈. 1987년 3월 30일.

레너드, 이 편지를 당신이 받아볼 가능성은 지극히 희박하다고 생각해. 더구나 당신이 살아 있는지도 나는 모르지만, 어쩐지 살아 있을 것 같다는 확신이 들어. 편지는 당신 부모님의 옛 주소로 보낼 생각이고, 그다음에 어떻게 될지는 아무도 모르지. 머릿속에서 이 편지를 몇 번이나 썼는지 몰라. 그러니 어쨌든 글로 적는 편이 나을 것 같아. 당신이 받지 못한다 해도 내게는 도움이 될 테지.

1956년 5월 15일 템펠호프에서 당신이 마지막으로 본 나는 영어를 잘하고 꽤 젊은 독일 여자였어. 아마 이제는 교외에 사는 미국 부인이자 은퇴를 눈앞에 둔 고등학교 선생이라고 말할 수 있을 거야. 마음씨 좋은 시더래피즈의 이웃들은 내 억양에서 독일어의 흔적은 찾을 수 없대. 내 생각에는 그냥 친절해서 해주는 말 같지만. 그 기나긴 세월이 어떻게 지나갔을까? 누구든지 하는 질문이라는 건 알아. 우리 모두 과거와 나름대로 타협을 해야 해. 내게는 세 딸이 있고 막내가 작년 여름 대학을 졸업했어. 다들 우리 가족이 이십사 년을 산 이 집에서 자랐지. 지난 십육 년간 나는 이 지역 고등학교에서 독일어와 프랑스어를 가르쳤어. 오 년 전부터 교회 여성회의 회장이었고. 내 세월은 그렇게 흘러갔지.

그리고 그 오랜 시간 내내 나는 당신을 생각했어. 일주일이 멀다 하고 지나간 일들을 되짚어보며 우리가 뭘 어떻게 할 수 있었고 어떻게 해야 했을까, 상황이 어떻게 달라질 수 있었을까, 생각하고 또 생각했어. 그 얘기는 도저히 입 밖에 꺼낼 수가 없었어. 내 감정이 얼마나 강렬한지 밥이 눈치챌까 두려웠나봐. 어차피 그이는 알고 있었을지도 모르지만. 여기 친구들 그 누구에게도 털어놓을 수 없었어. 여기는 서로들 가깝게 지내고 내가 믿을 만한 좋은 사람도 몇 있긴 하지만 말이야. 그러자면 설명할 게 너무 많았어. 워낙 기괴하고 끔찍스러운 일이라 누구라도 내 얘기를 이해하기 어려웠을 거야. 예전에는 큰딸이 어른이 되면 그애에게 털어놔야겠다고 생각했어. 하지만 그 시간, 우리의 시간, 베를린은 너무나 아득히 멀어졌어. 로라가 정말로 이해할 수 있게 얘기할 자신이 없어서 내 마음속에 묻고 살아왔어. 당신도 그랬는지 궁금하네.

1958년 밥이 전역한 뒤 우리는 이곳에 정착했어. 그가 농기계 소매업을 시작했는데 꽤 잘돼서 우리 모두 편하게 살 수 있었어. 내가 학교에서 아이들을 가르친 건 항상 일을 하는 생활이 익숙했기 때문이었고. 밥에 대한 얘기를 이 편지에서 당신에게 하고 싶었어. 아니, 그 얘기도 하고 싶었다고 해야 할까. 그동안 내내 비난을, 당신의 말없는 비난을 느껴왔거든. 하지만 전혀 근거 없는 오해라는 걸 당신은 알아야만 해. 내게는 이 오해를 바로잡는 일이 너무나도 절실해. 언젠가 이 편지가 당신에게 전해지도록 하느님께서 도와주시기를 바랄 뿐이야.

물론 나도 이제는 당신이 베를린 터널 건으로 밥과 함께 일했다는 걸 알아. 러시아 측에서 터널을 발견한 다음날, 밥이 아달베르트 가에 와서 나한테 몇 가지 질문을 해야겠다고 했지. 보안상 거치는 절차라면서. 그 당시 상황이 정확히 어땠는지 꼭 떠올려봐. 당신은 슈트케이스를 들고 나가서 이틀이 지나도록 감감무소식이었어. 나는 한숨도 못 잤어. 몇 시간이고 아파트 바닥을 닦고 또 닦았지. 우리 옷가지는 공공 쓰레기장에 갖다 버렸어. 곧장 팡코의 부모님 동네에 가서 연장을 팔았고. 카펫은 세 블록 떨어진 공사현장까지 끌고 가서 어떤 사람한테 부탁해 커다란 모닥불에 던져넣었지. 욕실 청소를 막 끝냈는데, 밥이 문간에 서서 물어볼 게 있는데 들어가도 되느냐는 거야. 뭔가 잘못됐다는 걸 그는 눈치챘어. 나는 아픈 척하려고 했어. 그러자 오래 걸리지는 않을 거라고 하더군. 어찌나 친절하고 진심으로 걱정해주는지 나는 그만 주저앉아 울음을 터뜨리고 말았어. 그리고 제정신을 차리기도 전에 그만 모든 것을 털어놓고 말았지. 누군가에게 말해버리고 싶다는 욕구가 너무나도 강렬했어. 우리가 범죄자가 아니라는 걸 누군가는 이해해주었으면 했던 거야. 내가 모든 걸 쏟아내는 내내 그는 아주 조용히 앉아 있었어. 당신이 이틀 전에 케이스들을 들고 기차역으로 간 후 소식이 없다고 했더니, 그는 자리에 앉아 고개를 절레절레 저으면서 하느님 맙소사, 하느님 맙소사만 거듭 외쳤어. 그러더니 자기가 알아낼 수 있는 한 정황을 확인해보겠다고 하고 떠났어.

다음날 아침 그는 신문 하나를 들고 돌아왔어. 당신네 터널에 대한 기사로 온통 도배가 되었더라. 그런 얘기는 금시초문이었어. 밥은 당신이 터널작전에 참여하고 있었고, 포포스가 쳐들어오기 얼마 전에 거기 가방들을 갖다놓았다고 했어. 대체 당신이 무슨 생각으로 그랬을까 난 정말 모르겠어. 하루이틀 정신이 나갔었는지도 모르지. 누군들 안 그렇겠어? 동독군이 케이스들을 서독 경찰에 넘겼대. 듣자 하니 살인 사건 수사가 이미 진행중이었고. 몇 시간이면 당신 이름이 나오게 돼 있었어. 밥 얘기로는 자기를 비롯해 몇 사람이 당신이 케이스를 가지고 들어가는 걸 실제로 봤다면서. 이 사건이 알려질 경우 서방 첩보계의 이름을 더럽힐 거라고 밥이 상급자들을 설득하지 않았더라면 우리는 아마 엄청난 곤경에 빠졌을 거야. 밥의 측근들이 경찰을 수사에서 손을 떼도록 만들었어. 아직 점령 상태의 도시라 독일인들이 미군 말이라면 뭐든 들어야 했던 모양이지. 밥은 사건 자체를 덮어버렸고 수사는 취소되었어.

여기까지가 그날 아침 밥이 내게 해준 이야기야. 그리고 내게 비밀을 지켜달라며 신신당부했어. 자기가 한 일은 아무에게도, 심지어 당신에게조차 절대 말하면 안 된다고. 그 누구든 자기가 정의 실현을 방해했다고 생각하지 않았으면 했고, 당신이 터널에 연루되어 있다는 사실을 내가 알게 된 것도 당신은 몰랐으면 했지. 그이가 자기 일에 얼마나 철저한 사람인지는 당신도 알잖아. 그래서 그날 아침 그런 일들이 다 일어났고, 한창 그러는 와중에 당신이 나타난 거야. 형편없는 몰골로 우리를 의심했지. 이제 안전하다는 이야기를 정말이지 해주고 싶었지만, 약속을 어기고 싶진 않았어. 이유는 잘 모르겠어. 그랬더라면 크나큰 슬픔을 덜 수 있었을지도 모르는데.

그리고 며칠 후 템펠호프에서 만났지. 난 당신이 무슨 생각을 하는지 알고 있었고, 그건 정말 너무나, 너무나 잘못된 생각이었어. 지금 이렇게 편지를 쓰고 있자니 당신이 내 말을 들어주고 또 믿어주길 내가 얼마나 바랐는지 새삼 깨닫게 돼. 당신이 이 편지를 꼭 받았으면 좋겠어. 진실은, 밥이 그날 보안조사 때문에 하루종일 시내를 누비고 다녔다는 거야. 당신한테 작별인사를 하고 싶었는데 공항에 늦게 도착한 거지. 내가 당신한테 손을 흔들려고 옥상으로 올라가는 길에 우연히 마주쳤고. 그게 전부야. 나는 당신한테 편지를 써서 밥과의 약속을 지키는 선에서 해명을 하려고 애썼어. 당신은 한 번도 제대로 답장을 써주지 않았지. 런던으로 가서 당신을 찾아보려고도 했지만, 당신이 나를 내치면 도저히 견딜 수 없을 것 같았어. 몇 달이 그렇게 흘렀고 당신은 답장하는 것도 그만뒀지. 함께 그런 일을 겪은 이상 결혼은 할 수 없다고 나 자신을 타일렀어. 그때는 밥과 친구가 되어 있었는데 내 입장에서는 대체로 고마운 마음 때문이었지. 서서히 그 마음은 애정으로 변했어. 시간도 한몫했고, 나는 외로웠거든. 당신이 베를린을 떠나고 아홉 달이 지난 뒤 밥과 연애를 시작했어. 당신에 대한 내 감정은 최대한 깊숙이 묻어버렸지. 이듬해인 1957년 7월에 우리는 뉴욕에서 결혼했어.

그이는 항상 당신에 대해 아주 좋게 말했어. 언젠가 영국에

같이 가서 당신을 만나자고 말하곤 했지. 그런 일을 내가 감당할 수 있었을지 잘 모르겠지만. 밥은 재작년에 낚시 여행을 떠났다가 심장마비로 세상을 떠났어. 그이의 죽음으로 딸들이 충격을 많이 받았어. 우리 모두에게 어마어마한 충격이었고 막내 로지는 슬픔에 넋이 나갈 정도였지. 딸들에게 정말 좋은 아버지였거든. 아버지의 역할이 그이한테 잘 어울렸어, 사람이 온화해졌지. 통통 튀는 그 멋진 활력도 끝까지 잃지 않았어. 늘 장난기가 가득했고. 딸들이 어렸을 때 그이를 보고 있으면 경이로울 정도였어. 여기서 평판이 좋아서 장례식도 동네 사람들 모두의 큰일이었고, 나는 그이가 아주 자랑스러워.

이런 이야기를 하는 건 내가 밥 글래스와 결혼한 걸 후회하지 않는다는 걸 당신도 알았으면 해서야. 힘든 시기가 없었다는 건 아니야. 십 년 전에는 우리 둘 다 술을 아주 많이 마셨고 다른 문제들도 있었지. 하지만 그 시절을 극복하는 과정이었다는 생각이 들어. 내가 딴소리를 하고 있네. 당신한테 하고 싶은 이야기가 너무 많아. 가끔 우리 약혼식 파티에 왔던 아래층의 블레이크 씨가 생각나. 조지 블레이크. 예전에 그가 재판을 받았을 때 나는 깜짝 놀랐어. 1960년인가 1961년이었지. 결국 그는 감옥에서 탈출했고, 밥은 그가 누설한 기밀 중 하나가 당신네 터널이었다는 걸 알아냈어. 처음 기획 단계부터 터널에 대해 알고 있었대. 첫 삽을 뜨기도 전부터 러시아인들은 이미 다 알고 있었던 거지. 그 엄청난 수고가 전부 헛일이었다니! 그걸 알고 나니 빠져나오길 그만큼 더 잘했다는 생각이 든다고 밥은 입버릇처럼 말했어. 밥 얘기로는 러시아 측이 제일 중요한 메시지들은 회선으로 흘러들어가지 않도록 다른 경로로 보내고, 터널은 블레이크를 보호하고 CIA가 시간과 인력을 허비하게 만들 목적으로 그냥 두었을 거래. 그렇지만 어째서 하필 그때 쳐들어왔던 걸까, 우리가 한창 곤경에 빠져 있던 그때?

편지를 쓰기 시작할 때는 늦은 오후였는데 이제 밖이 어두컴컴해. 밥을 생각하느라, 아직도 그이를 떠나보내지 못하는 로지, 당신과 나, 그리고 그 모든 잃어버린 시간과 오해를 생각하느라 몇 번이나 쓰다 멈췄는지 몰라. 수천 킬로미터나 떨어져 있는 타인에게 이런 편지를 쓰고 있다니 우습지. 당신 삶에는 어떤 일들이 일어났을까 궁금해. 당신 생각을 할 때 오토와의 끔찍한 일만 떠올리는 건 아니거든. 나의 친절하고 온화한 영국 남자를 생각해. 처음에는 여자에 대해 너무 몰랐지만, 훌륭하게 배웠지! 함께 있을 때 정말 편안했고 많이 즐거웠어. 가끔은 어린 시절을 추억하는 기분이야. 당신한테 묻고 싶어. 이런 거 기억나? 저런 일 기억나? 하고. 주말에 수영하러 자전거를 타고 호수로 나갔던 때, 덩치 큰 아랍인한테서 약혼

반지를 샀던 때(나 아직도 그 반지 가지고 있어), 레지에 춤추러 가곤 했던 때도. 자이브 경연대회에서 우승해서 상까지 탔잖아. 그때 받은 탁상시계도 아직 우리집 다락방에 있어. 내가 처음 귀에 장미를 꽂고 있는 당신을 보고 기송관으로 메시지를 보냈던 때도. 우리 파티에서 당신이 사람들 앞에서 멋지게 얘기했을 때, 그리고 예니가—내 친구 예니 기억하지?—이제는 이름도 기억나지 않는 그 라디오에 나오는 남자랑 황급히 떠나던 때. 밥도 그날 저녁 축사를 해주기로 하지 않았어? 나는 당신을 진심으로 사랑했고, 그 누구와도 그렇게 가까워질 수 없었어. 이런 말을 한다고 밥의 추억을 더럽히는 건 아니라고 생각해. 내 경험으로 볼 때, 남자와 여자가 서로를 완벽하게 이해할 수는 없는 것 같지만. 우리 관계는 정말 아주 특별했어. 그건 진실이니까 그 말을 하지 않고, 그 점을 확실히 적어두지 않고 이 생애를 흘려보낼 수는 없는 거야. 내가 제대로 기억한다면 당신은 지금쯤 미간을 찌푸리며 말하겠지. 이 여자 정말 감상적이군!

가끔은 당신한테 화도 났어. 분노한 채 입다물고 물러나버리다니, 그건 잘못이었어. 너무나 영국인답지 뭐야! 너무나 전형적인 남자 같고! 배신감을 느꼈다면 단단히 버티고 서서 당신 것을 위해 싸웠어야 해. 나를 비난하고, 밥을 비난했어야 해. 그러면 싸움이 벌어졌을 테고, 바닥에 있는 진짜 원인이 드러났을 거야. 하지만 사실 나도 알아. 그렇게 슬며시 멀어져 버린 건 당신 자존심 때문이라는 걸. 나 역시 그 자존심 때문에 런던으로 가서 당신에게 결혼하자고 하지 못했지. 실패할지도 모른다는 사실을 도저히 받아들일 엄두가 나지 않았어.

이 친숙하고 삐걱거리는 낡은 집을 당신은 전혀 알지 못한다니 이상해. 외벽에 흰 널을 댄 집인데, 떡갈나무에 둘러싸여 있고 마당에는 밥이 깃대를 세워뒀어. 집이 너무 크지만 이제 나는 영영 이곳을 떠나지 않을 거야. 딸들의 어린 시절이 고스란히 여기 있거든. 내일은 둘째 딸 다이앤이 아기를 데리고 놀러온대. 아기를 낳은 건 그애가 처음이야. 로라가 작년에 유산했거든. 다이앤의 남편은 수학자야. 아주 훤칠하게 키가 큰데 가끔 새끼손가락으로 안경을 밀어올리는 모습이 어딘지 당신을 떠올리게 해. 내가 당신 못 가게 안경 가져갔던 거 생각나? 그런가 하면 기가 막히게 테니스를 잘 치는데, 그건 당신과 전혀 비슷하지 않지!

나 또 횡설수설하고 있지. 시간도 늦었네. 그러니까, 요즘은 초저녁만 돼도 피곤해지는데 그것까지 변명할 필요는 없겠지. 하지만 당신과의 이 일방적인 대화를 끝내기가 싫어. 당신이 어디 있건, 어떤 사람이 되었건. 이 편지를 허공으로 날려보내고 싶지 않아. 하긴 당신에게 답장을 받지 못한 편지가 이게 처음은 아니지만 말이야. 운에 맡겨야 한다는 건 알고 있어. 이 모든 게 지금의 당신 인생에서 아무 의미가 없다는 생각에 답장하고 싶지 않다면, 어찌되었든 추억이 불편하다면, 제발 부탁인데 어느 옛 친구가 스물다섯 살의 당신에게 보내는 인사만이라도 받아줘. 그리고 만일 이 편지가 영영 어디에도 닿지 못해 개봉되지도 읽히지도 못한다면, 제발 부탁드립니다, 하느님, 우리의 끔찍한 짓을 용서해주시고 있는 그대로의 우리 사랑을 증언하고 축복해주세요.

당신의 마리아 글래스

그는 일어서서 양복을 툭툭 털고 편지를 다시 접어 넣고는 구내를 천천히 돌아보기 시작했다. 잡초를 밟고서 그의 사무실이 있던 자리로 가보았다. 지금은 기름 낀 모래밭이었다. 그곳을 돌아가서 지하 보일러실의 뒤틀린 파이프와 박살난 계량기를 살펴보았다. 바로 발밑에, 샤워실에서 본 기억이 나는 분홍색과 흰색 타일 조각이 널려 있었다. 어깨 너머로 돌아보았다. 망루 위의 국경 경비대는 그에게 흥미를 잃은 모양이었다. 주말 별장의 정원에서 흘러나오는 라디오 음악은 구식 로큰롤로 바뀌어 있었다. 그는 아직도 그 장르를 좋아했고 그 노래, 〈A Whole Lot of

Shakin' Goin' On〉을 기억했다. 그 곡은 그렇게까지 좋아하지 않았는데, 그녀가 좋아했다. 다시 입을 쩍 벌리고 있는 참호를 지나 영내 안쪽 철책을 향해 하염없이 걸었다. 강철 들보 두 개가 시커먼 물로 가득찬 콘크리트 구멍이 있음을 무단 침입자들에게 경고하고 있었다. 한때 정화조였던 그 웅덩이에서 오수가 배출된 지대를 관통해 부사관들이 터널을 뚫었었다. 그 엄청난 헛수고라니.

이제 철책에 이른 그는 그 사이로 울퉁불퉁한 황무지 너머 베를린장벽을 바라보았다. 그 위로는 푸른 잎이 무성하게 우거진 공동묘지의 나무들이 우뚝 솟아 있었다. 마치 아무 건물도 지어지지 않은 땅과 같은, 그의 시간과 그녀의 시간. 베를린장벽 이편으로는 벽 바로 아래를 따라 자전거 길이 뻗어 있었다. 한 무리의 아이들이 페달을 밟고 지나면서 서로에게 소리를 질러댔다. 더웠다. 그는 이 후덥지근한 베를린의 더위를 잊고 있었다. 그가 옳았다. 분명 그녀의 편지를 이해하기 위해 이 먼길을 올 필요가 있었다. 아달베르트 가가 아니라 여기, 이 폐허의 한복판으로. 서리Surrey의 거실에서 포착할 수 없었던 의미가 여기서는 충분히 또렷해졌다.

앞으로 해야 할 일은 알고 있었다. 그는 넥타이를 느슨하게 풀고 손수건으로 이마를 눌렀다. 그리고 뒤를 돌아보았다. 기울어진 초소 옆에 소화전이 있었다. 그 또한 글래스가 얼마나 그리웠던가. 팔꿈치를 붙잡는 그의 손길, "이봐, 레너드!" 하는 그 말. 아버지가 되어 온화해진 글래스라니, 그도 보았으면 좋았을걸. 레너드는 앞으로 해야 할 일을 알고 있었다. 곧 떠날 것임을 알고 있었다. 그러나 아직은 그리 급하지 않았고, 무더위가 그를 무겁게 짓누르고 있었다. 라디오는 또다시 정확히 사분의이박자에 맞춘 신나는 독일 팝뮤직을 내보내고 있었다. 볼륨이 점점 높아지는 것 같았다. 망루 위에서는 국경 경비대원 하나가 쌍안경으로 철책 근처를 서성이는 검은 정장 차림의 신사를 나른하게 바라보다가 돌아서서 동료에게 말을 걸었다.

레너드는 철책을 꼭 붙잡고 있었다. 그러다가 손을 떨구고 커다란 참호 옆을 따라 온 길을 되짚어 관문들을 지나고 잡초밭을 건너 야트막한 흰 벽까지 갔다. 벽을 넘어간 후 재킷을 벗어 팔에 걸쳤다. 빨리 걷다보니 얼굴에 가벼운 바람이 느껴졌다. 머릿속의 생각 때문에 절로 걸음이 빨라졌다. 더 젊었더라면, 레츠베르거 가를 따라 달리기 시작했을지 모른다. 그는 사업차 출장을 떠났던 옛 기억을 더듬었다. 시카고 오헤어 공항까지 날아가야 할 테고, 거기서 지역 항공을 탈 수 있을 것이다. 미리 알리지는 않을 작정이었다. 실패할 각오는 되어 있었다. 떡갈나무 사이 그늘에서 그는 모습을 드러낼 것이다. 햇살 환한 잔디밭을 가로질러 흰 깃대를 지나서 현관으로 갈 것이다. 나중에 그녀에게 라디오에 나오던 남자의 이름을 가르쳐주고, 밥 글래스가 그날 실제로 축사를, 새 유럽의 건설에 대한 멋진 축사를 했다는 사실도 상기시켜줄 것이다. 그리고 그녀의 질문에 대답해주리라. 하필 그때 그들이 터널에 들이닥친 건 블레이크 씨가 러시아 통제관에게 젊은 영국인이 그날 하루만 암호해독 장비를 터널 안에 둘 거라고 보고했기 때문이라고. 그러면 그녀는 그의 기억에 전혀 없는 자이브 경연대회 이야기를 해줄 테고 두 사람은 탁상시계를 다락방에서 꺼내와 태엽을 감고 다시 돌아가게 할 것이다.

그는 노이데커 가 교차로에서 잠시 발길을 멈추고 플라타너스 그늘 아래 서야 했다. 그들은 베를린으로 함께 돌아오리라. 그것이 유일한 길이었으니. 열기는 강렬했고, 루도 지하철역까지는 아직 1킬로미터가 남아 있었다. 그는 눈을 감고 어린나무에 등을 기댔다. 나무는 그의 체중을 너끈히 감당했다. 그들은 그 옛 장소들을 함께 찾아 달라진 모습을 보고 즐거워하고, 그렇다, 언젠가 포츠담 광장으로 나가 나무 전망대에 올라서 베를린장벽을 오래오래 함께 바라보리라. 장벽이 다 허물어지기 전에.

작가의 말

'베를린 터널', 작전명 골드는 CIA와 MI6의 합동작전으로, 1956년 4월까지 일 년이 조금 못 되는 기간 동안 이루어졌다. CIA 지국장이었던 윌리엄 하비가 책임자였다. 1955년 4월부터 플라타넨 길 26번지에 거주하고 있던 조지 블레이크는 작전 기획위원회의 서기로 일하던 1953년에 이미 작전을 누설했다고 추정된다. 이 소설에 등장하는 다른 인물들은 모두 허구다. 대부분의 사건도 허구지만, 터널에 대한 설명은 데이비드 C. 마틴의 명저 『거울들의 황야』에서 빌려왔다. 후기에 묘사된 현장 모습은 내가 1989년 5월 방문했던 당시 보았던 그대로다.

다음 분들께 감사드린다. 독일어를 번역해주고 베를린에서 광범한 자료를 조사해준 베른하르트 로벤과 논평으로 큰 도움을 준 머튼 대학 병리학 강사 M. 더닐 박사, 안드레아스 란츠호프와 티머시 가턴 애시에게. 특히 타이핑한 원고를 꼼꼼히 읽고 유용한 여러 제안을 해준 친구 게일런 스트로슨과 크레이그 레인에게 감사를 표한다.

1989년 9월

옥스퍼드에서, I. M.

지은이 **이언 매큐언**
1948년 영국 서리 지방 알더샷에서 태어났다. 1970년 서식스 대학교 영문학부를 졸업한 후 이스트 앵글리아 대학교에서 문학 석사 학위를 받았다. 1975년 소설집 『첫사랑, 마지막 의식』으로 데뷔했고, 이 책으로 서머싯 몸 상을 수상했다. 1998년 『암스테르담』으로 부커 상을, 2001년 출간한 『속죄』로 LA 타임스 도서상, 내셔널 북 크리틱스 서클 어워드 등을 수상했다. 2000년 영국 왕실로부터 커맨더 작위를 받았고, 2011년 예루살렘 상을 수상했다.

옮긴이 **김선형**
서울대학교 영어영문학과를 졸업하고 동 대학원에서 석사와 박사 학위를 받았다. 『프랑켄슈타인』 『벤자민 버튼의 시간은 거꾸로 간다』 『미 비포 유』 『수치』 『도롱뇽과의 전쟁』 『은하수를 여행하는 히치하이커를 위한 안내서』 등을 번역했다. 2010년 유영번역상을 수상했다.

문학동네 세계문학
이노센트

1판 1쇄 2014년 9월 30일 | 1판 3쇄 2017년 9월 29일

지은이 이언 매큐언 | 옮긴이 김선형 | 펴낸이 염현숙
책임편집 박아름 | 편집 황문정 | 독자모니터 황정숙 이희연
디자인 김마리 이원경 | 저작권 한문숙 김지영
마케팅 방미연 정진아 김혜연 | 홍보 김희숙 김상만 이천희
제작 강신은 김동욱 임현식 | 제작처 한영문화사(인쇄) 경일제책사(제본)

펴낸곳 (주)문학동네
출판등록 1993년 10월 22일 제406-2003-000045호
주소 10881 경기도 파주시 회동길 210
전자우편 editor@munhak.com | 대표전화 031) 955-8888 | 팩스 031) 955-8855
문의전화 031) 955-8896(마케팅) 031) 955-2654(편집)
문학동네카페 http://cafe.naver.com/mhdn | 트위터 @munhakdongne

ISBN 978-89-546-2581-4 03840

www.munhak.com